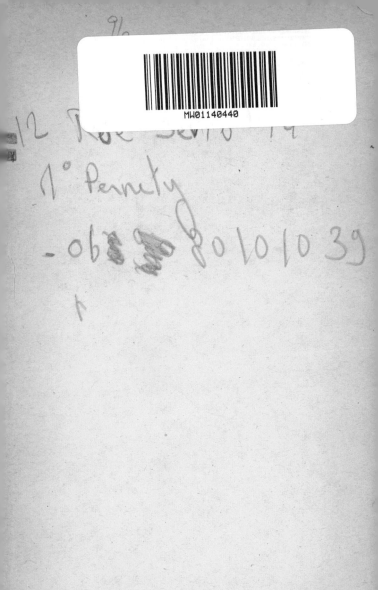

12 Rue Sevio 14
1° Perney

- 06   80101039

L'Épopée
du buveur d'eau

Deuxième roman de John Irving — et sans doute le plus drôle — *L'Épopée du buveur d'eau* relate les heurs et malheurs de Fred « Bogus » Trumper, fumiste bourré de charme et de bonnes intentions, combinard superbe, farfelu ordinaire qui s'obstine à croire qu'il pourrait bien faire quelque chose de sa vie. Mais quand votre tête et vos sentiments sont comme une passoire, quand vous êtes incapable de vous engager dans quoi que ce soit ou envers qui que ce soit, faut-il vous étonner que votre vie soit un gâchis ?

En bref. Sa femme veut le plaquer, sa maîtresse veut un bébé, un cinéaste d'avant-garde veut réaliser un film à partir de sa biographie : un documentaire sur *l'échec*! Pour couronner le tout, chevalier errant dans la guerre des sexes, Bogus a une arme qui laisse nettement à désirer. Et son « complexe » est bien plus sérieux que celui de Portnoy. Car Portnoy n'a jamais eu à boire tant d'eau !

Né en 1942 à Exeter (New Hampshire), John Irving a étudié aux universités de Pittsburgh, du New Hampshire et de l'Ohio, séjourné à Londres, à Vienne et en Grèce, puis enseigné la littérature anglaise aux États-Unis. Auteur de sept romans, il en avait déjà publié trois (dont Un mariage poids moyen *et* L'Épopée du buveur d'eau*) lorsque le public et la critique acclamèrent unanimement* Le Monde selon Garp. *Depuis lors, John Irving accumule les succès sans perdre pour autant l'estime de la critique. Il partage son temps entre Toronto et Long Island.*

Du même auteur

AUX MÊMES ÉDITIONS

Le Monde selon Garp
roman, 1980
coll. «Points Roman», n° 44

L'Hôtel New Hampshire
roman, 1982
coll. «Points Roman», n° 110

Un mariage poids moyen
roman, 1984
coll. «Points Roman», n° 201

L'Œuvre de Dieu, la Part du Diable
roman, 1986
coll. «Points Roman», n° 314

L'Épopée du buveur d'eau
roman, 1988

Une prière pour Owen
roman, 1989

John Irving

L'Épopée du buveur d'eau

roman

TRADUIT DE L'AMÉRICAIN
PAR MICHEL LEBRUN

Éditions du Seuil

TEXTE INTÉGRAL

EN COUVERTURE : illustration Florence Gendre

Titre original : *The Water-Method Man*.
Éditeur original : Random House, New York.
ISBN original : 0-394-50983-8.
© original : 1972, John Irving.

ISBN : 2-02-011528-X
(ISBN 1re publication : 2-02-010184-X).

Pour Shyla

Remerciements

L'auteur exprime sa reconnaissance au réalisateur Irving Kershner pour une passionnante et profitable expérience cinématographique en 1969 et 1970, ainsi qu'à la Fondation Rockefeller pour son aide en 1970 et 1971.

L'auteur est particulièrement redevable à Donald Harrington. Un passage essentiel de ce livre vient de lui.

1

Du yaourt, et de l'eau
comme s'il en pleuvait

Elle avait parlé de moi à son gynécologue ; il m'avait recommandé ce confrère. O ironie ! le meilleur urologue de New York est français. « Dr Jean-Claude Vigneron, uniquement sur rendez-vous. » J'avais pris rendez-vous.

— Vous préférez New York à Paris ? lui ai-je demandé.

— A Paris, j'osais circuler en voiture.

— Mon père est urologue, lui aussi.

— Et il n'a pas vu ce que vous aviez ? C'est un urologue de deuxième classe !

— J'ai un truc pas banal.

Je connaissais par cœur l'historique de mes problèmes :

— On dirait parfois une urétrite, parfois une espèce de prostatite... Dans le temps j'ai attrapé la vérole, mais ça n'a rien à voir. Une fois, on a isolé un simple microbe... Mais toujours bizarroïde.

— Tout ça me semble très ordinaire, fit Vigneron.

— Mais non ! Ça réagit parfois à la pénicilline ; parfois la pommade au soufre fait la farce. Une fois même ça s'est guéri avec de la Furaldine !

— Ah ! Vous voyez ! La Furaldine ne soigne ni l'urétrite ni la prostatite !

— La preuve que si ! Mais en ce moment, c'est tout autre chose ; une maladie non répertoriée...

— Mais si. Rien de plus connu que les voies urinaires.

Il entreprit une vérification. Sur la table d'examen, je tentai de garder mon calme. Il me tendit un joli sein de femme, l'un des plus parfaits que j'aie jamais vus : manière et couleur réalistes, et ravissant téton pointé.

— Bon Dieu !

— Tripotez-le un peu, dit-il. Oubliez-moi.

J'empoignai ce sublime nichon, le regardant droit dans l'œil. Mon père, j'en suis sûr, n'a jamais utilisé d'invention aussi sophistiquée. Quand on est en érection, l'abominable sonde de verre pénètre plus facilement. Je me raidis pour ne pas crier.

— Tout à fait banal, dit Jean-Claude Vigneron, qui répondit sournoisement en français quand je lui fis remarquer qu'il était peu habituel de pouvoir mordre un bout de sein jusqu'à plus soif.

On comprendra mieux le diagnostic de Vigneron sur ma maladie dans une perspective historique. Je souffre depuis longtemps de mictions irrégulières et douloureuses.

A sept reprises pendant les cinq dernières années, j'ai enduré cette innommable calamité. Une fois j'ai attrapé la vérole, mais c'est une autre histoire. D'ordinaire, mon méat est simplement collé au réveil. Une manipulation prudente arrange les choses, ou presque. Uriner devient souvent un exploit, avec des sensations toujours nouvelles et surprenantes. Surtout, ça dévore le temps — on passe la journée dans l'appréhension de devoir pisser. Quant au coït, n'en parlons pas. L'orgasme constitue un véritable suspense. Éjaculer est une interminable expérience : le long et éprouvant voyage d'un roulement à billes rouillé. Dans le passé, j'avais complètement renoncé à l'acte sexuel, ce qui m'amène à boire, ce qui rend l'urine douloureuse. Bref, le cercle vicieux.

Et *toujours* ce diagnostic impossible ! Les nouveaux indices d'une terrifiante maladie vénérienne asiatique ne se voient jamais confirmés. « Une certaine forme d'infection » demeure prudemment anonyme. On essaie toutes sortes de drogues ; parfois, l'une fonctionne. *L'Encyclopédie médicale du foyer* révèle de vagues et infamants symptômes du cancer de la prostate. Mais les médecins me disent toujours que je suis trop jeune, et je les crois.

En ce moment, Jean-Claude Vigneron fait coulisser son tube de verre à l'intérieur du problème. Il va me parler de malformation congénitale, ce qui n'a rien de surprenant ; je m'en suis déjà soupçonné plusieurs.

— Votre canal urinaire est une voie étroite et sinueuse.

Je pris la nouvelle plutôt bien.

— Les Américains, dit Vigneron, sont tellement naïfs en ce qui concerne le sexe !

Considérant ma propre expérience, je fus incapable d'argumenter. Il reprit :

— Vous pensez que tout peut se laver, mais le vagin demeure la chose la plus sale du monde. Vous saviez ça ? Tout orifice caché héberge des centaines de bactéries inoffensives, mais le vagin constitue un véritable centre d'élevage. Et quand je dis « inoffensives », ce n'est pas pour vous. Les pénis *normaux* les rejettent...

— Mais pas ma petite voie étroite et sinueuse ? fis-je, pensant à ses bizarres recoins, où des bactéries par milliers pouvaient mener une vie secrète.

— Je ne vous le fais pas dire, lança Vigneron.

— Quel est le meilleur traitement ?

Je me cramponnais toujours au nichon en plastique, comme à un bouclier qui me rendrait invulnérable.

— Vous avez quatre possibilités. Il existe des tas de médicaments, dont l'un ou l'autre peut vous guérir. Sept crises en cinq ans n'ont rien de surprenant compte tenu de votre canal urinaire. De plus, la douleur n'a rien d'excessif, n'est-ce pas ? Vous pouvez très bien vivre avec cet inconvénient périodique quand vous urinez ou faites l'amour.

— J'ai une nouvelle vie, maintenant. Je veux que ça change.

— Alors, cessez de baiser. Masturbez-vous donc. Au moins, vous pouvez vous laver les mains.

— Je ne veux pas que ça change à ce point-là.

— Remarquable ! s'écria Vigneron tandis que j'écrasais le nichon. Remarquable, remarquable ! Vous êtes mon dixième patient américain placé devant ces possibilités, et tous sans exception ont repoussé les deux premières.

— Qu'est-ce qu'il y a d'étonnant ? Elles n'ont rien de particulièrement enchanteur.

— Pour des *Américains !* En France, trois de mes

patients ont choisi de s'en accommoder. Et un autre, et pas le plus âgé, a carrément renoncé à l'amour physique.

— Je n'ai pas entendu les deux autres éventualités, docteur.

— Je fais toujours un entracte ici. Je réfléchis à la solution que vous allez choisir. Avec les Américains, je ne me suis encore jamais trompé. Vous êtes des gens tellement prévisibles ! Vous voulez toujours changer de vie. Vous n'acceptez jamais votre destinée. En ce qui vous concerne... Pour vous, j'en ai la certitude, ce sera la méthode aqueuse.

Je jugeai son intonation offensante. Mon nichon en main, j'étais, moi, certain que sa méthode aqueuse n'était pas pour moi. Vigneron reprit :

— Bien sûr, c'est une méthode boiteuse, une sorte de compromis. Au lieu de sept crises en cinq ans, vous en aurez une tous les trois ans, c'est appréciable.

— Ça ne me plaît pas.

— Vous n'avez même pas essayé ! C'est extrêmement simple : vous buvez plein d'eau avant de faire l'amour. Vous buvez plein d'eau après l'amour. Et vous ralentissez sur la bibine ; l'alcool est le meilleur ami des microbes. Dans l'armée française, on avait trouvé un test ingénieux pour soigner la chaude-pisse. Administrer la dose normale de pénicilline. Quand les patients vous jurent qu'ils sont guéris, on leur fait boire trois bières avant le coucher, et, s'ils ont un écoulement pendant la nuit, re-pénicilline. Vous, vous n'avez besoin que d'eau, beaucoup d'eau. Avec votre canal en zigzag, il vous faut des tonnes de flotte. Rappelez-vous simplement d'aller pisser après les rapports sexuels.

Tout à coup, le néné, dans ma main, ne fut plus que de la matière plastique. Je m'écriai :

— Vous me demandez d'accomplir l'acte sexuel la vessie pleine ? C'est très douloureux !

— C'est différent, admit Vigneron. Mais vous aurez de meilleures érections, vous saviez ça ?

Je lui demandai alors quelle était la quatrième éventualité, et il sourit.

— Une toute petite intervention chirurgicale.

Je sentis l'ongle de mon pouce s'enfoncer dans le téton de plastique. Vigneron poursuivit :

— On va tout simplement vous redresser le canal. Élargir la voie. C'est l'affaire d'une minute, sous anesthésie, bien sûr.

Ma main ne contenait qu'une absurde mamelle synthétique, un leurre grossier que je reposai sur la table.

— Ça doit faire très mal, dis-je, surtout *après* l'opération...

— Oh, pendant quarante-huit heures, peut-être un peu plus.

Il prenait ça à la légère ; la douleur des autres lui semblait très supportable. Je lui demandai :

— Pourrez-vous me garder endormi pendant quarante-huit heures ?

— Dix sur dix ! clama Vigneron. Ils me demandent tous ça !

— Quarante-huit heures, supputai-je... Et je pisse comment ?

— Le plus tôt possible.

Il appuya un index négligent sur le téton posé devant lui, comme si c'était le bouton signalant aux infirmières et aux anesthésistes qu'ils pouvaient lui apporter le scalpel destiné à son festival de charcutage. J'imaginais l'outil. Une tronçonneuse modèle réduit, une espèce de rasoir tubulaire hérissé de dents acérées, comme une gueule de piranha.

Le Dr Jean-Claude Vigneron me reluquait tel un peintre cherchant comment terminer son tableau. Il insinua :

— La méthode aqueuse ?

— Vous avez dix sur dix, dis-je pour lui faire plaisir. Est-ce qu'un seul de vos patients a déjà choisi l'opération ?

— Un seul, dit Vigneron, et je m'y attendais ; il s'agissait d'un homme pragmatique, scientifique, peu sujet aux fantasmes masochistes. Pendant son premier examen, il est le seul à ne pas avoir utilisé mon beau néné.

— Un homme courageux.

— Un homme responsable.

Sur ce, Vigneron alluma une infecte Gauloise brune et inhala sans crainte.

Plus tard, alors que je suivais scrupuleusement la méthode aqueuse, je me remémorai les quatre possibilités, et en découvris une cinquième : *les urologues français sont des charlatans, demande d'autres opinions, des tas d'autres opinions, et parmi elles...*

Ma main reposait sur un sein véritable quand j'appelai Vigneron pour lui exposer cette cinquième éventualité qu'il devrait offrir à ses patients.

— Remarquable ! s'exclama-t-il.

— Ne me dites rien. Encore dix sur dix ?

— Dix sur dix ! Et toujours trois jours après l'examen. Vous êtes dans les temps !

A mon extrémité du téléphone, je me sentais tranquille. Sous ma main, le sein ressemblait à du plastique, mais ça ne dura qu'un instant ; ma compagne reprit vie en entendant Vigneron crier :

— Consultez qui vous voudrez, mais ne vous leurrez pas : la topographie de votre canal urinaire est une *réalité*. Je pourrais vous en dresser le plan exact, à l'échelle...

Je raccrochai et dis à ma compagne :

— Je n'ai jamais encaissé les Français ! Ton gynécologue devait m'avoir dans le nez pour m'avoir recommandé ce sadique. Parole, il déteste les Américains. Je suis sûr que c'est pour ça qu'il s'est installé ici, avec ses saloperies de sondes et de canules...

— Parano, dit-elle, les yeux déjà clos.

Cette fille n'est pas bavarde. « Paroles ! » lance-t-elle dans un grommellement méprisant. Elle a une mimique signifiant ce qu'elle pense des mots : elle soulève un de ses seins avec le dos de la main. Elle a de superbes nichons, bien compacts, qui remplissent les soutiens-gorge. Je suis positivement fou de ses nénés, au point que j'en arrive à me demander comment la prothèse de Vigneron a pu me faire un tel effet. Si ça devait se reproduire, je n'y toucherais pas, à ce faux nibard. A la réflexion, si. Mais *elle* n'aurait jamais besoin d'un tel subterfuge. C'est une personne pragmatique, sans fantasmes, courageuse, responsable. Proposez-lui les quatre possibilités, elle choisira l'opération. Je sais, je le lui ai demandé.

— La chirurgie, fit-elle. Si quelque chose se détraque, on le répare.

— La flotte, ce n'est pas si désagréable. En fait, j'adore l'eau. Ça me fait du bien sur des tas de plans. Et j'ai de plus grosses érections, tu le sais, ça ?

Elle soulève le dos de sa main, un de ses seins vient me faire de l'œil. Décidément, je l'adore.

Son prénom, c'est Tulpen. Ça signifie « tulipes » en allemand, mais ses parents ignoraient que c'était de l'allemand, et ce que ça voulait dire, quand ils l'ont baptisée. Ses parents étaient polonais. Ils sont morts paisiblement à New York, mais Tulpen était née dans un hôpital de la RAF de la banlieue londonienne pendant le Blitz. Il y avait là une gentille infirmière nommée Tulpen. Ils aimaient cette infirmière, voulaient oublier tout ce qui évoquait la Pologne, et étaient persuadés que l'infirmière était suédoise. Personne ne se douta de ce que signifiait Tulpen jusqu'à ce que Tulpen choisisse l'allemand au lycée de Brooklyn. Rentrant à la maison, elle apprit la nouvelle à ses parents, qui furent éberlués ; ça ne provoqua pas leur mort par embolie ni rien de semblable ; ce ne fut qu'un petit événement. D'ailleurs, rien de tout cela n'est important, ce ne sont que des faits vrais. Mais Tulpen n'ouvre la bouche que quand elle a un fait à exprimer. Et il n'y en a pas des masses.

Pour suivre son exemple, je commencerai par un fait : mon canal urinaire est une voie étroite et sinueuse.

Les faits ne mentent pas. Tulpen est une fille totalement sincère. Moi, c'est autre chose. A la vérité, je suis un fieffé menteur, et les gens qui me connaissent bien tendent à me croire de moins en moins. Ils vont même jusqu'à penser que je dis tout le temps des mensonges. Mais, en ce moment, je dis la vérité ! Rappelez-vous simplement que vous ne me connaissez pas !

Quand je parle comme ça, Tulpen soulève un de ses seins avec le dos de sa main...

Qu'est-ce que nous pouvons bien avoir en commun ? Je vais coller à la réalité, et les prénoms sont des réalités. Tulpen et moi avons en commun le cafouillage de nos prénoms. Le sien résulte d'une erreur, dont elle se moque. Moi, j'en ai plusieurs, qui, comme le sien, sont accidentels. Mes père et mère m'ont baptisé Fred, et ne semblent pas s'offenser que personne d'autre ne m'appelle jamais comme ça. Biggie m'a surnommé Bogus[1], suite à l'invention de mon plus ancien et plus cher ami, Couth, la première fois qu'il m'a surpris à mentir. Le sobriquet me resta. La plupart de mes vieux copains m'appelaient comme ça quand Biggie a fait ma connaissance. Merrill Overturf, que j'ai perdu de vue, m'avait surnommé Boggle[2] pour de vagues raisons. Ralph Packer m'a rebaptisé Thump-Thump[3], ce que je préfère mépriser. Quant à Tulpen, elle ne m'appelle que Trumper[4], et je sais pourquoi : le mot correspond à une réalité factuelle. Les surnoms des hommes ne changent pas souvent, de sorte que, la plupart du temps, je suis Fred Bogus Trumper, que ça me plaise ou non.

Les réalités arrivent lentement. Pour ne pas m'y perdre, je vais les répéter. Pour l'instant, il y en a deux. *Primo* : mon canal urinaire est une voie étroite et sinueuse. *Secundo* : Tulpen et moi avons en commun des prénoms cafouilleux. Probablement pas grand-chose d'autre.

Oh ! attendez. Je viens de trouver une troisième réalité. *Tertio* : je crois aux rites. Je veux dire qu'il y a toujours eu dans ma vie des trucs comme la méthode aqueuse ; il y a toujours eu des rites. Aucun d'eux n'a jamais duré très longtemps (j'ai dit à Vigneron que j'ai une nouvelle vie, que je veux changer, et c'est vrai), mais je suis toujours passé d'un rite à un autre. En ce moment, c'est la méthode

---

1. *Bogus* : bidon. (*N.d.T.*)
2. *Boggle* : patauger. (*N.d.T.*)
3. *Thump-Thump* : nom du lapin dans *Bambi* de Walt Disney. (*N.d.T.*)
4. *Trumper* : trompeur. (*N.d.T.*)

aqueuse. Une perspective historique de mes rites risque de prendre un peu de temps, mais la méthode aqueuse, c'est clair. De même, Tulpen et moi partageons le même rituel matinal. Bien que la méthode aqueuse me fasse lever plus tôt que d'ordinaire — et plusieurs fois dans la nuit —, Tulpen et moi avons persisté dans notre routine. Je me lève, pisse, me brosse les dents et m'enfile une bonne dose d'*aqua simplex*. Elle met le café en route et installe une pile de disques. Nous nous retrouvons au lit pour le yaourt. Toujours du yaourt. Son bol est rouge, le mien bleu, mais si nous avons des parfums différents nous échangeons souvent nos bols. Le rite flexible est le meilleur, et le yaourt est un aliment sain et raisonnable, réjouissant pour les papilles le matin. Nous ne parlons pas. Ça n'a rien d'anormal pour Tulpen, mais moi-même je ne moufte pas. Nous écoutons les disques en dégustant nos yaourts. Je ne connais pas très bien Tulpen, mais apparemment, elle a toujours fait ça. J'ai quand même apporté une modification à son rite ; quand le yaourt a disparu, nous faisons l'amour un bon bout de temps, après quoi le café est prêt et nous le buvons. Nous ne parlons pas tant que les disques jouent. L'unique changement provoqué par la méthode aqueuse est d'ordre mineur, et survient quelque part après l'amour et pendant le café. Je me lève, pisse et ingurgite un baquet d'eau.

Je ne vis pas avec Tulpen depuis très longtemps, mais j'ai l'impression que, si nous avions vécu ensemble depuis des années, je ne la connaîtrais pas mieux.

Nous avons tous les deux vingt-huit ans, mais elle est plus mûre que moi ; elle a surmonté le besoin de parler d'elle.

Nous habitons son appartement, et tout lui appartient. J'ai laissé mes affaires et mon enfant chez ma première et unique épouse.

J'ai dit au Dr Jean-Claude Vigneron que j'avais une nouvelle vie, etc. J'ai dit qu'un historique de mes rites prendrait longtemps. J'ai dit aussi que je ne suis pas très sincère. Tulpen l'est pour deux. Elle m'aide à freiner mes affabulations en soulevant un sein avec le dos de sa main. En un rien de temps, j'ai appris à ne rien dire tant que les disques jouent. J'ai appris à n'énoncer que l'essentiel (même si ceux qui me connaissent prétendent que je suis en train de mentir en ce moment. Qu'ils aillent se faire voir !).

Mon canal urinaire est une voie étroite et sinueuse ; il y a du yaourt et des trombes d'eau. J'ai l'intention de coller à la vérité. Je veux changer !

2

Un tank dans le Danube

Parmi ses autres toquades, Fred Bogus Trumper aime évoquer Merrill Overturf, le diabétique. Dans la période Iowa de Trumper, ses souvenirs d'Overturf sont particulièrement agréables. Leur fidélité est garantie par le fait que l'intéressé les a enregistrés sur bande magnétique.

Bouffée de nostalgie. Écouter Merrill à Vienne — alors que Trumper regarde par sa fenêtre de l'Iowa, à travers un vieux treillage à sauterelles ; il voit un camion lent et cradingue, surchargé de porcs. Par-dessus la complainte des cochons, Bogus entend la chanson que Merrill composa au Prater dans le dessein, affirmait Merrill, de séduire Wanga Holthausen, une répétitrice du chœur des Petits Chanteurs de Vienne. La musique d'accompagnement provient de l'équipe de karting du Prater, où Merrill Overturf détint un jour le record des vingt tours de circuit, qui n'a peut-être jamais été battu.

Il y a de faibles distorsions sur la bande, puis Merrill raconte son histoire de baignade, celle dans laquelle il découvre un tank au fond du Danube. « Tu ne peux le voir que par pleine lune. Tu dois occulter la lune avec ton dos », dit Merrill, « ce qui supprime les reflets. » Alors, d'une façon ou d'une autre, vous arquez votre corps hors de l'eau et maintenez votre visage « environ à douze centimètres de la surface — sans perdre de vue les docks de Gelhafts Keller ». Vous maintenez la position sans agiter l'eau, « et, pour peu qu'il n'y ait pas un souffle de vent, le canon du tank surgit comme si tu pouvais le toucher, exactement braqué dans ta direction. Et, dans la perpendiculaire exacte du dock, la trappe supérieure du tank s'ouvre, ou ondule dans l'eau, ou *semble* s'ouvrir... Mais ça ne dure que tant que je peux garder mon visage à douze centimètres de la surface de l'eau... ». Puis, diabétiquement parlant, Merrill annonce que cet effort a une influence néfaste sur son taux de sucre.

Bogus Trumper appuie sur le bouton REMBOBINAGE. Le camion à cochons a disparu, mais, de l'autre côté du grillage, la sauterelle étale toujours ses ailes, aussi parfaites et compliquées qu'une peinture orientale sur soie, et Trumper, louchant à travers les ailes translucides, aperçoit M. Fitch, le voisin retraité, qui ratisse son gazon sec et pelé. *Scritch-scritch,* émet M. Fitch, pourchassant la dernière fourmi hors de la pelouse. Le regarder à travers une aile de sauterelle est l'unique façon de trouver Fitch supportable.

La voiture qui vient de déboucher du virage — celle vers laquelle M. Fitch agite son râteau — transporte l'épouse de Trumper, Biggie, son fils Colm, et trois pneus de rechange. Examinant la voiture, Trumper se demande si trois pneus de secours suffiront. Le visage aplati contre l'écran grillagé, il effraie la sauterelle, dont le bourdonnement soudain effraie Trumper — lequel perd l'équilibre, sa tête poussant le grillage pourri hors de son cadre. Pour se dégager, Bogus arrache également le cadre ; et, ce que découvre l'épouse surprise, c'est son mari en équilibre précaire, le torse pendouillant de façon inexplicable sur l'appui de la fenêtre.

— Qu'est-ce que tu fabriques ? lui crie Biggie.

Alors Bogus attrape le magnétophone du bout de son pied, s'y arrime comme à une ancre. Il reprend son équilibre en s'agenouillant sur le tableau de contrôle. L'enregistreur en est tout perturbé. Un genou ordonne RETOUR ACCÉLÉRÉ, l'autre AUDITION. D'une voix tonitruante, Merrill Overturf lance : « ...perpendiculaire exacte du dock, la trappe supérieure du tank s'ouvre, ou ondule... »

— Comment ? fait Biggie. Mais qu'est-ce que tu fiches ?

— Je répare la moustiquaire.

Il adresse un signe rassurant à M. Fitch, qui agite son râteau, nullement perturbé par l'explosion d'une fenêtre ou de bizarres hurlements. Fitch est habitué à toutes les manifestations d'extravagance de cette maisonnée.

— Tu sais, dit Biggie, une hanche en porte à faux servant de siège à Colm, je n'ai pas ramené le linge. Il faudra que quelqu'un aille à la laverie pour le récupérer dans l'essoreuse.

— J'irai, Big, dit Bogus, dès que j'aurai arrangé cette fenêtre.

— Ça ne sera pas facile ! braille M. Fitch, appuyé sur son râteau. Fabrication de guerre ! Saloperie de fabrication de guerre !

— Les moustiquaires ? demande Bogus de sa fenêtre.

— Toute votre maison ! vocifère Fitch. Toutes ces cochonneries de baraques que l'université a montées ! Construction de guerre ! Matériel au rabais ! Travail de femmes ! Pourriture !

M. Fitch dit ça sans intention déplaisante. Simplement, toute chose vaguement en rapport avec l'effort de guerre le met hors de lui. Une sale période pour Fitch ; il était trop vieux pour être mobilisé, même à l'époque, aussi a-t-il combattu à l'arrière avec les femmes.

Derrière les voilages de sa porte d'entrée, la petite femme de Fitch s'agite nerveusement. *Fitch, tu vas déguster !*

Quand Trumper examine le grillage pourri, il reconnaît la justesse de l'accusation. Le bois s'effrite comme une éponge desséchée ; le treillage part en morceaux rouillés.

— Bogus, dit Biggie en remontant l'allée, j'arrangerai ça moi-même, tu es trop maladroit pour ce genre de chose.

Trumper recule à l'intérieur, range le magnétophone en sûreté sur la plus haute étagère, et observe Mme Fitch qui intime du geste à M. Fitch de rentrer.

Plus tard, Bogus va récupérer le linge. Sur le chemin du retour, son phare avant se décroche, et il roule dessus. Tout en changeant son pneu avant droit, il songe qu'il aimerait rencontrer un type persuadé d'avoir une bagnole encore plus pourrie. *Je ferais tout de suite l'échange.*

Mais ce qu'il aimerait vraiment savoir Trumper, c'est s'il y avait quelqu'un sous le panneau supérieur de ce tank. Ou s'il y a réellement un tank dans le Danube. Si Merrill Overturf l'a réellement vu. Et même si Merrill Overturf sait nager.

3

Dix-sept chasses d'eau,
plus une

Bogus Trumper
918 Iowa Ave.
Iowa City, Iowa

Le 20 septembre 1969

M. Cuthbert Bennett
Gardien/Résidence Pillsbury
Mad Indian Point
Georgetown, Maine

Mon Cher Couth,

Comment entretiens-tu les dix-sept salles de bains, maintenant que la tribu Pillsbury t'a abandonné avec sa plomberie ? Et as-tu décidé dans quelle chambre de maître, avec quelle vue sur la mer, tu vas passer ton hiver ?

Biggie et moi avons apprécié que tu aies convaincu les Pillsbury que nous étions les hôtes rêvés pour le hangar à bateaux. Ce fut une chouette semaine de vacances pour nous, Couth, et surtout un prétexte pour nous éloigner de mes géniteurs.

Nous avons passé un curieux hiver avec mes parents. Great Boar's Head est toujours la même station estivale — une pension de convalescence pour les mourants, qui semblent penser qu'ahaner poussivement dans l'air salin va économiser leurs poumons jusqu'à l'année suivante. Le boulot de mon père prospère pendant l'été. Un jour, il m'a appris quelque chose au sujet des vieillards : c'est leur vessie qui se déglingue en premier. Le paradis des urologues, c'est la côte du New Hampshire !

Mais ç'a été *quelque chose* pour le vieux de nous prêter son sous-sol en juillet-août ! Depuis qu'il m'a déshérité, ma

mère a manifestement été victime du syndrome grand-
maternel ; leur proposition pour l'été doit avoir émané du
désir de Mom de voir Colm. Pas Biggie ni moi. Et mon
père a semblé abandonner son précédent ultimatum finan-
cier, abandon qui m'a laissé de glace tout autant que sa
décision de me couper les vivres. Quand même, il m'a
demandé un loyer pour le sous-sol.

Quand nous en sommes partis pour revenir ici, le bon
docteur s'est fendu d'un discours : « Voyons les choses
pratiquement, Fred. Tu as décidé de te débrouiller seul
pendant quatre ans, et je t'avoue que ça m'impressionne.
Liquide ton doctorat de philosophie, ramasse ton diplôme,
et je pense que Mom et moi pourrions vous aider à remplir
votre bas de laine, toi, Biggie et petit Colm. Ce Colm est
épatant. »

Puis Mom a embrassé Biggie (pendant que mon père
tournait le dos), et nous sommes repartis pour Iowa City.
Trois pneus et deux courroies de ventilateur plus tard, nous
retrouvions notre manoir fabrication de guerre. Mon vieux
ne m'avait même pas donné une piécette pour les péages.

Ce qui m'amène au point important, Couth, si tu as du
fric en trop. Les péages à eux seuls nous ont bouffé vingt
billets, et je n'ai pas encore remboursé les cartes de crédit
pour le voyage de juillet dans l'Est. Et, à Michigan City,
Indiana, nous avons fait un séjour à l'Holiday Inn qui
risque bien de me faire sucrer définitivement ma Gulf
Card.

Mais ! Il y a une faible lueur dans les ténèbres. Mon
directeur de thèse, le Dr Wolfram Holster, m'a lâché une
bribe de la cagnotte de littérature comparée, ainsi qu'il
s'obstine à l'appeler. Pour ma bribe de cagnotte, je classe
les bandes magnétiques au labo de langues, section allemand pour débutants. Mon collaborateur et adjoint au labo
est un petit pédant sournois nommé Zanther, dont l'interprétation et la traduction « supra-littérale » de Borgetz
sont montées en épingle dans le dernier numéro du
Linguiste. J'ai montré à ce Zanther le plus gros de ma
thèse, que j'ai rédigée cet été. Il a tout lu en un après-midi
et m'a dit que selon lui personne ne voudrait la publier.
Alors je lui ai demandé quel était le tirage du *Linguiste*.
Total, nous ne nous adressons plus la parole. Selon
l'horaire de ma période de garde, quand je sais que
Zanther va prendre ma suite, je sème un désordre artisti-

que dans les bandes, ce qui m'a valu une note de lui,
disant : « Je sais ce que tu fais. » Le billet était inséré dans
ma bande préférée. Je lui ai laissé une note aussi, qui
répliquait : « *Personne* ne sait ce que *tu* fais. » Désormais,
toute communication est rompue entre nous.

En dehors de ça, je touche un tout petit salaire, et n'en
garde qu'une pincée. Biggie a dû reprendre son ancien
boulot à l'hôpital, et refait les lits du troisième âge entre
6 heures du matin et midi cinq jours par semaine. Pendant
ce temps-là, c'est moi qui m'occupe de Colm. Le gosse se
lève au moment où Biggie s'en va. Je me bagarre pour qu'il
reste au lit jusqu'à 7 heures ou presque. Alors son leitmotiv
lancinant de la-chasse-d'eau-est-détraquée m'oblige à me
lever et à téléphoner une fois de plus à Krotz, le plombier.

Je commence à être saturé de Krotz. Tu le sais, cet été,
j'ai sous-loué la maison à trois footballeurs qui faisaient un
passage éclair dans le monde de la Culture. Je savais que
des footballeurs pouvaient être un peu brutaux, qu'ils
casseraient peut-être une chaise ou déglingueraient notre
lit ; j'étais même préparé à retrouver une fille violée et
abandonnée. Mais j'avais la certitude qu'ils seraient *propres*. Tu vois les athlètes, tout le temps dans les douches et
dans le déodorant. J'étais convaincu qu'ils ne pourraient
pas vivre dans la crasse.

Eh bien, la maison était propre, bien rangée, sans la
moindre nana déshonorée. Il y avait, clouée sur la porte,
une petite culotte de Biggie, sur laquelle le plus lettré des
trois avait épinglé un mot disant : « Merci. » Biggie l'avait
un peu sec ; elle avait empaqueté très soigneusement nos
vêtements, et ça la fichait en rogne d'imaginer des footballeurs en train de fougnasser dans ses dessous. Mais je me
sentais profondément soulagé ; la maison avait survécu et le
loyer était payé. C'est alors qu'ont commencé les problèmes de plomberie, ce qui amena Biggie à la conclusion
que, si l'endroit avait l'air si propre, c'était parce que les
footballeurs s'étaient servi des chiottes comme d'un aspirateur.

Donc, Krotz a dû utiliser sa motopompe dans nos
cabinets quatre jours de suite. Parmi d'autres colifichets, il
en a extrait six chaussettes d'athlétisme, trois pommes de
terre entières, un abat-jour déchiqueté et un soutien-gorge
de taille junior (n'appartenant manifestement pas à Biggie).

J'ai téléphoné au département des sports et gueulé. Tout d'abord, ils se sont montrés très confus. Un type m'a dit : « Nous n'aimons pas du tout que nos gars causent des problèmes aux propriétaires. » Il m'a dit qu'il prenait les choses en main. Puis il m'a demandé mon nom, et quelle maison je possédais. J'ai bien été obligé de lui dire que la maison n'était pas à moi, que je la louais et l'avais sous-louée aux athlètes pour l'été. Il a fait : « Oh ! alors vous êtes un *étudiant* ? » J'aurais dû sentir venir la rebuffade, mais j'ai répondu : « Exact, je prépare un doctorat de littérature comparée. » Et il m'a dit : « Dans ce cas, fiston, dis à ton proprio de nous envoyer une réclamation par écrit. »

Et puisque mon propriétaire m'a dit que j'étais responsable de mes sous-locataires, voilà que toutes les factures de Krotz, le vénéré plombier, sont pour ma pomme. Et crois-moi, Couth, les déplacements de la motopompe sont hors de prix.

Tu vois ce que je veux dire, j'en ai peur. Alors, si tu as un peu de fric en trop...

Je pense sincèrement que c'est toi qui tiens le bon bout, Couth. Mieux vaut être le gardien que celui qui a besoin d'être gardé. Grâce au ciel, c'est la dernière année de cet enfer. Mon père dit : « Avec ton doctorat, tu auras une profession stable. Mais tout professionnel doit supporter un apprentissage. »

Mon père — comme il te l'a sûrement déjà dit — n'a épousé Mom qu'*après* le collège, *après* l'école de médecine, *après* l'internat et *après* s'être établi à Great Boar's Head, New Hampshire. L'unique urologue de l'hôpital. Après donc six ans de fiançailles avec la bonne vieille Mom — deux mille cent quatre-vingt-dix nuits de masturbation plus tard —, mon père s'est considéré mûr pour le mariage.

Cet été, je lui ai dit : « Regarde Couth. Il est paré pour la vie. Une propriété pour lui tout seul neuf mois sur douze, tous frais payés. Et à peine trois mois l'été à bosser pour les Pillsbury, à bichonner leurs vastes pelouses, calfater leurs bateaux et laver leurs voitures ; et ils le traitent comme un membre de la famille. Que trouver de mieux ? »

Mon vieux a répondu : « Couth n'a pas de profession avouable. »

Eh bien, Biggie et moi prétendons que tu es un grand professionnel.

Tire les dix-sept chasses d'eau une fois pour moi.

Tendrement,
Bogus

4

Rituels nocturnes

Depuis que son père l'avait déshérité, il avait appris à encaisser les injustices mineures, souhaitant qu'elles s'accumulent au point de lui laisser une blessure irréparable, pour laquelle il puisse en toute innocence se martyriser jusqu'à la fin des temps.

Bogus appuie sur la touche d'enregistrement et dit sans conviction dans le micro :

— Réceptacle de menues injustices, je fus voué dès l'âge tendre à l'apitoiement sur moi-même...

— Que dis-tu ? demanda Biggie — voix rauque et chancelante — depuis l'entrée.

— Rien, Big, lui crie-t-il.

Il s'aperçoit qu'il a enregistré ça aussi. Effaçant, il essaie de réfléchir : comment a-t-il attrapé cet auto-apitoiement ? Il peut entendre son père : « Par un virus. » Mais Bogus est certain qu'il a inventé tout ce truc par lui-même.

— J'ai fait ça tout seul, dit-il avec une étonnante conviction, puis il s'aperçoit qu'il a oublié d'enregistrer.

— Tu as fait *quoi* tout seul ? questionne Biggie, brusquement en alerte dans la chambre.

— Rien, Big.

Mais l'étonnement de Biggie à l'éventualité qu'il se soit fait quelque chose en solitaire lui est douloureux.

Soufflant sur un cheveu posé sur le tableau de contrôle, il touche précautionneusement le haut de son visage ; depuis quelque temps, il soupçonne que sa chevelure va déserter le front, et laisser son cerveau exposé dangereusement. Cela constituerait-il une humiliation significative ?

Il enregistre :

— Il y a danger à s'installer dans les petits chocs émotionnels.

Mais, quand il veut se repasser la phrase, il découvre qu'il l'a compressée au milieu d'une des conférences médicales de son père à Great Boar's Head en présence de Biggie et de Mom, la description d'une journée d'honnête labeur. Bogus était sûr de l'avoir effacée, mais en a manifestement oublié un fragment, à moins que les amphis paternels ne soient capables de se reproduire d'eux-mêmes, ce que Bogus n'est pas loin de croire.

« Il y a danger à s'installer dans les *vessies, toujours facilement infectées, bien que l'écueil principal soit une complication rénale.* »

STOP — RETOUR — EFFACEMENT.

Dans un rire étouffé, Bogus enregistre :

— Je prends la décision d'être plus attentif à ma façon d'uriner.

Il est bien minuit passé quand Bogus voit une lumière jaillir chez les Fitch, et M. Fitch se faufiler à travers le hall, en pyjama à larges rayures. *Son armure,* pense Trumper. Puis Fitch apparaît sur le seuil, le visage livide dans la lueur d'un réverbère proche. *Fitch vient surveiller sa pelouse. Il craint qu'une feuille n'y soit tombée pendant son sommeil.* Mais M. Fitch reste simplement sur le perron, les traits tirés, l'esprit bien loin de son herbe. Avant de rentrer, il regarde en direction de la fenêtre éclairée derrière laquelle Bogus est en train de se geler. Ils s'adressent un salut de la main, puis Fitch regagne furtivement son mystérieux domicile et éteint la lumière.

Ces rencontres nocturnes. Bogus évoque Colm, faisant une nouvelle dent à Great Boar's Head. Colm a toujours eu une dentition difficile, et faisait passer des nuits blanches à Biggie et Mom. Une fois que Bogus les avait remplacées, il était sorti s'aérer sur la plage, marchant devant les villas obscures jusqu'à ce qu'une odeur de hasch lui parvienne devant la porte d'Elsbeth Malkas. *Elsbeth est en train d'euphoriser ses parents*. Une amie d'enfance ; ils avaient grandi ensemble (une fois, dans un hamac). Aujourd'hui, elle est prof au collège, et on l'appelle la poétesse, à Bennington, où elle est revenue enseigner trois ans après avoir obtenu son diplôme.

— C'est vraiment incestueux, avait-elle dit un jour à Biggie.

Biggie avait répliqué :

— J'aimerais mieux ne rien en savoir, sincèrement.

Le fait d'accepter son enfance de nos jours, songea Trumper, *consiste à pouvoir enfumer ses parents*. Il essaya de s'imaginer dans ce rôle. Dans sa toge de diplômé, il prononce le discours de remerciement, puis tend un joint à son père !

Bogus s'approcha pour admirer cette merveille d'harmonie entre générations, mais la façade des Malkas était dans l'ombre, et Elsbeth, localisant la silhouette accroupie de Trumper sur le fond plus clair de l'océan, s'assit dans le hamac accroché sous le porche. Elsbeth Malkas avait un corps dodu, luisant, nu et humide dans son hamac, exhalant son herbe.

Raisonnablement séparé d'elle par une balustrade, Bogus lui exposa la manie de Colm de percer chaque nouvelle dent en pleine nuit. Plus tard, il eut une occasion de filer discrètement — quand elle entra dans la maison pour chercher son diaphragme. Mais le charme nostalgique de ce dispositif l'émut ; il imaginait le diaphragme perdu dans un fouillis de crayons, gommes et timbres-poste — les outils de cette poétesse ayant besoin d'un maximum de réceptacles — et était trop fasciné pour s'en aller.

Il se demanda distraitement s'il attraperait d'Elsbeth ce qu'elle lui avait refilé quelques années plus tôt. Mais, une fois dans le hamac, il exprima simplement sa déception qu'Elsbeth ait enfilé son diaphragme à l'intérieur de la maison.

— Pourquoi tiens-tu à *le* voir ? demanda-t-elle.

Il eût été trop compliqué de lui parler des crayons, gommes, timbres-poste, ou même d'un éventuel bout de papier froissé, brouillon d'un poème inachevé. Après tout, avec une poétesse, on devait fertiliser la poésie.

Mais il n'avait jamais aimé les poèmes d'Elsbeth ; aussi, plus tard, marcha-t-il presque deux kilomètres sur la plage avant de plonger dans l'océan, pour être sûr qu'elle ne prendrait pas son plongeon pour une insulte prophylactique.

Bogus confie au magnétophone :

— Je prends la décision de ne plus être aussi poli.

La clarté de l'aube s'abat sur la pelouse manucurée de Fitch, et Bogus voit le vieillard se contenter de piétiner inlassablement sur son perron. *Quel avenir m'attend,* se demande Trumper, *si Fitch est encore insomniaque à son âge ?*

5

Une vraie vie de rêve

Je ne suis plus insomniaque. Tulpen y a mis bon ordre. Plus question avec elle de m'abandonner à mes propres moyens. Nous nous couchons à une heure raisonnable, nous faisons l'amour, nous dormons. Si elle me surprend éveillé, nous refaisons l'amour. En dépit de toute l'eau que j'avale, je dors à merveille. C'est dans la journée que je me demande quoi faire.

J'ai énormément travaillé. Bon, j'étais un étudiant diplômé, préparant son doctorat de philosophie et de littérature comparée. Mon directeur de thèse et mon propre père étaient d'accord pour la spécialisation. Une fois, alors que Colm était malade, mon père lui avait refusé une ordonnance : « Un urologue est-il pédiatre ? » Que répondre à ça ? « Consulte un pédiatre. Tu es à l'université, n'est-ce pas ? Tu devrais reconnaître l'importance de la spécialisation ! »

Un peu, que je la reconnaissais. Mon directeur de thèse, le D\ :sup Wolfram Holster, avouait n'avoir jamais été confronté à une spécialisation comme la mienne.

J'avais un sujet de thèse plutôt rare, je le confesse. Ma thèse devait être la traduction originale d'*Akthelt et Gunnel*, une épopée en nordique primitif inférieur ; en fait, ce serait l'*unique* traduction. Le nordique primitif inférieur est très peu connu. On en parle incidemment dans quelques poèmes satiriques en nordique primitif septentrional et en nordique primitif occidental. Le nordique primitif septentrional est une langue morte, d'origine germanique, qui se scinda en deux langues, islandais et féroïen. Le nordique primitif occidental est mort aussi, de même que le germanique, qui évoluèrent en suédois et danois. Le norvégien résulte d'un croisement entre le nordique primitif septentrional et le nordique primitif occidental. Mais le plus mort de tous ces langages, ce vieux nordique primitif inférieur, n'a rien engendré du tout. En vérité, il s'agit d'un dialecte si fruste et grossier qu'on n'a jamais écrit qu'un seul ouvrage avec : *Akthelt et Gunnel*.

J'avais l'intention d'ajouter à ma traduction une sorte de dictionnaire étymologique du nordique primitif inférieur, autrement dit un dictionnaire des origines du nordique primitif inférieur. Le Dr Holster se montrait très favorable à un tel travail, et sentait qu'il présenterait un véritable intérêt étymologique. Ce pourquoi il appuya mon sujet de thèse ; d'après lui, *Akthelt et Gunnel* ne valait pas un clou. Encore fallait-il en apporter la preuve. Le Dr Holster ne pigeait que pouic au nordique primitif inférieur.

Dès le début, je trouvai l'élaboration du lexique très difficile. Ce foutu nordique primitif inférieur est bougrement ancien, et ses origines sont plutôt obscures. Il était beaucoup plus simple de se reporter aux suédois, danois et norvégien *actuels* pour savoir ce qu'étaient *devenus* les mots du nordique primitif inférieur. Mais je découvris essentiellement qu'ils n'étaient que du nordique primitif occidental et du nordique primitif oriental, prononcés de travers.

Je découvris alors la manière d'élaborer mon dictionnaire plus simplement. Puisque personne au monde ne connaissait le nordique primitif inférieur, je pouvais m'arranger. J'inventai bon nombre d'étymologies, ce qui me rendit plus facile la traduction d'*Akthelt et Gunnel*. Je me mis à fabriquer tout un tas de mots. Il est quasi impossible de différencier le nordique primitif inférieur authentique du nordique primitif inférieur inventé.

Le Dr Wolfram Holster ne vit jamais la différence.

J'éprouvai néanmoins d'énormes difficultés à parachever ma thèse. J'aimerais dire que je m'interrompis par respect pour les personnages principaux. C'était une histoire d'amour très intime, et personne n'en comprenait la signification. J'aimerais dire que je m'interrompis car je

considérais qu'Akthelt et Gunnel avaient droit à une vie
privée. Mais tous ceux qui me connaissent diraient que
c'est un honteux mensonge. Ils diraient que je m'étais
interrompu simplement parce que je vomissais *Akthelt et
Gunnel,* ou parce que je m'ennuyais, ou parce que j'avais
la flemme, ou parce que j'avais tellement bidouillé le
nordique primitif inférieur que je ne m'y retrouvais pas
moi-même.

Il y a du vrai dans tout ça, mais il est également vrai que
j'étais profondément ému par *Akthelt et Gunnel.* Certes,
c'est une épopée minable. Impossible d'imaginer quiconque
que la déclamant ; d'abord, c'est beaucoup trop long.
Ensuite, j'avais caractérisé un jour sa versification métrique comme « multiple et flexible ». A vrai dire, il n'y a
aucune versification ; ça rime quand ça peut. Quant à la
métrique, son auteur anonyme ignorait manifestement son
existence. (D'après moi, cet auteur était une femme de la
campagne.)

On émet généralement une hypothèse gratuite sur les
poèmes épiques de cette époque : puisque les sujets en
étaient toujours des rois, des reines, des princes et des
princesses, les auteurs appartenaient à l'aristocratie. Mais
c'étaient les paysans qui écrivaient sur les rois et les
princesses ! L'aristocratie n'était pas seule à penser que rois
et princesses constituaient la crème de la crème : la plupart
des paysans aussi, et je suis prêt à parier qu'une fraction
élevée de la population actuelle pense de même.

Mais Akthelt et Gunnel étaient encore meilleurs. Ils
s'aimaient ; ils étaient deux contre le monde entier ; ils
étaient redoutables. Comme le monde extérieur. J'étais sûr
de comprendre le thème.

Je commençai par rester fidèle à l'original. Ma traduction est littérale pendant les cinquante et une premières
strophes. Ensuite, je suivis d'assez près le texte, n'y
ajoutant que quelques trouvailles personnelles, jusqu'à la
strophe cent vingt. Puis je traduisis assez librement les cent
cinquante strophes suivantes ou à peu près. Je m'arrêtai à
la strophe deux cent quatre-vingt, et me réessayai à la traduction littérale, pour voir si je n'avais pas perdu la main.

Gunnel uppvaktat att titta Akthelt.
Hanz kniv af slik lang.

Uden hun kende hunz hjert
Den varld af oqsa mektig.

Gunnel aimait contempler Akthelt.
Son couteau était si puissant.

Mais elle savait dans son cœur
Que le monde était angoissant.

Sur cette strophe boiteuse, j'abandonnai ma lecture et renonçai à *Akthelt et Gunnel.* Cette strophe fit *rire* le Dr Holster. Biggie aussi. *Moi,* ça ne me fit pas rire. Le monde est trop angoissant — je prévoyais la suite ! L'auteur tentait de faire pressentir la malédiction inévitable ! Il était clair qu'Akthelt et Gunnel seraient accablés de malheurs, et je ne voulais pas voir ça !

Menteur ! entendais-je déjà crier ceux qui me connaissaient à l'époque. Ce vieux Bogus et son esprit tordu, toujours prêt à imprégner tout ce qui l'entoure de son écœurante sensiblerie. Le monde était angoissant *pour lui !* C'est *lui* qu'il voyait promis à la malédiction ; lui, le seul à notre connaissance capable de voir un film merdique et de l'adorer, de lire un bouquin à l'eau de rose et de pleurer pour peu qu'il y découvre la moindre allusion à sa propre vie ! De la gadoue dans la tête, de la guimauve dans le cœur ! Pourquoi croyez-vous qu'on l'appelle Bogus ? Pour sa sincérité ?

Laissons-les se moquer, ces *schlubs* sans cœur. Moi, je vis dans un autre *varld.*

Quand je fis lire à Tulpen la strophe deux cent quatre-vingt, elle eut une de ses réactions solennelles. Elle posa l'oreille contre mon cœur et écouta. Puis elle me fit écouter le sien. Elle fait ça quand elle me voit en position vulnérable ; pas de tapotement de nichon quand elle est émue.

— Angoissant ? demanda-t-elle.

— *Mektig,* répondis-je.

J'écoutai son cœur. Elle répéta :

— *Mektig*...

La sonorité du mot lui plaisait. Elle se mit à jouer avec ce mot. Jouer avec les mots, c'est ce que je préférais dans l'étude du nordique primitif inférieur.

Alors voilà. Du yaourt, de l'eau comme s'il en pleuvait, et une sympathie sincère quand j'avais besoin de sympathie. Je me sens bien. Les choses sont en train de se redresser. Pas seulement mon canal urinaire ; les choses se redressent d'une façon générale.

6

L'avant-dernière station
du calvaire

Bogus Trumper
918 Iowa Ave.
Iowa City, Iowa

Le 2 octobre 1969

M. Cuthbert Bennett
Gardien/Résidence Pillsbury
Mad Indian Point
Georgetown, Maine

Mon Cher Couth,

Bien reçu tes aimables encouragements et ton chèque très généreux. On nous a mis dans le rouge, Biggie et moi, à la banque, et je savoure l'idée de leur balancer ton chèque à la face. Si un jour nous sommes renfloués, tu seras notre gardien honoraire. En fait, nous aimerions prendre soin de toi, Couth — vérifier que tu te nourris suffisamment durant tes longs hivers solitaires et que tu brosses bien ta tignasse quarante fois avant de te coucher. Nous aimerions surtout te procurer une jeune et jolie bouillotte pour ton lit exposé aux brises marines. D'ailleurs, j'ai rencontré une jeune et jolie bouillotte pour toi ! Elle s'appelle Lydia Kindle [1]. Réellement.

Je l'ai rencontrée au labo de langues. Elle est en première année d'allemand, et pas grand-chose d'autre ne l'intéresse. Hier, elle s'est approchée de moi en gazouillant : « M. Trumper, n'y a-t-il donc pas de bandes avec des

1. *Kindle* : s'enflammer. (*N.d.T.*)

chansons ? Je connais assez de vocabulaire. N'avez-vous pas de ballades ou d'opéras en allemand ? »

Je l'ai installée ; j'ai feuilleté les fichiers pendant qu'elle déplorait l'absence de musique dans le labo et dans la vie en général. Elle est timide ; elle a peur que sa robe ne t'effleure le genou.

Lydia Kindle veut qu'on lui susurre des ballades allemandes dans le creux de l'oreille. Ou même de l'opéra, Couth !

Je ne nourris aucune illusion d'ordre musical concernant mon nouveau job, mon emploi le plus dégradant à ce jour. Je suis vendeur de badges, de fanions et de crécelles lors des réunions de football en Iowa. Je trimballe un immense panneau de contre-plaqué de porte en porte autour du stade. Ce fourbi est vaste et instable, avec un piétement genre chevalet, et s'écroule au moindre vent. Les breloques se cassent, les badges s'écaillent, les fanions se froissent et se maculent, et j'ai une commission : 10 % sur ce que je vends.

« Un dollar seulement pour ce fanion Hawkeye [1] ! Une crécelle pour deux dollars ! Les grands badges, soixante-quinze *cents* seulement ! Les petites breloques avec un ballon doré, un dollar seulement, madame. Les enfants adorent ça : les ballons sont juste de la bonne taille pour que les bambins les avalent. Non, môssieur, cette crécelle n'est pas cassée, simplement un peu tordue. Nos crécelles sont indestructibles, elles crépitent pour toujours ! »

J'ai le droit d'assister gratis à la partie, mais je déteste le foot. Et je dois porter ce petit tablier jaune citron avec une grande poche pour la monnaie ! Et aussi un immense badge brillant marqué : HAWKEYE ENTERPRISES — GO HAWKS ! Chaque badge est numéroté ; nous communiquons par numéros d'un bout du stade à l'autre. La compétition est acharnée pour le meilleur emplacement. Samedi, 368 m'a dit : « C'est ma place, 501. Dégage, tu veux ? » Il arborait une cravate couverte de ballons rouges ; il a vendu beaucoup plus que moi. Je me suis fait juste assez pour payer les pilules anticonceptionnelles de Biggie pendant trois mois.

Allez, Iowa, Couth. Peut-être qu'au prochain match je gagnerai de quoi me faire stériliser...

---

1. *Hawkeye* : symbole de l'État d'Iowa. (*N.d.T.*)

On m'avait laissé entendre que si l'Iowa gagnait un match, nous ferions tous de meilleures affaires. La psychologie des supporters nous avait été exposée lors d'une réunion de vente par le directeur concessionnaire des Hawkeye Enterprises, M. Fred Paff, lequel nous avait appris que les natifs de l'Iowa étaient des êtres fiers ayant besoin d'une équipe gagnante avant d'orner leurs vêtements de gris-gris variés.

— Personne n'aime être associé à des perdants, dit Paff ; puis s'adressant à moi : Eh bien, nous nous appelons Fred tous les deux. Qu'est-ce que tu dis de ça ?

— Je connais un troisième Fred à Spokane, Washington. Nous pourrions peut-être monter un club ?

— Le sens de l'humour ! s'esclaffa Fred Paff. On va faire du bon boulot ensemble. Avec les supporters, le sens de l'humour, c'est essentiel !

Sache, Couth, que tu as des supporters plus fidèles et loyaux que les natifs de l'Iowa. Biggie et moi avons apprécié tes photos presque autant que ton fric. Biggie a particulièrement aimé ton *Autoportrait avec varech*. Entre nous, je crois qu'il est illicite d'envoyer ce genre de photos par la poste, et, sans vouloir insulter ton anatomie, j'ai préféré *Mouette morte n° 8*.

Fais-moi la faveur de plonger dans ta chambre noire et d'en tirer une semblable pour moi ; ou plutôt *de* moi. Fais-moi étendu raide mort, le visage terreux ; joins mes mains de la façon appropriée, et place auprès de mon corps le cercueil prêt à l'emploi ; laisse le couvercle entrouvert, dans l'attente de Fred Bogus Trumper, lequel, à tout instant, pourrait être tenté par le capiton de velours rouge. Ne tire qu'un seul agrandissement, 18 × 24. Ajoutes-y par superposition les membres de ma famille. Biggie, héroïque dans le chagrin, mais sans révolte, et le petit Colm en train de jouer avec les poignées ouvragées du cercueil. S'il te plaît, sous-expose mon père et ma mère. Rectifie la bouche de mon père, ou plutôt rends-la floue. Il fait une allocution sur le cadavre. La légende dit : « Un professionnel doit endurer son apprentissage. » Mets la photo dans une enveloppe bordée de noir, et envoie le tout au bureau du travail de l'université d'Iowa, accompagné d'une courte lettre exprimant les excuses du défunt pour n'avoir pas remboursé ses études. Dont le prix vient encore d'augmenter par décision des administrateurs, de manière à inclure un crédit additionnel « loisirs ». Destiné sans aucun doute à payer de nouvelles agrafes de breloque et la grande parade de l'école, avec des millions de roses jaunes formant un gigantesque épi de maïs.

Je t'envie d'avoir une chambre noire, Couth. Je t'imagine tout nu dans l'éclairage rouge, inondé de produits chimiques, développant, agrandissant ; tu te projettes ton image sur un écran immaculé. Un de ces prochains jours, si tant est qu'il y ait un avenir, il faudra que tu m'apprennes la photographie. Cette technique m'émerveille. Je me rappelle t'avoir observé pendant que tu baignais tes épreuves ; j'ai vu les images apparaître et se fixer sous l'eau. C'était trop pour moi ! Comme si toutes ces choses infimes s'assemblaient docilement pour faire un homme.

Je pense à tout ça en traduisant la quatre-vingt-troisième strophe d'*Akthelt et Gunnel*. C'est le dernier mot qui m'embête : *klegwoerum*. Mon directeur de thèse opte pour « fertile » alors que je tiens pour « fécond ». Mon copain Ralph Packer suggère « luxuriant ». Et Biggie dit que ça n'a aucune importance. Il y a chez Biggie un éprouvant accent de vérité.

J'ai pourtant l'impression qu'elle est en train de craquer. Ça ne lui ressemble pas, mais elle fait une affaire personnelle qu'une octogénaire à l'hôpital de la tripote chaque fois qu'elle vide son bassin. Mais, le sais-tu ? Biggie ne pleure jamais. As-tu une idée de ce qu'elle fait à la place ? Elle cherche une envie et se l'arrache très lentement ; je l'ai vue en tirer une au-delà de la première phalange. Biggie saigne, mais ne pleure pas.

Couth, je me suis senti encore plus proche de toi quand j'ai attrapé la chaude-pisse que tu avais refilée à Elsbeth Malkas. A moins que nous n'ayons attrapé et partagé tous les deux ce qu'Elsbeth avait au départ. Mais savoir exactement qui a commencé ne m'a jamais paru capital pour notre amitié.

Une fois de plus, tire tes dix-sept chasses d'eau à ma santé. Ça me donnerait chaud au cœur de savoir que quelque part il existe des chiottes que nul hercule de foire n'a obstruées. Choisis un soir de brume, ouvre toutes les fenêtres — le son se propage mieux sur l'eau par temps de brouillard — et déchaîne les tempêtes ! J'entendrai et serai heureux.

Biggie t'envoie plein de tendresses. Elle est dans la cuisine et épluche ses doigts. Je vais lui demander un bout de peau et le glisser dans l'enveloppe, lambeau de sa force d'âme trumperienne voyageant hardiment de l'Iowa au Maine.

Tendresse,
Bogus

7

Ralph Packer, production de films, 109 Christopher Street, New York

Tulpen et moi au travail. Elle s'occupe du montage ; en principe, Ralph est son propre monteur, mais Tulpen lui sert d'assistante. Il lui arrive aussi d'exécuter quelques travaux de laboratoire, mais Ralph développe aussi ses films lui-même. Je ne connais rien au développement, et pas grand-chose au montage. Je suis l'ingénieur du son, j'enregistre la musique ; s'il y a une synchro, je m'y colle ; des bruitages ? je m'en occupe ; quand on a besoin d'un commentaire, c'est moi qui parle la plupart du temps. J'ai une belle voix grave.

Le film est pratiquement terminé quand on me le confie, avec toutes les chutes de séquences inutilisables, ainsi que les prises presque identiques parmi lesquelles Ralph fera son choix définitif. Ralph tient de l'homme-orchestre, avec quelques contributions techniques de Tulpen et moi. Le scénario de même que la mise en scène sont toujours de lui ; c'est *son* film. Mais Tulpen et moi sommes de bons techniciens, et il y a aussi un membre du Ralph Packer Fan Club, nommé Kent, qui fait les courses.

Ni Tulpen ni moi ne sommes membres du Ralph Packer Fan Club. C'est le gosse, Kent, qui le constitue à lui tout seul. Je ne veux pas dire que les films de Ralph Packer sont obscurs. Sa première production, *Thérapie de groupe*, a remporté le grand prix du festival du film étudiant. On entend dans ce film ma belle voix grave ; Ralph l'a réalisé à l'atelier de cinéma de l'université d'Iowa.

Je l'ai rencontré au labo de langues. Entre mes horaires de labo, je montais des bandes pour les étudiants d'allemand quand ce chevelu entra en traînant les pieds. Il pouvait avoir aussi bien vingt ans que quarante, être étudiant ou prof, trotskiste ou fermier amish, humain ou animal ; voleur bondissant d'un magasin de photo chargé d'objectifs et de projos ; ours qui, au terme d'un combat violent, avait bouffé le cameraman. La bête s'approcha de moi.

Je pâlissais toujours sur ma traduction d'*Akthelt et Gunnel*. J'eus l'impression d'être confronté au Vieux Thak, le père d'Akthelt. Une odeur de fauve approchait avec lui, et des centaines d'éclairs fluorescents jaillissaient des objectifs, boucles et zinzins métalliques dont il était cuirassé. Il demanda :

— C'est toi Trumper ?

Je pense qu'un type intelligent aurait tout avoué à ce moment-là. Admis que la traduction était frauduleuse. Dans l'espoir que le Vieux Thak regagne son tombeau au plus vite.

— *Vroog etz ?* le testai-je.

— Bien, grommela-t-il.

Il comprenait ! Il était bien le Vieux Thak ! Mais il se présenta comme « Ralph Packer », libérant une main blafarde d'une moufle arctique et la poussant vers moi par une fente de son parka esquimau.

— Tu parles bien allemand, hein ? Et tu t'y connais en enregistrement ?

— Exact, fis-je prudemment.

— Déjà fait du doublage ? Je suis sur un film.

Un pervers qui veut m'embaucher dans un film porno, pensai-je. Mais il ajouta :

— J'ai besoin d'une voix allemande. Un allemand intello se glissant çà et là dans le commentaire anglais.

Je les connaissais, ces étudiants en cinéma. En passant devant chez Benny, j'aperçois par la vitrine une terrible bagarre, une fille, soutien-gorge lacéré, qui tente de se cacher les seins. Je bondis au secours de cette dame, déséquilibre un cameraman sur sa dolly, me prends les pieds dans des câbles, renverse un type aux mains pleines de micros. Et la fille me lance d'un ton excédé : « Hé, du calme ! On essaye de tourner un film. » Et son regard précise : *A cause de cons dans ton genre, encore un soutien-gorge de foutu !*

— ... eh bien, puisque tu aimes faire joujou avec des magnétos, poursuivait Ralph Packer, mixer les voix, truquer les sons... le montage sonore, quoi. J'ai besoin de différents trucs, alors ça pourrait t'amuser. Tu pourrais peut-être me donner des idées...

A l'époque, ça m'a filé un drôle de choc. Je vends des badges au stade, et voilà que quelqu'un suggère que je puisse avoir des *idées* !

— Hé, fit Ralph Packer en me regardant, tu parles aussi anglais, non ?

— Ça paye combien ? demandai-je.

Il donna un coup de sa moufle arctique sur une pile de bobines, dont une se mit à tressauter comme un poisson hors de l'eau.

— Te *payer* ! hurla-t-il.

Son brutal mouvement d'épaule fit se balancer le viseur suspendu à son cou. Le Vieux Thak en fureur :

Bien qu'affaibli et gâteux
La flèche fichée profond dans sa poitrine,
Plus vaste que la barrique à vin de Gurk,
Le Vieux Thak empoigna l'archer criminel
Et l'étrangla avec la corde de son arc.

Puis, de sa grosse main endurcie
Par les rênes de ses cent chevaux,
Thak enfonça la flèche à travers son torse
Et la ressortit par le dos, dans un grognement puissant.

De la hampe encore gluante de son sang de vieillard,
Thak massacra le traître Gurk — l'éventrant d'une seule
Poussée ! Alors le Grand Thak rendit grâce à Gwolph
Et bénit le festin en l'arrosant de sang.

Ainsi tempêta Ralph Packer au sein des cabines d'audition du labo de langues, terrifiant un groupe d'étudiants qui se ruèrent vers la sortie tandis qu'il poursuivait ses imprécations :

— Galapiat de merde ! Que je te paye ? Et pourquoi ?

Pour une *expérience* ? Pour une *chance* que je te donne ?
Écoute, Thumper (ricanements de mes loyaux élèves),
c'est toi qui devrais me payer ! Je viens à peine de
démarrer, et je ne *me* paye même pas ! Il m'a fallu vendre
quinze cents saloperies de badges pour m'acheter un
objectif grand angle, et voilà que tu veux être payé pour
ton apprentissage !

— Packer ! Attends ! criai-je pendant qu'il gagnait la
porte, semant la panique parmi les étudiants.

— Va te faire mettre, Thump-Thump ! lança-t-il.

Puis, tourné vers les germanisants apeurés, il ordonna :
— J'ai dit : enculez-le !

L'espace d'un instant, les voyant ainsi fascinés, j'eus
peur qu'ils n'obéissent impulsivement à son ordre et ne se
précipitent sur moi. C'est moi qui lui courus après. Je le
retrouvai devant la fontaine du hall, en train de s'asperger
le visage.

— J'ignorais que tu vendais aussi des badges, lui dis-je.

Par la suite, quand mon travail sur le son lui convint,
Packer m'assura qu'il me paierait un jour :
— Quand j'aurai de quoi me payer, Thump-Thump, il y
aura du boulot pour toi.

Ralph Packer tint parole. *Thérapie de groupe* obtint
quelque succès. La scène où une foule avinée entonne le
Horst Wessel Lied chez Benny ? C'était une idée de moi. Et
la séquence de la réunion des profs de maths à l'université
d'Iowa doublée en allemand et sous-titrée comme suit :
« *D'abord,* vous les arrêtez avec un mandat légal, *ensuite*
vous en arrêtez suffisamment pour qu'on puisse organiser
des procès de groupe, *enfin* ils seront tellement épouvantés
par les camps de concentration que personne ne vous
réclamera plus de mandat. Alors... »

C'était une sorte de film de propagande. Le nœud en
était l'hostilité innée des groupes à l'encontre de l'individu.
Toutefois, ce n'était pas un film politique, tous les groupes
y étant également antipathiques. L'ennemi, c'était la
collectivité, quelle qu'elle soit. Même une salle de classe
remplie de gamins fanatisés : « Oui, oui, je comprends, je
suis d'accord, *jawohl* ! »

L'opinion générale fut que *Thérapie de groupe* était « novateur ». L'unique reproche majeur qui s'élevât jamais contre le film fut une lettre émanant des Amitiés germano-américaines de Columbus, Ohio, et affirmant que le film était anti-allemand. Il « ravivait de vieilles haines ». Les groupes, disaient-ils, n'avaient rien de particulièrement germanique, mais les groupes n'avaient rien de répréhensible. Ralph était qualifié de « malade mental ». Cette missive ne comportait aucun véritable signataire. Elle était signée au tampon encreur : LES AMITIÉS GERMANO-AMÉRICAINES.

— Encore un groupement de merde ! dit Ralph. C'est cinq cents connards qui ont écrit ce torchon. Et merde, Thump-Thump, je n'ai rien voulu dire de... Enfin, je ne sais pas ce que j'ai voulu dire !

On ne peut le dénier à Ralph : ce fut toujours la principale critique de ses films. On les considère la plupart du temps comme « novateurs », souvent « sans prétentions », généralement « crédibles ». Mais le *New York Times,* par exemple, décèle « un certain manque de conviction... il oublie de s'impliquer dans un point de vue personnel ». Le *Village Voice* trouve que « les prises de vues tendent à être personnelles, authentiques et nouvelles, toutefois Packer ne sait pas les pousser jusqu'à l'aboutissement... une simple description de l'action semble le satisfaire ». Ça me satisfait aussi.

— Merde, dit Ralph. C'est jamais que des *films,* Thump-Thump !

Quant à moi, c'est leur manque de signification que je trouve original.

Thérapie de groupe fut son unique film de propagande. Il fut aussi le seul à obtenir un prix. Je n'ai pas travaillé sur ses deux suivants ; je me séparais de ma femme et d'un peu de mon âme.

Ralph entama une longue errance, de l'Iowa à New York. *Douce Crasse* traita d'un groupe de rock. Ralph avait suivi toutes leurs tournées de concerts. Interview des filles, plans des garçons se coupant mutuellement les cheveux, extraits du concours de lutte féminine et de la remise des prix. Le point culminant du film, c'est quand le chien du leader se fait accidentellement électrocuter par un ampli. Le groupe, en signe de deuil, annula une semaine de galas, les fans apportèrent cinquante chiens en cadeau. « Ce sont tous de très beaux chiens », déclara le chef du groupe, « mais aucun ne peut remplacer notre vieux *Douce Crasse*. » Car c'était aussi le nom du clebs.

Le troisième film raconte la vie d'un petit cirque itinérant, que Ralph avait accompagné lors d'une interminable série de représentations. On y assiste au montage et au démontage du chapiteau, et on interroge les trapézistes.

— Pensez-vous que le cirque est mort ?

— Dieu ! Pourquoi dites-vous une chose pareille ?

Puis une longue séquence sur le cornac des éléphants, qui avait perdu trois doigts après qu'un de ses animaux lui eut marché sur la main.

— Aimez-vous toujours les éléphants ?

— Bien sûr que j'aime les éléphants !

— Même celui qui vous a marché sur la main ?

— *Particulièrement* celui-là. Il l'a fait sans mauvaises intentions. Il ne savait même pas sur quoi il marchait. J'ai posé la main sur son chemin ; il ne se serait pas détourné. Et il a été très malheureux après.

— L'éléphant a eu des regrets ? Alors il savait qu'il vous marchait sur la main ?

— Seigneur ! bien sûr qu'il le savait. J'ai gueulé : « Tu marches sur ma putain de main ! » Bien sûr qu'il a compris, et il était bourrelé de remords.

C'est là que se situe une série de plans destinés à montrer à quel point l'éléphant regrettait son acte. Ce fut le plus mauvais film de Ralph. Je ne me souviens même plus du titre.

Mais maintenant que je suis de nouveau son ingénieur du son, ses films devraient s'améliorer — du moins sur le plan sonore. Nous travaillons sur une nouveauté intitulée *Retour à la ferme*. Il s'agit d'une communauté hippie, la Ferme libre. Les libres fermiers veulent que tout le monde utilise la terre, n'importe quelle terre. Ils sont contre la propriété privée. La terre appartiendrait à ceux qui s'en servent. Ils s'attirent quelques ennuis avec les véritables fermiers du Vermont. Les vrais fermiers sont très contents de la propriété privée. Les libres fermiers tentent d'expliquer aux vrais fermiers qu'ils ont été escroqués en achetant leurs terres. Cela dégénère en un affrontement. Une petite école d'arts libéraux du coin ajoute une confusion certaine à la situation. Ralph part chaque week-end dans le Vermont pour voir si l'affrontement a commencé. Il revient avec des stocks de films et d'enregistrements.

— Ça couve toujours, dit-il.

— Quand viendra l'hiver, sans doute que les gosses auront faim et froid, et abandonneront le pays.

— Alors, nous filmerons ça.

— Et s'il n'y a aucun conflit ?

— On verra, dit Ralph.

Et Tulpen touche son sein avec le dos de sa main.

Ça fiche Ralph en boule. Tulpen travaillait déjà pour Ralph quand je suis arrivé à New York ; Ralph lui avait donné ce job parce qu'elle couchait avec lui. Oh, ça fait longtemps. Tulpen ne connaissait rien au montage cinéma, mais Ralph le lui apprit. Quand elle fut devenue experte, elle cessa de coucher avec lui. Ralph ne l'a pas renvoyée, car elle est une monteuse fantastique, mais parfois il se fiche en rogne, et lui dit :

— Tu n'as couché avec moi que pour avoir ce boulot !

— Tu ne m'as donné ce boulot que parce que je couchais avec toi, réplique-t-elle imperturbable. Tu aimes mon travail, j'aime mon travail, tout est bien.

Tel est le *modus vivendi* entre eux.

Pour Kent, le môme qui fait les courses, c'est une autre histoire.

Tulpen et moi, dans la salle de montage, buvant du café et nous demandant où sont les beignets. Tulpen est en train de classer des épreuves encore chaudes du séchoir, et les coupe avec les grands ciseaux à papier. *Chomp !* Et ça fait bien quinze jours que ma femme me laisse sans nouvelles. A l'école, est-ce que les autres gosses sont gentils avec Colm ? Est-ce qu'il mord toujours ?

— Quelque chose ne va pas ? me demande Tulpen.

— Ma queue, dis-je. Je crois qu'elle est encore bousil-lée. Saloperie de méthode aqueuse !

— Va voir ton docteur, Trumper. Fais-toi opérer.

Chomp ! font les terribles ciseaux ; des images sanglantes de Vigneron se bousculent dans ma tête.

Arrivée de Kent :

— Salut !

Salut à toi, Kent.

— Hé, vous avez vu les derniers rushes ? Il la tient bien, maintenant.

— Quoi donc, Kent ?

— Il y a une lumière fantastique dans ce nouveau matériel. Il commence à faire froid, là-haut. Même la météo se met contre eux. Ils vont être obligés de bouger. Je le sens, cette foutue caméra anticipe les événements !

— Ça ne veut pas dire que ça doit arriver, Kent.

Ralph entre à son tour, accompagné d'une bouffée d'air froid. Bottes en peau de phoque, moufles arctiques, parka esquimau, bien qu'on soit encore en automne. Le problème est d'imaginer Ralph vivant sous un climat tropical : il serait obligé de changer de look. Il s'habillerait d'osier, de paille et de roseaux : un couffin géant.

— Hé ! lui dit Kent, hier soir, j'ai vu *Genoux clairs*.

— Lesquels ? demande Ralph.

Nous savons tous que Kent drague assez peu.

— Ben, vous savez. *Genoux clairs* ! Le nouveau film de Grontz !

— Ah ! Ouais, ouais, fait Ralph, se débottant, se démouflant, émergeant de ses lainages.

— Eh bien, c'est encore une merde. Toujours la même, on dirait, comme son dernier caca. Lourdingue, vous voyez ?

— Ouais, ouais, fait Ralph démailloté.

Il regarde autour de lui. Quelque chose lui manque.

— J'ai vu tes nouveaux rushes ce matin, c'est fantas-tique, Ralph. Même ce temps pourri...

— Kent, fait Ralph, où sont les beignets ?

— J'attendais que tu sois là, fait Kent rougissant.

— Deux à la confiture, un à la crème chantilly, dit Ralph. Tulpen?

— Deux chantilly.

— Thump-Thump?

— Une roussette.

Une fois Kent parti en mission, Ralph nous demande :

— Qui diable est ce Grontz?

— Me demande pas, dit Tulpen.

— *Genoux clairs,* dis-je. Dieu sait…

— Est-ce que Kent *fume?* Eh bien, il devrait. Et s'il fume, faut qu'il arrête.

Retour de Kent, cette mine de mystères et d'informations.

— Deux confiture, deux chantilly, une roussette.

— Merci.

— Merci.

— Merci, Kent.

— Le dernier Wardell démarre vendredi soir au Beppo, nous informe Kent.

— Il ne fera pas la semaine, lui dis-je.

Puis je regarde Tulpen : *Qui est Wardell?* et son regard sur moi riposte : *Où est le Beppo?*

— Bien, bien, dit Ralph.

Nous regardons Kent tripoter la cafetière. Tulpen lui dit :

— On t'a demandé du café, pas un rince-doigts.

Ralph examine avec inquiétude ses deux beignets confiture, qu'il effleure d'un doigt précautionneux :

— Confiote violette, beurk! Je préfère la rouge.

— C'est du raisin, Ralph, dis-je.

— Ouais, raisin. Ce truc violet est immangeable.

Kent se sent coupable et dit :

— Il paraît que Marco est sur la Côte, en train de tourner les manifs.

— Ton beignet te convient, Thump-Thump?

— De tout premier ordre, Ralph.

— Va nous chercher deux roussettes, Kent. Tu te sens capable d'en avaler une autre, Thump-Thump?

— Non, répond Tulpen, il engraisse.

— *Trois* roussettes, alors, commande Ralph en repoussant la gelée violette.

— Tu es déjà trop gros, lui lance Tulpen. Le cas de Trumper n'est pas désespéré.

— Trois roussettes, Kent.

L'électricité statique accumulée dans la pièce s'échappe quand Kent ouvre la porte. Ralph écoute s'éloigner le pas lourd de Kent sur le trottoir. Nous sommes seuls à percevoir une vague atmosphère de conspiration. Ralph en fait un peu trop pour éviter toute relation trop intime avec Kent. Une sorte d'autodéfense personnelle, j'imagine.

Ralph nous serre tous les deux dans ses grands bras :

— Mes enfants, hier soir, j'ai vu une de ces paires de fesses...

C'est Tulpen qu'il observe, s'attendant à ce qu'elle se tapote un sein. Mais elle est trop subtile pour se laisser prendre au jeu. Tandis qu'elle se dirige vers la porte, son coude se soulève un peu.

— Je t'ai vue ! hurle Ralph.

Mais elle est partie. La porte de la salle de montage se referme, et me voilà seul à seul avec Ralph Packer, qui, en dépit (ou peut-être à cause) de sa confusion mentale, est à l'avant-garde du cinéma d'avant-garde.

Nous attendons nos beignets.

8

Encore quelques vieilles lettres

Fred Trumper
918 Iowa Ave.
Iowa City, Iowa

Le 3 octobre 1969

Société pétrolière de combustibles
Boîte postale 790
Tulsa, Oklahoma

Messieurs,
Bien reçu votre appel, à la suite duquel je considère *bien*
mon découvert envers vous comme un « privilège », et j'ai
la ferme intention d'éviter les « ennuis » auxquels vous
faites allusion.
Ci-inclus un chèque de 3 dollars. Mon compte débiteur
se trouve ainsi réduit à 44,56 dollars, somme que je compte
vous envoyer dans les meilleurs délais.
Apprenez que mon fils a été gravement malade.

Remerciements,
Fred Trumper
(Carte crédit Esso n° 657-679-896-22)

***

Fred Trumper
918 Iowa Ave.
Iowa City, Iowa

Le 3 octobre 1969

M. Harry Estes
Service du Contentieux
Carte de crédit Sinclair,
Boîte postale 1333
Chicago, Illinois

Cher Monsieur Estes,

Veuillez trouver ci-inclus mon chèque de 15 dollars. Et, bien qu'il ne puisse constituer à vos yeux qu' « une autre goutte d'eau dans la mer », il représente pour moi un effort considérable. Et en dépit du fait que mon compte débiteur, toujours important, se monte à 94,67 dollars — et je comprends parfaitement votre souci —, c'est également avec beaucoup d'effort que je me retiens de répondre sur le même ton à vos remarques blessantes.

Vous et moi avons conscience que votre firme est peut-être moins connue que d'autres, mais ma longue et agréable expérience d'autres organismes de cartes de crédit, lesquels manifestent un certain degré de compréhension et de tolérance, m'incite à vous indiquer que votre propre firme ferait bien de prendre exemple sur elles. Peut-être ignorez-vous ce qui rend une entreprise populaire ? Je vais vous le dire : c'est la *patience*.

Hélas, si les valeurs humaines que nous estimons pouvaient être pratiquées dans le domaine commercial, je suis certain que vous et moi entretiendrions des rapports plus harmonieux.

J'avais placé les plus grands espoirs dans votre société, quand vous êtes apparus sur le marché avec, pour symbole, ce grand dinosaure vert, amical et chaleureux. Je conserve l'espoir que vous continuerez de vous conformer à votre image.

Respectueusement,
Fred Trumper
(Carte crédit Sinclair n° 555-546-215-91)

**

Fred Trumper
918 Iowa Ave.
Iowa City, Iowa

Le 3 octobre 1969

Gaz-Électricité Iowa-Illinois
520 Jefferson St.
Iowa City, Iowa

Messieurs,

Ci-inclus 10 dollars destinés à réduire mon compte débiteur ; je réalise que la somme restant due est un prétexte suffisant pour que vous l'augmentiez des pénalités d'office. Je suis prêt à assumer cette charge supplémentaire, mais j'espère sincèrement que, vu ma sincère intention d'apurer au plus vite mes comptes, vous n'interromprez pas mon abonnement.

Au sujet de vos produits, je déclare, en toute honnêteté, que l'Iowa-Illinois nous a fourni la meilleure électricité que ma femme et moi ayons jamais eue. Nous avons vécu dans une partie du monde où la lumière sautait continuellement.

Nous apprécions également votre politique qui consiste à distribuer des sucettes aux jeunes enfants accompagnés de leurs parents, tant à votre bureau local qu'au siège social.

Remerciements,
Fred Trumper

*

Fred Trumper
918 Iowa Ave.
Iowa City, Iowa

Le 3 octobre 1969

Compagnie du téléphone Bell du Nord-Ouest
302 South Linn St.
Iowa City, Iowa

Messieurs,

En référence à mon actuel compte débiteur de 35,17 dollars : je ne paierai pas un penny tant que vous n'aurez pas déduit de mon relevé la somme de 16,75 dollars, et la taxe correspondante, pour un appel que je n'ai jamais donné à Georgetown, Maine. Je ne connais absolument personne à Georgetown, Maine, et, pour autant que je sache, personne à Georgetown, Maine, ne me connaît. Je vous rappelle que semblable erreur s'est déjà produite lors d'une facture précédente. Vous m'aviez compté une communication d'une heure quarante-cinq minutes pour Vienne, Autriche, puis aviez finalement reconnu votre erreur, une intervention s'étant produite avec un autre utilisateur de ma ligne collective. Au sujet de cet autre utilisateur de ma ligne collective, je pourrais vous écrire une autre lettre, car votre précédente explication « Erreur de manipulatrice internationale » ne me satisfait que médiocrement. De toute façon, ce n'est pas à moi de vous dire ce que je vous dois.

Salutations,
Fred Trumper
(tél. : 338-1536)

**
*

Fred Trumper
918 Iowa Ave.
Iowa City, Iowa

Le 3 octobre 1969

M. Milo Kubik
Épicerie fine
660 Dodge St.
Iowa City, Iowa

Cher Monsieur Kubik,

Vos viandes et charcuteries sont dignes des grandes métropoles, une quintessence de la gastronomie ! Votre magasin est le tout premier d'Iowa City pour vos spécialités de rognons, langue fumée, boudin noir et surtout cœur excellent. Et toutes ces petites terrines d'importation, ces petites boîtes exotiques de mets intraduisibles ! Nous adorons particulièrement votre Ragoût de Sanglier Sauce Médoc. Mon épouse et moi-même, Monsieur Kubik, faisons des festins de vos hors-d'œuvre variés.

J'ose espérer que vous nous pardonnerez de nous être laissé aller à notre gourmandise sur vos nourritures de tout premier choix ce mois-ci. C'est très volontiers que je vous envoie cet acompte de 10 dollars (ci-inclus), mais je me vois obligé de différer de quelques jours le reste de la facture, soit 23,09 dollars.

Soyez assuré que, le mois prochain, nous calculerons plus prudemment nos achats dans votre magasin si tentateur.

Honnêtement vôtres,
Fred et Sue Trumper

**
*

Fred Trumper
918 Iowa Ave.
Iowa City, Iowa

Le 3 octobre 1969

M. Merlin Shumway
Président/Compagnie bancaire de l'État d'Iowa
400 Clinton St.
Iowa City, Iowa

M. Shumway,

Veuillez trouver ci-inclus un chèque de M. Cuthbert Bennett établi à mon nom, de 250 dollars, endossé par moi pour être versé sur mon compte (n° 9 51 348). Cela devrait amplement combler mon léger découvert.

Je suis désagréablement surpris que la banque ait cru bon de retourner au couturier Sumner Temple le chèque de ma femme. Si vous aviez couvert ce chèque, mon compte n'aurait été à découvert que de 3,80 dollars plus les agios. Ce petit geste de courtoisie aurait épargné à ma malheureuse épouse une désagréable discussion téléphonique avec M. Temple ; une situation très embarrassante pour une somme aussi dérisoire.

J'en suis amené à supposer que vous retenez à mon encontre l'affaire de ma bourse d'études. Mais, quel que soit votre raisonnement, je suis tenté de transférer mon compte à la banque d'en face, la First National d'Iowa. Je le ferai certainement si vous continuez à me traiter avec une telle suspicion. J'ignorais simplement que j'étais à découvert. Comme vous pouvez le constater, j'avais en main des rentrées suffisantes pour couvrir immédiatement le déficit.

Sincèrement,
Fred Trumper

*
**

Fred Trumper
918 Iowa Ave.
Iowa City, Iowa

Le 3 octobre 1969

Sears, Roebuck & Co.
Central States Office
1st Ave. & Kalona St.
Cedar Rapids, Iowa

Messieurs,

En juin dernier, j'ai acheté pour mon épouse un aspirateur Standard-Plus, modèle X-100, que, sur la suggestion de votre bureau de vente d'Iowa City, j'ai choisi de payer à tempérament selon les termes du Plan de Crédit Facile Sears.

A l'heure actuelle, je ne désire pas vous décrire ma stupeur affolée devant les tarifs exorbitants exigés par ce « crédit facile ». A l'heure actuelle, j'aimerais simplement savoir *combien* d'échéances vous avez enregistrées sous mon nom, et pourquoi vous négligez d'indiquer la somme qui me reste à payer dans votre formulaire Crédit Facile. Chaque mois, je reçois la même élégante enveloppe, à l'intérieur de laquelle je ne trouve que cette note laconique : « Dû : 5 dollars. »

Or, il me semble bien que je paye régulièrement ces fameux cinq dollars depuis des temps immémoriaux. Combien de temps cela durera-t-il encore ? En d'autres termes, je ne réglerai pas la prochaine échéance avant d'avoir reçu toutes explications à ce sujet.

Permettez-moi de vous donner un conseil, si vous ne voulez pas que soit ternie votre excellente réputation dans la clientèle populaire. Soyez-en conscients : ce serait un

scandale si Sears & Roebuck, compte tenu de son importance et des tentacules atteignant les localités les plus
éloignées, et pénétrant dans les maisons et les esprits des
jeunes couches, oubliait ou foulait aux pieds les besoins
élémentaires des « petites gens ». Après tout, n'est-ce pas
nous, les petites gens, qui faisons la grandeur de votre
firme ?

> Un représentant attristé
> des Petites Gens,
> Fred Trumper
> (Contrat de crédit personnel facile n° 314-312-54-6)

**

> Fred Trumper
> 918 Iowa Ave.
> Iowa City, Iowa

> Le 3 octobre 1969

Union des consommateurs
Rédaction en chef de *Défendons-nous*
New York

Chers Défenseurs,
D'un organisme à but non lucratif à un autre, permettez-
moi de vous dire que vous êtes des bienfaiteurs publics, et
constituez une consolation face au terrifiant capitalisme
universel !
Puisque l'expérience personnelle me permet d'émettre
une opinion, sachez que je suis en total accord avec vos
enquêtes sur la publicité mensongère qui nous environne.
Soyez-en remerciés. Continuez le Bon Combat ! Ne vous
laissez pas acheter !
Il me faut toutefois apporter une note discordante au
concert de louanges que vous adressez aux magasins Sears
& Roebuck. La plupart de vos tests concernant leurs
produits et services leur donnent la mention « bien » ou
« passable ». J'ai une foi absolue dans votre action, et
admets volontiers que vos sources de renseignements sont
plus étendues que les miennes. Toutefois, je crois pouvoir
apporter à vos investigations la réaction d'un utilisateur de
l'aspirateur Standard-Plus modèle X-100. Avez-vous déjà

regardé de près cette merveille technologique ? Eh bien, allez en acheter un au moyen du Plan de Crédit Facile !

Vous accomplissez un travail salubre et magnifique, et je ne voudrais pas que la moindre faille dans vos jugements vienne souiller votre réputation.

Non lucrativement vôtre,
Fred Trumper

**
*

Fred Trumper
918 Iowa Ave.
Iowa City, Iowa

Le 3 octobre 1969

Services comptables
Université d'Iowa
Iowa City, Iowa

Chers Comptables,

Je suis bien obligé, je le crains, d'assumer ce mois-ci la pénalité de 5 dollars pour non-paiement dans les délais de mes frais d'études.

Cependant, et bien que j'accepte cette amende de 5 dollars, je compte déduire 5 dollars de ma facture de frais d'études, car je refuse de payer la récente augmentation de 5 dollars (dite taxe d'équipements de loisirs), dépense dans laquelle je ne veux prendre aucune responsabilité.

Je suis étudiant diplômé. J'ai vingt-six ans, suis marié, père de famille. Je ne fréquente pas l'université d'Iowa pour des « loisirs », d'aucune sorte. Que ceux qui veulent des équipements de loisirs les payent. Moi, je n'ai ni loisirs ni plaisirs.

L'unique raison pour laquelle je vous donne ces explications est que je crains qu'il n'y ait quelque malentendu de votre part quand vous recevrez l'argent pour mes frais d'études. Ne pensez pas que j'aie fait sauter l'amende pour paiement tardif. Ces 5 dollars-*là*, je les paierai. Ce sont les *autres* 5 dollars qui ne seront pas inclus dans mon chèque — que je vous enverrai sous peu.

On s'y perd, avec ces différents 5 dollars, mais j'espère avoir été clair.

Sérieusement,
Fred Trumper
(Étudiant ID 23 345 G)

*
*

Fred Trumper
918 Iowa Ave.
Iowa City, Iowa

Le 3 octobre 1969

Bureau de placement de l'enseignement
Student Union Building
Université d'Iowa
Iowa City, Iowa
A l'attention de Mme Florence Marsh

Chère Madame Marsh,

Vous ayant réglé ma cotisation voici quelque temps, j'espérais que votre service serait au moins sérieux. Votre circulaire de « situations vacantes » me semble tout à fait déraisonnable. Je vous avais bien spécifié (en un formulaire interminable, rempli en trois exemplaires) mes capacités, mes champs d'intérêt, mes diplômes, et dans quelles régions de ce pays je cherchais une place de professeur.

Suite à votre circulaire, je ne *veux pas* rencontrer un émissaire du Collège communautaire de Carother's, Arkansas, « proposant un poste à leur campus de Maple Bliss pour cinq classes de rhétorique à 5 000 dollars par an ». Me croyez-vous complètement fou ?

Je vous avais dit : Nouvelle-Angleterre, Colorado ou Californie (nord) ; dans un collège où j'aurais quelque possibilité de ne pas enseigner à des petites classes, pour un salaire minimum de 6 500 dollars, plus indemnités de déplacement.

Encore bravo pour votre service !

Lugubrement,
Fred Trumper

*
*

Fred Trumper
918 Iowa Ave.
Iowa City, Iowa

Le 3 octobre 1969

Shive & Hupp
Organisme de prêt, Ferme & Ville
U.S. Route 69, West
Marengo, Iowa

Chers Monsieur Shive et Monsieur Hupp,
   Messieurs, je vous le répète : je suis dans l'impossibilité momentanée de vous régler les intérêts en retard. Inutile donc de me bombarder d'autres lettres recommandées concernant votre sempiternel « taux de frais en augmentation » de même que vos menaces maladroites de « contentieux ».
   Vous ferez ce que vous voudrez. Moi, je n'en ferai pas plus.

Sincèrement,
Fred Trumper

*
**

Fred Trumper
918 Iowa Ave.
Iowa City, Iowa

Le 3 octobre 1969

Agence de recouvrement
Addison & Halsey
465 Davenport St.
Des Moines, Iowa
A l'attention de M. Robert Addison

Cher Bobby,
   Tu peux te la foutre au cul.

Salut,
Fred

9

Les rats et les tortues d'abord !

Maintenant, c'est Tulpen qui s'occupe des factures. Je ne vois même pas le carnet de chèques. Je participe, bien sûr, et de temps en temps je lui demande où nous en sommes financièrement.

— Tu n'as pas faim ? demande-t-elle. Tu as assez à boire ?

— Euh, oui, bien sûr...

— Alors, tu n'as besoin de rien ?

— Ma foi non...

— Pour l'argent ça va. Je m'arrange avec ce que j'ai.

— Je respire.

— Tu voulais acheter quelque chose ? demande Tulpen.

— Non, non, Tulpen... sincèrement, je n'ai besoin de rien.

— Eh bien, moi non plus.

Alors j'essaie de m'obliger à me taire, mais c'est plus fort que moi :

— Combien de fric avons-nous ? En gros, histoire de me faire une idée...

— Est-ce que Biggie a besoin d'argent ?

— Non, Biggie ne manque de rien, Tulpen.

— Tu veux envoyer un camion à Colm ? Un bateau ? Autre chose ?

— Un camion ? Un bateau ?

— Un jouet, si tu préfères.

— Ciel ! Jamais de la vie ! Je me demandais simplement si nous...

— Trumper, va jusqu'au bout de ta pensée, tu veux ?

Elle voudrait que je m'en tienne aux faits. C'est ça qu'elle veut dire.

Mais, sincèrement, si je louvoie devant les faits, c'est que leur relevé sec et objectif ne satisfait pas le mythomane qui réside en moi. Tout comme les statistiques les mieux établies. Pour moi, les statistiques n'ont jamais rien signifié.

A l'époque où ma mère m'écrivait encore, elle demandait toujours si nous étions convenablement équipés. Avions-nous un popot pour Colm ? Si nous en possédions un, tout allait bien. Mon père, lui, suggérait des pneus-neige ; avec des pneus-neige, nous serions heureux tout l'hiver. J'imaginais leurs amis leur demandant de nos nouvelles ; mon père mentionnerait nos randonnées hivernales, et ma mère ramènerait le popot. Qu'auraient-ils pu dire d'autre ?

Plus récemment, lors d'une brève conversation téléphonique avec mon père, il me demanda comment je payais mes factures. « Par chèques », lui répondis-je (j'imagine que c'est ce que fait Tulpen), « il est interdit d'envoyer des billets par la poste. » C'était tout ce qu'il voulait savoir, et, le sachant, il en savait suffisamment sur ma vie.

Les rites sont plus révélateurs que les faits !

Par exemple, j'ai longtemps considéré mon magnétophone comme un ami. Ou alors, j'écrivais à ma femme, je veux dire Biggie, pendant que je vivais avec elle. Naturellement, je ne lui donnais jamais ces lettres, puisque ce n'étaient pas de véritables lettres ; ce qui importait, c'était le rituel de les écrire.

J'en ai montré une à Tulpen :

Iowa City
5 octobre 1969

Pense à toi, Colm, mon unique enfant. A toi aussi, Biggie — ces blouses d'hôpital ne te vont pas.

Ton habitude de te lever à 6 heures ; ton mouvement musclé, harmonieux, efficace pour couper la sonnerie du réveil ; ton chaud contact quand tu te recouches un moment contre moi. Je murmure :

— Une nouvelle journée, Big.

— Oh! Bogus, tu te rappelles nos réveils à Kaprun?

— Avec toute la neige accumulée contre la fenêtre, dont un peu avait coulé dans la chambre...

— Et l'arôme du petit déjeuner! cries-tu. Tous les skis et les bottes entassés dans le vestibule...

— Plus bas, Big, tu vas réveiller Colm...

... lequel commence instantanément à pleurnicher dans la pièce voisine. Tu me dis de ne pas le gronder après ton départ, et te voilà hors du lit, ramenant la couverture sur moi. Tes gros seins fièrement accrochés défient le soleil levant, pointés par-delà le hall vers la fenêtre de la cuisine (symbole que je me sens incapable de décrypter).

Puis ton soutien-gorge, Big, meurtrit ta chair comme le mors blesse le cheval. Cette horrible blouse d'infirmière crisse désagréablement le long de ton corps, et voilà ma Biggie désinfectée, stérilisée, partie; vêtue, tu n'as pas plus de formes qu'une perfusion de dextrose, comme celles que tu verras toute la matinée, distribuant goutte à goutte leur fluide vital aux agonisants.

Tu grignotes un morceau à la cafétéria, bavardant avec les autres aides soignantes. Elles discutent de l'heure à laquelle sont rentrés leurs hommes la veille au soir, et je sais que tu leur dis: «Mon Bogus est au lit avec notre Colm. Et il a passé toute la nuit avec moi.»

Mais la nuit dernière, Big, tu m'as dit:

— Ton père est un sale con.

Je n'avais jamais entendu un tel mot dans ta bouche. Je t'ai approuvée, bien sûr, et tu as demandé:

— Que veut-il donc que tu lui prouves?

— Que je suis capable de mordre la poussière.

— Eh bien, c'est ce que tu fais! Que veut-il de plus?

— Il attend que je fasse amende honorable, que je lui dise qu'il avait raison. Il veut que je tombe à genoux et que j'embrasse ses chaussures poussiéreuses. Puis je dois dire: «Papa, je veux devenir un homme professionnel.»

— Tu n'es pas drôle, Bogus.

J'aurais espéré te voir rire, Biggie. Je te dis:

— C'est ma dernière année, Big. Nous repartirons en Europe. Tu pourras te remettre au ski.

Tout ce que tu as trouvé à répondre, c'est: «Conne-

rie ! », et je ne t'avais jamais entendue prononcer ce mot
sur ce ton.

Puis tu t'es allongée dans le lit contre moi, feuilletant par
la fin un magazine de ski, bien que je t'aie dit une centaine
de fois que c'est une étrange façon de lire.

Quand tu lis, Biggie, tu appuies le menton sur ta poitrine
rebondie : ton épaisse chevelure blonde vient cacher tes
joues, et je ne distingue plus que ton petit bout de nez qui
dépasse.

C'est toujours un magazine de ski, n'est-ce pas, Biggie ?
Sans aucune intention désagréable, mais histoire de me
rappeler tout ce dont je t'ai privée. Quand tu tombes
(inévitablement) sur une photo des Alpes, tu dis :

— Regarde Bogus ! Ce n'est pas là que nous étions ?
Près de Zell ou... Non ! Maria Zell, n'est-ce pas ? Regarde-
les tous, en plein entraînement. Dieu, regarde ces montagnes, Bogus...

— Nous sommes en Iowa maintenant, je te le rappelle.
Demain nous partirons à travers champs. Nous cher-
cherons une petite colline. Mais on trouvera plus facilement un cochon. On le tartinerait de gadoue, je lui
soulèverais le museau, et tu pourrais skier entre ses
oreilles, jusqu'à la queue. Une petite descente, je te
l'accorde, mais...

— Je ne voulais pas te culpabiliser, Bogus. Simplement
te montrer cette photo !

Pourquoi suis-je incapable de te laisser tranquille ? Je
m'acharne sur toi :

— Je pourrais accrocher une corde à la voiture, Big. Tu
pourrais faire du slalom entre les tiges de maïs et les faisans
égarés. Demain, je ferai mettre quatre roues motrices à la
Corvair.

— Lâche-moi ! dis-tu.

Tu sembles lasse. Notre lampe de chevet clignote,
crachote, s'éteint, et dans l'obscurité tu murmures :

— As-tu payé la note d'électricité ?

— C'est juste un fusible.

Abandonnant le tiède abri du lit, je descends au sous-sol.
J'aurais dû y descendre dans la journée pour installer le
piège pour la souris que je me refuse à attraper. J'épargne
une fois encore le rongeur, et change le fusible qui a sauté,
toujours le même, sans raison valable.

De retour dans la chambre, tu me cries : « Ça y est ! Ça

remarche ! Tu y es arrivé ! » comme si j'avais accompli un miracle. Et, quand je reviens vers toi, tu croises tes beaux bras et tu donnes des coups de pied sous les draps.

— Finie, la lecture, dis-tu, une lueur hardie dans les yeux, en agitant les pieds.

Oh, je sais que tu ne veux que mon bien, Big, mais je sais aussi que ces mouvements des pieds sont un bon entraînement de skieur, pour renforcer les chevilles. Tu ne peux pas me duper. Je te dis :

— J'arrive tout de suite, Big. Je vais jeter un coup d'œil à Colm.

J'aime bien passer un moment à le regarder dormir. Les enfants sont si vulnérables, si fragiles. Colm, je me lève la nuit pour m'assurer que tu respires encore.

— Mais enfin, Bogus, cet enfant est en pleine santé !

— Oh, je le sais, Big. Mais il est si *petit*...

— Il est d'une taille normale pour son âge, Bogus.

— Je sais, Big. Ce que je voulais dire, c'est seulement que...

— Je t'en prie, ne le réveille pas à tout bout de champ pour vérifier qu'il est vivant !

Quelquefois, la nuit, je me mets à crier :

— Regarde, Big ! Il est *mort* !

— Pour l'amour de Dieu ! Il *dort* !

— Regarde comment il est... Il s'est brisé la nuque !

— Tu dors dans la même position, Bogus.

Eh bien, tel père, tel fils ; je me sens parfaitement capable de me briser la nuque en dormant.

— Reviens au lit, Bogus.

Non que je répugne à te rejoindre dans ta chaleur, mais je dois régler le chauffage ; la lampe témoin s'éteint tout le temps. Et ce poêle fait un drôle de bruit ; un de ces jours, nous nous réveillerons cramés. Ensuite, vérifier que la porte est bien fermée à clé. Il n'y a pas que du maïs et des porcs en Iowa... N'importe quoi peut arriver.

— Vas-tu enfin te recoucher ? cries-tu.

— J'arrive ! Je suis en route !

Bogus Trumper était simplement en train de vérifier et de re-vérifier. On peut le traiter d'imprévoyant, mais pas de blasé.

Ma lettre à personne n'impressionna nullement Tulpen. Elle remarqua :

— Bon Dieu, tu n'as pas changé d'un poil !

— J'ai changé de vie, dis-je, je suis un homme différent.

— Dans le temps, tu te faisais du mouron pour une souris, aujourd'hui c'est pour des poissons et des tortues.

Elle m'avait rivé mon clou. Mon silence l'amusa, et elle souleva, oh, très légèrement, un de ses seins avec le dos de sa main. Parfois, quand elle fait ça, j'ai envie de lui taper dessus !

Car c'est vrai. Je me fais du souci pour les tortues et les poissons. Pas exactement du même ordre qu'autrefois pour la souris. Cette souris était en danger permanent ; c'était mon devoir de la tenir à l'abri des pièges de Biggie. Quant à Tulpen, elle possédait déjà ces poissons et ces tortues quand je me suis installé chez elle. Son lit est encadré sur trois côtés par des bibliothèques à hauteur d'homme : nous sommes emmurés par des mots. Et au sommet des rayonnages sont disposés tout au long, formant un U aquatique, ces aquariums glougloutants. Ils font des bulles toute la nuit. Elle les laisse éclairés par des tubes au néon incorporés. Je reconnais que c'est utile quand je me lève pour pisser.

Mais cette aura perpétuelle autour du lit nécessite une accoutumance. Dans un demi-sommeil, on se sent submergé par une lueur spectrale dans laquelle tortues et poissons s'agitent vaguement.

Pour nourrir les tortues, elle plonge dans l'eau un bout de viande attaché à une ficelle ; toute la nuit elles grignotent cette bidoche de pendu ; au matin, c'est un bout de chair gris cadavre que Tulpen sort de l'aquarium. Grâce à Dieu, elle ne les nourrit qu'une fois par semaine.

Un jour, j'ai imaginé que le locataire du dessus fabriquait une bombe. (Il fait des bruits étranges, la nuit, et les lumières baissent dans l'aquarium.) Si la bombe de ce type explosait, il y a suffisamment d'eau dans ces aquariums pour nous noyer dans notre sommeil.

Cette idée en tête, j'ai failli une nuit téléphoner au Dr Jean-Claude Vigneron. D'abord pour me plaindre : son régime aqueux laisse à désirer. Mais surtout, j'avais envie d'entendre une voix rassurante. Je lui aurais peut-être demandé pourquoi il était si sûr de lui. Mais j'aurais voulu trouver un moyen de le secouer, de lui faire perdre sa belle confiance en lui. Je l'aurais appelé le plus tard possible. « Dr Vigneron? Mon pénis vient de tomber. » Juste pour voir ce qu'il aurait dit.

J'ai raconté mon plan à Tulpen, qui m'a répliqué :

— Tu sais ce qu'il aurait dit? Il aurait dit : « Mettez-le dans le frigo et appelez ma secrétaire pour un rendez-vous. »

Une fois de plus, elle avait raison. J'étais content qu'elle n'ait pas tapoté son nichon, elle a du tact. Cette fois-là, elle a éteint la lumière des aquariums.

10

On aurait tort de négliger
les statistiques

Ça le chagrine d'évoquer la jolie petite Lydia Kindle, enthousiasmée par l'étude de la langue allemande et rêvant d'entendre des chansons fredonnées dans la *Muttersprache,* ou même de l'opéra. Pour lui faire plaisir, il enregistra une bande rien que pour elle. La basse chantante Bogus Trumper lui modulant sensuellement ses chansons favorites. Ça devait être une surprise.

Il lui remit la cassette un après-midi, au labo de langues.

— Rien que pour vous, mademoiselle Kindle. Quelques lieder que je connais...

— Oh! Monsieur Trumper! dit-elle en se précipitant vers ses écouteurs.

Il surveilla le petit visage aux grands yeux, concentré au-dessus du pupitre de la cabine d'audition. Tout d'abord, elle sembla passionnée, ô combien! puis le mignon visage grimaça de façon critique ; elle arrêta la bande — rompant le rythme! —, la remonta, stoppa encore. Elle prit des notes. Il alla lui demander ce qui clochait.

— C'est incorrect, fit-elle, désignant ses griffonnages de lutin. Ce n'est pas *mude,* c'est *müde.* Le chanteur néglige tout le temps l'umlaut.

— Le chanteur, c'est moi, dit-il avec tristesse.

C'est dur de se voir critiqué par les jeunes. Il s'empressa d'ajouter :

— L'allemand n'est pas ma langue préférée. Je me suis spécialisé essentiellement dans les langues scandinaves... Vous connaissez le nordique primitif inférieur ? Je crains que mon allemand ne soit un peu rouillé. Je pensais que vous aimeriez les *airs*.

Il se sentait amer devant cette enfant ingrate. Mais elle lança alors, avec un sensuel frémissement de gorge :

— Oh, monsieur Trumper, c'est un enregistrement *merveilleux* ! Juste une erreur sur *müde*. Et j'adore ces chansons. Vous avez une si belle grosse voix !

« *Grosse* » *voix* ? pensa-t-il. Mais tout ce qu'il trouva à dire fut :

— Vous pouvez garder la cassette. Cadeau.

Il battit en retraite, la laissant étonnée dans la cabine. A présent, elle semblait rêver sous ses écouteurs.

Quand il ferma le labo à l'heure du dîner, elle courut après lui, en faisant attention de ne pas l'effleurer avec sa petite robe soyeuse.

— Vous allez à la cafète ? gazouilla-t-elle.

— Non.

— Moi non plus.

Et il pensa : *Dame, elle prend ses repas dans les nids, une graine ici, une graine là, bondissant de l'un à l'autre dans tous les arbres de la ville.* Il demanda :

— Et vous, où allez-vous donc ?

— Oh, n'importe où, nulle part, dit-elle en balançant sa chevelure fine et légère.

Comme il se taisait, elle dit d'un ton câlin :

— Expliquez-moi à quoi ressemble le nordique primitif inférieur ?

Il lui récita quelques mots : « *Klegwoerum, vroognaven, okthelm, abthur, uxt.* » Il eut l'impression qu'elle frissonnait. Sa petite robe chatoyante, l'espace d'une seconde, trahit ce ressac émotionnel, que Trumper voulut croire sincère.

A force de pratiquer le mensonge, Trumper finissait par douter des autres. Ses propres motivations lui parurent insondables. Duper cette naïve provinciale pendant que sa propre femme — Lady Fardeau, Maîtresse de Céans — souffrait de ses absences.

Biggie fait la queue au supermarché A & P, à la caisse ACHATS PEU NOMBREUX. Elle a moins de huit emplettes, son budget ne lui en autorisant pas plus. Nonchalamment appuyée sur son caddie, elle éprouve comme autrefois l'envie irrésistible de se lancer dans un slalom géant. Elle rapproche ses pieds l'un de l'autre, l'un légèrement en avant, reporte tout le poids de son corps sur le ski aval et plie les genoux en position de recherche de vitesse. Toujours appuyée à la barre du chariot, elle serpente jusqu'en tête de queue. Derrière elle, une petite bobonne sans formes fixe avec indignation les larges évolutions de Biggie ; dans le pantalon collant, la croupe de Biggie est ronde et ferme. Le mari de la ménagère feint de ne pas regarder, d'être outré lui aussi. A l'intérieur du caddie, Colm a déjà ouvert un paquet de céréales.

Arrive la confrontation avec la caissière moite, excédée par la ruée consumériste du vendredi soir. Elle ne jette qu'un coup d'œil au chèque de Biggie, mais le nom de Trumper est inoubliable. La caissière vérifie dans l'ignominieuse liste des mauvais payeurs et dit :

— Attendez une minute, sioupplaît, m'dame.

Survient à présent le directeur, en chemisette à manches courtes raide d'amidon, de ce tissu à mailles lâches au travers desquelles transparaissent les poils quasi pubiens de sa poitrine. Il dit :

— J'ai votre nom sur cette liste, madame.

Biggie est en pleine godille.

— Quoi ?

— Votre nom sur la liste noire. Nous n'acceptons pas votre chèque. Veuillez vider ce caddie...

— Mais mon chèque est valable, proteste Biggie. Allons, nous bloquons toute la file d'attente !

Mais personne ne proteste dans la queue ; un drame est en train de se produire. La bobonne et son mari se sentent vengés quelque part. Cette bonne femme sans rondeurs doit se dire : *Peut-être que j'ai les fesses en goutte d'huile, mais au moins mes chèques sont honorés...*

— Je vous en prie, videz votre caddie, madame Trumper, répète le directeur. Vous pouvez acheter tout ce que vous voulez chez nous, mais *en espèces.*

— Eh bien, dans ce cas, payez-moi mon chèque, dit Biggie avec sa logique particulière.

Le petit chef se sent moralement soutenu par la file d'acheteurs. Colm répand les Cheerios sur le sol. Le directeur demande à Biggie :

— Vous avez de quoi payer ce paquet de céréales ?

— Non, mais, dites donc, vous... Mon chèque est tout ce qu'il y a de bon...

Mais le directeur s'approche jusqu'à la toucher et commence à vider le chariot. Quand il veut séparer Colm des Cheerios, l'enfant commence à hurler, et Biggie — qui dépasse le directeur d'une bonne demi-tête — empoigne le singe par sa chemisette à manches courtes en tissu aéré amidonné, lui arrachant quelques-uns de ses poils crépus. Biggie le pousse brutalement contre la caisse, arrache Colm du chariot et lui fait enfourcher sa forte hanche rebondie ; de sa main libre, elle récupère les Cheerios.

— C'est la dernière fois que je viens dans ce dépôt d'ordures, lance-t-elle en reprenant son chéquier à la caissière.

— Je vous prie de sortir ! souffle le directeur, s'adressant davantage à Colm qu'à Biggie.

Laquelle parle :

— Alors sortez de mon chemin !

Ce que le directeur tente de faire, se serrant contre le comptoir tandis que Biggie se fraye un passage en force à grands coups de hanche. Ces étroits goulets ne sont pas faits pour deux personnes, surtout quand Biggie est l'une d'elles.

Elle conserve une dignité parfaite en franchissant les chuintantes portes automatiques, puis traverse le parking, laissant derrière elle une traînée de céréales. Si elle pense quelque chose, c'est dans le genre : *Si j'étais sur mes vieux skis, j'exécuterais un virage sur place dans cette allée. Bien ferme sur les carres. Mes carres sont bien aiguisées ; d'un moulinet bien placé, j'aurais pu sectionner les deux tétons de cet enculé merdique.*

Elle se contente d'expliquer à Bogus l'origine du problème monétaire :

— Tout ça, c'est la faute de ton salaud de père !

... et je ne peux qu'opiner quand nous nous retrouvons à la maison, Colm pataugeant dans les Cheerios. La lampe à l'entrée de notre chambre crépite, clignote et s'éteint. Biggie ne semble pas remarquer que toutes les autres lumières fonctionnent et se met à crier :

— Ils nous ont coupé le jus ! Oh, mon Dieu, Bogus, ils auraient pu attendre le matin !

— Ce n'est que l'ampoule, Big. Ou ce foutu fusible.

A ma façon — infantile —, j'essaie de chahuter avec elle pour la faire rire, mais c'est alors qu'elle s'aperçoit du chantier créé par le pauvre Colm et son paquet de céréales. Elle m'envoie balader ; j'en suis réduit à descendre en solitaire à la cave.

En bas de l'escalier humide, je me rappelle que je dois désarmer le piège pour éviter un sort cruel à la souris, et j'appelle Biggie :

— On a une souris vraiment mariolle. Elle est encore passée au travers !

Mais je m'aperçois que la souris a déclenché le piège elle-même ; elle y a pénétré et a grignoté le bout de fromage sans y abandonner sa tendre petite tête. J'ai une suée en pensant au risque qu'elle a pris. Je chuchote en direction de son trou :

— Écoute, la souris, je suis venu pour t'aider. Sois patiente ; laisse-moi déclencher le ressort. Ne prends plus de risques pareils, tu as tout à y perdre.

— Que dis-tu ? lance Biggie d'en haut.

— Rien, rien ! J'étais en train de jurer après cette sale bête ! Elle a encore filé !

Bien longtemps après avoir remplacé le fusible, à la satisfaction audible de Biggie, je reste planté là. J'entends le tic-tac du compteur électrique à travers la cloison, et il me semble que ce sont les battements de cœur de la souris, qui se demande : « Seigneur ! Que sont devenus les grands trappeurs d'antan ? » Alors je murmure dans l'ombre au remugle de moisi :

— N'aie pas peur. Je suis dans ton camp.

Là-dessus, le petit cœur cesse de battre. Je suis à deux doigts de hurler, aussi épouvanté que lorsque je n'entends plus respirer Colm. Biggie me crie :

— Qu'est-ce que tu fiches encore en bas ?

— Oh, rien, Big.

— Eh bien, ça te prend du temps, de ne rien faire !

Je me surprends à réfléchir sur le temps. Tout ce temps passé ! Sans réelles privations ou souffrances. De fait, je n'ai pas eu une vie vraiment pénible, parfois même assez rigolote. C'est simplement l'accumulation des choses quotidiennes qui ne semble pas avoir abouti à un tas conséquent, ni même tangible, alors que je leur attachais tant d'importance qu'elles m'empoisonnaient l'existence, ces irritations minuscules.

— Bogus ! Qu'est-ce que tu fais ?

— Rien, Big !

Cette fois, je le pense. Ou je distingue plus clairement ce que c'est que ne rien faire.

— Tu dois bien faire *quelque chose* ! hurle Biggie.

— Non, je te jure, je ne fais rien du tout !

Bogus Trumper est en ce moment parfaitement sincère.

— Menteur ! Je parie que tu fais joujou avec cette saleté de souris !

Souris ? Es-tu encore là, souris ? J'espère que tu n'es pas allée en haut en espérant y trouver la chance de ta vie. Crois-moi, tu es bien plus tranquille peinarde dans ton sous-sol, Sourisquetout ! A l'abri des mesquineries du quotidien...

M'y voilà ! Ce que je reproche à ma vie est qu'elle s'encombre de choses *infimes* — des erreurs de jugement, mais aucun crime réel. Je n'ai à affronter que des périls anodins ; rien ne me guette d'aussi définitif qu'une souricière. Je perds ma vie à ne pas la risquer.

— Boguuuuus !

J'entends Biggie s'agiter dans le lit. Je lui crie :

— J'arrive. J'ai tout cerné, maintenant.

— La souris ?

— Quelle souris ?

— Tu as cerné la souris ?

— Non, Seigneur ! Pas la souris.

— Alors quoi, Seigneur ? Qu'est-ce que tu as trouvé, qui t'a pris une éternité ?

— Rien, Big. Finalement, je n'ai rien trouvé...

Et une nouvelle nuit retrouve Trumper à sa fenêtre, pour l'heure magique qui semble séduire aussi le vieux Fitch, le célèbre gardien de gazon, sorti de son lit pour une ronde rapide. Il doit redouter la venue de l'automne, avec toutes ces choses mortes dégringolant des arbres.

Mais cette nuit-là, M. Fitch manque au rendez-vous. Appuyant légèrement l'oreille contre l'écran à sauterelles (fabrication de guerre), Trumper perçoit un brusque froissement de feuilles sèches, et distingue dans la lumière jaunâtre d'un lampadaire un petit paquet de feuilles d'automne voltigeant autour de la maison des Fitch. M. Fitch est mort pendant son sommeil ! Son âme, momentanément, se rebelle : Encore un petit coup de râteau, madame la Mort !

Bogus se demande s'il va téléphoner chez les Fitch, rien que pour savoir qui décroche. Il dit tout haut :

— M. Fitch vient de trépasser.

Biggie a appris à ne plus s'éveiller la nuit quand Bogus parle tout seul. *Pauvre Fitch*, pense Bogus sincèrement ému. Une fois, Fitch avait avoué qu'il travaillait au Bureau des statistiques. *Maintenant, vous en êtes devenu une, M. Fitch.*

Trumper tente d'imaginer quels plaisirs excitants Fitch a pu éprouver durant sa longue carrière dans les statistiques. Penché sur le micro, il pense que le Bureau voudrait qu'il se montre bref et objectif. Déterminé à se limiter aux seuls événements statistiques, il déclenche l'enregistreur et commence à parler :

— Fred " Bogus " Trumper. Né le 2 mars 1942 à l'hôpital de Rockingham-by-the-Sea, Portsmouth, New Hampshire. Accouché par son propre père, le Dr Edmund Trumper, urologue et obstétricien remplaçant.

« Fred " Bogus " Trumper obtint un diplôme de fin d'études à l'Exeter Academy en 1960. Vice-président de Der Unterschied (le ciné-club en langue allemande de l'école). Critique poétique du *Pudendum* (magazine underground de l'école). Il pratiqua l'athlétisme (saut à la perche) et la lutte gréco-romaine (avec un problème de concentration : il battait largement son adversaire aux points, puis se faisait toujours piler à la fin). Appréciation administrative sur les notes générales de Trumper ? Médiocres.

« Il alla à l'université de Pittsburgh en stage d'athlétisme (lutte) ; ses possibilités étaient considérées comme excellentes, mais il devait apprendre à dominer son regrettable manque de concentration. Son année scolaire fut annulée quand il quitta Pittsburgh. Ses performances sportives ? Nulles.

« Il alla à l'université du New Hampshire. Matière principale ? Inconnue. Il partit en fin d'année scolaire.

« Il alla à l'université de Vienne, Autriche. Principal sujet d'études ? L'allemand. Taux de concentration ? Eh bien, il avait rencontré Merrill Overturf.

« Il retourna à l'université du New Hampshire et obtint son premier degré d'allemand. Ses aptitudes pour les langues étrangères ? Immenses.

« Il fut accepté à l'université d'État de l'Iowa en section de littérature comparée. Il se vit accorder une bourse complète pour ses travaux de recherches en Autriche, de janvier à septembre 1964. Il entendait prouver que les poèmes en dialecte et les contes populaires du Tyrol et de la région de Salzbourg provenaient, *via* la migration d'une tribu germanique primitive, du nordique primitif inférieur. Il ne découvrit rien pour confirmer cette hypothèse. Toutefois, il renoua avec Merrill Overturf, et à Kaprun, village des Alpes autrichiennes, il rencontra et engrossa un membre de l'équipe américaine de ski alpin. Elle s'appelait

Sue " Biggie " Kunft, native d'East Gunnery, Vermont.

« Regagnant les États-Unis, il présenta cette grande sportive enceinte à son père, à Great Boar's Head ; père parlant de Sue " Biggie " Kunft comme de " cette grande caravelle allemande ", et refusant d'en démordre même quand il sut que le père de Biggie était un Allemand du Vermont.

« Fred " Bogus " Trumper se fit couper les vivres par son père " jusqu'à ce qu'il ait fait preuve de son sens des responsabilités ".

« Mariage en septembre 1964 à East Gunnery, Vermont. Sue " Biggie " Kunft fut obligée d'agrandir, par des fentes pratiquées au rasoir, la robe de mariage qui lui venait de sa mère et de sa grand-mère, et d'y ajouter des bandes extensibles et quantité de voiles pour dissimuler plusieurs mois de gestation. Le père de Biggie trouva regrettable d'interrompre de la sorte une carrière sportive prometteuse. La mère de Biggie était ravie que sa fille abandonne le ski, mais catastrophée à cause de la robe dynastique.

« Trumper retourna à l'université d'État de l'Iowa avec un mémoire de maîtrise acceptable sur les rapports entre les ballades et contes populaires dialectaux du Tyrol et de la région de Salzbourg et le nordique primitif inférieur. Il fut autorisé à repartir en Autriche afin de poursuivre son intéressante étude. Ce qu'il fit, après la naissance traumatisante de son premier enfant (on avait dû lui administrer des soins à l'hôpital de l'université d'Iowa en mars 1965 pour un bref évanouissement consécutif à son premier regard sur son bébé sanguinolent. " C'est un garçon ! " avait joyeusement annoncé l'infirmière en sortant de la salle de travail. " Est-ce qu'il vivra ? " avait demandé Trumper juste avant de s'affaler gélatineusement sur le carrelage).

« Il retourna néanmoins en Autriche, pour y revivre son idylle avec sa femme, et retrouver son vieil ami Merrill Overturf. Ratant cette double expérience, il revint en Iowa pour annoncer qu'il renonçait à son mémoire de maîtrise, et comptait choisir un nouveau sujet pour son doctorat de philo. C'est alors qu'il entama sa traduction d'*Akthelt et*

Gunnel, du nordique primitif inférieur. Il s'y absorbe encore depuis plus de quatre ans...

« Il cherche toujours à se réconcilier financièrement avec son père. Il se demande toujours si son fils vivra. Et il doute de l'opportunité de son mariage avec une athlète professionnelle capable de faire plus de pompes que lui. Par exemple, il craint de lutter avec elle, redoutant de mener tout le match aux points, puis de se retrouver vaincu au dernier moment. De plus, le jour où il lui apprit qu'il avait pratiqué le saut à la perche, elle lui dit qu'elle en avait fait aussi, et il n'a jamais osé lui demander quel était son record...

... instant auquel, dramatiquement, la bande atteint son terme, vrombit, tourne à vide, s'effiloche et jaillit hors de la bobine vide, *tchikity, tchikity, tchikity, tchack !*

— Bogus ? grommelle Biggie depuis la chambre.

— Rien, Big.

Il attend qu'elle se rendorme, puis se repasse tranquillement ses statistiques enregistrées. Il juge qu'elles manquent de concision, d'objectivité, de franchise, de signification, et réalise que M. Fitch et le Bureau des statistiques vont refuser toute information relative au frauduleux Trumper, et supprimer son nom du fichier. Regardant par la fenêtre la façade obscure des Fitch, il se rappelle que Fitch est mort. Soulagé, il va au lit. Mais, au matin, pendant que Colm fait du tremplin sur sa poitrine, détournant sa tête sur l'oreiller, il scrute par la fenêtre. A l'apparition fantomatique de Fitch qui tond sa pelouse, Trumper oublie de rattraper Colm, qui s'aplatit sur le sol.

— Mon Dieu, Bogus ! s'exclame Biggie en se précipitant pour ramasser l'enfant en larmes.

— M. Fitch est mort cette nuit, dit Bogus.

Avec un regard placide vers la fenêtre, Biggie réplique :

— Eh bien, ce matin, il va beaucoup mieux.

Donc, c'est le matin, déduit Bogus, qui tente de se réveiller ; il regarde Biggie, qui s'est recouchée avec Colm.

*Et si Biggie n'est pas à l'hôpital, c'est que nous sommes
samedi. Et si nous sommes samedi, je vais aller vendre des
fanions, des breloques, des badges et des crécelles. Et si
l'Iowa perd encore le match, j'irai m'inscrire dans une école
qui a une équipe gagnante...*

Puis c'est la bagarre soudaine, le chambardement universel à côté de lui dans le lit ; Biggie va se lever de nouveau. Il
se tourne pour enfoncer son nez dans sa poitrine avant
qu'elle ne s'en aille, mais ne rencontre que son coude.

Il ouvre les yeux. Rien n'est conforme aux apparences.
Comment pourrait-il y avoir un Dieu ? Il tente de se
rappeler la dernière fois qu'il a cru en Dieu. Était-ce en
Europe ? *Bien que Dieu soit un grand voyageur, ce n'était
sûrement pas en Europe. Du moins Dieu n'était pas en
Europe pendant que Biggie s'y trouvait avec moi.*

Il évoque alors Merrill Overturf. *Ce fut la dernière
manifestation de Dieu,* pense-t-il. Par conséquent, croire en
Dieu dépendait de la présence de Merrill.

11

Notre Dame bat Iowa, 52 à 10

Peut-être que Dieu est mort, pour autant que je le sache, mais le onze de Notre Dame semblait posséder un douzième joueur clandestin, lui permettant de mener à la marque. Avant même le début du match, je pouvais déceler la présence d'une Puissance divine encourageant les adversaires. Signe avant-coureur, je vendis deux fois plus de fanions Notre Dame que d'Iowa : les supporters locaux n'avaient pas la Foi. Craignant le pire, ils ne voulaient pas encourir d'humiliation supplémentaire en arborant des fanions pro-Iowa. Ils pénétrèrent dans le stade les mains vides, une discrète cravate verte par-ci, des chaussettes vertes par-là : si Iowa perdait, ils pourraient toujours se prétendre irlandais, et il n'y aurait aucun badge Hawkeye ou crécelle pour les incriminer.

On pouvait prédire l'issue de la rencontre rien qu'en regardant ce qu'on vendait dans les stands. Mais je n'assistai pas à la partie. Une catastrophe personnelle m'épargna cette douleur.

Avec mon encombrant panneau de contre-plaqué (un loquet primitif soutient par-derrière un trépied de chevalet, mais l'ensemble est trop instable pour résister au vent), je colporte ma camelote vers la zone de hors-jeu. Du fait que seuls les étudiants fauchés et les retardataires achètent ces places, ce n'est pas l'emplacement rêvé pour la crème des amateurs de gris-gris.

Je suis en train de vendre mon sixième fanion Notre Dame quand j'aperçois la petite Lydia Kindle, se dandinant aux côtés d'un véritable *Bheurk* de petit copain. Je jure que le vif zéphyr tomba un instant, alourdi par le

parfum de ses cheveux ! Moi, j'interromps ma stupide
vente à la criée ; je cesse de brailler : « Fanions ! Badges !
Crécelles ! Coussins gonflables ! Chapeaux de pluie ! Tous
marqués Iowa ou Notre Dame ! »

Je regarde trottiner Lydia, son copain traînant ses grolles
auprès d'elle ; le vent la bouscule contre lui, ils éclatent de
rire. Pour tout l'or du monde, je ne voudrais pas qu'elle me
voie, bleu de froid et blotti contre mon panneau criard,
vantant ma camelote d'une voix éraillée, sans la moindre
trace d'accent nordique primitif inférieur.

Je me replie derrière mon éventaire, dos collé au
panneau ; le vent souffle de façon alarmante. Au cas où,
j'arrache mon hideux badge Hawkeye Enterprise, matricule 501, et l'enfourne, avec mon tablier à monnaie, dans la
poche extérieure de mon parka. Je reste prudemment tapi
derrière mon bouclier. Et voilà-t-il pas que son *Bheurk*
s'exclame :

— Hé, qu'est-ce que tu dis de ça, Lid ? Y a personne
pour surveiller cet éventaire. Tiens, je t'offre un badge !

J'entends pouffer l'innocente enfant. Mais le *Bheurk*
manque de dextérité pour détacher un badge du tissu recou-
vrant le tableau, et l'idée de son larcin doit lui donner la
trouille, car il tiraille et secoue si fort que je dois m'agripper au pied du chevalet pour empêcher tout le système de
s'écrouler. Puis j'entends une bande de tissu se déchirer,
et, du coin de l'œil, je vois un serpentin de badges Iowa
voltiger dans la bourrasque. Le vent, plus les efforts du
petit copain de Lydia Kindle, et ce qui doit arriver arrive :
je perds l'équilibre et ma dignité. Le panneau dégringole.

— Attention ! s'écrie la tendre voix de Lydia, ça te
tombe dessus !

Le *Bheurk* n'a pas le réflexe de reculer pour échapper à
ce panneau de deux mètres qui s'abat sur lui. Certain que
c'est du contre-plaqué léger, il lève une main insouciante
pour le recevoir ; il ignore que je suis collé derrière et
qu'une masse de quatre-vingts kilos va lui faire une
surprise. Aussi, quand il se retrouve en sandwich sur le
ciment, pousse-t-il un cri d'agonie. Je sens le panneau se
fendre le long de ma colonne vertébrale, et je devine le

chapardeur qui tente en vain de s'extraire du piège. Ne lui prêtant nulle attention, je lève les yeux vers Lydia :

— *Klegwoerum. Vroognaven okthelm abthur, awf ?*

Elle reste bouche bée, tandis que le panneau s'agite sous moi. Changeant de langage, je module :

— *Wie geht's Dir heute ? Hoffentlich gut !*

Grognement étouffé sous le panneau. Je m'assieds lentement, affectant une attitude hautaine, et demande, un peu inquiet comme si je venais de m'éveiller en sursaut :

— Que se passe-t-il donc, Lydia ?

Aussitôt sur la défensive, elle explique :

— Le tableau est tombé.

Comme si je ne le savais pas. J'achève de me lever, et le *Bheurk* émerge de ma ferblanterie comme une tortue de sa coquille.

— Que diable faites-vous là-dedans ? lui demandé-je, histoire de le mettre dans son tort.

— Funérailles de mes couilles ! braille-t-il, je voulais juste piquer un badge merdique !

Quasi paternel, je prends Lydia par le bras, émettant à l'adresse du *Bheurk* agenouillé :

— Surveille ton langage, fiston.

— Comment ? ulule-t-il. Ce... ce *stand* est à vous ?

— M. Trumper dirige mon labo de langues.

Lydia s'adresse à lui d'un ton glacial, de façon à rendre invraisemblable toute connexion éventuelle entre ma grandeur et ces misérables gadgets.

Mais le *Bheurk* n'est pas convaincu. Il se redresse avec difficulté et demande :

— Eh bien, qu'est-ce que vous fabriquiez derrière ce foutu éventaire ?

— C'est très simple... le vendeur... le vendeur a dû s'absenter un moment. Passant par là, je lui ai proposé de garder sa marchandise en son absence.

Pour faire diversion et l'empêcher de passer mes déclarations au crible, je fais remarquer au *Bheurk* que le marchand serait fort mécontent de retrouver son matériel en miettes, et qu'il aurait sans doute intérêt à l'attendre pour s'excuser.

Instant mémorable. La confiante Lydia Kindle éperdue d'adoration pour moi — un homme de goût et de talent, grandiose et suffisamment simple pour offrir assistance à un camelot de bas étage ! Un humaniste vient d'entrer dans la vie de la jeune Lydia ! A ce stade de ma gloire, je ne dédaigne pas de redresser moi-même le panneau, alors que le *Bheurk* grommelle dans le vide, puis tire rageusement le badge de sa poche.

— Viens, Lid, on va rater le début du match.

J'aperçois alors Fred Paff, le soupçonneux directeur des ventes des Hawkeye Enterprises, croisant dans la zone de hors-jeu. Il contrôle ses vendeurs. Il me repère aussitôt, avec mon éventaire endommagé. Je ne porte pas mon badge d'identification, et ne suis pas sanglé dans ma ceinture à monnaie jaune citron. Je m'empresse de dire à Lydia :

— Votre ami a raison. Courez vite, vous risquez de manquer le coup d'envoi.

Mais en pleine adoration, elle continue sa contemplation béate.

— Filez !

Le *Bheurk* prend le coude de Lydia, mais il est trop tard. Fred Paff s'abat sur nous. Je sens déjà son odeur de tweed et de déodorant ; ses bajoues claquent au vent, il respire à pleins poumons, en pleine forme, aux aguets. Il corne :

— Trumper ! Qu'est-ce que tu as fait de ton badge Hawkeye et de ton tablier ? Et, que le diable me chatouille, qu'est-il arrivé à ton matériel ?

J'ose à peine le regarder fouiner parmi les objets répandus. Il perd le souffle à la vue du tissu déchiré, des bricoles éparses. Je suis frappé de mutisme. Fred Paff me frappe sur l'épaule d'un geste quasi fraternel. Il me caresse comme un chien blessé, ce qui m'est insupportable. Fouillant ma poche de parka, il en extrait l'atroce évidence, le tablier citron et mon badge matricule 501.

— Fred, dit-il avec douceur, Fred, dis-moi ce qui ne va pas chez toi.

— Ha ! s'esclaffe le *Bheurk,* c'était *lui* le vendeur !

Alors Paff s'enquiert :

— Fred, ces gens veulent acheter quelque chose ? Tu ne veux rien vendre aujourd'hui, Fred ?

Si seulement Lydia Kindle s'était jointe aux risées, j'aurais pu tout supporter. Si elle s'était rangée du côté de son *Bheurk*, j'aurais pu faire face à l'humiliation. Mais je la sentais là, débordante de sympathie à mon égard.

— Oh, monsieur Trumper, dit-elle, vous ne devriez pas avoir honte. Des tas de gens sont obligés de gagner leur vie, vous savez, et je trouve ça formidable de votre part, sincèrement !

C'est cette compassion bébête et innocente qui me fait le plus mal.

— Sacré nom de Dieu, Fred, ressaisis-toi ! dit Paff.

Même Paff qui s'inquiète pour moi ! (Lors de notre réunion de vente, il nous avait dit qu'il prenait soin de ses vendeurs, mais je n'en avais pas cru un mot.) C'est trop.

Paff, Lydia, le *Bheurk* narquois m'entourent. Lui, au moins, je le comprends ! Et voilà que s'amasse un groupe de badauds ! Assister à un drame avant le match, c'est une sacrée aubaine. Pensée collective des badauds : Si seulement ils voulaient monter des spectacles pareils pendant la mi-temps ! Si seulement ils balançaient ces vendeurs dans l'arène, face à une horde de cochons de l'Iowa, avec pour se défendre leurs ridicules panneaux d'exposition, ça ce serait du spectacle !

J'abandonne.

Je récupère mon matériel, bouscule l'ignoble *Bheurk* et fends la foule sanguinaire, brandissant mon panneau à travers la masse, telle une Excalibur. Puis je me penche en avant, plié comme un canif et fonce droit devant, protégé sur mes arrières par mon bouclier. Je distingue des visages terrifiés qui s'écartent devant ma ruée ; on me hurle des insultes ; on tape sur mon panneau protecteur, on arrache des trophées, on me pille, un fanion par-ci, un badge par-là. Une cacophonie s'élève, celle des crécelles volées en un rien de temps...

Franchissant l'angle du stade, j'aperçois, trop tard pour l'éviter, un immense vigile du collège. Je ne peux que baisser la tête ; j'entends son souffle brutalement coupé, je vois son visage bleu s'éloigner de moi comme s'il était propulsé dans les airs. J'évite de justesse de piétiner son insigne, solidement fixé sur sa poitrine. Poursuivant ma course, je m'attends à recevoir une balle explosive dans les reins, mais j'arrive sain et sauf à l'entrée des vestiaires. Rien ne s'est produit. Je pense avec terreur qu'il a été décapité net par la tranche de mon panneau ; quand j'ai vu tomber sa tête, c'est que plus rien ne la retenait à son corps...

Les genoux tremblants, je me rue dans la salle réservée aux vendeurs. Quelqu'un me débarrasse de mon fardeau. Ce bon Samaritain est le matricule 368, qui arbore la cravate du club de foot. Voyant mon panneau dénudé, il s'exclame :

— Bon Dieu, 501, tu as tout vendu ! A quel endroit étais-tu ?

Les autres s'assemblent. Le comptable commence à inventorier la razzia, déterminant les ventes et le pourcentage. Je me sens trop faible pour donner des explications. Il m'informe que j'ai tout vendu, sauf un fanion, et quatre breloques. Il y en a pour plus de trois cents dollars de camelote. Il calcule alors la somme astronomique de ma commission, mais je lui tends ma véritable recette : douze dollars soixante-quinze *cents*.

— Je me suis fait dévaliser. Ils m'ont eu.

— Qui ? demande 368, secoué.

— La foule, les fans enragés !

Ils me consolent. Leur compassion me fait mal.

— 501, fait 368, tu veux dire qu'ils t'ont tout volé ?

Pour toute réponse, je désigne mon panneau dévasté, et mes genoux écorchés par le gravier. Mais le vent tourne, il faudrait que je m'esquive. Fred Paff va se pointer dans une seconde. Un hurlement s'élève de la foule : coup d'envoi. La plupart des vendeurs s'égaillent ; le 368, supporter frénétique, est tenté de m'abandonner aussi. Du geste, je l'assure que je me sens bien, et qu'il peut aller voir le match. Il murmure sans conviction :

— On devrait quand même faire quelque chose.

Mais son esprit est ailleurs, sur le coup de pied à suivre.

Si je n'étais pas si faible, je lui dirais que tous les camelots devraient se syndiquer. Je lui expliquerais le partage des bénéfices et l'exploitation du prolétariat. Donnez sa chance à l'homme à la cravate ! Marx avec nous ! Badgistes du monde entier, unissez-vous !

Mais, à ce moment, l'avant-centre de Notre Dame s'empare du ballon par un coup de baguette magique. 368 dit :

— Il faudrait mettre deux hommes pour chaque stand.

— Ils devraient partager la commission, objecte le comptable.

— Mais non ! fait 368. Il n'y aurait qu'à *doubler* la commission ! Me dites pas que quelqu'un ne se remplit pas les fouilles dans ce trafic de merde !

Sans aucun doute, ce 368 est un économiste distingué qui a ramassé sa cravate dans une poubelle.

Mais nos spéculations en restent là. Au-dessus de nous, le stade entier vibre d'une clameur animale. Le 25 de Notre Dame, qui a traversé la défense adverse, s'apprête à marquer un but imparable, et notre 368 se précipite vers le tunnel le plus proche, tandis que le comptable disparaît par une ouverture au fond de la salle.

Souhaitant avoir la vitesse du 25 de Notre Dame, je prends opportunément la tangente. A cette heure, la circulation est plus dense. Les retardataires ayant raté le coup d'envoi envahissent les entrées du stade. Un type contrefait, engoncé dans des couvertures, m'aide à m'extraire du magma, et je sors par la salle de presse, aussi libre que le 25 de Notre Dame, lequel court seul en milieu de terrain, suivi de loin par un ailier de l'Iowa, avec pour objectif la ligne des buts adverses. La clameur atteint un niveau assourdissant, et des acclamations montent des catholiques fous de joie. La fanfare des Combattants irlandais lance des accords triomphaux.

Moi, je me contente de filer en direction opposée, loin du numéro 25, loin de l'endroit où gît le vigile décapité, et où une armada de volontaires se rassemble pour me traquer. Je franchis sans trop de difficulté les frontières du stade, en me meurtrissant les genoux aux pare-chocs des voitures, et en me dissimulant aux regards inquisiteurs du gardien de parking, bizarrement surmonté d'un casque de la police militaire. Pourquoi un casque pour garder des voitures ?

Puis je me propulse dans les étendues désertiques du campus en direction de l'Iowa River, au-delà des sinistres bâtiments de, l'hôpital. Devant la maternité, plusieurs fermiers affalés sur le capot de leurs camionnettes attendent leurs femmes et enfants, en consultation au dispensaire gratuit que leur offre l'université. On y soigne les morsures de porcs, les fausses couches et les innombrables maladies bizarres transmises par les animaux.

Un moment, je cours à l'aveuglette, envahi par l'image irraisonnée et malsaine de Colm, déchiqueté par une de ces truies démentes qui dévorent leurs propres porcelets.

Passé le quadrilatère des dortoirs, j'entends un phonographe solitaire jouer par défi un morceau pour cordes de Scarlatti — plus harmonieux et mystique que des vitraux d'église. Il existe au moins quelqu'un qui n'aime pas le football ! A l'abri des regards, je m'arrête un instant pour écouter et reprendre mon souffle. J'entends un pas qui s'approche.

Un pas lent, fatigué. Celui peut-être du vigile ressuscité, portant sa tête sous le bras. Même dans cet état, il est sûrement moins épuisé que moi. J'attends que le pas me rejoigne, et, quand une main légère se pose doucement sur mon bras, je tombe à genoux ; j'appuie mon front sur le ciment tiédi au soleil de cette cour abritée, et la musique de Scarlatti me parcourt l'épine dorsale, en même temps que la main inconnue. Je découvre des jambes fines et fuselées. Quand les jambes voient que je les regarde, elles se serrent l'une contre l'autre, et les genoux semblent les fesses roses d'un bébé. Une main tente faiblement de me soulever la tête, et je l'y aide. J'appuie mon menton écorché contre la douceur de la robe.

Lydia Kindle dit alors :

— Pauvre monsieur Trumper.

Elle poursuit d'un ton plus assuré :

— *Wie geht's dir jetzt ? Hoffentlich gut...*

Incapable de rivaliser avec sa prononciation allemande, je réponds d'une voix épaisse en nordique primitif inférieur :

— *Klegwoerum.*

Elle insinue sa douce main fraîche dans l'encolure de mon parka et me masse la nuque de son mieux.

Alors, en provenance des vastes dortoirs presque vides, j'entends le dernier accord de la harpe. Il s'éternise au-dessus de nous comme un orage sur le point d'éclater. Nous nous redressons, et je tiens Lydia serrée contre moi, si menue que je peux sentir son cœur battre à travers son dos. Elle approche du mien son jeune et tendre visage à la délicate ossature. Si c'était le mien, j'aurais peur de le casser en me retournant dans mon sommeil. Elle lève vers moi ce fragile objet d'art.

Ma moustache n'a nul besoin d'être inspectée d'aussi près, aussi m'empressé-je de l'embrasser. Comme ses lèvres tremblent, je recule et lui prends la main. Quand nous commençons à marcher, je l'attire plus près de moi. Sur le chemin de la rivière, je sens sa hanche me heurter légèrement ; elle essaie de modeler ses formes et son allure à mon balancement de plantigrade. Passé le pont, nous voilà en ville ; après un stade de muette accoutumance, nos pas s'harmonisent enfin.

Je distingue notre reflet dans les vitrines des magasins. Nous voici superposés à un mannequin portant un slip et un soutien-gorge à fleurs, un sac sous le bras. Puis notre image change. Voyez le plan suivant, où nous nous superposons à la trogne renfrognée d'un buveur de bière, surveillant un joueur de flipper qui semble faire l'amour avec la machine dans un déchaînement de lumières multicolores. Tableau suivant : nous deux, seuls, reflétés par une vitrine obscure et vide, avec, dans le coin inférieur de notre image, l'inscription À LOUER. J'ai eu le temps de la lire deux fois avant de me rendre compte que nous avons cessé de marcher et nous regardons dans ce miroir obscur son visage et le mien, rapprochés. Elle semble surprise mais heureuse.

Mais regardez-moi ! Cheveux en désordre, yeux injectés, bouche secouée par un rictus ! Mon visage n'est qu'une grimace, déplaisante et contractée comme un poing. Derrière notre reflet, la foule habituelle circule et regarde, s'arrêtant un instant pour chercher à voir ce qu'il y a de si intéressant ; les gens disparaissent dès qu'ils ont vu ces deux visages mal assortis, peut-être effrayés par mon expression sauvage.

S'adressant au trottoir, Lydia Kindle murmure :

— On peut se voir n'importe quand. Dites-moi quand vous voulez.

— Je vous téléphonerai.

— Ou alors, passez-moi un billet... au labo de langues.

— Très bien, un billet.

Seigneur ! Des billets doux au labo de langues !

— Ou n'importe quoi.

— D'accord, n'importe quoi, dis-je.

Elle se dandine un moment, s'attendant à ce que je reprenne sa main. Mais je n'ose pas. Je parviens à sourire — un sourire aussi alléchant que la grimace d'un squelette. Puis je la regarde reprendre son chemin, s'attardant sur le passage pour piétons, se retournant pour me lancer un au revoir ; face à la vitrine, je me vois ébauchant un geste du bras, maladroit comme si mes articulations étaient coincées.

Puis je la suis lentement, feignant de ne pas m'intéresser aux orgueilleux mouvements de sa croupe. Alors je remarque des passants qui s'intéressent à mes genoux en lambeaux, et je me penche pour arranger mes loques, épousseter les graviers, et je perds Lydia de vue.

Oh ! Chaleur et sympathie ! Plus on en reçoit, plus on en veut.

Je rentrai retrouver Biggie, et la surpris accroupie dans l'entrée, devant la porte de la salle de bains, sa poitrine flottant librement dans un de mes T-shirts, engoncée dans un de mes Levis, si étroit qu'elle ne pouvait en fermer la braguette. Colm s'amusait sur le carrelage, essayant de provoquer un accident entre deux camions. Et Biggie, poussant un seau devant elle, me surprit en train de l'examiner, époustouflé par sa puissance animale et pas loin de redouter qu'elle ne me dévore.

— Tu joues les voyeurs, maintenant ?

— Mais non, Big.

Je me rappelais ce qui s'était passé avec Lydia, et n'osais affronter le regard de Biggie.

— Désolée si je ne suis pas assez *sophistiquée* pour toi !

Elle marcha vers moi, poussant du pied le seau d'eau ammoniaquée, puis se baissa, ce qui projeta ses seins de part et d'autre. L'un d'eux me regarda droit dans les yeux. Comme si je n'étais pas assez intimidé.

— Bogus, qu'est-ce qui ne va pas ? On a annulé le match de foot ?

De sa large main, elle me souleva le menton. Alors, je vis sa bouche s'affaisser, et, me méprenant sur l'origine de sa colère, je la crus furieuse devant mon aspect hirsute. Puis je passai ma langue sur mes lèvres, et reconnus le goût du rouge à lèvres de Lydia Kindle : amour mandarine.

— Espèce de salaud ! grinça Biggie.

Tirant du seau une serpillière dégoulinante, elle m'en souffleta d'abord, puis m'en frotta avec violence le pourtour de la bouche. C'est surtout à cause de l'odeur d'ammoniaque que mes yeux s'emplirent de larmes. Je bégayai :

— J'ai perdu mon boulot, Big.

Elle se tut. Je répétai :

— J'ai perdu mon boulot, cette saloperie de boulot...

Et je me sentis une fois de plus tomber à genoux. C'était trop dans la même journée.

Biggie se remit à frotter le sol, mais je lui encerclai les hanches et me serrai contre elle, ressassant encore et encore :

— J'ai plus de boulot, plus de boulot !

D'un coup de genou, elle m'atteignit au menton ; me mordant la langue, je sentis du sang me couler dans la gorge. Je voulais me rapprocher d'elle, et la vis soudain tout près de moi, agenouillée elle aussi. Elle dit d'un autre ton, *son* autre ton :

— Bogus, ce job, tu n'y tenais pas vraiment. C'était un sale boulot ! Il te rapportait si peu qu'on ne verra même pas la différence... Pas vrai, Bogus ?

L'ammoniaque, c'est très fort. J'étais hors d'état de parler ; je ne pouvais que chiffonner le T-shirt de Biggie pour essuyer le sang de ma bouche. Biggie m'étreignit ; elle est si costaud que je faillis me faire une bosse, mais je retrouvai ma place de prédilection, enfoui serré entre cuisses et poitrine. Je me laissai câliner par la chaude voix rauque :

— Tout va bien, Bogus, calme-toi. Maintenant, tout ira bien...

J'aurais peut-être contesté ce dernier point, si je n'avais vu Colm, fatigué de démolir ses camions, s'approcher de nous, curieux de savoir quelle créature sans défense sa maman était en train de materner. Cachant mon visage contre Biggie, je sentis la menotte de Colm toucher mon dos, mes oreilles et mes pieds pour essayer de voir où je m'étais fait mal. Parole d'honneur, je n'en savais rien moi-même.

— J'ai un cadeau pour toi !

La puissante voix de Biggie s'enfle dans le vestibule, résonne, éveille des échos. Elle me tend un truc. *Un cadeau de licenciement pour mari infidèle !* Colm tripote l'étiquette, tandis que je la traduis du hongrois. En provenance de l'épicerie fine Milo Kubik, une précieuse boîte de Ragoût de Sanglier Sauce Médoc. Milo Kubik, le gourmet exilé. Il s'est échappé de Budapest avec ses souvenirs, et aussi des conserves inestimables. Dieu soit loué qu'il ait réussi son évasion. Je sais bien que, si c'était moi qui avais voulu fuir Budapest, un bocal de marinade dans une poche, un flacon de paprika dans ma culotte, je me serais fait prendre.

12

Et si nous avions un bébé ?

Tulpen rentra de bonne heure, mais Bogus et Ralph Packer s'attardèrent au studio de Christopher Street pour travailler à la bande sonore de *Retour à la ferme*.

La communauté hippie de la Ferme libre s'était emparée d'environ quatre arpents de terre inculte appartenant à un collège local d'arts libéraux. Elle avait planté un jardin et invité les vrais fermiers du coin à venir partager leur récolte et planter des potagers à eux. Le collège possédait plusieurs centaines d'arpents en friche. Les responsables du collège demandèrent aux libres fermiers de lever le camp, mais les libres fermiers alléguèrent qu'ils ne faisaient que mettre en valeur un terrain abandonné. Ne pas cultiver la terre était un crime contre l'humanité, alors que dans tout le Vermont existent des fermiers privés de terre. Les libres fermiers resteraient sur les terres du collège jusqu'à ce que la police les expulse.

Ralph visionna quelques-unes des dernières séquences ; Bogus s'amusa avec la bande-son.

(Plan moyen ; pas de son synchrone. Intérieur, jour. Épicerie-bazar. Les libres fermiers font leurs emplettes, dispersés dans les allées, ramassant des articles, puis les reposant comme si ces aliments et ces outils étaient de riches présents.) COMMENTAIRE *(Bogus en voix off)* : Les libres fermiers achètent du germe de blé, du miel, du riz brun, du lait entier, des oranges, du cidre, du papier à cigarettes, des pipes de maïs, des Camel, des Marlboro, des Winston, des Lucky, des Salem...

*(Plan moyen; son synchrone. Extérieur, jour. Épicerie-
bazar. Les libres fermiers regagnent leur minibus Volkswagen à motifs psychédéliques, garé devant le magasin. Celui
qui porte le sac de victuailles a les cheveux longs attachés en
queue de cheval; il est vêtu d'une salopette de cultivateur. Il
fouille dans le sac.)*

GARÇON : Pour qui les Salem? *(Il brandit le paquet.)*
Allons! Qui fume des Salem?

Ensuite ils visionnent la séquence du président du collège
local. Le président a son utilité dans le film, car il anticipe
avec volubilité ce qui va se produire.

*(Plan moyen, travelling; pas de son synchrone. Extérieur,
jour. Campus du collège. Nous suivons le président à travers
le parking, puis sur le sentier longeant le mail. Il est vêtu
avec soin. Il salue aimablement les étudiants qui passent.)*

COMMENTAIRE *(Bogus en voix off)* : Le président est âgé
de quarante-trois ans. Divorcé, remarié. Bachelier en
chirurgie, maître en chirurgie, doctorat de philosophie et
de botanique à Yale. Il a quatre enfants, tous de lui. Il est
président de la convention démocrate de l'État...

*(Le président pénètre dans un bâtiment avec un groupe
d'étudiants. Les étudiants disparaissent, mais le président
s'arrête pour s'essuyer les pieds.)*

COMMENTAIRE *(voix off)* : Il s'oppose à la venue de la
police sur le campus. Bien qu'il défende avec fermeté la
propriété privée, et ait fréquemment enjoint aux libres
fermiers de décamper, il n'appellera pas la police...

*(Plan rapproché; son synchrone. Intérieur, jour. Bureau du
président. Le président parle directement à la caméra.)*

PRÉSIDENT : Pourquoi appeler la police? Les vrais fermiers d'ici vont prendre eux-mêmes les choses en main...

On charge la bobine suivante, qui est consacrée au chef
de la Ferme libre, un certain Morris. Un soir, une bande de
vrais fermiers vient à la Ferme libre et moleste Morris. La

police interroge la maîtresse anonyme de Morris, qui a assisté à l'échauffourée.

(Plan moyen ; son synchrone. Intérieur, nuit. Poste de police. L'amie de Morris porte une salopette par-dessus une énorme paire de seins moulés dans un vieux T-shirt que nous avons déjà vu porté par Morris. La fille s'adresse à un sergent de police ; une secrétaire prend note.)

FILLE : ... j'peux pas vous dire c'qu'ils faisaient à Morris, parce qu'il y en avait un qui me mangeait la tête — vous savez, il me disait des grossièretés. Alors y en a un autre qui s'est penché — j'étais à plat ventre — et il m'a pincé un nichon. *(Elle remonte sa poitrine pour montrer l'endroit incriminé.)* Voilà tout ce qu'ils veulent de nous, en réalité ! Baiser, c'est tout ce qu'ils veulent ! Ils racontent qu'ils nous détestent, mais mon vieux, ils aiment nos culs ! Ouais, d'accord, ils m'ont battue, foutue par terre et tout ça, mais ce qu'ils cherchaient vraiment, c'est tirer leur coup à l'œil ! Vous comprenez, avec leurs bonnes femmes bardées de corsets, de soutiens-gorge, avec leurs bigoudis sur la tête, c'est pas étonnant qu'ils aient envie d'aller baiser ailleurs. Seulement, ils ont peur de nous ! C'est ce qu'ils ont expliqué à Morris...

SERGENT DE POLICE : Comment ont-ils exactement expliqué ça à Morris ?

FILLE : Simplement en lui filant une avoine, mon gars.

SERGENT DE POLICE : Morris ne les avait pas provoqués ?

FILLE : Morris ? Vous voulez rigoler ou quoi ? Morris leur a demandé de se mettre de son côté ! Morris ne sait même pas comment provoquer un putain de mec !

Suit une séquence lugubre à l'hôpital, montrant Morris couvert de pansements et placé en extension. Finalement, le reste des libres fermiers dut se mettre sous la protection de la police, car les vrais fermiers, revenus à la charge, avaient détruit tous leurs plants de tomates. « Protection de la police » signifie que la police expulse tous les libres fermiers de leur Ferme libre.

Quand Morris sort de l'hôpital, il revient au village pour faire une sorte d'autopsie de la défunte Ferme libre. Il demande à tous les fermiers s'ils auraient été jusqu'au lynchage, ou si au contraire ils auraient fini par tolérer la Ferme libre. Ces investigations n'ont pas le moindre intérêt, puisque la Ferme libre n'existe plus, mais, apparemment, il est important pour Morris d'obtenir des réponses.

(Plan moyen — fondu enchaîné ; pas de son synchrone, fond musical. Extérieur, jour. Caserne des pompiers. Morris, appuyé sur des béquilles, est avec son amie. Tous deux discutent avec le chef des pompiers, mais on n'entend pas leurs propos. L'accompagnement musical est After the Goldrush, *de Neil Young. Pendant que Morris dévide une diatribe, le chef des pompiers reluque la compagne de Morris. Plan américain ; pas de son synchrone, fond musical. Extérieur, jour. Une ferme. Morris et la fille discutent avec l'un des vrais fermiers, probablement impliqué dans la bagarre. La jeune femme désigne sa poitrine, faisant probablement référence au pinçon. Morris semble amical ; le fermier circonspect. Plan moyen ; pas de son synchrone, fond musical. Extérieur, jour. Épicerie-bazar. Morris et sa copine sont assis sur les marches du magasin. Ils boivent des Pepsi. Morris parle avec enthousiasme, mais sa compagne semble l'avoir assez vu. Contrechamp montrant la fourgonnette psychédélique Volkswagen. Son synchrone, musique en sourdine. Morris et sa nana sur le départ. On les voit monter dans le minibus. Morris s'adresse directement à la caméra. Son amie garde les béquilles.)*

MORRIS : Ils ne nous auraient pas tués. Peut-être qu'ils nous auraient encore cassé la figure, mais ils n'auraient absolument pas pu nous tirer dessus. J'ai l'impression que nous sommes beaucoup plus proches d'eux maintenant ; une sorte de communication s'est établie. *(Se tournant vers son amie.)* C'est aussi ton avis, n'est-ce pas ?

FILLE : Ils t'auraient éclaté la tête à coups de fusil, Morris !

Le film est censé se terminer sur le commentaire du président du collège.

(Plan moyen; travelling. Son synchrone. Extérieur, jour. Pique-nique des parents d'élèves. Sur la classique aire à pique-niques se promènent des parents endimanchés, souriants, qui se saluent; le président déambule comme un pape distribuant des bénédictions. Il mange du poulet frit, et s'ingénie à le faire proprement. La caméra s'approche de lui, pour ne cadrer que son dos. Il se retourne soudain, face à l'appareil. Au début, il a le trac; très vite, il reprend son calme, et s'exprime avec sérieux, comme s'il évoquait une chose du passé.)

PRÉSIDENT : Savez-vous ce qui me réconforte réellement, même quand de tels événements se produisent chez nous? Eh bien, je vais vous dire quelque chose à propos de nos gosses... et c'est très encourageant. Ils vivent heureux et ils étudient, voilà ce qu'ils font. Vraiment... et c'est ça qui me donne de l'espoir. Ils vivent et ils étudient, comme tous les gosses de tous les pays, à toutes les époques...

Kent arriva sur ces entrefaites avec les bières et le fromage. Il avait tenu la caméra pour une bonne partie de ces séquences, et brûlait d'envie de voir le résultat.

— Vous l'avez déjà visionné?

— C'est nul, dit Ralph. Tout le métrage. Totalement raté.

— Ce n'est pas fameux, tempéra Trumper.

Kent développa le fromage comme s'il s'agissait de son cœur brisé, et demanda :

— C'est l'image qui est mauvaise?

— Tout est infect, fit Ralph.

Ils restaient assis, réfléchissant à ce qui avait foiré. Kent demanda :

— C'était mon boulot de caméra?

— C'était tout le foutu concept, fit Ralph.

— Les *gens* sont tous à chier ! remarqua Trumper. Tellement conventionnels !

— Ce sont des gens *simples,* dit Ralph. Les gens du peuple n'ont rien de complexe.

— Même la fille et son gag du nichon ? Elle n'était pas extra ?

— Le discours politique, la mièvrerie et l'humour plouc, tout est con à tout point de vue, énonça Ralph. Du moins dans cette séquence.

— Je peux me la projeter ? implora Kent. J'aimerais au moins avoir une idée de la cata !

— Tu n'aimeras même pas ton travail à l'image, asséna Ralph.

— Ça ne t'a pas plu, Ralph ?

— *Rien* ne m'a plu.

— Même le montage ?

— Ne parlons pas du montage tant que Tulpen n'est pas là ! intervint Trumper.

— D'ailleurs, c'était juste un bout-à-bout, précisa Ralph.

— Oh, et puis ça suffit, Kent ! lança Trumper.

— OK, Thump-Thump, je ne dirai plus rien. Et le son ? Ça va, le son ?

— Honnête, accorda Ralph. Thump-Thump s'améliore de jour en jour, techniquement parlant.

— Ouais, dit Trumper. C'est mon imagination qui ne va nulle part.

— Tout à fait exact, dit Ralph.

— Je vous en prie, fit Kent, laissez-moi au moins visionner ce putain de bout-à-bout !

Alors ils le laissèrent rembobiner le film, et partirent dans Christopher Street pour aller boire un café au New Deal. Ralph marmonna :

— Mon seul but dans un film est de montrer, non de démontrer.

— Je ne crois pas aux messages, dit Trumper.

— T'as raison. Rien que de bonnes descriptions, mais subjectives, hein ! Personnelles, sinon c'est du simple journalisme.

— Si le New Deal est fermé, je vais piquer une crise.

Mais le bistrot était ouvert, ils s'installèrent devant deux pots d'espresso-rhum avec zeste de citron.

— Détruisons ce film, Thump-Thump. C'est toujours la même chose. Tout ce que j'ai fait est extraverti, et j'ai besoin de tourner une œuvre introvertie.

— C'est ton problème, Ralph.

— T'es vachement de bon conseil, Thump-Thump, c'est ce qui te rend tellement passionnant !

— C'est ton film.

— Imagine que ce soit *toi* qui fasses le prochain, Thump-Thump. Qu'est-ce que ça serait ?

— Je n'ai aucun projet, dit Trumper, regardant flotter l'épluchure de citron dans son jus.

— Mais qu'est-ce que tu *éprouves* ?

Trumper entoura de ses mains son pot de café :

— J'ai chaud, dit-il. En ce moment, j'ai chaud.

Qu'est-ce que je peux bien « éprouver » ? se demandait-il plus tard, déambulant dans l'appartement obscur de Tulpen, et piétinant ses vêtements de ses pieds nus.

Un soutien-gorge, j'éprouve un soutien-gorge, là, sous mon pied gauche. Et une douleur ? Oui, une douleur, mon orteil droit vient encore de heurter le fauteuil de la chambre : c'est de la douleur.

— C'est toi, Trumper ? fit Tulpen en se retournant dans le lit.

Il grimpa auprès d'elle, la chercha, l'étreignit.

— Des seins, dit-il tout haut, j'éprouve des seins.

— Gagné ! lança Tulpen, se lovant à son tour contre lui. Elle chuchota :

— Qu'est-ce que tu peux dire d'autre ?

Douleur ? Eh bien, oui, les dents lui mordillant le ventre ; le suçon assez fort pour lui aspirer le nombril...

— Tu m'as manqué, lui dit-il.

D'habitude, ils rentraient ensemble du travail. Mais elle ne lui répondit pas ; elle avait refermé la bouche sur sa vitalité assoupie ; il avait un peu peur qu'elle ne le morde, et les cuisses de Tulpen se refermèrent si étroitement sur ses tempes qu'il entendit résonner ses propres pulsations. Il la caressa du bout de la langue, tout en cherchant à se frayer un passage jusqu'à son cerveau.

Par la suite, ils se reposèrent, environnés de la lueur froide des aquariums. D'étranges poissons les survolaient ; des tortues paresseuses faisaient surface, tanguaient un instant avant de se remettre en plongée. Trumper immobile tentait d'imaginer d'autres façons de vivre.

Il isola une minuscule anguille, turquoise, translucide, aux organes visibles en plein fonctionnement. Un organe faisait penser à un outil de plombier, plongeait, aspirait, puis la gueule de l'anguille rotait une bulle minuscule. Quand la bulle s'éleva vers la surface, les autres poissons l'examinèrent, la poussèrent, la firent éclater. *Une forme de langage ?* s'interrogea Trumper. Une bulle renfermait-elle un mot, ou toute une phrase ? Peut-être même un paragraphe ? Un minuscule poète, translucide et turquoise, s'adressant magnifiquement à ses contemporains ! Trumper était sur le point de parler à Tulpen de l'étrange poisson, mais elle parla en premier :

— Biggie t'a appelé cet après-midi.

Trumper souhaita pouvoir faire des bulles, enviant la capacité de communication de l'anguille.

— Qu'est-ce qu'elle voulait ?

— Te parler.

— Elle n'a laissé aucun message ? Colm va bien, j'espère !

— Elle a dit qu'ils s'absentaient pour le week-end, et que si tu téléphonais, que tu ne t'inquiètes pas.

— Alors c'est pour ça qu'elle a appelé. Elle n'a rien dit au sujet de Colm ?

— Elle a dit que tu appelais régulièrement chaque week-end. Tu ne t'en étais pas vanté.

— Eh bien, j'appelle du studio. Juste pour parler à Colm, et je préférais que tu n'entendes pas...

— Ton fils te manque, Trumper ?

— Oui.

— Et pas elle ?

— Biggie ?

— Oui.

— Non, dit Trumper. Biggie ne me manque pas.

Silence. Il scruta l'aquarium, mais l'anguille loquace avait disparu. *Change le sujet de bulle, et vite,* se dit-il. Il s'empressa de lancer :

— Ralph veut détruire son film... Tu sais, *Retour à la ferme.* Les dernières séquences ne valent rien. Le concept filmique est trop banal...

— Je sais, dit Tulpen en le regardant fixement.

— Il t'en a déjà parlé ?

— Il veut faire un film vraiment *personnel,* n'est-ce pas ?

Il opina, voulut lui caresser les seins, mais elle lui tourna le dos, roulée en boule. Elle fit :

— Un film plus complexe. Apolitique et introverti. Un film plus *intime.*

— J'ai l'impression qu'il t'en a dit beaucoup plus qu'à moi, dit Trumper, piqué.

— Il veut faire un film sur toi.

— Sur *moi ?* Qu'est-ce qu'il veut raconter sur *moi ?*

— Des trucs personnels, murmura-t-elle dans l'oreiller.

— Mais quoi ?

Trumper s'assit, et força rudement Tulpen à se retourner vers lui. Elle répondit :

— L'échec de ton mariage... Tu vois le genre ? Et nos rapports actuels, à tous les deux. Avec des interviews de Biggie, comment elle supporte la situation, tu vois ? Et des interviews de moi, sur ce que je pense...

— Eh bien, qu'est-ce que tu penses ? cria-t-il, furieux.

— Ça me semble une idée intéressante.

— Pour qui ? Pour moi ? Une sorte de thérapie, c'est ça ? Comme si j'allais me confesser chez un connard de psy ?

— Ça non plus, ça ne serait pas une mauvaise idée !

S'asseyant auprès de lui, elle lui toucha la cuisse :

— Nous avons assez d'argent pour ça, Trumper...

— Seigneur !

— Trumper... Si ta femme ne te manque vraiment pas, qu'est-ce que tu en aurais à faire ?

— Maintenant, j'ai entamé une nouvelle vie. A quoi bon regarder en arrière ?

— Quelle sorte de nouvelle vie ? Es-tu heureux, Trumper ? As-tu un but quelconque, ou te sens-tu bien comme tu es ?

— Je t'ai, toi.

— Est-ce que tu m'aimes ?

Quelle serait la bulle réponse ? Une terrible lame de fond qui emporterait tous les poissons. Il éluda :

— Je n'aimerais vivre avec personne d'autre.

— Mais Colm te manque. Ton fils te manque.

— C'est vrai.

— Eh bien, tu pourrais en faire un autre, dit-elle en colère. Veux-tu un autre enfant, Trumper ? Un enfant que je ferais avec toi ?

Il la regarda, suffoqué.

— Tu... tu voudrais un enfant ?

— Ne retourne pas la question ! Je pourrais t'en donner un, Trumper, mais il faudrait que tu le *veuilles* vraiment. Tu dois me dire ce que tu attends de moi, Trumper. On ne peut pas continuer à vivre ensemble si je ne te connais même pas !

— J'ignorais que tu voulais un enfant.

— Ce n'est pas du tout ce que j'ai dit, Trumper.

— C'est que tu me semblais différente, tellement indépendante... comme si tu voulais me tenir à distance.

— Et c'est bien ce que tu veux, n'est-ce pas ?

— Euh, non, ça n'a rien à voir avec ce que j'attends de toi.

— Alors, qu'attends-tu de moi ?

— Eh bien...

Il voulait émettre une bulle trop grosse pour lui.

— Eh bien, je te veux comme tu es, Tulpen.

De nouveau, elle se détourna de lui pour dire :

— Tu veux les choses sans problèmes, hein ? Une relation détachée, libre, sans implications...

— Nom de Dieu ! Est-ce que tu veux vraiment un gosse ?

— Toi d'abord. Je ne veux pas donner sans rien recevoir! Je suis capable de m'impliquer profondément, Trumper, mais toi?

Se levant, Trumper déambula autour des aquariums, regarda Tulpen à travers les parois de verre. Un poisson jaillit d'une fissure, entraînant une touffe d'algues. Tulpen reprit la parole:

— Tu ne *fais* jamais rien, tu ne sais pas où tu vas, tu vis sans projets... Tu n'as aucun scénario!

— Je donnerai un mauvais film, alors.

Il cherchait en vain à repérer l'anguille turquoise.

— Trumper, je me fiche de savoir quel genre de film tu pourrais inspirer. Je me contrefous de cette connerie de film!

Puis s'avisant qu'il la regardait à travers l'aquarium, elle cacha sa nudité sous le drap, furieuse.

— Et arrête de mater ma chatte quand j'essaie de te parler sérieusement!

Il jaillit au-dessus de l'aquarium, sincèrement surpris. C'était l'anguille qu'il cherchait à voir.

— Je ne te regardais pas du tout!

Elle se laissa retomber en arrière, comme si la position assise l'avait épuisée:

— Tu ne veux même pas partir en week-end! Les gens ne peuvent pas vivre à New York sans avoir envie de changer d'air de temps en temps.

— Tu te rappelles cette petite anguille translucide? Minuscule, bleu turquoise? Eh bien je n'arrive plus à la retrouver. J'avais l'impression qu'elle parlait... J'aurais voulu te la montrer...

Mais le regard fixe de Tulpen brisa son élan. Il ajouta sans conviction:

— Elle s'exprimait en bulles...

— Doux Jésus! murmura Tulpen en secouant la tête.

Il vint s'asseoir à côté d'elle sur le lit. Elle lui demanda:

— Tu sais ce que Ralph dit à ton sujet?

— Non. Dis-moi ce que dit ce cher vieux Ralph derrière mon dos.

— Il dit que tu te planques, Trumper.

— Je me planque?

— Personne ne te connaît, Trumper ! Tu n'*exprimes* jamais rien, et tu n'en fais pas davantage. Tu laisses les choses t'arriver, et elles ne te mènent à rien. Tu ne profites pas de ce qui t'arrive. Ralph dit que tu es très compliqué. Il pense que ta surface dissimule un noyau mystérieux...

Trumper inventoriait l'aquarium. *Où est passée l'anguille loquace ?* Il demanda :

— Et toi, Tulpen, qu'en penses-tu ? Qu'est-ce que tu crois qu'il y a sous ma surface ?

— Sous ta peau, il y a une autre peau, et sous cette autre peau, rien du tout.

Elle l'avait cruellement vexé, mais il réussit à le dissimuler et à rire. Mais elle continua de le regarder du même œil lucide, et il dit :

— Tu veux savoir ce que je pense vraiment ? Je pense que cette petite anguille a fichu le camp.

Il agitait l'eau du bocal, en se demandant ce qu'il pensait vraiment. Il adressa une grimace à Tulpen, mais elle n'avait aucune envie de rire.

— C'est la deuxième que je perds, fit-elle froidement.

— Comment ça ?

— J'avais mis la première dans un autre aquarium, et elle a disparu. Un autre poisson l'avait dévorée, alors, pour sauver l'autre, je l'ai changée de bocal, où elle a manifestement subi le même sort.

La main dans le bocal, Trumper tâtonna, cherchant et cherchant, mais pas d'anguille turquoise, même pas un lambeau du petit poète inspiré. Trumper, du plat de la main, gifla brutalement la surface de l'eau, provoquant chez les poissons une panique générale, des collisions, des regards affolés.

— Vous l'avez tuée, bande de salopards, cria Trumper. Qui est le coupable ?

Il leur lança un regard de défi, au petit jaune aux nageoires bleues, au rouge vif tout rond, aux autres. Il fourgonna dans l'aquarium avec un crayon.

— Arrête ça ! hurla Tulpen.

Mais il continuait à ferrailler, essayant d'en embrocher un contre la vitre. Ils avaient assassiné leur poète !

L'anguille les avait suppliés — des bulles implorant leur pitié. Et ils l'avaient bouffée, les pourris !

Tulpen agrippa Trumper par la taille, le jeta sur le lit. En se débattant, il empoigna le réveil sur la table de nuit, et le projeta contre l'aquarium de la mort. L'aquarium avait des parois épaisses ; il ne vola pas en éclats, mais se fendit. Quand l'eau commença à s'écouler, les poissons les plus petits furent poussés par le courant vers la fissure.

Tulpen, immobile sous le poids de Trumper, regardait le niveau baisser. Elle dit doucement :

— Trumper ?

Mais il ne lui adressa pas un regard. Il la maintint jusqu'à ce que le récipient se fût entièrement vidé sur la bibliothèque ; les poissons homicides faisaient des bonds désespérés sur le fond asséché de l'aquarium.

— Trumper, je t'en supplie, laisse-moi les mettre dans un autre aquarium.

La lâchant, il la regarda transférer avec douceur les poissons dans l'aquarium voisin. Une tortue à tête violette s'empressa d'engloutir le poisson jaune, mais dédaigna le rouge vif.

— Et merde ! lança Tulpen. Je ne sais jamais qui va manger qui !

— S'il te plaît, lui demanda Trumper très calmement, dis-moi que tu as envie d'un bébé.

Mais, quand elle se retourna vers lui, les bras croisés sur sa poitrine, elle souffla sur une mèche qui lui retombait sur les yeux et s'assit sur le lit ; elle croisa les jambes d'un mouvement habituel ; elle observa le poisson survivant.

— Je crois bien que je *ne veux pas* de bébé, dit-elle.

13

Vous vous souvenez de Merrill Overturf ?

C'est en apprenant à skier avec lui que j'ai constaté que Merrill Overturf était un piètre moniteur. Merrill n'a rien d'un skieur émérite, bien qu'il ait maîtrisé la technique de l'arrêt. Sur la piste des débutants à Sarrebruck, j'ai pris d'assaut le remonte-pente. Il n'était heureusement que peu fréquenté, sauf par les enfants. La plupart des adultes étaient au concours de Zell am See pour la descente féminine et le slalom géant.

J'avais réussi à fermer mes fixations avec seulement trois jointures écorchées. Merrill nous fraya un passage parmi les mouflets emmitouflés, me précédant vers l'inquiétant tire-fesses ; le câble m'apparut ridiculement bas, l'engin étant réglé pour la commodité des gamins de cinq ans et des nains éventuels. Or mon fuseau se pliait difficilement aux genoux, et j'eus du mal à me courber pour empoigner la tirette et me laisser traîner sur la grimpette, dans la position pénible du coolie portant un fardeau. Accroché derrière moi, Merrill me cria des encouragements pendant cet interminable trajet. *Si c'est aussi dur de monter,* pensai-je, *qu'est-ce que ce sera pour descendre ?*

J'aimais pourtant la montagne, et bayais aux télébennes géantes emportant les grands skieurs tout là-haut ; j'appréciais aussi les télébennes descendant à vide, à l'exception du conducteur goguenard qui remarquait toujours l'absence de vos skis.

— Nous y sommes presque, Boggle ! mentit Merrill. Plie les genoux !

J'observai les enfants légers qui dansaient devant moi le

long du câble, alors que je charriais toute la montagne sur mes épaules — la tirette écorchant mes moufles gelées, le menton sur les rotules et mes skis zigzaguant de façon incontrôlable hors des tracées. Il me fallait me redresser ou perdre définitivement l'usage de ma colonne vertébrale.

— Penche-toi, Boggle! hurla Merrill au moment où je me dépliais.

Instant délicieux, où toute cette douleur abandonna mon dos; amenant le câble à ma hauteur, je regardai devant moi. En amont, je vis plein de petits enfants accrochés à ce câble, les skis très au-dessus du sol, s'agitant comme des marionnettes à fils. Quelques-uns lâchèrent tout, s'aplatissant dans la neige; de toute évidence, ils n'auraient pas le temps de dégager la voie avant mon arrivée.

Tout au sommet de la pente, un employé chaudement vêtu me criait des choses malsonnantes. En dessous de nous, on entendait le piétinement lointain des mères secouant leurs bottes.

— Lâche-moi cette corde! braillait Merrill.

J'approchais rapidement de la marmelade d'enfants, hérissée de skis et de bâtons pointus; au câble qui continuait d'avancer, plusieurs petites moufles multicolores étaient restées collées par le froid. L'employé se précipita soudain vers le poste de contrôle, pensant peut-être que dans ces moufles il y avait des mains...

Je fus surpris de ma propre habileté à conserver mon équilibre quand je passai sur mon premier enfant.

— Lâche tout, Boggle! m'enjoignait Merrill.

Je regardai rapidement par-dessus mon épaule le gamin que je venais de ratiboiser; se relevant tant bien que mal, il atteignit Merrill en plein plexus de sa petite tête, protégée d'un casque dur. Merrill en lâcha la rampe. Alors je fus submergé par les gnomes, agitant leurs bâtons en tous sens et piaillant en allemand pour appeler qui Dieu qui sa mère. Au milieu de la mêlée, je sentis le mouvement du tire-fesses stopper net, et m'engloutis dans le tas grouillant.

— *Es tut mir leid!*

— *Gott! Hilfe! Mutti, Mutti...*

Merrill parvint à m'extraire des ornières du remonte-

pente et me ramena sur la piste-bébés qui, d'en bas,
m'avait semblée si facile.

— Je t'en prie, Merrill, laisse-moi *marcher*.

— Boggle, tu ferais des trous dans la piste...

— Ouais, je voudrais faire un immense trou pour que
tous les skieurs y tombent !

Je laissai néanmoins Merrill Overturf me guider jusqu'au
tracé central, et m'orienter dans le sens général de la pente,
à savoir vers le bas, où les nains semblaient miniaturisés, et
les voitures du parc de stationnement des modèles réduits.
Overturf me fit une démonstration de l'arrêt chasse-neige,
puis du demi-tour stem. De petits mômes chahuteurs
glissaient auprès de nous, zigzaguaient, tombaient et
rebondissaient comme des cerceaux.

Mes skis étaient des planches à repasser, mes bâtons des
échasses. Merrill me dit :

— Je vais te suivre, au cas où tu tomberais.

Je démarrai assez lentement ; des enfants me dépassaient
avec un mépris écrasant. Puis je remarquai que je prenais
de la vitesse.

— Penche-toi en avant, cria Merrill.

Je glissai un peu plus vite, sur mes skis incertains qui
tantôt se heurtaient, tantôt s'écartaient. *Et si les skis se
croisent ?* pensai-je.

Je doublai alors une première vague d'enfants étonnés,
comme s'ils étaient immobiles. *Je vais leur montrer, à ces
petits frimeurs*.

— Plie les genoux, Boggle !

La voix de Merrill provenait de très loin derrière. Mais
mes genoux semblaient verrouillés, raides comme la justice. J'emplafonnai une petite fille blonde, l'expédiant hors
de ma route, tel un écureuil heurté par une locomotive.

— *Es tut mir leid,* fis-je, en sentant les mots coincés dans
ma gorge.

Mes yeux s'emplirent de larmes. Merrill hurlait :

— Chasse-neige, Boggle !

Ah, oui, ce truc pour s'arrêter. Mais je n'osais pas
écarter mes skis. Je voulus leur ordonner de freiner ; ils
résistèrent ; mon bonnet s'envola. Devant moi, un trou-

peau d'enfants plantaient et viraient, frappés de terreur devant l'avalanche s'abattant sur eux. Ne voulant massacrer personne, je lâchai mes bâtons et leur rentrai dans le chou. Un employé du tire-fesses surgit de son abri, brandissant une pelle ; il était en train de déblayer la neige, mais n'hésiterait pas, j'en étais convaincu, à me couper en deux. La queue pour la remontée se rompit, spectateurs et skieurs fuyant pour leur vie. J'assistais à un raid aérien du point de vue de la bombe...

Au bas de la piste, il y avait une petite plate-forme qui, j'en étais sûr, ralentirait ma dégringolade ; sinon, il y avait une énorme muraille de neige destinée à dissuader les intrépides dans mon genre d'atterrir dans le parking. Je voulus croire qu'elle était en neige molle.

— Sur les carres ! criait Merrill.

Carres ?

— Plie tes putains de genoux !

Genoux ?

— Boggle, pour l'amour de Dieu, laisse-toi tomber !

Devant des enfants ? Jamais.

Je me rappelai le type à qui j'avais loué les skis, parlant de fixations de sécurité. Puisqu'elles étaient si sûres, pourquoi donc ne faisaient-elles rien ?

En total déséquilibre, j'atteignis la plate-forme et sentis mon poids m'entraîner en arrière ; les pointes de mes skis se soulevèrent comme l'étrave d'un bateau. Le mur de neige me séparant du parking m'arrivait droit dessus. Je me voyais déjà m'enfoncer dedans comme une balle de fusil ; ils creuseraient pendant des heures, puis décideraient de me faire sauter à la grenade.

J'éprouvai alors la surprise de ma vie : les skis peuvent *escalader.* Je bondissais au-dessus du mur. Je volais au-dessus du parking. Pendant ma descente, je vis juste en dessous de moi une famille de robustes Allemands qui sortaient de leur Mercedes. Papa Cochon en pantalon de cuir épais, avec chapeau tyrolien orné d'une plume ; Maman Truie en bottillons fourrés, balançant une canne à pointe d'acier ; les rejetons, Nif-Nif, Naf-Naf et Nouf-Nouf, chargés à pleins bras de sacs à dos, de souliers

cloutés et de bâtons de ski. Le coffre grand ouvert de la
Mercedes n'attendait que moi. La gueule d'une énorme
baleine attendant la friandise d'un poisson volant. Dans les
mâchoires de la Mort !

Mais Papa Cochon, ce robuste Allemand, fermait précisément son coffre.

... pour la suite, je suis obligé de m'en remettre au récit
de Merrill Overturf. Je me rappelle seulement un atterrissage étrangement doux, résultat de ma rencontre douillette
et charnelle avec Maman Truie, servant d'édredon entre
ma personne et le pare-chocs arrière de la Mercedes. Ses
mots tendres me firent chaud aux oreilles : « Haaarf ! » et
« Hrumpfff ! », tandis que Nif-Nif se tétanisait, Naf-Naf
laissait tomber son chargement sur Nouf-Nouf, dont le
hurlement assourdissant parvint à traverser l'avalanche de
sacs à dos, de godasses et de bâtons sous laquelle il gisait.

Merrill me raconta que Père Cochon scrutait les cieux,
convaincu d'une attaque de la Luftwaffe. Merrill, ayant
franchi le mur de neige, me fit un rempart de son corps car
Maman Truie, qui avait repris son souffle, tentait de me
transpercer à grands coups de sa canne ferrée.

Merrill criait mon nom en vain. Cependant, amassée sur
le mur, la foule des survivants se pressait pour voir si j'avais
survécu. On raconte qu'il y eut des acclamations quand
Merrill montra un de mes skis brisés, sans pouvoir retrouver l'autre. Mes fixations s'étaient finalement détachées.
L'employé du tire-fesses jeta sauvagement mes bâtons de
ski sur le parking, où Merrill me portait précautionneusement. Applaudissements et railleries sur le mur, à la vision
de mon visage couvert de sang.

C'est alors, raconte Merrill, que le couple d'Américains
arriva dans une Porsche neuve. Ils étaient manifestement
perdus ; ils croyaient arriver à Zell am See pour les
compétitions. Le mari, un homme frileux, descendit sa
vitre et regarda avec une vive inquiétude la foule hostile
amassée sur le mur de neige. Il sourit pitoyablement à
Merrill, qui emmenait l'infortuné skieur blessé. Mais sa
femme, la quarantaine, forte, le menton en galoche,
descendit de voiture et lança à son mari :

— Bravo ! Toi et ton sens de l'orientation ! On est en retard ! On a manqué la première descente !

— Madame, lui dit Merrill, soyez heureuse que la première descente vous ait manquée !

Ça, c'est ce que raconte Merrill, et Merrill est suspect d'exagération. Le temps que nous arrivions à la Gasthaus Tauernhof de Kaprun, Merrill était plus mal en point que moi. Il avait une réaction d'insuline ; le taux de sucre dans son sang avoisinait zéro, et il était en pleines vapes. Il me fallut le soutenir jusqu'au bar et expliquer son regard vitreux au tenancier, Herr Halling.

— Il est diabétique, Herr Halling, donnez-lui un jus d'orange ou n'importe quoi de très sucré.

— Non, non, fit Halling. Il ne faut pas donner de sucre aux diabétiques !

— Mais il a fait une poussée d'insuline. Il a besoin de *trop* de sucre !

Comme pour illustrer mon propos, Merrill prit une cigarette, alluma le bout filtre, trouva le goût désagréable, et voulut l'écraser sur le dos de sa main. Je la lui arrachai à temps, et Merrill regarda d'un air stupide la main qu'il avait failli brûler. *Est-ce que ce truc, c'est ma main ?* Il la prit dans l'autre main et la secoua sous le nez de Herr Halling comme si c'était un petit drapeau.

— *Ja,* jus d'orange tout de suite !

J'essayai de soulever le buste de Merrill, mais il glissa stupidement de son tabouret.

Quand il eut repris ses sens, nous suivîmes à la télévision un reportage sur la descente des dames à Zell. L'Autrichienne Heidi Schatzl avait remporté la descente comme prévu, mais un fait nouveau était intervenu dans le slalom géant. Heidi Schatzl et la championne française Marguerite Delacroix avaient été surclassées par une Américaine, la première à remporter une compétition internationale. Les images étaient splendides. Delacroix manqua une porte à la deuxième descente et fut disqualifiée ; Heidi Schatzl, elle, accrocha une barrière et tomba. Tous les Autrichiens assemblés à la Gasthaus Tauernhof faisaient une sale gueule ; en revanche, Merrill et moi applaudîmes vigoureusement, histoire d'entretenir l'hostilité entre les peuples.

On nous montra ensuite les exploits de la championne américaine. C'était une blonde de dix-neuf ans grande et costaud. Elle apparut en haut de la piste, en souplesse mais trop lentement. A mi-pente, son temps était trop long, et elle le savait ; elle s'élança vers les portes suivantes avec une habileté prodigieuse, levant un ski après l'autre, les épaules basses, frôlant les fanions de si près qu'ils flottaient au vent de sa course. Parvenue à la dernière porte, elle exécuta un véritable ballet sur cette neige glacée ; perdant l'équilibre, elle réussit à se maintenir sur un ski, l'autre formant comme une aile à hauteur de sa taille. Se rétablissant, elle reposa le ski sur la piste aussi doucement qu'un baiser, s'accroupit sur ses talons jusqu'à s'asseoir sur l'arrière de ses planches pour franchir la ligne d'arrivée, puis reprit immédiatement après la position verticale. Elle exécuta un magnifique arrêt christiania, projetant autour d'elle des gerbes de poudreuse, à quelques centimètres de la foule. Elle savait qu'elle avait gagné.

On l'interviewa pour la télévision. Elle avait un beau visage lisse, avec une bouche aussi large que ses pommettes. Aucun maquillage, sinon de la pommade rosat sur les lèvres ; elle se mit à les lécher, tout en riant, hors d'haleine, rayonnante, adressant une grimace comique aux caméras. Elle portait une combinaison une-pièce lui collant au corps comme une seconde peau ; une grande fermeture à glissière la fermait du cou à l'aine ; elle l'ouvrit jusqu'en dessous de la poitrine, où de gros et beaux seins haut perchés tendaient à craquer un pull angora. Elle partagea le podium des vainqueurs avec la deuxième (la Française Dubois), petite femme mastoc aux yeux globuleux, et la troisième (l'Autrichienne Thalhammer), une brune à carrure de déménageur, véritable superfemme qui, selon moi, devait posséder un maximum de chromosomes masculins. L'Américaine les dépassait d'une bonne tête, et dominait également le reporter, qui semblait aussi impressionné par son buste que par son style. Le type parlait un anglais approximatif :

— Fous afez un nom allemand, poufez-vous nous dire pourquoi ?

— Mon grand-père était autrichien, répondit la championne. Et tous les autochtones réunis à la *Gasthaus* se réjouirent.

— Alors, fous parlez allemand ? demanda le reporter plein d'espoir.

— Uniquement avec mon père.

— Fous ne foulez-pas un peu afec moi ?

— *Nein,* répondit la fille.

On sentait dans son attitude une irritation légitime ; elle devait penser : *Pourquoi ne me parles-tu pas de ma façon de skier, face de cul ?* Une équipière américaine surgit derrière son épaule et lui tendit une tablette de chewinggum. La grande la fourra dans sa bouche et se mit à mastiquer. Le reporter bondit sur l'enchaînement :

— Bourquoi tous les Américains mâchent-ils du chewing-kum ?

— Tous les Américains ne mâchent pas du chewing-*kum.*

Merrill et moi éclatâmes de rire. Le reporter sentit qu'il n'arriverait à rien, et décida de la prendre de haut. Il dit :

— Tommage gue ze soit la ternière course te la saison, ça ze toit être un honneur t'être la bremière Américaine a kagner zette ébreuve...

— On en *kagnera* d'autres, fit-elle en pleine mastication sauvage.

— L'an brochain, beut-être ? Fous barticiberez l'an brochain ?

— On verra.

Là-dessus, interruption provisoire de l'image, qui provoqua de sonores protestations de notre part. Quand l'image revint, le reporter, obstinément, tentait de faire parler l'Américaine, qui s'éloignait en lui tournant le dos, les skis sur l'épaule. La caméra tenue à la main tremblotait, le micro enregistrait surtout les crissements de la neige sous les pas.

— Ne troufez-fous pas fotre fictoire amoindrie bar le fait que Heidi Schatzl soit tombée ?

La fille se retourna brusquement, manquant le décapiter avec ses skis. Elle le regarda sans mot dire ; désarçonné, il ajouta :

— ... et gue Marquerite Telagroix ait mangué une borte ?

— J'aurais gagné de toute façon, dit l'Américaine. Aujourd'hui, j'ai simplement été la meilleure.

Sur ce, elle repartit. Il dut se courber pour éviter le balancement de ses skis, et courir pour remonter à sa hauteur, non sans se prendre les pieds dans le fil du micro. Il dit :

— *Sue « Biggie » Kunft, die Amerikanerin aus Vermont, USA.*

Il la rejoignit, évitant de justesse un moulinet des skis quand elle se tourna vers lui.

— Fu le temps auchourd'hui, afec la neiche klacée et rabide, bensez-fous que fotre poids fous ait afantagée ?

Le salaud attendit la riposte d'un air suffisant. Elle sembla embarrassée.

— Qu'est-ce qu'il y a, avec mon poids ?

— Il fous a aitée ?

— Il ne me *gêne* pas.

— On adore ton poids ! cria Merrill devant le poste.

— Jusqu'au moindre kilo ! ajoutai-je.

— Bourquoi fous abbelle-t-on « Biggie [1] » ?

On la sentait embêtée, mais elle vint tout contre lui avec un large sourire, la poitrine bombée au maximum. Elle baissa les yeux pour le regarder ; on aurait dit qu'elle allait lui flanquer un coup mortel avec ses nichons.

— Qu'est-ce que *fous bensez*, hein ?

Mouché, le sagouin cessa de la regarder, et, faisant signe à la caméra de venir le prendre en gros plan, tira la conclusion en allemand.

— *Mit mir hier ist die junge Amerikanerin Sue « Biggie » Kunft...*

---

1. *Biggie* : affectueusement, « la Grosse ». (*N.d.T.*)

Elle fit brusquement demi-tour, le frappant superbement sur la nuque d'un magistral coup de skis. Il sortit du champ, et la caméra tenta de suivre la championne à coups de zoom mal réglés, pour finalement la perdre dans la foule. Mais on entendit une dernière fois sa voix furieuse : « S'il vous plaît, foutez-moi la paix ! », phrase que le reporter se garda bien de traduire...

Sur ce, Overturf et moi de louer les qualités de cette skieuse, Sue « Biggie » Kunft, défiant les arguments étroitement nationalistes des Autrichiens qui buvaient avec nous.

— Une fille rare, Merrill.

— Doit être un coup superbe, Boggle.

— Déconne pas, Merrill, cette fille est vierge.

— Ou c'est un mec, Boggle.

— Jamais de la vie, avec des glandes mammaires comme ça !

— Levons nos verres à sa glandeur ! lança Merrill.

Il était sous pression pour avoir abandonné son régime de diabétique ; peu discipliné de nature, il remplaçait fréquemment sa nourriture par de l'alcool.

— Est-ce que j'ai dîné, Boggle ?

— A l'heure du dîner, tu étais en pleines vapes.

— Parfait, dit-il avant de commander une autre slivovitz.

Le reportage achevé, la clientèle locale en revint à ses passe-temps primitifs. L'inévitable orchestre hongrois d'Eisenstadt se déchaîna : accordéon, cithare nostalgique et violon pour faire pleurer les foules.

Étant les seuls à parler anglais au milieu de cette taverne, Merrill et moi usâmes de notre privilège ; nous discutâmes des sports internationaux, de Jérôme Bosch, du fonctionnement de l'ambassade américaine de Vienne, de la neutralité de l'Autriche, de la remarquable ascension de Tito, de l'inquiétant retour de la bourgeoisie, de l'ennui provoqué par le golf à la télévision, des origines de la mauvaise haleine de Herr Halling, du fait que la serveuse portait un soutien-gorge, si elle était ou non rasée sous les bras, et duquel de nous deux lui poserait la question, de l'opportunité de faire glisser la bière avec de la slivovitz, du prix des pneus à carcasse radiale Semperit à Boston, de l'extension du bourbon en Europe (en général) et du haschich à Vienne (en particulier), de ce qui avait pu causer la cicatrice sur la joue du type assis près de la porte, de la piètre musicalité d'une cithare, de la créativité des Tchèques par rapport aux Hongrois, de la stupide complication du nordique primitif inférieur, des luttes de classes aux États-Unis, de l'éventualité de créer une nouvelle religion, des infimes différences entre le fascisme clérical et le nazisme, de la guérison du cancer, de l'inéluctabilité des guerres, de la stupidité universelle de l'homme en général, des handicaps provoqués par le diabète. Et aussi de la meilleure manière de draguer les filles...

Merrill me vanta une technique appelée l'attrape-lolo.

— Tu tiens ton bâton de ski comme ça.

Merrill tint le sien sens dessus dessous, les doigts enfilés dans l'armature de la spatule, le bout pointu contre l'extrémité de la main. Il brandit le bâton et l'agita comme un fouet. La dragonne de cuir de la poignée se mit à tourner comme un lasso. Merrill dit :

— Encerclé, c'est gagné !

Il reluquait la serveuse qui nettoyait la table voisine.

— Non, Merrill.

— Juste une démonstration !

— Pas ici, Merrill.

— T'as peut-être raison.

Il rabaissa son arme innocemment.

— Le principe de l'attrape-lolo réside pour une grande part dans le lolo lui-même. Le port du soutien-gorge est interdit, le lolo doit flotter librement, selon un angle favorable. Je lance mon épuisette par-dessus l'épaule de la victime, qui, de cette façon, ne la voit pas arriver. Une autre bonne tactique, c'est latéralement, sous le bras, mais c'est plus difficile et ça requiert une position adéquate.

— Tu as souvent fait ça ?

— Non. A vrai dire, Boggle, je viens juste de l'inventer. Je pense que c'est un superbe moyen de draguer. Les capturer d'abord, les captiver ensuite.

— Tu ne crois pas que tu y vas un peu fort ?

— De nos jours, l'agressivité paye.

La serveuse surveillait d'un œil soupçonneux le bâton de ski, mais elle présentait une cible trop exiguë. De plus, Herr Halling, derrière son bar, veillait à la bonne tenue de son établissement. Merrill oublia son attrape-lolo, replongea dans sa bière renforcée de slivovitz, et envisagea de vérifier son taux de sucre par l'habituelle analyse d'urine. Mais ses flacons et ses fioles de solution sensible au sucre se trouvaient trois étages plus haut dans sa chambre, quant aux toilettes des hommes, elles seraient encombrées à cette heure tardive. Il serait obligé de pisser dans le lavabo, et savait que je détestais cette habitude. Alors, il se laissa *partir* à sa manière, restant assis où il était. Mais il était simultanément ailleurs. Tant qu'il ne risquait pas de se faire mal, je respectais toujours ses transes. Il souriait. Un moment, il demanda :

— Quoi ?

— Rien, lui dis-je.

Il opina vaguement. Compris. Il ne s'était rien passé.

C'est alors que tu es entrée, Biggie. J'identifiai instantanément Sue « Biggie » Kunft. Je donnai un coup de coude à Merrill : aucune réaction. Je lui pinçai discrètement un bourrelet de l'abdomen, puis tordis avec force.

— Infirmière... murmura-t-il, voilà que ça recommence.

Puis il aperçut par-dessus mon épaule les petites têtes de chamois accrochées sur le mur en qualité de trophées de chasse, et leur dit :

— Hé, asseyez-vous ! Content de vous voir, les mecs !

Sue « Biggie » Kunft n'avait pas encore décidé de s'installer. Elle ouvrit son parka, mais le garda sur elle. Deux filles l'accompagnaient, manifestement des équipières. Toutes portaient des parkas identiques, avec l'écusson olympique et des autocollants USA sur la manche. L'affolante Biggie Kunft, flanquée de deux copines quelconques, avait fui les cérémonies officielles de Zell am See pour s'imprégner de couleur locale, espérant demeurer anonyme parmi les autochtones.

L'une de ses compagnes déclara que la Gasthaus Tauernhof était « surannée ». L'autre se plaignit :

— Il n'y a personne en dessous de quarante ans, ici.

— Il y a au moins celui-là ! dit Sue « Biggie » Kunft, faisant allusion à ma personne.

Elle ne pouvait voir Merrill, qui avait fini par s'étendre sur la longue banquette de notre table.

— Infirmière ? demanda-t-il.

Je lui glissai un passe-montagne sous la tête pour son confort. Il dit d'une voix pâteuse :

— Je veux bien prendre le somnifère, mais je refuse un nouveau lavement.

Les filles hésitaient toujours, Herr Halling et d'autres fixaient cette grande blonde et n'allaient pas tarder à la reconnaître. Devaient-elles s'installer à une table libre ou s'asseoir au bout de la mienne ?

— Il a l'air un peu soûl, dit une fille à Biggie.

— Il a une drôle d'allure, dit l'autre.

— Moi, son allure me plaît, dit Biggie.

Ayant fait glisser son parka de ses épaules, elle arrangea sa lourde chevelure blonde, et se dirigea vers ma table d'une allure décidée, presque masculine. Cette grande et forte fille était consciente de posséder une grâce athlétique, et n'essayait pas de feindre une fragilité illusoire. Elle portait de hautes bottes de fourrure, un fuseau de jersey marron très collant, un pull orange dans le décolleté duquel la naissance de sa gorge très blanche contrastait avec son visage hâlé. Ces deux superbes oranges flottant dans ma direction me firent l'effet d'un double coucher de soleil. Saisissant par une oreille la tête de Merrill, je la cognai doucement sur le passe-montagne, puis, plus durement, sur la surface du banc.

— L'agressivité paye, infirmière ! dit-il.

Ses yeux étaient ouverts, fixés sur les têtes de chamois.

— *Ist dieser Tisch noch frei ?* demanda Sue « Biggie » Kunft, laquelle, à la télé, avait prétendu ne parler allemand qu'avec son père.

— *Bitte, Sie sollen setzen,* marmonnai-je.

Elles prirent place, la belle grande, juste en face de moi, les deux mochetés auprès d'elle, en ignorant la présence de Merrill Overturf, que je me gardai bien de signaler à leur attention, ce qui aurait provoqué un malaise. Inutile aussi de me lever poliment, et de révéler à Sue Kunft que j'étais plus petit qu'elle. Assis, nous étions de taille identique ; mon torse est élancé, seules mes jambes sont courtes. Je demandai :

— *Was möchten Sie zum trinken ?*

Puis je commandai du cidre pour les deux transparentes et une bière pour Biggie, surveillant les évolutions de Herr Halling qui passait la commande — « *Zwei Apfelsaft, ein Bier* » — tout en dévalant mentalement les pentes neigeuses du décolleté de la championne.

Je poursuivis mon dialogue en allemand avec Biggie, tandis que les deux boudins faisaient des manières et chuchotaient ensemble. Biggie pratiquait un allemand maison, celui qu'elle tenait de son père, à savoir un accent parfait et un mépris total pour la grammaire. Elle pouvait se douter que je n'étais pas du coin, n'en utilisant pas le dialecte, mais à aucun moment elle ne me prit pour un Américain, et je ne vis aucune raison de m'exprimer en anglais, ce qui aurait permis aux deux affreuses de se mêler à la conversation.

Cependant, j'aurais aimé que mon ami Merrill se joigne à nous. Sous la table, je cherchai à lui tapoter les joues, mais sa tête avait disparu.

— Vous n'êtes pas d'ici ? me demanda Biggie.

— *Nein.*

La tête de Merrill ne se trouvait plus sur le banc. Je tâtonnai du pied sous la table pour tenter de localiser ce qui restait de lui, puis de la main derrière le banc, sans cesser de sourire et de hocher la tête.

— Vous aimez skier dans cette station ?

— *Nein.* Je ne suis pas venu pour skier. Je ne skie pas du tout…

— Alors, pourquoi venir à la montagne ?

— Je fais du saut à la perche.

Les mots allemands se fraient un passage jusqu'à son cerveau, et je peux la voir supputer les rapports existant entre les pentes neigeuses et le saut à la perche : *A-t-il voulu dire qu'il vient s'exercer à la montagne ?* C'était

implicite. Je me demande comment elle va réagir. Je me
demande aussi où a bien pu passer ce foutu Merrill.

— Du saut à la perche ? *Sie springen mit einem Pol ?*

— C'est ce que je faisais. Maintenant, j'ai laissé tomber,
bien sûr.

Laissé tomber ? On pouvait la voir gamberger. Elle finit
par dire :

— Je vois. Vous pratiquiez le saut à la perche, et vous
avez *abandonné* ?

— Exact.

— Et vous êtes venu à la montagne parce que vous avez
fait du saut ?

Elle était admirable ; sa persévérance m'éblouissait. En
de semblables circonstances, toute autre personne aurait
depuis longtemps cessé de vouloir comprendre. Elle
insista :

— Pourquoi ? Je veux dire, en quoi le fait d'avoir été
sauteur à la perche vous a-t-il incité à venir dans ces
montagnes ?

— Je n'en sais rien, fis-je innocemment comme si c'était
elle qui avait mis le sujet sur le tapis.

Elle semblait en pleine confusion. Je lui demandai alors :

— Quel rapport logique peut-il y avoir entre les montagnes et le saut à la perche ?

Elle était perdue ; elle devait être persuadée que c'était
un problème de langage. Elle fit un essai :

— Vous aimez l'altitude ?

— Oh, oui. Plus c'est haut, meilleur c'est, fis-je avec un
sourire.

Elle avait pris conscience de l'absurdité de notre dialogue, car elle sourit à son tour et s'enquit :

— Vous emmenez vos perches avec vous ?

— Mes perches de saut ?

— Évidemment.

— Bien sûr, que je les emmène avec moi.

— A la montagne ?

— Naturellement.

— Alors, vous les trimballez partout comme ça ?

Maintenant, elle participait à la blague.

— Rien qu'une à la fois.

— Ah ! je vois.

— C'est plus pratique que les tire-fesses.

— Vous remontez les pentes en sautant ?

— Le plus dur, c'est la descente.

— Qu'est-ce que vous faites, sincèrement ? demanda-t-elle.

— C'est ce que je suis en train de me demander.

— Moi aussi.

J'étais devenu sérieux, elle aussi, de sorte qu'abandonnant l'allemand je me mis à parler anglais.

— Tout ce que je serais capable de faire n'égalerait jamais votre façon de skier.

Ses deux copines eurent la surprise de leur vie.

— Il est américain ! s'exclama la moins tarte.

— C'est un champion de saut à la perche, expliqua Biggie.

— Je l'ai été, dis-je modestement.

La plus moche lança un regard furieux à Biggie :

— Il nous a fait marcher !

— Il a le sens de l'humour, rétorqua Biggie.

Puis elle me dit en allemand, afin que les autres ne comprennent pas :

— L'entraînement de ski finit par atrophier le sens de l'humour. Le sport et l'humour sont incompatibles.

— C'est que vous ne m'avez jamais vu skier !

— Pourquoi êtes-vous ici ?

— Je prends soin d'un ami diabétique. Il s'est soûlé, et maintenant je l'ai perdu. Je devrais bien essayer de le retrouver.

— Pourquoi ne l'avez-vous pas fait ?

— Parce que, dis-je en allemand, parce que vous êtes apparue et que je n'ai pas eu la force de m'en aller.

Elle sourit, l'œil dans le vague ; ses copines semblaient lui en vouloir de parler allemand, mais elle reprit :

— C'est un bizarre endroit pour draguer. Un véritable dragueur ne serait jamais venu ici.

— C'est vrai. Dans cette auberge, on n'a guère de chance de rencontrer l'âme sœur.

Elle se contenta de sourire, puis me dit :

— Allez chercher votre ami, je vous attendrai.

Je me demandai par où commencer mes investigations. Sous les tables de la Gasthaus, où le pauvre Merrill gisait peut-être en plein coma ? Dans les étages, où il se livrait peut-être, au-dessus d'un lavabo, à une analyse d'urine, entouré de petites fioles ?

Je remarquai alors, à une table proche, des consommateurs bizarrement immobiles, comme s'ils s'attendaient à quelque événement. La silhouette d'un gros animal approchait de notre table, dans le dos des trois filles. Derrière le bar, Herr Halling, immobile, un doigt sur les lèvres, suivait attentivement quelque chose du regard. Alors, dans la lumière pauvre, à la hauteur de notre table, se dressa lentement un bâton de ski dont la dragonne s'agitait comme un lasso en direction de la poitrine de la gagnante du slalom géant. Inquiet, je dis à Biggie :

— Mon ami n'est pas tout à fait lui-même.

— Alors, trouvez-le !

— J'espère que vous avez retrouvé votre humour...

— Tout à fait ! affirma-t-elle dans un large sourire.

Se penchant un peu plus vers moi au-dessus de la table, elle m'effleura timidement la main. Consciente de la grandeur de ses mains, elle les avait jusque-là gardées croisées.

— Je vous en prie, occupez-vous de votre ami.

Puis, dans l'espace situé entre son aisselle et sa poitrine surgit la lanière du bâton de ski ; dans sa position actuelle, penchée en avant, la poitrine avantageusement moulée par le pull constituait une cible que seul un aveugle aurait pu rater.

— Je vous supplie de ne pas m'en vouloir, dis-je en étreignant sa main.

— De quoi ?

Elle riait encore quand la boucle de cuir encercla son sein droit et l'écarta de l'autre ; Merrill Overturf apparut derrière elle, à genoux, tirant sur son bâton de ski comme un pêcheur ramenant une grosse prise, roulant des yeux effrayants et hurlant :

— Encerclé, c'est gagné !

C'est alors que l'athlétique fille du Vermont démontra simultanément la promptitude de ses réflexes et sa force surhumaine. Libérant son sein du piège, elle saisit l'extrémité du bâton, pivotant sur son siège pour dégager ses jambes et les projeter par-dessus le banc en pleine poitrine de Merrill Overturf, qui, déséquilibré, dégringola sur le coccyx. Elle était déjà debout et manipulait en expert le foutu bâton de ski, duquel l'infortuné Merrill tentait désespérément de décrocher ses doigts pour éviter la pointe menaçante qui lui écorchait la paume. Il gémit :

— Oh, du sang ! Boggle, je sens que je me vide !

Biggie avait fini par le clouer au sol, une botte fermement plantée sur la poitrine de l'impudent, la pointe du bâton s'enfonçant dans son nombril.

— C'est une blague, c'est une blague ! piaillait Merrill. Est-ce que je vous ai fait mal ? Hein ? Pas du tout, je le sais bien ! C'était pour rire !

Impavide, Sue « Biggie » Kunft continuait de peser sur lui, appuyant juste assez sur le bâton pour maîtriser Merrill, et dardant dans ma direction un regard d'amer reproche.

— Parle-lui, Boggle, suppliait Merrill. On vous a vue à la télé, madame. On vous a *adorée* !

— On a détesté ce reporter, ajoutai-je.

— Vous avez été magnifique, reprit Merrill ! Ils ont essayé de minimiser votre victoire, mais vous étiez tellement au-dessus des autres merdeuses...

Biggie le regardait, perplexe.

— Il est en plein délire diabétique, fis-je. Le taux de sucre.

— Boggle a écrit un poème sur vous, mentit Merrill. Un très joli poème ! C'est un véritable poète, vous savez...

— ...qui saute à la perche ! dit Biggie d'un ton soupçonneux.

— Il a fait de la lutte aussi, vociféra soudain Merrill, et si vous me blessez avec ce bâton de ski, il vous cassera la gueule !

— Il ne sait pas ce qu'il dit ! lançai-je.

Merrill soutenait sa main ensanglantée.

— Je peux en mourir ! Ce bâton est sûrement plein de microbes...

— Achève-le et fichons le camp d'ici, dit l'une des filles.

— Et garde le bâton en souvenir, dit l'autre.

— J'ai des tas d'organes vitaux là-dessous, gémit Merrill. Oh, mon Dieu !

— Laissez Dieu en dehors de ça ! fit Biggie.

— On vous a adorée quand vous avez remis ce reporter à sa place, lui dit Merrill. Dans cet univers sinistre et compétitif, vous seule aviez de la dignité et de l'humour.

— A propos, où est donc passé votre humour ? lui demandai-je.

Elle me lança un regard vexé. Elle était vulnérable sur le sujet. Merrill voulut poursuivre son avantage, et lui lança d'un ton agressif :

— Et pourquoi vous appelle-t-on Biggie ? Et toi, Boggle, qu'est-ce que tu en penses ?

— A cause de son grand *cœur*.

Je me levai et pris le bâton des mains de Biggie. Elle souriait en rougissant, ce qui donna à ses joues hâlées la teinte exacte de son pull angora. *Je suis sûr que ton corps est plus doux que de l'angora !*

Merrill Overturf se releva trop vite. Ce qu'il lui restait de conscience s'était accoutumé à la position couchée. Le voyant bondir sur ses pieds tel un diablotin, j'eus l'impression que son cerveau restait par terre. On ne lui voyait que le blanc des yeux, bien qu'il semblât sourire. Ses mains battirent l'air.

Il tomba d'un coup, comme un sac vide.

14

Le grand match de la vie

Dans ma période conjugale, au 918 Iowa Avenue, je réservais mon optimisme à Sourisquetout. Cinq nuits d'affilée, elle commit ses audacieux larcins aux dépens de la souricière. Je la mis de nouveau en garde. Je lui apportai une bonne portion de ragoût, que je disposai de façon alléchante non dans le piège lui-même, mais tout autour. Histoire de bien marquer ma sollicitude envers la souris. Elle n'avait pas besoin de risquer sa délicate tête à l'intérieur de la grossière ratière de Biggie, prévue pour belettes, marmottes, rats musqués, voire castors.

Je n'ai jamais compris quelle dent Biggie pouvait avoir contre ce rongeur. Elle ne l'avait vu qu'une seule fois sur le sol de la cave, une nuit qu'elle était descendue farter ses skis. Elle craignait peut-être que, s'enhardissant, la souris ne vienne envahir les étages. Ou qu'elle n'ait l'intention de grignoter ses skis de compétition, qu'elle avait mis en sécurité dans la penderie de la chambre, d'où ils me tombaient régulièrement dessus quand je voulais m'habiller le matin. Et des skis de compétition, ça fait très mal. C'était devenu une source de frictions entre Biggie et moi.

Je donnai donc du ragoût un soir à Sourisquetout, après quoi j'eus mes doutes : *Les souris mangent-elles de la viande ?*

J'allai ensuite prendre un bain avec Colm. Il s'agitait tellement dans la baignoire que je dus le soutenir sous les aisselles pour l'empêcher de boire la tasse. Ces bains avec mon fils me détendaient, à cela près que Biggie venait toujours nous regarder.

Elle demandait chaque fois, sincèrement inquiète :

— Est-ce que Colm aura autant de poils que toi ?

Ce qui voulait dire : Quand donc cette horrible toison le défigurera-t-elle pour la vie ? Je répliquais toujours, sincèrement irrité :

— Tu préférerais que je sois chauve ?

Elle argumentait :

— Ce n'est pas ça du tout. Simplement, je n'aimerais pas que Colm soit aussi velu que toi.

— Tout est relatif, Big. Des tas d'hommes sont plus poilus que moi.

— Oui, des *hommes*.

Car elle n'était pas convaincue que j'en sois vraiment un.

Je savais à qui elle pensait ; aux skieurs. Des mâles blonds et bronzés, sans trace de nicotine sur les dents, imberbes, avec des muscles visibles sous leur tricot de peau, lisses de partout. Les seules choses rebutantes chez les skieurs, ce sont leurs pieds. Les skieurs, j'en suis convaincu, ne transpirent que par leurs pieds comprimés, échauffés, étouffés. Et ces chaussettes épaisses, rêches, gluantes ! C'est leur seul talon d'Achille.

J'étais le premier et unique non-skieur que Biggie eût jamais connu. Elle avait dû être curieuse de nouveauté. Mais aujourd'hui, se souvenant de toutes ces puretés montagnardes, elle se pose des questions.

Est-ce ma faute si je n'ai jamais porté de collants générateurs d'alopécie ?

J'ai les pores trop ouverts pour skier : le vent me passe au travers. Est-ce ma faute si je suis voué à une transpiration excessive ? Qu'y puis-je si les douches n'ont aucun effet sur moi ? Je peux sortir frais comme un sou neuf d'un bain, me talquer le museau, oindre mes orifices, asperger mon visage bien rasé de lotion astringente, et dix minutes plus tard je commence à suer. C'est comme un fond de teint permanent. Quelquefois, quand je parle à des gens, je les vois me fixer : quelque chose les rend mal à l'aise. J'ai découvert ce que c'est. Ils voient mes pores s'ouvrir brusquement ; à moins qu'ils ne fixent leur attention que sur *un seul* pore, s'ouvrant au ralenti comme s'il allait leur dire quelque chose. Pour avoir vérifié cette sensation dans un miroir, je peux comprendre les observateurs. C'est intolérable.

Mais vous devriez espérer de votre propre femme qu'elle ne fasse pas les gros yeux quand vous exhibez votre métabolisme, particulièrement en période de crise ! La mienne, en outre, me dispense des conseils pour dompter mon système pileux :

— Débarrasse-toi de cette moustache, Bogus. C'est tellement… pubien.

Moi, je sais que j'ai besoin de tous mes poils. Sans poils, qu'est-ce qui camouflerait mes terribles pores ? Biggie n'a jamais pu comprendre ça ; elle n'a pas de pores du tout ! Sa peau est aussi lisse que les fesses de Colm. Elle espérait que Colm hériterait de ses pores — ou plutôt de leur absence. Ça me froisse, naturellement. Mais je pense aussi au gosse, et, franchement, je ne souhaiterais pas des pores comme les miens à mon pire ennemi.

Voilà pourquoi ces confrontations dans la baignoire me déprimaient.

J'allai faire un tour chez Benny, pensant y trouver le polémiste Ralph Packer tenant un amphi, ou du moins égrenant quelques fortes maximes. Mais le bar était bizarrement désert, et je profitai du calme pour téléphoner sans motif à la pension pour femmes Flora Mackey. Une voix me demanda :

— Quel étage ?

Je tentai de déduire à quel étage pouvait habiter Lydia Kindle. Tout en haut, près des gouttières où nichent les oiseaux ?

On fit plusieurs essais, puis une voix de femme soupçonneuse lança :

— Oui ?

— Lydia Kindle, je vous prie.

— Qui la demande ? s'enquit la voix. C'est sa sœur d'étage à l'appareil.

Une sœur d'étage ? Raccrochant, j'imaginai des frères de palier, des mères d'ascenseur, des pères d'escalier, et j'écrivis sur le mur des cabinets de Benny : FLORA MACKEY MOURUT VIERGE.

Dans le cabinet proche du téléphone, on avait des ennuis. Sous la porte, je repérai des spartiates, des chaussettes rouges, un pantalon descendu, et un désarroi manifeste.

Qui que ce fût, il pleurait.

Moi qui sais combien uriner peut être douloureux, je pouvais sympathiser. Mais en même temps je ne voulais pas trop m'impliquer. Je pouvais peut-être aller chercher une bière au bar, la glisser sous la porte au malheureux, lui dire que c'était offert, et filer en vitesse.

Les urinoirs déclenchèrent les grandes eaux. Les fameux urinoirs de chez Benny ; on racontait que, pour économiser l'eau, le déclenchement de la chasse automatique ne fonctionnait que tous les six mois. Dire que j'assistais à cet événement prodigieux !

Mais, dans la cabine des chiottes, l'inconnu avait entendu ; persuadé que quelqu'un était là, il cessa de sangloter. J'essayai de filer sur la pointe des pieds. Sa voix sortit faiblement de la cabine :

— S'il vous plaît, pouvez-vous me dire s'il fait nuit dehors ?

— Oui.

— Oh, mon Dieu !... Je peux sortir ? Ils sont partis ?

Une trouille soudaine m'envahit, et je *les* cherchai des yeux. *Qui ?* Je cherchai sous les urinoirs les petits hommes verts, humides, qui s'y cachaient.

— Qui ça, *ils ?* demandai-je.

La porte des gogues s'ouvrit, et il sortit, rajustant sa ceinture. C'était le petit brun qui se dit poète et s'habille couleur pastel ; un étudiant qui travaille à la librairie Root, et que la rumeur publique qualifie alternativement de grand séducteur, de pédé ou des deux à la fois.

— Dieu ! ils sont partis ! dit-il. Oh, merci. Ils m'avaient

interdit de sortir avant la nuit, mais ici il n'y a pas de fenêtre.

Un examen plus attentif m'apprit qu'il avait été sauvagement battu. Ils lui avaient sauté dessus dans les lavabos pour hommes, et lui avaient dit qu'il devait aller pisser chez les femmes. Ils l'avaient d'abord molesté dans les urinoirs, lui avaient frotté le nez avec le bloc déodorisant jusqu'à lui mettre la chair à vif, et l'avaient laissé, puant comme s'il s'était débarbouillé dans la pisse. Il émanait de sa personne un terrifiant mélange d'odeurs ; un flacon d'eau de toilette Léopard s'était fracassé dans sa poche, ce qui n'arrangeait rien. Dans cette atmosphère confinée, cet homme était irrespirable.

— Seigneur ! dit-il. En plus, ils avaient raison, je suis pédé — mais j'aurais pu ne pas l'être. Je veux dire qu'ils n'avaient aucune raison de le savoir. Je me payais une ardoise, c'est tout ce qu'il y a de normal ; je n'ai pas l'habitude d'agresser les types dans les pissotières. J'ai tout ce qu'il me faut.

— Et cette eau de toilette ?

— Ils ne savaient pas que je l'avais sur moi. Et ce n'est même pas pour moi, nom de Dieu ! C'est pour ma sœur. Je vis avec elle. Elle m'avait téléphoné à mon boulot pour me demander de lui en apporter un flacon en rentrant...

Il marchait avec difficulté ; on l'avait bien tabassé. Alors je voulus l'aider à sortir.

— J'habite à côté, dit-il. Inutile de m'accompagner, les autres croiraient que vous *en êtes* aussi.

Mais je le soutins pendant la traversée de la salle, sous les regards vicelards de deux couples installés dans un box près de la porte.

— Regarde le petit couple ! Y en a un qui a bu du parfum, puis qui a pissé dans son froc !

Benny lui-même, figé au bar devant ses chopes brillantes, fit semblant de ne rien voir. Je lui lançai :

— Tes chasses d'eau ont fonctionné, Benny. Fais une croix au calendrier.

— Bonne nuit, les gars, répliqua Benny.

Un esthète, à la table d'angle, enfouit son nez dans la

mousse de sa bière pour noyer notre remugle envahissant.

— Je savais que je n'aimerais pas l'Iowa, me dit le pédé, mais je n'aurais jamais imaginé une horreur pareille !

Nous étions arrivés devant chez lui, dans Clinton Street. Il me dit :

— Vous avez été très chic. Je vous dirais bien de monter mais... j'ai une liaison sérieuse, vous comprenez. C'est la première fois que je suis totalement fidèle... Avec lui, c'est pas pareil.

— Je ne suis pas comme vous, dis-je. J'aurais peut-être pu, mais non ; vous vous êtes trompé.

Il me serra la main et dit :

— C'est très bien comme ça. On se reverra peut-être un de ces jours. Vous vous appelez comment ?

— C'est sans importance.

Je m'éloignai, essayant d'échapper à sa puanteur. Au milieu de cette rue minable, dans ses habits voyants, on aurait dit quelque chevalier homosexuel venant de pénétrer dans une cité dépeuplée par la peste : courageux et maudit.

— Ne jurez jamais de rien ! lança-t-il dans mon dos. On ne sait pas ce que l'avenir nous réserve !

Drôle d'avertissement par un drôle de prophète ! Plus loin, dans la sombre Iowa Avenue, une horde de chasseurs de folles scrutait les moindres encoignures. Me laisseraient-ils tranquille si je leur prouvais que j'étais un vrai mâle ? Si je croisais une fille, serais-je obligé de la violer ? *Hé, regardez comme je suis normal !*

J'aurais aussi pu ouvrir les rideaux quand je rentrai à la maison, où je retrouvai Biggie, ma grande tigresse citadine, allongée sur notre lit défoncé, en partie recouverte par des tas de magazines et de petits coussins brodés de paysages alpestres.

— Bon Dieu ! Sentez-moi ça ! lança Biggie en me regardant.

L'horreur d'une explication me frappa alors, aussi fortement que les relents d'urine parfumée émanant de moi après mon contact avec l'employé de la librairie Root. J'empestais son odeur.

— Qu'est-ce qui t'est arrivé ? Qu'as-tu fait, espèce de cochon malade ?

— Je suis juste passé chez Benny. Il y avait un homo dans les toilettes des hommes. Le petit mec qui travaille chez Root, tu vois ?

Biggie, bondissant du lit, vint me flairer partout, puis attira mes mains sous son nez. J'essayai de lui pincer la joue au passage, mais elle me maintint à bout de bras loin d'elle.

— Écoute, Biggie...

— Espèce de cochon d'obsédé !

— Je n'ai rien fait de mal, je te jure...

— Enfer et damnation ! Tu as ramené le parfum de cette pute dans ma propre maison !

— Biggie, c'était un pauvre pédé dans les lavabos. On l'avait roulé dans la pisse, et il avait une bouteille de parfum dans la poche, et...

Merde, pensai-je. *Ça n'a même pas l'air vraisemblable.* J'ajoutai avec l'énergie du désespoir :

— Ça puait horriblement et...

— Tu parles qu'elle puait, la salope ! Cette chienne en chaleur que tu as...

— Big, je n'ai absolum...

— Une baisette exotique, je parie. Une de ces Indiennes en sari, avec leurs trucs vicelards, et reniflant comme un harem au complet ! Oh, je te connais, Bogus-Beau-Gosse ! Tu as toujours bandé pour l'exotique ! Toujours à mater les Blacks et ces Orientales crépues, et ces Juives basanées ! Putain de toi, je t'ai assez vu !

— Pour l'amour de Dieu, Big...

— Dis que ce n'est pas vrai, Bogus ! hurla-t-elle. Y a que ça qui t'excite ! Les monstres, les putes bien voyantes... Te vautrer dans la fange !

— Par pitié, Big !

— Et moi, tu me voulais toujours différente ! Regarde les fringues que tu me fais acheter ! Des trucs à faire tomber les yeux ! Mais je te le dis, je ne suis pas comme ça ! J'ai de trop gros seins, et tu me dis : « Ne porte pas de soutien-gorge, Big. » Et si je n'en porte pas, je ballotte comme une vache ! « C'est superbe, Big », me dis-tu. Mais, bon Dieu,

5

je sais très bien de quoi j'ai l'air ! Mes tétons sont plus *gros*
que les nichons de certaines filles !

— C'est vrai, Biggie. Et j'adore tes tétons d'amour,
Biggie...

— Tu les détestes ! Et tu n'arrêtes pas de dire que tu
n'aimes pas les blondes. Tu dis : « Généralement, je
n'aime pas les blondes », et tu me tapes sur les fesses
comme un plouc. « Généralement », c'est ce que tu dis en
me filant tes petits coups de coude à la con, et moi j'ai la
sensation de...

— Je vais t'en donner, des sensations, si tu ne la fermes
pas.

Reculant, elle mit entre nous le rempart du lit.

— Ne t'avise pas de porter la main sur moi ! lança-t-elle.

— Je te répète que je n'ai rien fait de mal.

— Tu schlingues ! A croire que tu as fait ça dans une
étable ! Avec une truie, sur un lit de fumier !

Arrachant ma chemise, je fis un pas vers elle.

— Sens-moi, bordel de merde ! Ce sont mes mains qui
puent, rien d'autre !

— Rien que tes mains, Bogus ? fit-elle avec un calme
glacial. Dans ton étable, est-ce que tu as aussi branlé un
bouc ?

La voyant hors d'elle, j'arrachai mes chaussures, mon
pantalon et bondis sur elle en achevant de faire glisser mon
caleçon.

— Espèce d'animal en rut ! N'approche pas ton instrument de moi, Bogus ! Va savoir ce que tu as pu attraper ! Je
ne te laisserai pas me contaminer, merci du cadeau !

Elle contourna le pied du lit au moment où je plongeais
sur elle, n'attrapant que l'ourlet de sa ridicule chemise de
nuit — celle en flanelle de grand-mère — qui se déchira
jusqu'à l'encolure. J'avais presque réussi à la ligoter dedans
quand elle m'expédia ses genoux dans la poitrine, m'abandonnant les lambeaux de sa chemise tandis qu'elle se ruait
vers le vestibule. Je la rattrapai sur le seuil, mais d'une
main elle m'accrocha les cheveux, et de l'autre s'en prit à
mes parties génitales. Je réussis une esquive arrière, bien
meilleure que dans toute ma carrière de lutteur. J'attendais

des applaudissements, mais elle m'expédia un coup de coude à la gorge, avant de se laisser tomber à quatre pattes. Avec Biggie, il faut surveiller les jambes. Je tentai une prise en ciseaux quand elle reprit la station verticale, mais elle me jeta sur ses épaules et trotta jusqu'à la commode, devant laquelle elle exécuta un roulé-boulé, m'expédiant jusqu'aux épaules dans le tiroir à lingerie.

Je vis un paquet d'étoiles, et goûtai ma langue que, malgré ma longue expérience de la lutte, je n'avais jamais réussi à garder dans ma bouche. Elle saignait. Quand elle s'éloigna du meuble, je la ceinturai, bloquant un féroce uppercut avec mon front. Elle s'était fait mal à la main. J'en profitai pour pivoter et l'expédier au tapis d'un ciseau aux jambes tout en lui immobilisant un bras (manœuvre désespérée dont j'avais souvent usé sur les rings). Elle se laissa tomber en souplesse, cherchant sur quoi taper de sa main libre. Je saisis cette occasion d'affirmer mon avantage ; lui tordant les deux bras, je la forçai à toucher le sol de la nuque. Mais ses jambes infatigables se refermèrent autour de moi, bien qu'elle fût solidement clouée au sol ; en fait, je lui avais fait toucher les épaules, mais il n'y avait pas d'arbitre pour frapper sur le tapis et annoncer la fin du match. Je savais que je lui faisais mal, alors je glissai sur son corps et sur son visage, amenant mon nombril au contact de sa joue, sans lui laisser la possibilité de me mordre. J'assurai ma prise ; c'était toujours dans ces moments cruciaux que je me retrouvais toujours inexplicablement battu. Je hissai ma partie vulnérable tout contre les yeux furibonds, prenant soin de la tenir hors de portée de ses dents.

— Je te jure que je vais te la bouffer ! grinça-t-elle, tous les muscles bandés dans l'étau de mon double armlock.

— Sois assez aimable pour la sentir d'abord, dis-je en faisant progresser mon ventre sur la douceur de sa joue.

Elle se débattit encore, tenta de me donner des coups de genou.

— Sens-moi, je t'en prie, et dis-moi honnêtement ce que tu sens. Dis-moi si mon membre le plus précieux exhale une odeur étrangère, le moindre relent de harem. Et dis-moi si tu ne reconnais que mon odeur.

Ses genoux ralentirent leur sarabande. Je vis ses narines se dilater.

— En ton âme et conscience, Biggie, et compte tenu de ton champ d'expérience en la matière, à savoir mon odeur corporelle, pourrais-tu affirmer que tu détectes quoi que ce soit d'inhabituel ? Oserais-tu parier que ce ventre est entré en contact avec un autre ventre et en a capturé la senteur ?

Je pouvais sentir ses muscles se dénouer, presque craintivement — désarmante parade à mon double armlock —, et la laissai incliner son visage et fourrer son nez où elle voulut ; mon membre rabougri reposait à présent sur sa joue. *Il met sa virilité en danger pour sauver son couple.*

— Que sens-tu, Big ? Y a-t-il le moindre effluve d'un sexe étranger ?

Elle remua la tête. Mon membre timide se trouvait entre son nez et sa lèvre supérieure.

— Pourtant, tes mains...

Sa voix se brisa.

— J'ai touché un pauvre pédé blessé, inondé de pisse et de parfum. Je l'ai ramené chez lui. Il m'a serré la main.

Il me fallut la replacer en position assise pour dénouer ma double prise et lui déposer dans le cou un baiser vampirique, car ma langue continuait de saigner. Au-dessus de mon oreille gauche, je sentais mon cuir chevelu se tendre sur la bosse que je devais à la commode. J'imaginai les ravages dans le tiroir à lingerie. Les petites culottes étaient-elles traumatisées par le choc — froissées et agglutinées dans le recoin le plus profond du tiroir, en pleine panique ? Se disant en tremblant : QUI que ce soit qui se trouve là-dehors, j'espère qu'il n'aura pas envie de m'enfiler...

Plus tard, lors d'un combat plus sensuel sur le lit, Biggie me dit :

— Ôte ton bras, vite ! Non, là... non, pas là. Oui,
comme ça...

Ayant trouvé une pose plus confortable pour nous deux,
elle se mit à onduler sous moi, d'une façon particulière qui
me fait toujours croire qu'elle va s'éloigner. Mais elle n'en
fait rien ; elle n'en a pas l'intention. C'est presque comme si
elle nous emmenait quelque part à la rame, et je m'adapte
à la douce violence de son mouvement. Tout le secret
réside dans la force de ses jambes infatigables.

— C'est un bon entraînement pour le ski, lui dis-je.

— Tu sais, il me reste encore du muscle, fit-elle, se
balançant comme une barque embossée sur une mer
houleuse.

— Big, j'adore ton muscle.

— Oh, ça va, pas *ce* muscle-là. D'ailleurs, ce n'est pas un
muscle. Je veux dire que, pour une fille, je suis très
musclée.

— Tu n'es qu'un muscle, Biggie.

— Pas entièrement... Non, allez, *ça,* ce n'est pas un
muscle, tu le sais très bien.

— C'est plus doux qu'un muscle, Biggie !

— Là, je te crois sincère, pour une fois.

— Et c'est meilleur qu'une descente à skis... et bien plus
amusant.

— Ma foi, je n'aimerais pas être obligée de choisir.

Pour ces mots, je la câlinai très fort.

Bâtie comme elle est, Biggie peut conserver indéfiniment
la vitesse acquise, comme une barque entraînée par le flux
et le reflux. Je flottais en elle, à son rythme lent. Comme en
dehors de toute pesanteur. Puis la mer grossit, nous
emporta dans un tourbillon, pour finalement nous rejeter
sur le rivage. Je restai inerte, pesant comme un tronc
ensablé, Biggie allongée près de moi, aussi calme qu'un
étang.

Bien plus tard, elle dit :

— Au revoir pour un moment, au revoir.

Mais elle ne bougea pas.

— Au revoir, dis-je. Où vas-tu donc ?

Tout ce qu'elle dit alors fut :

— Finalement, Bogus, tu n'es pas si méchant que ça.

— Ravi de te l'entendre dire, fis-je d'un ton que je voulus désinvolte.

Mais ça sortit d'une petite voix étranglée, comme si j'étais resté trop longtemps sans parler. *Oh, la douce voix ronronnante de l'amant comblé ! Je me rappelle comment je t'ai rencontrée, Biggie...*

15

Amours de jeunesse avec Biggie

Dans la lumière avare de la Tauernhof Keller, je transportai l'Overturf inconscient jusqu'à l'escalier. Je ne m'inquiétais pas trop pour Merrill. La mauvaise gestion de son traitement antidiabétique provoquait chez lui de fréquentes pertes de connaissance — son organisme étant soumis à une perpétuelle douche écossaise : trop de sucre, puis pas assez.

— Il a trop bu, dit au passage Herr Halling.

— Il a trop d'insuline, ou trop peu.

— Il avait l'air d'un fou ! dit Biggie, encore sous le coup de la colère.

Elle nous suivit dans l'escalier menant aux chambres, ignorant les injonctions de ses harpies d'équipières :

— On doit partir, maintenant, dit l'une.

— Il faut rendre la voiture de l'équipe, dit l'autre.

Traversant le palier, Biggie à mes côtés, j'avais honte qu'elle me voie, petit comme j'étais. Pour me regarder, elle devait baisser les yeux. Pour essayer de compenser, je feignais de porter Merrill sans effort comme un sac de linge sale, et escaladais les marches deux par deux, pour prouver à Biggie que, si j'étais petit, j'étais costaud.

En poussant Merrill dans sa chambre, je lui cognai la tête contre le chambranle, que je distinguais mal à cause des points noirs dans mes yeux, provoqués par l'essoufflement. Biggie grimaça ; Merrill se contenta de dire :

— Pas maintenant, s'il vous plaît.

Quand je l'eus balancé sur le lit, il ouvrit les yeux et examina le plafonnier comme si c'était celui d'une salle d'opération où on allait l'ouvrir séance tenante.

— Je ne sens rien, dit-il à l'anesthésiste.

Puis il se fit flasque et referma les yeux.

Il grommela encore :

— Si vous sortez tout, n'oubliez pas de tout remettre en place.

Cependant, je disposais sur la tablette au-dessus du lavabo toute la batterie de flacons, tubes et fioles nécessaires à l'analyse d'urine, et Biggie sur le seuil chuchotait avec les harpies, leur disant que la saison de ski était finie, qu'il n'y avait pas le feu, qu'elle était une grande fille, et qu'elles pouvaient rendre la voiture sans elle. Je lui dis en allemand :

— Merrill a une voiture... au cas où vous voudriez rester un moment.

— Et pourquoi voudrais-je rester avec vous ?

Me souvenant du bobard de Merrill, je lui dis :

— Je pourrais vous lire le poème que je vous ai consacré.

— Désolé, Boggle, intervint Merrill, mais ces nichons étaient tellement fabuleux — quelle cible, messeigneurs ! — que j'ai pas pu m'empêcher de...

Il s'endormit, totalement hors de service.

— Alors, Biggie, tu viens ? insista la harpie numéro un.

— Bon, on rentre sans toi, fit l'autre.

Biggie jeta un regard circulaire dans la chambre, puis sur moi, d'un air perplexe : *Où cet ancien champion de saut range-t-il sa perche ?*

Merrill lança à la cantonade :

— Oh, là, là, qu'est-ce que j'ai envie de pisser !

Jonglant avec les fioles, je répétai en allemand à l'intention de Biggie :

— Il faut absolument qu'il urine. Si vous pouviez attendre un instant, dehors ? *Attends-moi, grande et chaude pelote d'angora !*

J'écoutai attentivement les chuchotements courroucés des deux équipières évincées, et ceux, tranquillement indifférents, de Biggie.

— Tu sais qu'il y a une réunion demain matin.

— On se passera de moi.

— Ils vont demander ce que tu as fait cette nuit...

— Biggie, qu'est-ce qu'on dira à Bill ?

Bill ? me demandai-je en déplaçant tant bien que mal Merrill jusqu'au lavabo. Ses bras battaient l'air comme les ailes d'un oiseau disgracieux. Biggie sifflait, sur le palier :

— Ne vous occupez pas de Bill ! Mêlez-vous de vos affaires !

Bravo ! Dites donc à ce brave Bill qu'elle passe la nuit avec un sauteur !

Mais la position instable de Merrill nécessitait toute mon attention. Sur l'étagère de verre, entre la savonnette et le dentifrice, s'alignaient en batterie les tubes à essai renfermant les solutions colorées des réactifs chimiques. Overturf les examinait avec la même gourmandise que des bouteilles d'alcool au-dessus d'un comptoir ; j'eus des difficultés à introduire son dard mollasson dans son récipient habituel, une chope en grès qu'il avait fauchée dans une taverne viennoise ; il l'affectionnait car elle possédait une anse et contenait presque un quart de litre.

— Nous y voilà, Merrill. Fais chanter ton petit oiseau.

Mais il regardait d'un air stupide les fioles, comme s'il en découvrait l'existence. Je l'encourageai :

— Un petit effort, mon bébé, allez, remplis-moi ça à ras bord !

Mais, au-delà des fioles, Merrill contemplait dans le miroir son visage cadavérique. Il apercevait en arrière-plan ma silhouette floue, pressée contre lui dans l'effort de le maintenir en position verticale. Il lança un regard hostile à mon reflet. Il ne me reconnaissait plus du tout.

— Lâche ma queue, toi ! lança-t-il au miroir.

— Merrill, tais-toi et pisse !

— Qu'allons-nous dire à Bill ? demandait une harpie. Moi, je ne veux pas lui mentir. S'il m'interroge, je dirai la vérité.

— Tu vois le mal partout ! rétorqua Biggie.

Tenant Merrill par la taille, son engin plongé dans la chope fatale, je passai la tête par l'entrebâillement de la porte et m'adressai aux langues de vipère :

— Racontez donc tout à Bill, même s'il ne vous pose pas de questions !

Puis je claquai la porte et ramenai Merrill devant le lavabo. Pendant ce bref trajet, il déclencha les grandes eaux. Le grand éclat de rire de Biggie avait dû atteindre un de ses centres nerveux, car il me bouscula, repoussant la chope tendue, et m'arrosa copieusement la jambe. Je le rattrapai au pied du lit, qu'il aspergeait d'un jet copieux, avec l'expression d'un enfant qui brave un interdit. Dérapant sur le tapis, il atterrit sur le lit, expédiant une giclée finale vers le plafond, aspergeant du même coup son visage et l'oreiller. Je posai la chope inutile, lavai son visage, retournai l'oreiller, et recouvris Merrill de l'épaisse courtepointe. Il resta rigide, tel un gisant, les yeux révulsés. Je lavai l'urine répandue sur moi, puis utilisai un compte-gouttes pour puiser dans la chope aux trois quarts vide, et distribuer un peu de liquide dans les divers tubes de révélateur : rouge, vert, bleu, jaune. Je m'aperçus alors que j'ignorais le mode d'emploi. Je ne savais pas quelle couleur devait se modifier, ni s'il était inquiétant que le bleu devienne rouge, le rouge vert, si le jaune devait rester clair ou s'opacifier, et à quoi tout cela pouvait bien servir. J'avais souvent observé Merrill quand il procédait à ces tests, mais sans y attacher d'attention particulière. Comment interpréter les couleurs ? Je me penchai sur lui et le giflai une bonne fois. Il grinça des dents sans cesser de dormir ; je lui flanquai un solide direct dans l'estomac sans qu'il remue un cil.

Fébrilement, je fouillai dans son sac, dont je tirai successivement des seringues, des aiguilles, des ampoules d'insuline, des paquets de bonbons, une pipe à haschich et, tout au fond, le mode d'emploi du test. Tout allait bien si le rouge virait à l'orangé, si le vert et le bleu demeuraient inchangés, et si le jaune devenait écarlate ; tout allait mal quand le rouge virait « trop rapidement » à l'écarlate sombre, quand le vert et le bleu changeaient, ou quand le jaune virait à l'orangé.

Quand j'examinai la batterie de tubes, toutes les couleurs s'étaient déjà modifiées, et j'avais oublié dans quel ordre elles étaient au début ! Je repris le mode d'emploi pour savoir que faire si on supposait le taux de sucre anormal dans un sens comme dans l'autre. Il fallait appeler un médecin au plus vite.

Derrière la porte, le silence était revenu, et je redoutai que Biggie ne fût partie pendant que je m'escrimais avec la vessie de Merrill, ce qui me mit en colère contre lui. Je le mis en position assise en le tirant par les cheveux, puis lui administrai un solide aller-retour sur ses joues blafardes, puis un autre et un autre encore, jusqu'à ce que ses yeux reprennent vie ; il s'adressa au placard, ou à tout autre objet se trouvant derrière mon dos ; un cri de haine et de défi à toutes les maladies du monde :

— Je vous encule ! Je vous encule à mort !

Puis, d'une voix tout à fait naturelle, il m'appela Boggle et me dit qu'il mourait de soif. Je lui donnai donc de l'eau, en grande quantité, et flanquai dans le lavabo toutes les petites fioles multicolores, que je rinçai avec soin au cas où, s'éveillant en pleine nuit dans un accès de délire, il voudrait les boire aussi.

Quand j'eus fini la vaisselle, il s'était rendormi, et, dans un vieux reste de colère, je lui jetai la serviette mouillée en pleine figure. Il n'eut aucune réaction ; je séchai son visage, éteignis la lumière et écoutai un moment si sa respiration était régulière.

C'était un profond mystère que ce garçon si profondément suicidaire se montrât aussi indestructible. Et, bien qu'il m'ait fait perdre cette grande belle fille, j'aimais toujours énormément Merrill Overturf.

— Dors bien, Merrill, chuchotai-je dans l'obscurité.

Comme je me glissais sur le palier, refermant la porte derrière moi, je l'entendis répondre :

— Merci pour tout, Boggle.

Et là, sur le palier, toute seule, Biggie !

Elle avait refermé son parka ; on ne chauffait pas dans les étages, au Tauernhof ; elle se tenait debout, un peu raide, un pied sur l'autre, confuse, un peu en colère, un peu timide.

— Montrez-moi votre poème.

— Je ne l'ai pas encore terminé.

Elle me lança un regard agressif.

— Alors, finissez-le. J'attendrai !

Son regard disait qu'elle n'avait déjà que trop attendu, et que pour me faire pardonner j'avais intérêt à lui montrer quelque chose de bien.

Dans ma chambre, contiguë à celle de Merrill, elle s'assit sur le lit et y creusa son trou, comme un animal en quête de confort. Elle n'était pas faite pour les espaces exigus. Elle se sentait trop grande pour cette chambre et ce lit, elle avait froid ; gardant son parka, elle s'emmitoufla dans la couette. Je m'installai devant la table de nuit, pour faire semblant de griffonner la fin de mon poème sur un bout de papier déjà en partie écrit. Mais c'était un billet écrit en allemand, oublié par le précédent occupant, et je rayai quelques lignes, comme si je rectifiais mon propre travail.

Merrill heurta de la tête le mur mitoyen ; sa voix étouffée parvint jusqu'à nous :

— D'accord, il ne skie pas, mais il est très habile avec sa perche !

Sur le lit, le visage dénué d'expression, la grande attendait son poème. J'en composai un.

> Elle n'est que muscle et angora
> Sous son enveloppe de vinyle.
> Ses pieds protégés de gros cuir
> Bien campés sur ses skis luisants.
> Sous son casque intégral, ses cheveux
> Se cachent, chauds et soyeux...

Chauds ? Non, pas chauds, pensai-je, conscient du regard qu'elle faisait peser sur moi. *Non, pas de cheveux chauds !*

> La Championne n'est pas si douce,
> Mais dure et ferme, comme un beau fruit.
> Sa peau aussi lisse qu'une pomme,
> Aussi tendre qu'une pêche. Mais en dedans,
> Elle n'est que pulpe parfumée.

Ouaf ! Est-il possible d'improviser un poème, si mauvais soit-il ? Elle avait ramassé au pied du lit mon lecteur de cassettes, examinait la bobine, caressait les écouteurs. Je l'encourageai à les mettre, aussitôt effrayé par ce qu'elle risquait d'entendre. Sans expression, elle appuya sur le bouton. *Continue ton poème !*

> Voyez comme elle plante ses bâtons !

Mais non, merde !

> Voyez-la filer sur les pentes ! Fermée
> Comme une valise, large et solide.
> Ses parties métalliques semblent
> Indestructibles. Mais elle est belle.

Belle comme une valise ? Pourquoi pas ?

> Ouvrez-la donc ! Débouclez-la,
> Déverrouillez, zip, puis déballez.
> Elle contient des trésors ; des choses bonnes,
> Des choses douces, des choses chaudes,
> Des choses rondes, et — ô surprise !
> Des tas de choses inconnues !

Vas-y mou. Elle écoutait les bandes de ma vie, les laissait courir, les stoppait, les rembobinait, les passait dans le désordre. Les histoires cochonnes, les conversations d'ivrognes, les disputes et les gros mots… elle voudrait s'en aller, après tout ça. Soudain, elle baissa le volume sonore en grimaçant. Là au moins, je sus ce qu'elle écoutait : Merrill Overturf réglant l'allumage de sa Zorn-Witwer 54. *Pour l'amour de Dieu, dépêche-toi de finir ce poème avant qu'il ne soit trop tard !* Alors, elle ôta ses écouteurs. Avait-elle atteint l'endroit où Merrill et moi évoquons nos souvenirs communs de la serveuse du café Tiergarten ?

— Montrez-moi ce poème, dit-elle.

« Elle n'est que muscle et angora… » Elle m'octroya une

moitié de la couette et continua sa lecture sans bouger —
emmitouflée, bottée, habillée de pied en cap, et occupant
le lit en territoire conquis. Elle lisait avec sérieux, ses lèvres
remuant pour former les mots.

« Elle n'est que pulpe parfumée » ? fit-elle à haute voix
d'un ton dégoûté.

Dans la pièce froide, son haleine formait des nuages.

— Ça sonne mieux, dis-je, sans aucune certitude. Au
moins, ce n'est pas plus mauvais qu'autre chose.

« Mais elle est belle. » La couette n'était pas facile à
partager ; Biggie prit conscience que le lit ne proposait
qu'une place et demie. Ôtant ses bottes, elle replia les pieds
sous elle, et m'accorda un supplément de couette. Elle
coupa en deux une tablette de chewing-gum, me tendit le
plus gros morceau ; notre double mastication rompit le
silence. Il ne faisait pas assez chaud pour que les vitres
fussent givrées ; nous avions une vue imprenable sur la
neige bleuie par la clarté lunaire et les petites balises
lumineuses disséminées sur le glacier. Elles menaient à des
refuges dans lesquels j'imaginais de rudes montagnards aux
gros poumons en train de faire l'amour. Leurs fenêtres, à
eux, devaient être givrées.

« Elle contient... »

— « Des choses éparses » ? lut-elle. Qu'est-ce que ça
veut dire, ce truc ? Que j'ai la cervelle pleine de trous ? Une
tête de linotte ?

— Oh, non, lisez la suite.

— « Des trésors... »

— C'était pour coller avec l'image de la valise. Une
sorte de métaphore amplifiée...

— « Des choses douces, des choses chaudes, des choses
rondes... » Hé, là !

— C'est un assez médiocre poème, admis-je.

— Il n'est pas si mal, convint-elle. Je ne vous en veux
pas.

Elle se débarrassa de son parka, et je m'approchai un
peu plus d'elle, hanche contre hanche. Elle dit :

— J'enlève simplement mon parka.

— Je prenais simplement un peu plus de couette.

Elle me dit avec un sourire indéfinissable :

— Ça finit toujours par devenir pesant.

— Les couettes ?

— Non, la sexualité. Pourquoi toujours la traiter avec un tel sérieux ? On commence toujours par se dire qu'on n'est pas comme les autres, et on ne se connaît même pas.

— Vous n'êtes pas comme les autres.

— Ne mentez pas. Ne devenez pas ennuyeux. Ne prenez pas ça au sérieux, ça ne l'est pas. Pour moi, vous n'avez rien d'exceptionnel. Je suis simplement curieuse à votre sujet. Je n'ai aucune envie de simuler l'émotion ou l'amour...

— Je veux coucher avec vous, dis-je.

— Ça, je le sais. Mais je vous préfère quand vous me faites rire.

— Je vais être désopilant !

Me levant, la couette autour de moi comme une cape, je me mis à sautiller sur le lit.

— Je vous jure de faire des galipettes et des tas de gags qui vous feront tordre toute la nuit !

— N'en faites pas trop, dit-elle en grimaçant.

Je me rassis donc au pied du lit, et me cachai entièrement sous la couette. Je lui lançai d'une voix étouffée :

— Dites-moi quand vous aurez froid. Je ne regarde pas. N'est-ce pas le moment idéal pour vous déshabiller ?

— Vous d'abord, dit-elle dans un petit rire.

Je m'exécutai à l'aveuglette, lui tendant mes vêtements l'un après l'autre. Elle gardait le silence ; je m'attendais à ce qu'elle m'assomme à coups de chaise. Je lui passai mon col roulé, mon tricot de corps, mes chaussettes roulées en boule et mon pantalon de cuir.

— Ce qu'il est raide ce pantalon !

— Il m'aide à tenir debout.

Je glissai un coup d'œil sous la couette. Toujours vêtue de pied en cap, à l'extrémité du lit, elle examinait mes pelures. En m'apercevant, elle fit :

— Vous n'avez pas fini de vous déshabiller.

Retournant dans mon abri, je me bagarrai avec mon

caleçon long, puis attendis un instant avant de le lui tendre
avec précaution, comme un cadeau précieux. Je la sentis
alors bouger sur le lit, et attendis sous ma tente, tendu
comme un arc.

— Ne regardez pas, me dit-elle. Un seul regard, et je
m'en vais.

*Boutons, boucles, agrafes, fermeture Éclair, déballez-la
en vitesse !* Ou, mieux, laissez-la faire. Mais pourquoi tout
ce cérémonial ?

— Qui est le nommé Bill ? demandai-je.

— Et vous, qui êtes-vous ?

Elle plongea sous la couette. Nous étions accroupis,
genoux contre genoux, comme des Indiens. Elle enroula
une partie de la couette autour de sa chair tannée pour
l'abriter de la lumière. Elle avait gardé ses chaussettes.

— J'ai froid aux pieds.

Elle maintenait ses yeux dans les miens pour m'empêcher de regarder ailleurs. Mais je lui ôtai ses chaussettes.
Quels beaux pieds larges, et quelles solides chevilles
de paysanne ! Je glissai ses pieds entre le creux de mes
genoux et mes mollets, et pris ses chevilles dans mes
mains.

— Vous avez un nom ? demanda-t-elle.

— Bogus.

— Non, le vrai nom !

— C'est vraiment Bogus.

— C'est comme ça que vos parents vous ont baptisé ?

— Non, ils m'ont appelé Fred.

— Oh ! *Fred...*

A la façon dont elle le prononça, ça sonnait comme
« caca-boudin ».

— Voilà pourquoi je préfère Bogus, dis-je.

— C'est un sobriquet ?

— Disons une réalité.

— Tout comme Biggie, parce que je suis grande et forte.

— Oh ! Que oui !

J'accompagnai ce cri du cœur d'une caresse gourmande
sur sa longue cuisse, où de petits muscles durcirent.

— J'ai toujours été grande. Tout le monde voulait me

présenter des géants. Des joueurs de football ou de basket, toutes sortes de monstres dégingandés. Comme s'il fallait que tous les couples soient assortis. « Il faut trouver quelqu'un d'assez grand pour Biggie. » Comme s'ils me mitonnaient un repas. D'ailleurs, on m'a toujours suralimentée ; les gens croyaient que j'avais toujours faim. En réalité, j'ai un petit appétit. Les gens semblent croire qu'une grande taille signifie quelque chose, comme une grande richesse... Ils pensent que, si vous êtes riche, vous n'appréciez que les choses chères. Et si vous êtes grande, vous êtes censée éprouver un attrait particulier pour les grands.

Je la laissai parler. J'effleurais sa poitrine, la tête remplie de grandes choses ; elle poursuivit tout en observant ma main avec une sorte d'inquiétude. Que va-t-il caresser ensuite ?

— Même en voiture. Vous êtes sur la banquette arrière avec deux ou trois autres personnes, et on vous demande toujours si vous avez assez de place ; on ne pose jamais la question aux plus petits. Pourtant, si trois ou quatre personnes sont entassées sur une banquette de voiture, personne n'a assez de place ! Mais les gens semblent croire que vous êtes la seule gênée, c'est stupide.

Elle se tut et saisit ma main qui rôdait sur son ventre, pour l'immobiliser.

— C'est à vous de dire quelque chose, vous ne croyez pas ? Enfin, de me parler ! Je ne suis pas une pute, vous savez ; je ne fais pas ça tous les jours.

— Je n'ai jamais rien cru de semblable.

— Vous ne savez rien de moi.

— Je veux tout savoir de vous. C'est vous qui ne vouliez pas que je sois sérieux. Vous vouliez que je vous fasse rire.

Elle sourit, laissa ma main remonter sur sa poitrine et y rester.

— Maintenant, l'heure est venue d'être un peu plus sérieux. Je veux que vous me parliez un peu. Vous devez vous demander pourquoi je suis avec vous...

— Je sais, je sais !

— Moi, je ne le sais pas vraiment, dit-elle en riant.

— Mais si. Vous êtes saturée des grands types !

Elle rougit, mais me laissa caresser ses deux seins ; ses mains, posées sur mes poignets, tâtaient mes pulsations.

— Vous n'êtes pas si petit que ça, fit-elle.

— Non, mais je suis plus petit que vous.

— Ça ne veut pas dire que vous soyez petit.

— Ça m'est égal d'être plus petit.

— A moi aussi.

Elle promena une main le long de ma jambe, et remarqua :

— Vous êtes drôlement poilu. Je ne m'en serais jamais doutée.

— Désolé.

— Oh, c'est très bien !

— Est-ce que je suis votre premier non-skieur ?

— Je n'ai pas rencontré tellement d'hommes, vous savez.

— Je sais.

— Vous ne savez rien. Ne parlez pas sans savoir ! J'ai eu un amant qui n'était pas skieur.

— Un joueur de hockey ?

— Non ! Un footballeur.

— Donc, c'était encore un grand.

— C'est vrai. Et je n'aime pas les hommes trop grands.

— Une veine que je sois petit !

— Vous êtes un simulateur, non ? Ces cassettes, il n'y a rien d'important dessus... vous ne faites rien dans la vie ?

— Je suis votre premier vaurien.

Craignant qu'elle n'en revienne à des choses trop graves, je me penchai et l'embrassai — ses lèvres sèches, ses dents serrées, sa langue à l'abri. Quand je lui embrassai les seins, elle me saisit par les cheveux, assez brutalement, comme si elle voulait me repousser.

— Qu'est-ce qui ne va pas ?

— Ma gomme.

— Votre quoi ?

— Mon chewing-gum. Il s'est collé dans vos cheveux.

Blotti nez à nez contre sa poitrine, je m'aperçus que je devais avoir avalé le mien.

— J'ai avalé mon morceau.

— Avalé ?

— Eh bien, j'ai avalé quelque chose. Peut-être un bout de sein...

Elle éclata de rire, m'écrasa le visage contre ses seins.

— Non, ils sont toujours là tous les deux.

— Parce que vous en avez deux ?

Elle s'allongea sur le ventre à travers le lit, attrapant le cendrier dans lequel elle déposa son chewing-gum et une touffe de mes cheveux. Repoussant la couette, je m'allongeai sur elle. Croupe de béton ! J'en eus le souffle coupé.

Elle se retourna ; quand nous fûmes étendus sur le côté l'un contre l'autre, je l'embrassai, et cette fois ses dents s'écartèrent. Dans la lueur bleutée qui émanait de la neige, nous nous serrâmes sous la couette rebondie pour nous raconter des histoires et faire connaissance ; notre enfance, notre éducation, nos amis, et tout ce que nous aimions en littérature, sport, politique, religion et orgasme.

Et sous la chaude couette (une, deux, trois fois), le ronflement d'un petit avion sembla nous emporter lentement au-delà de cette chambre glaciale, nous élever au-dessus des glaciers immensément bleus, où nous explosâmes en mille fragments incandescents qui retombèrent en flammèches sur la neige. Puis, de nouveau étendus, sans presque nous toucher sur la couette dévastée, nous restâmes immobiles jusqu'à ce que le lit nous fît l'effet d'un iceberg à la dérive. Réfugiés sous la couette thermogène, nous égrenâmes de nouvelles confidences, et en vînmes à des projets d'avenir au moment où le premier rayon de soleil fit miroiter les glaciers. Alors, sur les vitres couvertes de givre, on vit naître de la buée, puis des rigoles de neige fondue.

Avec le jour nous apparut, drapé dans sa propre couette, le nommé Merrill Overturf, transi et transpirant, le visage couleur de banquise, la main crispée sur un phallus fragile : sa seringue hypodermique, chargée de trois centimètres cubes d'insuline salvatrice.

— Boggle... commença-t-il.

Puis, d'une voix presque inaudible, il égrena le récit

terrifiant de ses délires nocturnes ; en plein cauchemar, il avait repoussé sa couette, restant nu et découvert toute la nuit durant, mouillant son lit, et découvrant à son réveil sa peau soudée au drap par de l'urine gelée. Quand il eut préparé sa seringue d'insuline matinale, ses mains tremblaient trop fort pour qu'il puisse se faire l'injection.

Je m'emparai de la seringue et voulus la planter dans sa chair bleue de froid, mais j'hésitai et ratai mon coup. Voyant qu'il ne ressentait aucune douleur, je pris à nouveau mon élan et, d'un mouvement de lanceur de fléchette, comme je l'avais vu faire à mon père, j'enfonçai l'aiguille un rien trop profond.

— Sacré nom, t'y vas pas de main morte, fit Merrill.

Ne voulant pas le torturer plus que nécessaire, je me hâtai d'enfoncer le piston. Mais le liquide semblait solidifié, et ne s'infiltra que par grumeaux dans sa chair. Du coup, il eut une faiblesse et tomba assis avant que je n'aie pu ôter la seringue ; l'aiguille se détacha et resta plantée en lui. Il gémit tandis que je récupérais l'aiguille. Puis j'examinai son corps, à la recherche d'endroits gelés ; lui regardait Biggie, qu'il semblait voir pour la première fois. Il me dit en allemand, oubliant qu'elle le parlait aussi :

— T'as réussi à l'avoir, Boggle. Beau travail.

— Elle m'a eu aussi, Merrill, fis-je avec un sourire d'excuse pour Biggie.

— Alors, je vous félicite tous les deux ! dit-il.

Il semblait si transi et misérable que nous l'enfouîmes avec nous sous la couette, afin que la lourde chaleur musquée l'environne, et nous serrâmes contre son corps secoué de frissons. Nous le réchauffâmes jusqu'à ce qu'il soit en sueur et commence à effectuer des gestes frôleurs, suggérant qu'il irait tout à fait bien s'il pouvait rester seul entre les mains de Biggie.

— Je n'en doute pas, mais je préfère garder les mains de Biggie pour moi, fis-je.

— Et moi, dit Biggie, les mains de Bogus me suffisent.

Les mains de Merrill tenaient à présent le volant de sa Zorn-Witwer 54, qu'il pilotait dans la rue principale de Kaprun enneigé. Biggie et moi, depuis la banquette arrière, lui passions des quartiers d'orange. Pas une âme en vue, sinon un facteur qui, pour avoir plus chaud, s'abritait derrière son traîneau ; les naseaux du cheval fumaient comme un échappement de diesel. Tout là-haut, le soleil caressait le dôme du glacier, mais tous les villages de la vallée resteraient dans l'ombre jusqu'à midi, recouverts d'une pellicule glacée, dans un air si froid qu'on ne pouvait respirer que par petites bouffées prudentes. Kaprun semblait figé dans une bulle cristalline ; si nous avions sonné du cor, tout le village aurait volé en éclats.

La voiture arrêtée en face de l'auberge des skieurs, à Zell, Merrill et moi attendions Biggie, en regardant l'équipe des hommes se rassembler sur le seuil de l'hôtel. Ils nous regardaient aussi. *Lequel est Bill ? Ils se ressemblent tous.*

— T'as besoin de t'aérer, me dit Merrill.

— Pourquoi ?

— Tu pues.

C'était vrai. J'étais imprégné de l'odeur capiteuse de Biggie !

— La voiture pue ! se plaignit Merrill. Atroce ! On dirait qu'il y a eu une partouze sur les banquettes !

Sous le porche, les skieurs dévisageaient Merrill, convaincus que c'était lui le suborneur. Il me dit :

— S'ils nous volent dans les plumes, ne crois pas que je vais porter le chapeau à ta place !

Mais ils se contentaient de nous observer ; quelques membres de l'équipe féminine sortirent à leur tour et nous examinèrent aussi. Puis surgit un type propre et coquet, plus âgé que les autres, qui regarda la Zorn-Witwer 54 comme s'il s'agissait d'un tank ennemi.

— C'est l'entraîneur.

Il descendit les marches du perron et vint se planter devant la vitre du conducteur — une plaque de Celluloïd qui se fermait au moyen d'une bande adhésive, comme une couche de bébé. Merrill l'ouvrit, et l'entraîneur avança la tête à l'intérieur.

Toujours persuadé qu'il était le seul à parler allemand, Merrill l'apostropha dans cette langue :

— Bienvenue dans le vagin humide.

L'entraîneur, ignorant cette remarque, demanda :

— Qu'est-ce que c'est, comme voiture ?

Son visage ressemblait à ceux des footballeurs sur les photos-primes des tablettes de chocolat. Ils portaient tous leurs casques, ce qui leur faisait des têtes identiques, à moins que leurs têtes ne fussent des casques.

— Une Zorn-Witwer 54, dit Merrill.

Ça ne disait rien à l'entraîneur.

— On n'en voit pas souvent des comme ça, fit-il.

— On n'en voyait pas souvent non plus en 54, précisa Merrill.

Biggie descendait les marches, chargée d'un sac avion, d'une sacoche de l'équipe de ski US et d'une énorme moumoute. Un membre de l'équipe masculine lui portait ses skis. Je descendis pour ouvrir le coffre. Le porteur de skis : Bill ?

— Je vous présente Robert, dit Biggie.

— Salut, Robert.

— Hé, qu'est-ce que c'est que cette bagnole ? demanda Robert.

L'entraîneur vint inspecter le coffre.

— Géant, le coffre ! On n'en fait plus des comme ça.

— Ça, non.

Robert se demandait comment attacher les skis de Biggie sur la galerie.

— J'ai encore jamais vu une galerie à skis comme ça !

— Crétin, fit l'entraîneur, ce n'est pas une galerie à skis !

Robert parut vexé, et Biggie s'adressa à l'entraîneur :

— Inutile de te fâcher, Bill.

Bill, c'était l'entraîneur.

— Je ne me fâche pas du tout ! cria-t-il.

Il tourna les talons, repartant vers l'hôtel. Il lança à Biggie :

— Tu as ton exemplaire du *Manuel de ski d'été* ?

— Bien sûr.

— Je devrais écrire à tes parents, tu sais ?

— Je suis assez grande pour leur écrire moi-même !

Bill se retourna vers nous :

— Je ne savais pas qu'ils étaient deux ! Lequel est-ce ?

Biggie me désigna du doigt. Je dis :

— Bonjour.

— Adieu ! dit Bill l'Entraîneur.

Nous remontâmes en voiture. Biggie dit :

— Il faut que je passe à l'hôtel Forellen, c'est là que loge l'équipe française.

— Pour dire *Au revoir* ?

— Il y a une fille chez qui j'étais censée séjourner en France... Elle m'avait proposé de l'accompagner pour visiter le pays.

— Et quelle merveilleuse occasion d'apprendre la langue ! fit Merrill. Le choc des cultures...

— Ta gueule, Merrill.

Biggie parut un peu triste.

— Oh, ça va. Cette fille, je ne l'aimais pas tellement. Ç'aurait été catastrophique.

Donc, nous attendîmes Biggie, en face du Forellen, en observant les curieuses coutumes tribales des skieurs français. Ils avaient tous embrassé Biggie quand elle était entrée dans l'hôtel, et maintenant ils passaient en revue la Zorn-Witwer. Merrill me demanda :

— Comment dit-on : « Qu'est-ce que c'est que cette voiture ? », en français ?

Mais aucun Français ne s'approcha. En revanche, quand Biggie sortit de l'hôtel, ils l'embrassèrent tous derechef.

Une fois repartis, Merrill demanda à Biggie :

— On ne va pas dire au revoir aux Italiens ? J'ai toujours eu un faible pour l'Italie.

Elle fit la gueule, et je flanquai une bourrade dans le dos de Merrill. Il se le tint pour dit, et l'auto, après avoir traversé Salzbourg, fonça sur l'autostrade vers Vienne, glissant sur la route enneigée comme sur un billard. Biggie me murmura quand je lui pris la main :

— Tu sens drôle.

— C'est *toi*.

— Je le sais bien.

Nous n'avions pas suffisamment chuchoté, car Merrill reprit le débat :

— Sincèrement, je trouve ça répugnant. Faire subir cette odeur de stupre à cette pauvre vieille voiture !

Devant notre refus de discuter, il se tint coi jusqu'à Amstetten, où il nous dit :

— Eh bien, les enfants, j'espère quand même qu'on s'apercevra à Vienne. On pourrait aller à l'opéra un soir, si vous parvenez à trouver le temps...

Dans le rétroviseur, je le vis un peu tendu, et tentai de le rassurer :

— Sois pas idiot, Merrill. Bien sûr qu'on se verra. Tous les jours.

Mais il demeura morose et sceptique. Le voyant en plein marasme, Biggie sortit aussitôt du sien ; un autre trait de son caractère. Elle lui lança :

— Si jamais vous mouillez encore votre lit, vous pourrez toujours venir vous réchauffer avec nous...

— Pour parler d'odeurs ! ajoutai-je.

— Ça marche !

— Quand tu seras congelé dans ta pisse, on viendra dégivrer le meuble.

— Si j'en étais sûr, je pisserais au lit tous les soirs, fut sa réplique.

Biggie lui demanda si nous habitions ensemble.

— Jusqu'à aujourd'hui, oui. Mais c'est un petit logement, alors je partirai le soir pour vous laisser seul à seul.

— Nous n'avons pas envie de tant de solitude, dit Biggie en lui touchant l'épaule.

Puis elle quêta mon regard, craignant de m'avoir vexé. Mais je la comprenais : rester seul à seul nous entraînait à une relation trop sérieuse. Mieux valait se voir en présence de tiers. Merrill s'adressa à moi :

— Ça ne m'amuse plus de vivre avec toi, Boggle. Tu es amoureux, et ça te rend con.

— Mais non, il n'est pas amoureux ! Nous ne sommes pas amoureux du tout !

De nouveau, ses yeux quêtèrent mon approbation, et je
dis sans conviction :

— Mais non.

— Ducon-Lajoie a parlé ! T'es amoureux fou, c'est
évident. Elle aussi, bon Dieu ! Vous vous aimez l'un
l'autre, et moi je refuse de fréquenter des amoureux
transis ! Qu'on se le dise.

En effet, à mon grand regret, c'est à peine si nous le
vîmes pendant notre séjour à Vienne. Nous étions trop
vulnérables à ses piques ; il nous faisait honte de notre
feinte indifférence. Puis il partit pour l'Italie avec sa
Witwer au début du printemps, et nous envoya une carte
postale à chacun, rédigée de façon identique : « Tombez
amoureux tous les deux. De quelqu'un d'autre. » Mais
Biggie était déjà enceinte.

— Je croyais que tu avais un stérilet, une PIU.

— PIU, IBM, NBC...

— Protection intra-utérine !

— Bien sûr que j'en avais une, crétin ! Mais ce n'était
qu'un stérilet standard, SGDG, sans garantie du gouvernement !

— Il est tombé ? Il s'est cassé, ou quoi ?

— Je ne sais même pas comment ça fonctionne.

— Manifestement, le tien n'a pas fonctionné !

— Avant toi, il a toujours fonctionné.

— Peut-être qu'il est *remonté* à l'intérieur de toi ?

— Mon Dieu !

— Notre bébé naîtra avec un stérilet incorporé !

Plus tard, elle me demanda :

— Tu crois vraiment que ça pourrait handicaper notre
enfant ?

— Je n'en sais rien.

On tenta de visualiser la chose, un minuscule organe
superflu, en matière plastique, coincé contre un petit cœur.
Biggie se mit à pleurer. Je tentai de la faire rire, sans aucun
succès :

— Comme ça, notre enfant ne risque pas de tomber enceinte !... Oh, zut, j'essayais simplement d'être drôle. Merrill aurait pu dire un truc comme ça.

— Merrill, je n'en ai rien à faire. Il s'agit de nous, de notre amour, de notre enfant... Enfin, de *mon* amour et de *mon* enfant.

— Tu sais bien que je t'aime aussi.

— Je t'interdis de dire ça. Tu n'en sais encore rien toi-même, si tu m'aimes !

Elle n'avait pas tort, bien qu'à l'époque j'eusse littéralement Biggie dans la peau. Mais, même après avoir quitté Vienne avant le retour de Merrill, il exerçait encore son influence sur nous, si bien que, pour nous en détacher définitivement, nous nous convainquîmes de garder l'enfant. Prouver que nous étions des adultes responsables, ne serait-ce qu'à Merrill.

— Comment l'appellerons-nous ? demanda Biggie.

— Attaque aérienne ? Ou plus simplement Schrapnell ? Flak ? Mégatonne ?

Mais après que mon père m'eut officiellement déshérité, je pensai à donner à l'enfant un prénom familial. Le frère de mon père, l'oncle Colm, contrairement aux autres Trumper, était fier de ses origines écossaises au point d'avoir ajouté Mac à son nom. Quand il venait nous voir pour Thanksgiving, il mettait un kilt. Le Hardi Colm Mac Trumper. Après les repas, il pétait fièrement, et insinuait que si mon père s'était spécialisé en urologie, c'était à la suite de graves troubles psychologiques. Il demandait toujours à ma mère quelle jouissance particulière elle éprouvait à baiser avec un tel spécialiste, et répondait toujours lui-même à sa question par un « aucune » franc et massif.

Le premier prénom de mon père était Edmund, mais l'oncle Colm l'appelait systématiquement Mac. Mon père haïssait l'oncle Colm. Si bien que, lorsque l'enfant parut, je ne trouvai pas de prénom plus approprié que Colm.

L'idée plut également à Biggie.

— Colm, ça ressemble à un de ces bruits que nous faisons quand nous sommes au lit.

— Colm, colm, colmmmmmmmm...
— Mmmmmmmmmm !

A l'époque, j'étais convaincu que nous reverrions plus fréquemment Merrill Overturf. Si j'avais pu prévoir la suite, j'aurais baptisé mon fils Merrill.

16

Différents modèles de pères
et fils, brus non souhaitées

918 Iowa Ave.
Iowa City, Iowa

Le 1er novembre 1969

Docteur Edmund Trumper
2 Beach Lane
Great Boar's Head,
New Hampshire

Cher Docteur et Père,
    J'ai décelé récemment sur ma personne les symptômes
avant-coureurs d'une *Weltschmerz*, probablement en phase
terminale, aussi pourrais-tu m'envoyer de la pénicilline ? Il
m'en reste de la vieille que tu m'avais donnée autrefois,
mais je crains qu'elle ne soit périmée, voire dangereuse si
elle s'est renforcée en vieillissant.
    Te rappelles-tu l'époque où tu me l'avais prescrite ?

Bogus.

A l'époque, Cuthbert Bennett et Fred Bogus Trumper
avaient quinze ans quand Elsbeth Malkas visita l'Europe et
en rapporta de cuisants souvenirs dans sa petite culotte.
Cette ancienne camarade de jeux, un peu plus âgée, les
avait dépassés en tout ; cela démontra aux deux adolescents
que les étés à Great Boar's Head ne seraient plus les
mêmes. Ils s'apprêtaient à débuter en préparatoire, tandis
qu'Elsbeth se préparait pour le collège.
    Ni Couth ni Fred ne pouvaient s'attendre à ce que leur

réservaient les splendides cheveux bruns d'Elsbeth ; leur simple vision leur procurait des chatouillements dans les orteils et des frémissements dans les reins. Ils attribuèrent ces phénomènes à l'évolution des espèces, ces bizarres réactions dérivant, pensaient-ils, de la période primitive où les singes pouvaient s'agripper aux lianes par leurs extrémités inférieures. Le vieil instinct d'équilibre. Et par le fait, chaque fois qu'ils apercevaient Elsbeth Malkas, ils avaient l'impression de tomber d'un cocotier.

Elsbeth avait rapporté d'Europe de bien étranges habitudes. Plus de bronzage sur la plage durant le jour, plus de rendez-vous au dancing le soir. Elle passait ses journées dans une mansarde étouffante de la villa familiale, à écrire. Des poèmes sur l'Europe, disait-elle. Et à peindre. Couth et Fred, depuis le front de mer, surveillaient sa fenêtre ; d'ordinaire, ils s'amusaient à jeter un ballon dans le ressac. A sa fenêtre, Elsbeth demeurait immobile, un long pinceau à la main.

— J'te parie qu'elle repeint les murs de sa piaule, disait Fred.

Couth balançait le ballon dans les vagues, puis plongeait pour aller le chercher, tout en criant :

— Je te parie que non.

Fred regardait Elsbeth à sa fenêtre. *Lequel regarde-t-elle, Couth ou moi ?* La nuit tombée, c'était leur tour de la regarder, allongés dans le sable à mi-chemin de l'océan et de sa maison, attendant qu'elle sorte toute blanche de sa mansarde, vêtue d'une blouse de travail en denim toute mouchetée de peinture qui lui descendait à mi-cuisse ; à moins qu'elle ne se penche pour ramasser un galet, on ne pouvait deviner qu'elle ne portait rien en dessous. A la lisière de l'eau, elle ôtait sa blouse et plongeait, ses longs cheveux bruns flottant derrière elle, comme animés d'une vie propre, tandis qu'elle s'ébattait dans les rouleaux. Quand elle réenfilait sa blouse, elle lui collait à la peau ; elle négligeait de la boutonner quand elle rentrait chez elle.

— On n'y voit pas grand-chose, se plaignait Couth.

— Une torche électrique ! disait Fred. On pourrait bien se rincer l'œil !

— Elle s'envelopperait dans sa blouse.

— Ouais, saloperie de blouse ! Merde !

Si bien qu'un soir ils subtilisèrent la fameuse blouse pendant qu'Elsbeth se baignait. Ils filèrent en courant sur le sable humide, et allumèrent leur torche au moment où elle émergeait d'un rouleau. Mais ils se silhouettaient sur les lumières des villas, et elle vit qu'ils étaient planqués derrière les haies bordant sa maison, alors elle leur marcha droit dessus. Au lieu de bien la reluquer, ils tentèrent de se cacher sous la blouse.

— Freddy Trumper et Cuthbert Bennett, espèces de petits vicelards !

Elle les planta là, et ils entendirent claquer la porte à moustiquaire. Puis elle leur cria :

— Vous allez avoir de gros ennuis si vous ne me rapportez pas ma blouse en vitesse !

L'imaginant à poil dans le living, auprès de ses parents en train de lire, Couth et Fred franchirent la véranda et regardèrent à travers la moustiquaire. Elle était toujours à poil, mais seule, et, quand ils lui eurent rendu sa blouse de peintre, elle négligea de l'enfiler. Ils n'osèrent pas la regarder.

— C'était juste une blague, Elsbeth.

Brusquement, elle pivota comme un mannequin.

— Regardez ! Vous vouliez voir ? Eh bien, rincez-vous l'œil !

Ils ne lancèrent qu'un regard timide. Couth argumenta :

— Écoute, on voulait juste voir tes peintures.

Quand Elsbeth éclata de rire, ils rirent aussi, et, enhardis, avancèrent dans la pièce. Fred s'empressa de heurter un lampadaire, dont l'abat-jour tomba et qu'il piétina quand il voulut le ramasser. Ce qui fit hurler de rire Couth. Mais Elsbeth, jetant sa blouse sur son épaule, saisit la main de Couth et l'entraîna dans l'escalier.

Lorsque Couth redescendit, Fred avait achevé de massacrer l'abat-jour dans ses vains efforts pour le réparer, et le cachait dans une corbeille à papiers.

— Je vais arranger ça, dit Couth.

Il s'empara de l'abat-jour froissé. Fred l'observait immobile, mais Couth lui montra impérieusement l'escalier.

— Bon Dieu, monte vite ! Je t'attends.

Fred grimpa donc vers la mansarde, dénouant à tout hasard la ceinture de son maillot de bain, flairant suspicieusement ses aisselles, et vérifiant son haleine, préalablement soufflée dans le creux de la main. Mais Elsbeth Malkas n'avait cure de toute cette hygiène. Allongée sur un lit étroit, elle acheva de lui arracher son maillot, en lui rappelant que jadis, quand elle lui servait de baby-sitter, il venait toujours la reluquer quand elle allait au petit coin. S'en souvenait-il ? Non.

— Eh bien, souviens-toi de ne rien dire à personne.

Elle s'empara de lui et lui fit l'amour si vite qu'il eut à peine le temps de remarquer que toutes les toiles disposées dans la chambre étaient blanches, immaculées ; chaque touche de peinture posée sur ces châssis était blanche. Comme les murs de la pièce. Quand il rejoignit Couth dans le living, il vit que l'abat-jour avait été remis sur le lampadaire, tout froissé et de guingois, si bien que l'ampoule roussissait le tissu ; le foutu lampadaire ressemblait à un ivrogne ayant mis son chapeau de travers après l'avoir passé à l'essoreuse.

De retour sur la plage venteuse, Couth demanda :

— Elle t'a dit que je venais la mater aux gogues quand elle me gardait chez elle ?

— Elle m'a gardé aussi, mais je n'ai jamais fait ça.

— Moi si ! Et pas qu'une fois, fais-moi confiance !

— Où étaient ses parents ?

— Ils n'étaient pas chez eux.

Ils allèrent nager tout nus, puis déambulèrent sur le sable mouillé jusqu'à la maison de Couth. Dans l'entrée, ils entendirent le brouhaha de plusieurs personnes dans la cuisine, et la mère de Couth qui pleurait. S'avançant prudemment, ils découvrirent les parents d'Elsbeth et la mère de Fred en train de consoler la mère de Couth en sanglots ; il y avait aussi le Dr Trumper, le père de Fred, qui semblait les attendre. (Leur faute est déjà découverte ! Elle leur a tout dit : qu'ils l'ont violée, qu'elle est enceinte ! Ils vont être obligés de l'épouser tous les deux !)

Mais le père de Fred le prit à part et lui murmura :

— Le père de Couth vient de mourir ; une attaque...

Puis il courut intercepter Couth avant qu'il n'ait rejoint sa mère.

Fred n'osa pas regarder Couth en face, de crainte qu'il ne constate son soulagement.

Soulagement de courte durée, quand il découvrit, le lendemain matin, en se regardant dans la glace, qu'il n'avait plus de trou pour pisser. Tout d'abord, une petite chiquenaude le fit se rouvrir. Puis il sembla s'ouvrir et se refermer de lui-même, échappant à la volonté de son possesseur. Fred prit de l'aspirine. Mais le matin, il partageait la salle de bains avec son père... Tournant le dos à celui-ci qui se rasait, Fred souleva le couvercle de la cuvette, et pissa des lames de rasoir, des épingles recourbées et des tessons de bouteille. Son hurlement provoqua une longue estafilade sur le menton paternel, et, avant qu'il ne pût dissimuler la preuve, son père vociféra :

— Fais voir ça !

— Quoi ? demanda Fred, étreignant ce qui avait été son sexe.

— Ce que tu tiens, qu'est-ce que c'est ? Montre un peu.

Fred n'osait rien lâcher, craignant que tout le truc ne tombe sur le sol ; il savait que, s'il le perdait, personne ne serait jamais capable de le lui remettre en place. Il s'y cramponna rageusement, tandis que son père écumait.

— C'est collé, n'est-ce pas ? Avec un petit écoulement de temps à autre ? Ça te fait comme des clous rouillés pendant la miction ?

Des clous ! Comme le Christ en croix !

— Dans quoi as-tu bien pu te fourrer ?... Seigneur Dieu ! Quatorze ans à peine, et tu as déjà fait ça !

— J'ai quinze ans, dit Fred, sentant une poignée de clous se présenter à la sortie.

— Menteur !

D'en bas, la mère cria :

— Edmund, il a quinze ans ! Pas la peine de crier si fort pour un détail aussi dérisoire !

— Tu ne peux pas t'imaginer dans quoi il s'est fourré !

— Dans quoi ?

Ils purent l'entendre s'approcher de la salle de bains.

— Dans quoi donc t'es-tu fourré, mon petit Fred ?

Le père redevint alors médecin, adepte du secret professionnel. Il ferma la porte au verrou, et cria à sa femme :

— Rien du tout, ma chérie !

Puis, le visage blanc et rouge, car sa balafre saignait à travers la mousse à raser, il se pencha sur son fils, avec un murmure de conspirateur :

— Qui était-ce ?

Fred fut tenté de lui répondre : « Une chèvre. » Mais le visage barbouillé de sang le terrorisait. Après tout, papa était urologue ; il ne pouvait se permettre de rejeter l'opinion d'un expert. Il imagina des flocons de paille de fer flottant dans sa vessie ; il vit le bout acéré d'une baïonnette se frayer le passage dans son conduit urinaire, comme une torpille.

— Mais qu'est-ce qu'il m'arrive ? gémit-il.

— Ça ressemble à du barbelé, n'est-ce pas ? Allez, montre-moi ça.

Fred lâcha tout, s'attendant à entendre *plop* sur les dalles.

— Qui était-ce ? demanda le docteur en tripotant la source de vie.

— Elsbeth Malkas.

Il avait honte de cette trahison, mais rien dans le souvenir qu'il gardait d'elle n'était suffisamment exaltant pour qu'il voulût protéger son honneur à tout prix.

Elsbeth Malkas ! Ses orteils se raidirent au point qu'il crut tomber. Elsbeth Malkas ! Qu'on l'amène, qu'on la découpe, qu'on trouve ce qu'elle dissimule au fond de sa fente sournoise !

— Vérole, dit son père.

Et comme tout ce que disait son père, cela résonnait comme un ordre... *Vérole*, pensa Fred. *Oh, non, s'il vous plaît, vérolez doucement. Que plus personne ne vérole dans les environs. Dieu, faites que personne ne vérole...*

La mère revint derrière la porte et dit au père qu'on le demandait au téléphone.

— C'est Cuthbert Bennett.

— Il veut parler à Fred ?

— Non, c'est pour toi.

Elle suivit le bon docteur jusque dans l'entrée, regardant avec inquiétude Fred, lequel était aussi blanc qu'une des toiles d'Elsbeth Malkas.

— Edmund, sois gentil avec Cuthbert. Il vient de perdre son père, et je pense qu'il veut te demander conseil.

Fred, grimaçant de douleur, descendit à son tour dans l'entrée, s'adossa au mur et observa son père.

— Allô, Cuthbert, dit le docteur, barbouillant le combiné de mousse à raser sanguinolente. Oui, bien sûr... De quoi s'agit-il ?

Puis son visage changea d'expression, et il darda vers Fred un regard noir. De très loin, Fred entendit la voix hystérique de Couth ; le docteur clouait Fred du regard, courroucé, tandis que la voix au téléphone gémissait de plus belle.

— Non, non, pas chez moi. Je te verrai à mon cabinet. Dans une heure... D'accord, dans une demi-heure !

Paralysé, Fred ne pouvait que grimacer un sourire niais. Il sentait le docteur contenir sa rage. Fred tenta de se dissoudre dans une fissure de la muraille, puis éclata d'un rire nerveux quand son père hurla dans l'appareil :

— Alors, ne pisse pas !

En raccrochant, il vit Fred, secoué d'une hilarité incontrôlable contre le mur.

— Pourquoi Cuthbert ne doit-il pas uriner ? demanda la mère.

Le père projeta vers elle son visage de mousse et de sang coagulé, et aboya :

— *Vérole*[1] *!*

Terrifiée, la pauvre femme commença à battre des mains.

---

1. Jeu de mots intraduisible. *Clap,* en anglais, signifie « chaude-pisse ». C'est aussi l'impératif du verbe *to clap :* « applaudir », « battre des mains ». (*N.d.E.*)

918 Iowa Ave.
Iowa City, Iowa

Le 3 novembre 1969

Docteur Edmund Trumper
2 Beach Lane
Great Boar's Head
New Hampshire

Cher Docteur Trumper,

Tels que je connais vos sentiments, si Fred ne m'avait pas ramenée d'Europe, enceinte, et s'il ne m'avait pas épousée, vous auriez continué à lui payer ses études à l'université. Toutefois, vous n'avez jamais clairement exprimé que, si je n'avais *pas* été enceinte, vous auriez pu continuer à aider Fred. Eh bien, franchement, tout ça me semble à la fois insultant et injuste. Si Fred n'avait pas une femme et un enfant à charge, il n'aurait aucun besoin de vos subsides. Il pourrait facilement payer ses études avec des travaux à mi-temps et des leçons particulières. Et si je n'avais pas été enceinte, j'aurais pu travailler pour l'aider à payer le reste de ses études. En d'autres termes, la situation dans laquelle nous nous trouvons actuellement nécessite votre aide bien davantage que les deux situations dans lesquelles vous auriez accepté de nous aider. Qu'est-ce que vous désapprouvez exactement ? Que j'aie été enceinte ? Que Fred n'ait pas fait les choses dans l'ordre exact où *vous* les avez faites ? Où est-ce simplement ma personne que vous n'aimez pas ? C'est une véritable punition morale que vous infligez à Fred, et ne croyez-vous pas qu'à vingt-cinq ans passés il est un peu trop vieux pour être traité en gamin ? Je sais que vous aviez mis de l'argent de côté pour l'éducation de Fred, et je comprends que vous ne vouliez pas entretenir deux bouches de plus, mais n'est-ce pas un peu infantile de refuser de lui payer ses études ?

Bien à vous,
Biggie

**

918 Iowa Ave.
Iowa City, Iowa

Le 3 novembre 1969

Docteur Edmund Trumper
2 Beach Lane
Great Boar's Head
New Hampshire

Cher Docteur Trumper,

Je pense que les lettres que Fred vous a adressées jusqu'ici parlaient, comme vous diriez, « à mots couverts ». Moi, je n'irai pas par quatre chemins. *Mon* père et *ma* mère nous donnent tout ce qu'ils peuvent pour permettre à Fred d'obtenir son foutu doctorat de philosophie, et je pense que vous devriez nous donner au moins ce que vous aviez toujours eu l'intention de donner à Fred pour ses études avant que je n'apparaisse avec mon gros ventre et ne vous fasse modifier vos plans. Je pense également que votre femme serait d'accord avec moi si vous ne la terrorisiez pas tant.

Biggie

*
**

918 Iowa Ave.
Iowa City, Iowa

Le 3 novembre 1969

Docteur Edmund Trumper
2 Beach Lane
Great Boar's Head,
New Hampshire

Cher Docteur Trumper,

Vous n'êtes qu'un rat. Excusez mon langage, mais c'est bien ce que vous êtes. Un rat qui fait souffrir son propre fils et répand des calomnies sur la façon dont il m'a épousée, fait un enfant et tout le reste. Tout ça parce qu'il n'était pas encore docteur ! Même dans ce cas, votre Fred a toujours pourvu à mes besoins et à ceux de Colm. Mais c'est juste depuis cette année, avec toutes ces pressions sur lui pour finir sa thèse et chercher du travail, qu'il devient très dépressif. Et vous ne lui êtes d'aucun secours — bien qu'en ayant largement les moyens. Mes propres parents n'ont pas la moitié de vos revenus, mais ils font leur possible. Avez-vous seulement appris que votre Fred a dû vendre des fanions de football, et emprunter des sommes non négligeables à son ami Couth, lequel s'intéresse davantage à nous que vous ne le faites. Avec tous vos grands principes ! Rat ! Tout ce que je peux dire, c'est que vous faites un joli coco de père !

> Votre belle-fille
> (Que vous le vouliez ou non !)
> Biggie

En ce vilain après-midi de novembre, j'étais assis à ma fenêtre, à observer Fitch, le jardinier fou, au garde-à-vous sur son impeccable pelouse jaunissante. Fitch montait la faction, son râteau prêt à l'emploi ; il surveillait les feuilles mortes abandonnées dans les jardins voisins, attendant que l'une d'elles se hasarde sur son territoire. Dans les gouttières de sa maison, les feuilles s'entassaient au-dessus de lui, n'attendant qu'un moment d'inattention ; alors elles se précipiteraient sur lui. Moi, j'étais assis, rempli de pensées intolérantes envers cet inoffensif vieux fou. *Puisse tout ton gazon s'enfoncer en terre, Fitch.*

J'avais sur les genoux les doubles au carbone des trois missives de Biggie, laquelle s'appuyait sur mon épaule. Elle me demanda :

— Laquelle préfères-tu ? Je n'arrive pas à me décider.

— Oh ! Je t'en prie, Big...

— Il est grandement temps que quelqu'un lui dise ses quatre vérités. Et comme je n'ai pas l'impression que ce sera toi...

— Biggie... Oh ! Bon sang ! Un *rat !* Oh, mon Dieu !

— Mais c'est un rat, Bogus, tu le sais mieux que personne.

— Bien sûr. Mais à quoi ça nous avancera de le lui dire ?

— A quoi ça nous a servi de *ne pas* le lui dire ?

— « Avec tous vos grands principes ! Rat ! »... lus-je avec horreur. Ça fait deux rats, Big. Tu le répètes deux fois !

— Alors, tu préfères sans doute les deux autres lettres ? La courte, ou la raisonnable ?

— Enfin, Biggie, laquelle as-tu envoyée ?

— Je t'ai dit que je n'arrivais pas à me décider...

— Dieu soit loué !

— ... alors je les ai postées toutes les trois. Comme ça, ce rat aura sa ration.

Je crus alors voir le vent arracher Fitch du sol, le soulever comme une feuille morte, l'emporter loin au-dessus des maisons, puis le rejeter sous une voiture.

918 Iowa Ave.
Iowa City, Iowa

Le 4 novembre 1969

M. Cuthbert Bennett
Gardien/Résidence Pillsbury
Mad Indian Point
Georgetown, Maine

Mon Cher Couth,

Dans les ultimes échos de ton amical coup de fil, Biggie et moi dépensons des fortunes imaginaires tout en examinant l'éventualité d'un double hara-kiri. Imagine-nous tous les deux, côte à côte sur le lino fraîchement ciré de la cuisine. Biggie m'ouvre le ventre avec le couteau à pain ; pour l'inciser, j'ai préféré le hachoir à viande. Cette opération nous absorbe complètement. Nous prenons bien soin d'étouffer nos cris pour ne pas réveiller Colm.

Colm, nous en sommes d'accord, ira vivre avec les braves parents de Biggie à East Gunnery, Vermont. En grandissant, il deviendra skieur et bûcheron, rougeaud, fruste et si bien habitué à l'élocution nasillarde de la Nouvelle-Angleterre qu'il ne s'encombrera jamais d'une autre langue — comme le nordique primitif inférieur. Rien que la bonne langue de ses ancêtres.

Ce n'est pas que je désapprouve tout ce que Biggie a balancé à mon père. J'aurais simplement préféré qu'elle garde son sang-froid. Je crains en effet que mon père n'ait l'habitude d'être traité comme un pape distribuant des indulgences, et si tu traites le pape de rat, est-ce qu'il continuera à prier pour toi ?

En ce moment, Biggie et moi suivons par la pensée sa lettre dans son voyage vers l'est. Je vois les rudes vérités de Biggie secouées dans un camion postal à Chicago, puis son lourd message saisi par un employé des postes à Cleveland. Un tison de sa colère se ranime dans la brise marine, sur la route côtière entre Boston et Great Boar's Head, où le courrier est invariablement délivré en début d'après-midi. Ma mère sera à la maison pour le recevoir, mais, comme Biggie me jure avoir adressé sa lettre au seul nom de mon père, et non à « Docteur et Madame », elle n'ouvrira pas l'enveloppe, vu sa crainte justifiée du Bon Docteur. Elle la posera sur la table à liqueurs.

Mon père rentrera à 4 heures, après avoir procédé à l'extraction d'un calcul rénal, ou averti quelque octogénaire que cette opération est envisageable ; il aura nettoyé ses mains de la moindre trace du talc qui aide le doigtier en caoutchouc à glisser où tu penses. Il autorisera ma mère à embrasser sa joue rasée de frais ; il se préparera un bon scotch — non sans avoir examiné le verre à la lumière pour voir s'il est bien lavé. Puis il découvrira la lettre. Il la pincera tout autour pour voir si elle ne contient pas de chèque, et ma mère lui dira : « Oh, non, chéri, ça vient d'Iowa City. Ce n'est pas un client, c'est une lettre de Fred ! »

Mon père ôtera alors son veston, dénouera sa cravate, serpentera jusqu'à la fenêtre pour vérifier si la marée est haute ou basse, comme si elle avait une influence sur l'endroit où il va s'asseoir. Elle n'en a aucune, bien sûr.

Il s'assoira dans son trône habituel de cuir havane, calera le même coussin sous ses talons, humera son whisky, le boira à petites gorgées, puis seulement lira la lettre de Biggie.

Si elle est partie hier à la levée de midi, elle a sûrement dépassé Chicago aujourd'hui, si elle n'est pas déjà à Cleveland ; avant demain elle sera à Boston, et à Great Boar's Head demain ou le jour suivant.

A ce moment, mon vieux Couth, sois gentil d'aller dans ta chambre noire et de tirer deux photos très solides, l'une toute blanche, l'autre toute noire ; la première, c'est

l'espérance, l'autre le malheur. Envoie-les-moi toutes les
deux. Je te retournerai celle qui ne correspondra pas à mon
sort.

En te souhaitant, Cher Couth, d'innombrables variétés
d'Espérance et de Liberté,
de la part des Maudits.

Tendresses,
Bogus

Imaginer le brave Couth sur la plage pluvieuse, échevelé
dans un vent nord-nord-est soufflant de Bar Harbor à
Boothbay. Imaginer Couth disant une vieille prière de
marin pour que ma lettre se perde, devant la résidence
Pillsbury, déserte, avec ses enfilades de chambres rien que
pour lui.

Je me rappelle la fin de ce drôle d'été, quand nous avons
emménagé dans le hangar à bateaux avec ces deux étroits
lits de camp superposés.

— Lequel veux-tu, Biggie? En haut ou en bas?

— Monte là-haut...

Pendant que Couth errait dans la Grande Maison après
le départ des Pillsbury en début d'automne.

L'un des jeunes fils avait téléphoné pour dire qu'il
arrivait.

— Ma mère est partie, Couth?

— Oui, Bobby.

— La tante Ruth n'est pas là non plus?

— Exact.

— Eh bien, Couth, je suppose que vous vous êtes
réinstallé dans la Grande Maison. Je ne voudrais pas vous
mettre dehors, alors nous prendrons le hangar à bateaux.

— Qui est ce « nous », Bobby?

— Une copine et moi, Couth. Mais j'aimerais que vous
disiez à mon père que je suis venu seul en week-end.

— Désolé, Bobby, il y a quelqu'un dans le hangar. Des
amis à moi. Mais je peux facilement préparer deux
chambres dans la Grande Maison...

— Une chambre suffira, Couth. Avec un grand lit...

Dans la salle de billard, Couth et moi disposions les boules, tandis que Biggie aidait Colm à construire un feu de bûches.

— Ce sera moins tranquille cet automne, maintenant que les rejetons Pillsbury sont en âge de baiser. Ils vont tous amener leurs copines pour le week-end. Mais fin novembre, il fera trop froid pour eux.

La grande demeure était chauffée par des poêles à charbon, et on faisait du feu de bois dans les cheminées. Ce que Couth préférait, c'était l'hiver, avec toute la bâtisse rien que pour lui ; il entretenait les feux jour et nuit, afin que les produits chimiques ne gèlent pas dans sa chambre noire. Après dîner, avec Colm, il travailla sur des photos de Colm jouant avec un coquillage sur l'embarcadère. Colm tapant dessus avec une chaussure, Colm le découpant avec un éclat de coquille, Colm pleurant pour avoir une autre palourde.

Dans la chambre noire, Colm refusait de dire un mot, fasciné par son image émergeant du bain d'hyposulfite. Le développement du cliché ne l'impressionnait pas ; il tenait les miracles pour normaux ; il était beaucoup plus passionné de voir resurgir la palourde charcutée par ses soins.

Couth tira une image unique de deux négatifs ; l'un représentant Colm sur le ponton, l'autre le ponton désert, pris sous le même angle. Le résultat était légèrement flou sur les bords, puisque les deux pontons ne se raccordaient pas exactement, si bien que Colm semblait se tenir entre deux pontons, le grain du bois pointillant ses mains et son visage, et son corps habillé de planches. Il est assis (comment ? Dans l'espace ?). Je fus frappé par cette image que ni Biggie ni moi n'aimions, car l'enfant recouvert de bois semblait mystérieusement mort. Nous expliquâmes à Couth l'incroyable paranoïa qu'on ressentait à travers ses propres enfants. Couth montra la photo à Colm, qui s'en désintéressa, puisqu'on n'y voyait pas nettement sa chère palourde.

La jeune fille que Bobby Pillsbury amena « à la maison » pour le week-end trouva que la photo était « presque comme un tableau ». Bobby expliqua à la cantonade :

— Nell fait de la peinture.

Nell, dix-sept ans, précisa :

— Enfin, j'apprends.

— Nell, encore un peu de carottes ? demanda Couth.

Elle regardait toujours la photo de Colm, sa petite figure boisée. Elle dit :

— Cette image donne une telle impression de solitude... Cet endroit — je veux dire en hiver — doit vraiment bien coller à votre vision des choses.

Couth mastiquait lentement, conscient d'être dans le collimateur de la fille.

— Ma vision des choses ?

— Mais oui, vous savez bien ce que je veux dire. Votre conception de la vie.

— Je ne suis pas un solitaire, fit Couth.

— Mais si, tu l'es, intervint Biggie.

Colm — le vrai Colm, pas celui au visage de bois — renversa son lait. Biggie le prit sur ses genoux et le laissa tripoter ses seins. A côté d'elle, Bobby Pillsbury la dévorait des yeux.

— Cette photo n'est pas dans le style habituel de Couth, dis-je à Nell. Il ne compose pas d'images aussi... littérales et n'utilise pratiquement jamais la double exposition.

— Pourrai-je voir d'autres photos de vous ?

— Ma foi... si je peux en trouver.

— Bogus pourra tout vous expliquer, fit Biggie.

— Touché, Big ! dis-je plaisamment.

Bobby Pillsbury annonça :

— J'ai commencé de travailler à quelques nouvelles.

J'ôtai Colm des bras de Biggie et le plantai sur la table, dirigé vers Couth.

— Va chercher Couth, Colm. Allez...

Colm commença à marcher, piétinant allégrement la

salade et évitant de justesse le plat de riz. Biggie protesta, mais Couth se leva à son bout de table, les bras tendus vers Colm qui avançait intrépidement parmi les coquilles de moule et les trognons de maïs.

— Viens voir Couth, allez, viens vite… Tu veux d'autres belles images ? Viens !

Colm trébucha sur une corbeille de biscuits, et Couth l'empoigna pour le porter en sautillant dans la chambre noire, aussitôt suivi par l'admirative Nell.

Biggie éloigna sa chaise de la table, couvée d'un regard allumé par Bobby Pillsbury, qui lui proposa :

— Je peux vous aider à débarrasser ?

Je pinçai facétieusement Biggie sous la table, et Bobby crut que son rougissement lui était adressé. Il se mit à débarrasser la table avec des gestes empotés, et j'allai à mon tour dans la chambre noire voir Couth embobiner la copine de Bobby. Quand je la laissai seule avec son amant potentiel, Biggie surprit dans mon œil une lueur de moquerie pour Bobby.

Mais plus tard, dans nos couchettes du hangar à bateaux, alors que Couth dormait avec Colm dans la chambre de maîtres de la Grande Maison, et que Bobby Pillsbury et Nell se réconciliaient ou non sur l'oreiller, Biggie me fit une scène :

— Il s'est montré gentil comme tout, Bogus, tu n'aurais pas dû le laisser seul avec moi.

— Big, es-tu en train de me dire que vous avez tiré un coup vite fait dans la cuisine ?

— Oh, ça va !

— A-t-il vraiment essayé, Biggie ?

— Écoute, tu sais très bien qu'il ne s'est rien passé. Seulement, tu as mis ce pauvre garçon dans une situation fausse !

— Je regrette, Big. J'ai fait ça pour blaguer…

— Je dois admettre que je me suis sentie flattée.

Dans le lit du dessous, elle réfléchit un bon moment, puis ajouta :

— Ça m'a fait plaisir que ce gamin ait tellement envie de moi.

— Ça t'a surprise ?

— Pas toi ? Ça n'a pas l'air de t'embêter.

— Oh ! Biggie...

— Eh bien, ne t'en occupe pas. Tu pourrais surveiller un peu les hommes qui me tournent autour, au lieu de me jeter dans leurs bras !

— Biggie, c'était une soirée entre copains. Regarde Couth avec cette petite Nell...

— Cette gourde écervelée !

— Biggie ! Une jeune fille du meilleur monde...

— Couth est le seul de tes amis que j'aime bien.

— Tant mieux, je l'aime beaucoup aussi.

— Je crois que je pourrais vivre comme lui. Et toi ?

— Vivre comme Couth ?

— Oui.

— Non, Big.

— Pourquoi pas ?

Je réfléchis à la question. Biggie me demanda :

— Parce qu'il ne possède rien ?

C'était stupide, parce que je m'en fichais complètement.

— Parce qu'il peut vivre seul, sans avoir besoin de personne ?

Elle tâtonnait.

— Parce qu'il vit toute l'année au bord de l'océan ?

Tout ça n'avait rien à voir avec le sujet.

— Parce qu'il peut s'investir totalement dans ses photos, et un minimum dans sa vie ?

Elle s'y entendait pour me pousser dans mes retranchements, ça oui. J'ignorai la question.

— Alors toi, Big, tu pourrais vivre ici avec Couth ?

Ça lui cloua le bec un moment. Mais elle reprit :

— J'ai dit que je pourrais vivre dans ces conditions. Mais pas avec Couth ; avec toi. Mais à la façon dont vit Couth.

— Je suis maladroit comme tout. Je ne pourrais pas être gardien de quoi que ce soit. Je ne serais probablement pas capable de changer un fusible dans une baraque aussi insensée...

— Ce n'est pas ce que je veux dire. Pourrais-tu t'en

contenter, comme Couth ? Vivre sans angoisse ? Tu comprends ?

Message reçu.

Au matin, enlacés dans le lit, nous aperçûmes, par le hublot du hangar, Couth qui emmenait Colm en exploration sur les étendues vaseuses ; Couth était chargé de son appareil photo et d'un sac en toile, pour ramasser les créatures vivantes cachées dans la vase.

Dans le coin de la Grande Maison réservé au petit déjeuner, Biggie servit des crêpes aux myrtilles à un Bobby Pillsbury maussade, une Nell énervée, un Couth et un Colm ravis de leurs trouvailles. Ils étalèrent le contenu de leur sac sur la table pour l'émerveillement de tous : la dépouille d'un crabe, un bout de ferraille, le squelette, transparent comme du papier à cigarette, d'un callyonime, un cadavre de goéland, la tête sectionnée et brillante d'une sterne, et la mâchoire prognathe de ce qui pouvait être un phoque, un mouton ou un homme.

Après cet appétissant breakfast, Couth disposa ce carnage sur les assiettes, suggérant quelque festin cannibale, et se mit à le photographier. L'intérêt de Nell pour les travaux artistiques de Couth sembla cesser sur ces entrefaites, mais je surpris le regard attentif de Biggie sur Couth pendant ses patientes manipulations. Colm considérait le travail de Couth comme la continuation logique de leur jeu.

— Vous faites parfois du nu ? demanda Nell.

— Les modèles sont trop chers.

— Eh bien, vous n'avez qu'à demander à vos amies, fit Nell en souriant.

Je tenais Colm suspendu par les pieds au-dessus du billard. Couth tourna les yeux vers moi :

— Tu crois que Biggie ?...

— C'est à elle qu'il faut le demander.

Elle était dans la cuisine. Couth alla lui demander :

— Veux-tu me servir de modèle, Biggie ?

Bobby Pillsbury et Nell maniaient des queues de billard près du râtelier. Bobby incurva la sienne comme une ligne de pêche ; Nell banda la sienne comme un arc ; m'aperce-

vant soudain de la teinte écarlate qu'avait prise la tête du
pauvre Colm, je me hâtai de le remettre à l'endroit sur le
billard, au moment où Couth disait avec précaution :

— Tu sais, euh… nue en quelque sorte…

— Une seconde, Couth, répliqua Biggie, laisse-moi
d'abord finir la vaisselle.

Couth préférait les enfants aux femmes. Il m'avait
souvent dit qu'il rêvait d'une progéniture, mais non de
maîtresse. Il me demandait aussi comment je vivais avec
Colm, et se montrait surpris que j'aie besoin de réfléchir
avant de répondre. Tout ce que je pouvais lui dire, c'était
que les enfants changeaient la vie.

— Bon, ça, je m'en doutais, fit-il.

— Ils rendent paranoïaque.

— Tu l'étais déjà.

— Avec les gosses, c'est différent.

Mais j'étais incapable d'expliquer pourquoi. Un jour, j'ai
écrit à Merrill à ce sujet. Je lui disais que les mioches vous
donnent soudain conscience du fait que vous êtes mortel,
ce qui n'était nullement le cas de Merrill Overturf ; il ne
m'a jamais répondu. J'avais simplement voulu dire que mes
priorités avaient changé. Par exemple, j'avais toujours
aimé la moto ; après la naissance de Colm, je n'ai plus pu
en faire. Ce n'était pas seulement le sens de la responsabilité ; les enfants vous apprennent à voir défiler le temps.
C'était comme si je ne m'étais jamais aperçu auparavant
que le temps fuyait.

J'avais aussi, au sujet de Colm, un sentiment qui pouvait
sembler contre nature. Je désirais l'élever dans une sorte
d'environnement naturel synthétique — du genre grand
pâturage ou parc national — plutôt que dans le grossier
environnement naturel réel, qui me paraissait beaucoup
trop peu rassurant. Élever Colm à l'intérieur d'une bulle !
Lui choisir ses amis, lui trouver un métier intéressant, lui
tendre des pièges mineurs, lui simuler de petits drames
(sans gravité), lui créer des angoisses légères qu'il puisse

facilement surmonter... rien de déraisonnable. Couth me demanda :

— Tu voudrais le mettre en pâture, comme un veau ? D'accord, mais il prendrait un caractère bovin, tu ne crois pas ?

— Les bovins sont *en sécurité*, Couth, et ils sont *heureux*.

— Les bovins sont du bétail, Bogus.

Biggie était du même avis que Couth. Quand on autorisa Colm à faire du tricycle autour du pâté de maisons, je me fis un sang d'encre. D'après Biggie, il était indispensable que l'enfant s'enhardisse. Je le savais ; pourtant je me mis à le surveiller, caché derrière les haies. Pour moi, un père devait être un ange gardien. Lorsque Colm me surprenait, je feignais de m'intéresser aux arbustes. J'aurais voulu qu'au lieu de courir mille dangers sur son tricycle il vienne couler des jours paisibles à l'abri d'une haie touffue.

Je finis par trouver l'endroit idéal pour un environnement artificiel : le zoo d'Iowa City. Là, on ne risquait ni révolution ni échec social. Colm protestait :

— On vient toujours au même endroit !

— Tu n'aimes donc plus les animaux ?

Si, mais en hiver on n'exposait plus qu'une poignée de bêtes. Colm désignait alors, par-delà la rivière, les buildings serrés de la ville.

— Maman m'emmène promener là-bas !

— Là-bas, il n'y a que des gens ; pas de ratons laveurs, rien que des gens ; si on allait là-bas, on les verrait se disputer, ou pire.

Chaque fois que nous allions au supermarché, on revenait par le zoo. Un jour de novembre, alors que tous les singes étaient rentrés — ou partis vers les pays chauds — et après avoir passé huit jours à attendre le coup de fil furieux de mon père offensé, Colm et moi rapportions le pain ; nous en laissâmes une grande partie dans le zoo.

Tout en nourrissant les ratons laveurs — toute une famille grognonne entassée dans un enclos —, Colm se mettait toujours en colère en voyant que les plus petits ne pouvaient attraper leur ration de pain. Il m'en désignait un, à l'écart, et j'essayais d'atteindre le trouillard avec un quignon. Mais à chaque fois un gros morfale le prenait de vitesse, mordait le cul du timoré, s'emparait du morceau et attendait la suite. Ce spectacle est-il vraiment édifiant pour un enfant ?

Ou cet obèse bison, qui tentait de ressembler au dernier buffle ? Des pattes aussi maigres que celles d'un oiseau, la fourrure mitée dégringolant en charpie comme un vieux coussin perdant son rembourrage ; un canapé défoncé.

Ou cet ours polaire ratatiné, au fond d'une fosse cimentée, auprès d'une vieille chambre à air suspendue, entourée d'immondices puantes.

— Pourquoi c'est faire, le pneu ?

— Pour qu'il joue avec.

— Comment il joue ?

— Oh, il se balance, il s'y accroche...

Mais le pneu, désespérément immobile, restait suspendu comme un reproche au-dessus de l'animal en léthargie. Très probablement, l'ours lui-même vivait dans l'angoisse de ce pneu, se demandant ce qu'il fichait là. J'eus des doutes sur l'adéquation d'un tel habitat zoologique pour Colm ; peut-être que les rues de la basse ville lui conviendraient mieux, tout bien pesé...

Et voilà que, ce jour de novembre, surgit une catastrophe dans l'étang aux canards, l'endroit où Colm et moi nous sentions le plus à l'aise. Les canards domestiques, tachés de blanc, naviguaient, tranquilles, entre les bouts de pain ; à cette époque de l'année, nous attendions les vols de canards sauvages émigrant vers le sud. L'Iowa constitue une étape à mi-parcours, et l'étang du zoo était probablement l'unique endroit entre le Canada et la Californie où un canard pût s'arrêter sans se faire tirer dessus. Nous les avions déjà vus atterrir là, escadrille prudente qui envoyait d'abord un éclaireur pour reconnaître les lieux ; l'éclaireur appelait alors les autres pour leur dire qu'il n'y avait pas de danger. C'était toujours l'effervescence dans le zoo ; ses habitants amorphes étaient tout excités par l'arrivée de ces grands voyageurs multicolores : colverts, malards, sarcelles à queue vert et bleu, splendides eiders...

Ce jour-là, la main de Colm dans la mienne, j'observai l'approche de la formation en V dans le ciel ; j'imaginais cette troupe héroïque et fatiguée espérant un repos bien gagné, après avoir essuyé des tirs de DCA au-dessus des Grands Lacs, du Dakota et de l'Iowa... L'éclaireur amerrit comme un patineur sur la glace, lança un coin-coin impératif à ses piteux congénères domestiques assemblés sur le bord, remercia Dieu pour l'absence de toute artillerie ennemie, puis appela ses ouailles.

Ils descendirent en désordre, rompant leur formation de vol, éclaboussant bruyamment les alentours, surpris de l'abondance des morceaux de pain. Un retardataire demeura seul dans le ciel. Son vol était saccadé, sa descente incertaine. Les autres s'égaillèrent pour lui faire une place, mais il s'abattit si brusquement que Colm m'agrippa la cuisse et s'y cramponna, comme si le canard était une bombe qui nous tombait dessus. Manifestement, son train d'atterrissage était faussé, ses instruments de contrôle en panne, sa vision troublée. Il rata son approche, tenta de rectifier sa position par un virage maladroit, puis, ayant perdu toute ressemblance avec un gracieux palmipède, s'écrasa dans l'eau comme une pierre.

Colm se serra contre moi, tandis que s'élevait un chœur de condoléances parmi les canards. Dans l'étang ne surnageait que le petit cul du canard, entouré de plumes éparpillées. Deux de ses copilotes nagèrent à sa rescousse, puis le laissèrent flotter là comme un vulgaire plumeau. Tous ses compagnons portèrent leur attention vers le pain, craignant qu'à tout moment un chien de chasse ne surgisse pour s'emparer de leur copain. Les chasseurs utilisaient-ils des silencieux, à présent ? La cruelle ironie de la mort venait de frapper le zoo d'Iowa City.

— Imbécile de canard ! dis-je à Colm.

— Il est mort ?

— Mais non ! Il est en train de pêcher, il mange entre deux eaux.

Devais-je ajouter : « Ils peuvent retenir leur respiration très longtemps » ? Colm n'était pas convaincu :

— Il est mort.

— Non, il s'amuse à faire semblant, tout comme toi.

Colm se faisait traîner. Son pain entamé à la main, il continuait de regarder derrière lui ce bizarre canard-suicide-sous-marin. *Pourquoi ce suicide ?* me demandais-je. Peut-être avait-il été blessé, et avait-il héroïquement poursuivi son vol, la panse pleine de plomb, attendant que ses compagnons soient en sécurité pour se laisser enfin mourir ? Peut-être avait-il simplement été saisi d'une embolie naturelle ? Peut-être avait-il été intoxiqué en buvant dans une mare empoisonnée ?

— Bogus, j'espère que la prochaine fois que tu rentreras par le zoo, tu achèteras deux pains, pour qu'il nous en reste au moins un peu !

— On a fait une magnifique promenade, Biggie. L'ours était en hibernation, les ratons laveurs s'entre-tuaient, le buffle se tricotait une nouvelle toison, et les canards... on a vu un drôle de canard se poser sur l'étang...

— Un canard mort, Mommy, dit solennellement Colm. Il s'est écrasé.

Je me penchai vers lui.

— Tu ne sais pas s'il était mort.

Mais il le savait très bien. D'un ton patient, il me dit :

— Les canards meurent, c'est comme ça. Ils deviennent vieux, et ils meurent. Les bêtes, les oiseaux et les gens. Ils vieillissent et ils meurent.

Il me regarda avec une muette sympathie, manifestement ennuyé d'assener à son père une si affreuse révélation.

Puis le téléphone sonna, et une vision de mon terrible père effaça tout le reste dans ma tête ; Papa, avec un sermon tout préparé de dix minutes, l'analyse minutieuse de l'instabilité caractérielle de Biggie d'après sa lettre, le tout sans cesser de tirer à petites bouffées sur sa pipe. Je suis convaincu que son tabac était aromatisé au rationalisme supérieur. L'heure du dîner dans l'Iowa, la fin du déjeuner dans le New Hampshire ; un appel téléphonique soigneusement situé, dans le temps comme dans l'espace ; comme mon père. Mais aussi comme Ralph Packer s'invitant à dîner.

— Eh bien, réponds, me dit Biggie.

— *Toi,* réponds. C'est toi qui as envoyé ces lettres !

— Je ne décrocherai pas ce téléphone, Bogus. Pas après l'avoir traité de rat.

Tandis que nous regardions le téléphone sonner, Colm grimpa sur une chaise de cuisine pour décrocher, mais Biggie et moi le ceinturâmes juste à temps. Pour la première fois, je vis Biggie angoissée.

— Laissons sonner, Bogus.

Ce que nous fîmes. Nous eûmes la sonnerie à l'usure. Biggie murmura :

— Tu le vois comme moi ? En train de grommeler dans l'appareil ?

— Je te parierais qu'il est livide de rage. Le rat !

Plus tard dans la nuit, après que Bogus fut tombé du lit, suite à un cauchemar impliquant un zoo, et que Biggie l'eut câliné sur sa vaste poitrine, je dis :

— Je suis sûr que c'était Ralph Packer, Big. Mon père ne nous téléphonerait pas. Il nous écrirait. Une putain de diatribe.

— Non, c'était ton père. Et il ne téléphonera plus jamais.

Elle semblait ravie.

Je rêvais. Je rêvais que l'équipe d'Iowa jouait en déplacement et m'avait emmené. C'était moi qui donnais le coup d'envoi. Du plus loin du terrain, je le traversai en courant pour marquer un essai miraculeux. Bien sûr, pendant cette longue course, je subis nombre d'attaques, essuyai des coups en vache, des gifles, des horions, des nasardes, des uppercuts, des crocs-en-jambe, des bourrades ; mais, pour des raisons mystérieuses, j'émergeai, sévèrement éclopé mais vivant, dans le camp ennemi.

Conséquences de l'exploit : me voilà porté en triomphe hors du terrain par les majorettes de l'Iowa, promené devant les tribunes sous les huées des adversaires. Les petites nymphes en jupette me balancent joyeusement ;

mon bras à demi déboîté et sanguinolent frotte contre de jolies jambes roses et fraîches ; la douceur se mêle à la douleur. Égaré, je regarde leurs mignons visages en larmes ; l'une d'elles, de ses cheveux, me caresse la joue. Elle essaie peut-être de nettoyer mes souillures. Je suis léger à porter. Ces athlétiques adolescentes me transportent en dessous du stade par un tunnel intestinal. L'écho de leurs voix aiguës, leur bruyante inquiétude me font plus mal que mes blessures. Me voilà sur une table, où elles me dénudent, et se lamentent à la vue de mon corps meurtri. Au-dessus de nous, les clameurs du stade se sont tues. Les jeunes filles m'épongent. En état de choc, je frissonne ; les filles se couchent sur moi pour me réchauffer.

J'ai tellement froid que je change de rêve : je me trouve dans un affût à canard au milieu des marais salants du New Hampshire, avec mon père. Je me demande quel âge j'ai ; je n'ai pas de fusil, et sur la pointe des pieds j'atteins à peine les épaules de mon père. Il me dit :

— Tiens-toi tranquille ! C'est bien la dernière fois que je t'emmène !

Je pense : *Essaie donc de me faire revenir !*

Là, j'ai dû parler en rêvant, car Biggie me demande :

— A qui parles-tu ?

— Quoi ? Comment ?

— Laisse sonner, dit-elle, déjà rendormie.

Moi, je reste éveillé, envisageant l'horreur d'avoir à chercher un véritable emploi. Cette foutue notion de gagner sa vie… L'expression en elle-même ressemblait aux phrases obscènes qu'on trouve dans les cabinets pour hommes.

17

Conséquences de l'échec
de la méthode aqueuse

Pour obtenir un rendez-vous avec le Dr Jean-Claude
Vigneron, le processus est éprouvant. L'infirmière qui
répond au téléphone se fiche totalement de savoir de quoi
vous souffrez ; tout ce qui l'intéresse, c'est si l'heure qu'elle
vous fixe vous convient. Eh bien non. Alors, elle regrette.
Alors vous lui dites que vous allez vous débrouiller.

Chez Vigneron, la salle d'attente est du genre confortable. Un vieux dessin de Norman Rockwell pour le *Saturday
Evening Post* est encadré au mur, ainsi qu'un poster de Bob
Dylan. Pour lire, on a le choix entre *McCall's, The Village
Voice, The New York Times,* le *Reader's Digest* et *Ram-
parts,* mais personne ne lit. Les patients surveillent l'infirmière de Vigneron, dont les cuisses, la croupe et le siège
pivotant émergent du petit bureau séparé. Ils écoutent
aussi quand l'infirmière vous demande de décrire vos
symptômes. Conversation type :

— Pourquoi voulez-vous consulter le docteur ?

Nasillements incompréhensibles.

— Comment ?

Nouveaux nasillements incompréhensibles.

— Il y a longtemps que vous urinez comme ça ?

Comme quoi ? On fait semblant de lire, et on meurt
d'envie de savoir.

L'urologie est une spécialité si malpropre et débilitante
que j'avais emmené Tulpen pour me donner du courage.
La salle d'attente présentait son échantillonnage habituel.
Une fillette bouffie, couleur urine, était assise tout contre
sa mère ; peut-être n'avait-elle pas fait pipi depuis des

semaines. Une bizarre jeune femme, toute de cuir vêtue, était assise à part avec *The Village Voice*. Infectée, sans aucun doute. Et un vieillard sucrait les fraises auprès de la porte, avec des tuyauteries, valves et robinets si vétustes et détraqués qu'il pissait probablement par le nombril dans un sac plastique.

— Pourquoi voulez-vous consulter le docteur ?

— La méthode aqueuse a échoué.

Intense curiosité dans la salle d'attente.

— La méthode aqueuse ?

— Complètement nulle.

— Je vois. Vous êtes monsieur... ?

— Trumper.

— Vous souffrez, monsieur Trumper ?

La maman de la petite bouffie est anxieuse ; Mme Cuir cesse de tourner les pages.

— Encore assez.

Réplique mystérieuse ; la salle d'attente est sous pression.

— Pouvez-vous m'expliquer plus précisément ?

— C'est collé.

— Collé ?

— Collé, fermé.

— Je vois. Fermé...

Elle jette un œil sur mon dossier médical, le long roman d'un zizi qui a des malheurs.

— Vous avez déjà eu ce genre de troubles ?

— Dans les deux hémisphères, de l'Autriche à l'Iowa !

La salle entière, souffle coupé, évoque cette maladie itinérante.

— Je vois. C'est pour le même ennui que vous avez déjà consulté le Dr Vigneron ?

— Ouais.

Incurable, diagnostique la salle d'attente. Le pauvre garçon !

— Et qu'avez-vous pris comme traitement ?

— De l'eau.

L'infirmière me regarde ; manifestement, elle ignore tout de la méthode aqueuse.

— Je vois. Asseyez-vous, le Dr Vigneron va vous recevoir dans un moment.

Rejoignant Tulpen, je vis la mère m'adresser un sourire de pitié, sa gamine béer, la bizarre nana cuir croiser les jambes d'un air absorbé. Si elle est collée, ne t'approche pas de moi. Seul le pauvre vieillard aux organes pourris ne me prêta aucune attention ; peut-être dur d'oreille, ou sourd comme un pot, ou pissant par les oreilles.

— J'ai l'impression que tu en as assez, me souffla Tulpen.

— Assez de quoi ?

J'avais parlé trop fort. La mère se contracta ; la nana froissa son journal ; le vieux pépé remua difficilement sur sa chaise ; on entendit glouglouter ses conduits.

— De *ça !*

Ce disant, Tulpen se frappa sur le bas-ventre.

— Et de *ça !* ajouta-t-elle en englobant du geste le groupe des invalides urinaires.

Une sorte de fraternité rassemble la clientèle des médecins, mais, dans le cabinet d'un spécialiste, l'intimité grandit. Il y a des clubs d'anciens combattants, de surdoués du QI, de lesbiennes, d'étudiants, de mères de triplés, d'écolos voulant sauver les saules pleureurs, de rotariens, de républicains et de néo-maoïstes, mais ici nous étions au sein d'une association obligatoire : celle de ceux qui ont du mal à pisser. Appelons ça les vigneronistes. Nous pourrions faire des réunions hebdomadaires, participer à des concours, voire à des exhibitions — les Jeux olympipiques...

Des tréfonds secrets de son cabinet surgit le Dr Jean-Claude Vigneron, projetant vers nous l'odeur nauséabonde de sa Gauloise. Nous les vigneronistes attendions dans l'angoisse : lequel de nous serait l'élu ?

— Madame Cullen.

La mère se leva nerveusement, et fit signe à sa gamine de se tenir tranquille pendant son absence. Vigneron sourit à Tulpen. Ce faux cul de franchouillard !

— Vous attendez pour me voir ?

Se désolidarisant des vigneronistes, Tulpen se contenta de lui rendre son regard. Je dis à Vigneron :

— Non, elle m'accompagne.

Quand le docteur eut disparu avec Mme Cullen, Tulpen chuchota :

— Je ne le voyais pas du tout comme ça.

— A quoi veux-tu que les urologues ressemblent ? A des vessies ?

— Il n'a pas l'air d'une vessie.

La gamine, sournoisement, nous écoutait. Si c'était sa mère la malade, pourquoi cette gosse était-elle si jaune et gonflée ? Peut-être lui avait-on interdit de faire pipi ? Elle semblait avoir le même âge que Colm. Elle était nerveuse, elle avait peur de rester seule ; elle ne cessait de regarder l'infirmière, puis le pépé. Jugeant qu'elle allait craquer, je tentai une conversation rassurante :

— Tu vas à l'école ?

La bizarre nana cuir prit la question pour elle et répondit, avec un regard glacial :

— Non.

— Non, fis-je, pas vous. Je m'adresse à la petite... Alors, tu vas à l'école ?

L'enfant était inquiète et confuse ; on lui avait seriné de ne jamais parler à des étrangers. La nana cuir regardait avec hostilité le bourreau d'enfants en action.

— Ta mère va bientôt revenir, dit Tulpen.

— Elle a du sang dans son pipi, nous informa la gamine.

Le regard que me lança de loin l'infirmière signifiait que je devais avoir *aussi* l'esprit bouché. Je dis à la fillette :

— Oh ! ta maman va très vite guérir.

Elle ne parut guère convaincue. La bizarre nana me précisa mentalement qu'elle n'avait pas de sang dans son pipi, donc que je n'avais nul besoin de lui poser la question. Tulpen me pinça la cuisse, étouffant un rire nerveux ; du bout de la langue, j'explorai mon palais.

Alors le pépé, jusque-là si silencieux, produisit un bruit surprenant, évoquant à la fois un rot ou un pet étouffé, et l'effritement définitif de son ossature ; quand il essaya de se lever, nous vîmes une tache couleur de beurre brûlé qui s'étalait sur le devant de sa chemise et le haut de son pantalon. Il chancela, et je l'attrapai avant qu'il ne s'écroule. Il ne pesait pratiquement rien, mais répandait une odeur pestilentielle ; il étreignait son abdomen ; il y avait quelque chose sous sa chemise. Il me lança un regard confus et parvint à dire :

— S'il vous plaît... les lavabos...

Sa chemise tachée faisait buvard ; j'y distinguai les contours d'une sorte de sac et d'un tuyau. Tandis que je le propulsais aussi vite que possible jusqu'à l'infirmière, il me dit :

— Cette saleté de truc déborde encore.

L'infirmière le réceptionna comme si son enveloppe était creuse. Elle le porta à moitié vers l'extrémité du hall, tout en le réprimandant d'une voix bougonne :

— Enfin, monsieur Kroddy ! Vous auriez dû la vider avant de venir ! Pour éviter de tels incidents désagréables...

Mais il se contentait de répéter :

— Saleté de truc ! Bon Dieu de saleté de truc ! Je ne sais jamais où aller ! Il y a toujours plein de gens dans les toilettes publiques...

— Vous pouvez déboutonner votre chemise tout seul, monsieur Kroddy ?

— Saloperie de saleté de merde !

— Inutile d'être grossier, monsieur Kroddy.

Dans la salle d'attente, la gamine s'était de nouveau pétrifiée, et la bêcheuse moulée dans son cuir s'absorbait dans son journal, hautaine, supérieure, et dissimulant entre ses jambes on ne sait quel honteux secret. Je ne pouvais pas l'encadrer.

Pendant que j'expliquais à Tulpen le triste état du pépé, cette salope en cuir ne cessait de m'épier, à l'abri de son journal ; nous avions pour fond sonore les gargouillements produits par l'infirmière qui vidait son sac au vieux M. Kroddy. Regardant ouvertement Mme Cuir, je lui demandai à haute voix :

— Avez-vous la vérole ?

Elle se pétrifia. Tulpen me donna un violent coup de coude, et la gamine, l'air intéressé, demanda :

— Qu'est-ce que c'est ?

Alors la jeune personne me regarda avec haine. Mais elle

ne put garder longtemps cette expression ; pour la première fois, son visage devint pathétique ; les yeux remplis de larmes, elle tenta de mordre sa lèvre inférieure tremblante, et je me sentis grossier et sadique.

— Tu n'es qu'un fumier, Trumper, siffla Tulpen.

J'allai jusqu'à la fille en cuir, qui, le visage contre les genoux, était agitée de sanglots muets.

— Je suis désolé. Je ne sais vraiment pas pourquoi je vous ai dit ça... Vous me paraissiez tellement insensible...

— Ne l'écoutez pas, lança Tulpen à la fille, il est complètement cinglé.

— Je n'arrive pas à croire que j'ai la vérole, hoqueta la fille. Je ne suis pas une cavaleuse, vous savez, et je suis très propre...

Vigneron revint alors pour rendre sa mère à la gamine bouffie. Il tenait un dossier à la main.

— Mademoiselle DeCarlo, dit-il en souriant.

Elle bondit sur ses pieds, essuyant ses larmes.

— J'ai la vérole, lui dit-elle.

Il la regarda, interloqué.

— Ou peut-être que je ne l'ai pas ! ajouta-t-elle au bord de l'hystérie, alors que Vigneron jetait un coup d'œil dans son dossier.

— Passez dans mon cabinet, je vous prie.

Il lui désigna la porte ouverte, et me regarda comme si c'était moi qui avais refilé une sale maladie à la fille en cuir dans la salle d'attente. Il me dit :

— Vous serez le suivant.

Mais je lui barrai le chemin.

— Je vais me faire opérer. Je n'ai pas besoin de vous voir, je veux simplement un rendez-vous pour l'opération.

— Mais je ne vous ai pas examiné.

— Pas besoin. J'ai toujours le même truc. L'eau n'a servi à rien. Je ne veux plus vous voir, sauf au moment de l'opération !

— Bien.

J'étais ravi d'avoir démoli ses statistiques. Il n'en était plus à dix sur dix.

— Dans dix ou quinze jours, fit-il. Vous voulez peut-être des antibiotiques entre-temps ?

— Je m'en tiendrai à la flotte.

— Mon infirmière vous téléphonera quand nous aurons déterminé une date avec l'hôpital, mais ce ne sera pas avant dix ou quinze jours, et si vous ne vous sentez pas bien…

— Ça ira.

— En êtes-vous bien sûr ?

Il me lançait un mauvais sourire.

— Toujours dix sur dix ? m'enquis-je.

Il regarda Tulpen et se mit à rougir. *Vigneron rougissait !*

Pragmatiquement, je donnai à l'infirmière-secrétaire le téléphone des Films Ralph Packer et celui de Tulpen. S'étant ressaisi, Vigneron me tendit une boîte de comprimés, mais je secouai la tête.

— Soyez raisonnable, dit-il. Mieux vaut que vous ne souffriez d'aucune infection avant d'être opéré. Prenez une gélule par jour ; je vous examinerai la veille de l'opération pour plus de sûreté.

Il était redevenu strictement professionnel. J'empochai ses gélules, souris, lui adressai un geste d'adieu et sortis avec Tulpen. J'aurais pu faire la roue.

Ce n'est qu'une fois dans la rue que je me demandai ce qu'il pourrait advenir de ce vieux M. Kroddy. Peut-être lui remplaçait-on une chambre à air ?

Soupirant, j'attirai Tulpen contre moi et l'entraînai le long du trottoir, toute chaude et rebondie, si proche que je pouvais sentir son haleine parfumée au bonbon à la menthe, et ses cheveux effleurant mon visage.

— T'inquiète pas, lui dis-je. Je vais me faire mettre une belle queue toute neuve rien que pour toi.

Elle plongea la main dans ma poche, fourragea entre la petite monnaie et mon couteau suisse.

— Toi, ne t'inquiète pas, Trumper. J'aime bien ta vieille queue.

De sorte que, renonçant à travailler ce jour-là, nous rentrâmes chez elle. Tant pis pour Ralph qui nous attendait au studio. Ralph passait toujours par une période épineuse quand il venait d'abandonner un projet et en abordait un

autre ; on trouvait des écriteaux sur le téléphone : N'OU-
BLIEZ PAS DE NOTER VOS APPELS PERSONNELS SUR LE
CARNET (↓).

Tulpen s'était bien doutée qu'il était plus important pour
moi de sécher le boulot que de lui faire l'amour. Le sujet du
futur film de Ralph ne m'intéressait pas ; le sujet, c'était
moi. Une suite d'entretiens soporifiques avec Tulpen et
moi, plus un rajout ultérieur dans lequel Ralph projetait
d'impliquer Biggie.

— Je dois t'avouer, Ralph, que mon enthousiasme pour
ce projet est plus que limité.

— Thump-Thump, douterais-tu de mon honnêteté ?

— C'est ton point de vue qu'on verra à l'écran, Ralph.

Pendant des semaines, nous avions loué nos services à
d'autres producteurs de films, et organisé des projections
privées de « Rétrospective Ralph Packer » pour des ciné-
clubs, des étudiants, des cinémathèques et des salles d'art
et d'essai. Il valait mieux démarrer un nouveau film, même
sur ce sujet-là, et la seule dissension sérieuse que nous
eussions jusqu'ici portait sur le titre de l'œuvre.

— Ce n'est qu'un titre provisoire, Thump-Thump. J'en
changerai quand le film sera terminé.

Je n'en étais pas convaincu. Il intitulait le film *le Baiseur*.
Une de ses expressions habituelles, à laquelle je craignais
qu'il ne veuille se raccrocher.

— Ne te fais pas de bile, Trumper, me dit Tulpen.

Et pendant ce long après-midi chez elle, je ne m'en fis
pas. Je changeai la pile de disques ; je confectionnai un *Tee
mit Rum* à l'autrichienne parfumé à la cannelle, que je
déposai près du lit sur une plaque chauffante ; j'ignorai le
téléphone, dont la sonnerie nous réveilla au crépuscule.
Totalement isolés de la ville, nous ne savions plus si nous
avions faim d'un dîner, d'un souper ou d'un petit déjeuner ;
dans cette quiétude hors du temps que seul un appartement
citadin peut procurer, le téléphone sonna et sonna.

— Laisse sonner, fit Tulpen en m'enlaçant.

Il me vint à l'idée qu'on pourrait inclure cette réplique
dans *le Baiseur,* et je laissai sonner.

18

Amère fête des mères

Ça commence par une dispute, au cours de laquelle
Biggie accuse Merrill Overturf d'infantilisme galopant
et affirme que je n'idéalise Merrill que parce qu'il est
depuis si longtemps absent de ma vie — insinuant mé-
chamment que le vrai Merrill en chair et en os me lais-
serait froidement tomber, en ce point crucial de mon
existence.

Je me hérisse contre ces attaques injustes, et contre-
attaque en taxant Overturf de courage.

— Courage ! explose Biggie.

Elle affirme alors que je ne suis pas compétent en
matière de courage, vu que j'en manque totalement —
puisque j'ai de la lâcheté à revendre. L'exemple donné de
ma couardise étant que j'ai peur de téléphoner à mon père
et de tout déballer question déshéritage.

Mauvaise foi qui m'incite à affirmer que j'appellerai le
vieux rat n'importe quand, tout de suite même, bien que, à
l'obscurité qui nous entoure dans l'Iowa, je soupçonne
vaguement que le moment est mal choisi.

— Tu vas l'appeler ? dit Biggie.

Son respect soudain est angoissant. Elle ne me donne pas
le temps de changer d'avis ; elle fouille dans les papiers,
cherchant celui où est inscrit le numéro de Great Boar's
Head.

— Qu'est-ce que je vais lui dire ?

Elle commence à composer le numéro.

— Que penserais-tu de : « Je t'appelais pour savoir si on
t'a apporté le courrier ? »

Biggie, fronçant les sourcils, manipule le cadran.

— Ou bien de : « Comment vas-tu ? Et la marée ? Haute ou basse ? »

Me tendant le combiné — ça sonne, là-bas — Biggie me lance :

— Au moins, nous serons *fixés,* nom d'un chien !

— Oui, au moins nous serons fixés.

J'ai parlé dans l'appareil, qui me renvoie mes paroles dans l'oreille, comme si elles étaient prononcées par quelque opérateur à l'intuition surnaturelle. Le téléphone sonne, resonne, et j'adresse à Biggie un regard soulagé : *Ah, tu vois ! Il n'est pas chez lui !* Mais Biggie désigne ma montre. Dans l'Est lointain, il est minuit passé ! Je sens ma mâchoire se relâcher.

Biggie dit sadiquement :

— Ça lui fera les pieds, au rat.

D'une voix à peine ensommeillée, mon père répond courtoisement. Les médecins ont l'habitude d'être dérangés à n'importe quelle heure.

— Ici le Dr Trumper. Dr Edmund Trumper. Qui est à l'appareil ?

Biggie se balance d'un pied sur l'autre comme si elle avait envie de faire pipi. J'entends distinctement le tic-tac de ma montre, et aussi la voix de mon père :

— Allô ? Ici le Dr Trumper. Quelque chose ne va pas ?

En lointain arrière-plan, j'entends la voix de ma mère :

— Edmund, c'est sûrement l'hôpital.

— Allô, crie mon père.

Et ma mère s'inquiète :

— Et si c'était M. Bingham ? Edmund, tu connais son problème cardiaque...

Tressautant sur un pied, Biggie me regarde, consternée par la couardise lisible sur mes traits ; elle retient des injures.

— Monsieur Bingham ? demande mon père. Vous avez une nouvelle crise d'étouffement ?

Biggie tape du pied, laisse échapper un grognement animal. Mon père conseille :

— N'essayez pas de respirer trop profondément, monsieur Bingham. Raccrochez, j'arrive tout de suite...

Ma mère intervient, à l'arrière-plan :

— J'appelle l'hôpital pour qu'ils envoient la tente à oxygène…

Biggie, dans sa fureur, flanque un coup de pied dans le poêle en poussant des cris étouffés. De son côté, mon père s'époumone :

— Monsieur Bingham, repliez les genoux contre la poitrine ! N'essayez pas de parler, monsieur Bingham !

Je raccroche.

Secouée d'une sorte de rire, Biggie quitte la pièce, traverse l'entrée, et claque derrière elle la porte de la chambre. Ses drôles de bruits de gorge et de lèvres résonnent comme des sanglots ; on dirait ce malheureux M. Bingham avec son cœur défaillant.

Ignoré du veilleur de nuit, j'ai passé la nuit dans la bibliothèque du département de philosophie, planqué dans l'un des compartiments cloisonnés du quatrième étage, lesquels sont habituellement occupés par des étudiants moites et leurs bouteilles de Coke, qui leur servent de cendriers. Imaginez la bouteille à moitié vide, et tous ces mégots flottant dedans. On peut les entendre s'éteindre en sifflant à plusieurs compartiments de distance.

Un jour, sa thèse étant presque achevée, un diplômé de Brooklyn, Harry Petz, qui lisait des documents en serbo-croate et se balançait imprudemment sur sa chaise, est parti à la renverse et a jailli hors de son placard ; se propulsant dans le couloir à coups de talon, il traversa tout l'étage, se précipitant pour finir dans la grande verrière, qu'il pulvé-risa — en même temps que sa tête. Il s'offrit une chute libre de quatre étages, de la bibliothèque au parking, où il finit par s'écraser sur un capot de voiture.

Moi, je ne ferais jamais une chose pareille, Biggie.

Il y a dans *Akthelt et Gunnel* une scène émouvante, où Akthelt se prépare au combat contre les Greths belliqueux. Il ajuste ses épaulières, ses cubitières, ses genouillères et sa cotte de mailles, protégeant de façon rituelle ses parties vitales, tandis que la pauvre Gunnel le supplie de ne pas la quitter ; de façon rituelle, elle retire ses vêtements, dénoue ses cheveux, déboucle son corselet, ôte ses bijoux, cependant que Akthelt continue d'ajuster son couvre-nuque, ses poulaines et tout le toutim. Akthelt tente d'expliquer à Gunnel les motifs de la guerre (*det henskit af krig*), mais elle ne veut pas comprendre. Alors le Vieux Thak, père d'Akthelt, fait irruption. Le Vieux Thak est lui aussi fin prêt pour le combat, mais le zip de sa cotte de mailles est coincé (appelez ça comme vous voulez) et il a besoin d'un coup de main. Naturellement, il est confus de surprendre la ravissante épouse de son fils en larmes et à demi nue, mais, se souvenant de ses jeunes années, il comprend le sujet de la discussion des jeunes gens. Alors le Vieux Thak tente une manœuvre ambiguë dans le but de les réconcilier. De sa vénérable main rugueuse, il tapote gaillardement la croupe de Gunnel, tout en disant avec sagesse à Akthelt : « *Det henskit af krig er tu overleve* » (Le but principal de la guerre est d'y survivre !).

Telle est la raison d'être de l'université — et peut-être de mon mariage. Y survivre. A l'époque, cette comparaison me fit très mal.

Traversant le parking dans lequel Harry Petz avait raté son atterrissage, je découvre la jeune Lydia Kindle qui m'attend auprès d'une immense Edsel vert d'eau. Elle arbore un élégant ensemble couleur poire, de coupe adulte, à jupe courte.

— Salut ! Tu as vu ma voiture ?

Moi, je pense : *C'est trop, beaucoup trop.*

Mais son élégance un peu formelle me rassure, et je connais déjà ses genoux, donc ils ne me font plus peur. C'est un vrai plaisir de voir sa jambe monter et descendre sous mes yeux, en manœuvrant l'accélérateur et le frein.

— Où allons-nous ? questionné-je en tournant mon regard vers sa poitrine menue.

— Tu verras.

Je panoramique sur ses petits seins, remonte jusqu'au visage ; elle se mordille joliment la lèvre inférieure. Dans l'échancrure de la veste, on découvre un chemisier rouille, dont le reflet colore son menton. Un vrai pastel. Ça me rappelle Biggie et moi dans la prairie du monastère de Katzeldorf, étendus dans les renoncules avec une bouteille de liqueur des moines. D'une poignée de fleurs, j'avais caressé ses seins, les couvrant de pollen orangé, ce qui l'avait fait rougir. Puis elle avait frotté une renoncule sur mon homoncule, qui avait viré au jaune.

— A vrai dire, cette Edsel n'est pas à moi, dit Lydia Kindle. Elle appartient à mon frère qui fait son service.

Où que j'aille surgissent de nouveaux périls. Le frangin vindicatif de Lydia Kindle, un herculéen Béret-Vert, m'administrant une volée de directs à la clavicule, sous prétexte que j'aurais souillé sa sœur et sa voiture...

— Où allons-nous ? répété-je.

Ses cuisses dures tremblent par saccades ; la route doit être défoncée. Par les vitres, je vois des nuages de poussière ; un ciel plat qu'aucun arbre ne délimite, sans lignes de fuite.

— Tu verras.

Ses mains lâchent le volant pour me caresser les joues — ce parfum discret, si ouvertement innocent sur ses poignets !

Nous franchissons une ornière ; nous avons fini par quitter la route poussiéreuse ; la voiture flotte légèrement sur une surface instable ; de petits chocs irréguliers ; sur une route de l'Iowa, ils ne peuvent être provoqués que par des épis de maïs ou des os de cochons. Voici des dérapages, comme si nous roulions sur de l'herbe ou du goudron frais. J'ai peur que nous ne restions collés, à des kilomètres de nulle part, que l'Edsel et ses occupants ne s'enlisent à tout jamais dans un marécage insondable.

— Seuls les canards nous pleureront, dis-je.

Lydia me lance un regard alarmé.

— Un copain m'a amenée ici une fois. De temps en temps, on rencontre un chasseur, personne d'autre. De toute façon, on repère leur voiture de loin.

Un copain ? Je me demande si elle n'a pas déjà été souillée, mais elle devine mes pensées et s'empresse d'ajouter :

— Je n'aimais pas ce type-là. Je lui ai demandé de me ramener. Mais je n'ai pas oublié le chemin.

Et d'un rapide coup de langue elle s'humecte les lèvres.

Puis l'ombre, et un plan incliné ; le sol devient plus ferme et plus cahoteux ; j'entends des froissements de branches autour de la carrosserie, et sens une odeur de résine. Des sapins, en Iowa, faut le faire ! Une branche égratigne la voiture, ce qui me fait sursauter et me cogner le nez sur le volant.

Quand la voiture s'arrête, nous nous trouvons au milieu d'une plantation dense de jeunes pins, de vieux arbres morts, de fougères arborescentes, et de gros amas de mousse à demi gelée. On devine des champignons. Lydia ouvre sa portière et passe les jambes au-dehors. Trouvant qu'il fait froid et humide, elle reste assise, me tournant le dos, agitant les pieds au-dessus du sol.

Nous sommes sur une colline, dans un boqueteau sauvage. Derrière nous, des champs de maïs et de soja moissonnés. Sous nos yeux, la ruine de ce qui a dû être le réservoir de Coralville, l'eau gelée tout autour, noire et boueuse en son centre. Si j'étais chasseur, je me mettrais en affût sur cette colline, bien planqué dans les fougères, pour attendre que des canards paresseux utilisent ce raccourci d'un point de ravitaillement à un autre. Ici, ils voleraient en rase-mottes, surtout les gros traînards, leur ventre éclairé par les reflets du soleil sur le lac.

Au lieu de quoi, appuyé sur l'accoudoir de l'Edsel, j'étends un pied jusqu'au popotin miniature de Lydia Kindle, avec l'envie fugitive de la propulser hors de la voiture. Je me contente de lui effleurer la croupe ; se retournant vers moi, elle rentre les jambes et claque la portière.

Il y a une couverture dans le coffre, et aussi de la bière que lui a apportée une amie plus âgée, me dit-elle. Il y a aussi du bon fromage, des pommes, et de grosses tranches de pumpernickel.

Escaladant le siège avant, elle dispose ce festin sur la banquette arrière, et, pour avoir plus chaud, nous jetons la couverture sur nos épaules, comme une tente. Une miette de fromage s'est collée sur la veine du poignet de Lydia. D'un bout de langue expert, elle la capture, et me regarde la regarder ; elle a croisé les jambes sous elle, si bien que ses genoux me font face.

— Ton coude est sur le pain, murmure Lydia, ce qui me fait pouffer d'un rire bête.

Elle se tortille et secoue les miettes ; je les regarde tomber sur le tapis de sol ; sa jupe a remonté sur ses cuisses ; elle m'attire contre elle. Son jupon bleu layette est brodé de petites fleurs rose layette, ce qui me rappelle la couverture du berceau de Colm. Elle dit :

— Je crois que je suis amoureuse de toi.

Mais je devine que chaque mot a été calculé, délibérément, et je sens qu'elle s'est entraînée à prononcer cette phrase. Comme si elle s'en apercevait aussi, elle y apporte un amendement :

— Je crois savoir que je suis amoureuse de toi.

Pressant sa jolie jambe mince contre ma hanche, elle attire doucement ma tête contre sa cuisse. Mon cœur s'appuie contre son genou.

Elle a les mêmes foutues fleurs sur sa petite culotte. Un vrai bébé dans ses langes ; le dernier cri de la mode fillettes.

Se tortillant de nouveau, consciente que j'ai découvert ses fleurettes, elle me tire un peu par les oreilles et me dit :

— Tu n'as pas besoin d'être amoureux de moi.

Je retrouve là un dialogue appris par cœur. Je sais que, quelque part dans la chambre de Lydia à sa pension, il y a un bout de papier où ce texte est écrit comme un scénario, griffonné, raturé, corrigé, avec peut-être des notes en bas de page. J'aimerais connaître les répliques qu'elle a écrites à mon intention.

— Monsieur Trumper ?

En l'embrassant sous le dais, je sens vibrer un petit muscle. Elle écrase ma tête contre sa poitrine d'oiseau, la veste de son tailleur ouverte, son chemisier froissé sur sa

chair fraîche. En de telles circonstances, le nordique
primitif inférieur s'impose :

— *Vroognaven abthur, Gunnel mik.*

Poussant le plus léger des soupirs, elle s'assoit tout
contre moi, mais, pour vaste que soit l'Edsel, c'est au prix
de grandes difficultés qu'elle retire sa veste. Ma veste de
chasse voltige jusqu'à la lunette arrière ; assis derrière elle
comme dans un bobsleigh, je réussis à délacer mes bottes,
tandis que ses doigts déchiffrent en braille mes boutons de
chemise. Elle s'est déboutonnée elle-même, et garde les
bras croisés sur son soutien-gorge. Elle frissonne comme
avant de plonger dans une rivière glaciale.

Elle se coule contre moi avec soulagement, comme si elle
aimait se montrer à demi dévêtue, la jupe dégrafée mais
encore à mi-hauteur. Ses mains moites explorent mes côtes,
et pincent le disgracieux bourrelet qui souligne ma taille.

— C'est la première fois, tu sais... Je n'ai encore
jamais...

J'appuie le menton contre son épaule tendre et dure, et
lui caresse l'oreille avec ma moustache. Je lui demande :

— Que fait ton père ?

Elle est surprise et soulagée de cette diversion. Ses doigts
découvrent mes reins.

— Il est dans l'emballage.

Moi je pense : *Il est dans l'emballage ! Tout le temps ?*
Emballé dans l'emballage, habillé d'emballage, dormant
dans l'emballage ? Et moi qui emballe sa fille.

— Tu sais, les sacs à grain, les sacs à légumes...

Imaginant un *pater familias* musclé en train de m'expédier sur l'échine un sac rempli d'oignons, je soupire.

Lydia se redresse sur les genoux, s'éloigne un peu de moi
et ôte sa jupe ; sous sa culotte à fleurs, m'apparaît le plus
minuscule des renflements pubiens. Voyant ses mains
occupées, je fais glisser les brides de son soutien-gorge.

— Je suis si plate ! s'excuse-t-elle d'une petite voix.

Je fais descendre mon pantalon sur mes chevilles.
Soulevant les pieds, mes talons maladroits appuient sur le
klaxon ; toutes fenêtres fermées, le son semble provenir
d'une autre voiture ; Lydia se frotte brusquement contre

moi, me permettant de déboucler son soutien-gorge. Sur l'étiquette, on peut lire : « Menus plaisirs ».

On ne peut plus vrai.

Ses petits seins durcis se pressent contre moi, et j'arrache tant bien que mal ma chemise, conscient que la braguette de mon caleçon bâille et que Lydia scrute précisément cet endroit ; elle se tient raide, mais ses hanches m'aident à la débarrasser de son slip. J'entrevois un grain de beauté parmi les fleurettes bleu layette et rose layette.

— Tu as de tout petits tétons, me dit-elle en y promenant ses doigts.

Moi j'emprisonne ses deux petits nénés ronds — au toucher : des oranges — dont les tétons sont aussi durs que le levier de vitesse qui me rentre dans le mollet. Avec lenteur, je l'étends, admirant pour la première fois ce corps soyeux et compact, ces seins haut dardés, cette légère traînée de poudre de riz autour de cette fente toute proche. Elle attire ma tête vers la traînée de poudre, mais l'odeur me révulse l'estomac. C'est celle du shampooing de Colm : NE PIQUE PAS LES YEUX.

— S'il te plaît, exhale-t-elle.

S'il me plaît quoi ? J'espère qu'elle ne va pas me laisser prendre l'initiative. J'ai toujours eu un problème pour prendre des décisions.

Embrasser la douce bande de chair située sous le nombril ; voir la marque que l'élastique de son slip a gravée sur le petit renflement de son ventre. Je n'arrive pas à me rappeler le moment où ses dessous sont partis, et ça m'ennuie. Était-ce de son propre chef ou du mien ? Un moment pareil ne devrait pas s'oublier ! Je repose mon menton râpeux sur sa toison duveteuse. Quand je bouge, quand elle sent mon baiser, elle m'empoigne la tête et me tire violemment les cheveux par deux fois. Puis ses cuisses se détendent, et elle applique ses paumes sur mes oreilles pour que je puisse écouter la mer en stéréo — ou plutôt le réservoir de Coralville en crue, qui va transformer notre colline en îlot ; nous laisser là, abandonnés sous les vols de canards nocturnes, environnés de l'odeur poussiéreuse montant comme une brume des champs de soja.

Elle relâche une de mes oreilles, je reçois le bruit de la mer en mono. J'aperçois la main libre de Lydia tâtonner sur le sol, puis fouiller dans la veste de son tailleur poire. *Qu'y a-t-il dans la manche ?* Elle me dit :

— Je cherche un préservatif. C'est une fille, à la pension... elle en avait un...

Mais sa main ne peut pénétrer dans le poignet de sa veste, et elle est obligée de secouer le vêtement.

— Il y a une poche secrète dans la doublure.

Pour quoi faire ?

Je vois ses seins en mouvement ; je vois ses dents plantées dans sa lèvre inférieure ; je vois sa cage thoracique s'incliner, se redresser ; je vois l'enveloppe métallisée de la capote entrer dans mon champ visuel, posée sur son ventre ; puis Lydia retombe en arrière, la chair frémissante, les reins tumultueux. Du coin de l'œil, je distingue son bras, son poignet, sa main refermée sur ce qui doit être un bout de pumpernickel émietté. Ses cuisses se raidissent, me giflant le visage ; j'entends le papier d'étain crisser et se déchirer.

Je me demande si elle l'entend aussi. Posant ma tête sur ses seins, j'écoute les palpitations de son cœur. Son épaule pend au-dessus du siège, l'avant-bras dirigé vers le sol. Son poignet est courbé à angle droit, tellement qu'il semble brisé ; ses longs doigts allongés sont immobiles, et le soleil à travers la vitre est juste assez fort pour faire briller sa bague ; un peu trop large pour son doigt, elle a glissé par terre.

Je ferme les yeux dans sa fente poudrée, identifiant un parfum de musc sucré. Mais pourquoi donc mon esprit évoque-t-il des abattoirs, et toutes les jeunes filles violées pendant les guerres ?

Ses cuisses se ferment doucement sur ma partie caoutchoutée de frais, et elle me demande :

— Alors ? C'est pour aujourd'hui ?

Et ma partie fragile se recroqueville à l'intérieur de son armure flexible ; elle bat en retraite quand Lydia Kindle plie les genoux.

— S'il te plaît, dit-elle encore.

Puis, d'une toute petite voix :
— Qu'est-ce qui ne va pas ?

Lentement, je me soulève au-dessus d'elle, m'agenouillant entre ses jambes ; elle me retient fortement, ses doigts incrustés dans mes épaules ; une petite veine bleue bat sur sa poitrine, émouvante diagonale entre ses seins. Comme si elle prenait conscience de me dévoiler son cœur, elle se protège de l'avant-bras, tandis que son autre main dissimule son pubis.

Sauvé, pour l'instant. Mais de quoi ?

Je sens la capote devenir flasque, tandis que Lydia Kindle, s'asseyant sur la banquette, me lance :
— Je ne t'ai jamais demandé de m'aimer ou quoi que ce soit ! Je te jure que je n'ai jamais fait ça avec personne, ni avec cet autre type, et ce que tu peux penser de moi n'a aucune importance... Je veux dire pour moi. Tu ne t'en rends pas compte ? Oh, mon Dieu... Merde alors ! Moi qui me prenais pour une oie blanche...

Elle se plie en avant, comme saisie d'une crampe, le visage sur un genou, une mèche de cheveux sur le coin de la bouche, et dans cet endroit privilégié, entre épaule et genou, sa petite poitrine est trop menue et trop pleine pour se balancer ; comme si elle était peinte sur sa peau, trop parfaite pour être vraie.
— C'est compliqué, tenté-je de lui expliquer. Personne ne devrait jamais me laisser l'initiative...

Je me bagarre avec la poignée et ouvre la portière pour une vivifiante bouffée d'air glacé. Nu, debout dans la mousse épaisse et gelée, j'entends Lydia s'agiter dans la voiture. Me retournant, j'enfile mes bottes ; elle est à quatre pattes sur la banquette arrière, balançant mes affaires par la portière. Sans un mot, je ramasse chaque vêtement, roule le tout en boule et garde le paquet contre moi. Hors d'elle, Lydia Kindle jette ses propres vêtements du siège arrière au siège avant, puis du siège avant au siège arrière et ainsi de suite...
— Laisse-moi te ramener chez toi, dis-je.
— *Pardon ?* hurle-t-elle.

Au-dessus de la colline, comme une volée de pierres, une

troupe de canards passe, noire dans la nuit tombante ; surpris, ils virent de bord, lançant de réprobateurs coin-coin à ce nudiste fou qui tient ses fringues au-dessus de sa tête.

Vision de Lydia, qui s'agite toute nue à l'intérieur de l'Edsel. Elle verrouille toutes les portières. Toujours nue, elle prend place au volant, ses petits seins frottant le bouton du klaxon. L'Edsel hoquette, frémit, et expulse un épais nuage de son pot d'échappement rouillé. Pendant une seconde, je ne songe pas à m'écarter, convaincu que Lydia a décidé de m'écraser, mais elle démarre en marche arrière. Tournant le volant, elle s'engage à reculons dans les sillons laissés par notre arrivée. Dans ces manipulations frénétiques, ses seins, au moins, bougent enfin comme des choses vivantes. J'ai peur qu'elle n'écorche ses tétons sur le bouton du klaxon.

Ce n'est qu'après que l'Edsel a atteint le champ de soja que je me rappelle mon pressentiment. *Il mourut de froid sur les bords du réservoir de Coralville, là où passent les canards !*

Donc, je commençai à patauger à travers les éteules de soja, sans perdre des yeux l'Edsel, qui cahotait à travers les racines de maïs. Je distinguais à peine la bande plus claire de la route. Tout en courant maladroitement, nu à travers ce terrain marécageux, j'eus l'idée que, si je coupais par la berme du réservoir, je pourrais parvenir à la route avant la voiture, et l'arrêter. D'ici là, Lydia pourrait s'être suffisamment calmée pour obéir à mes signes. Lui faire signe avec quoi ? Avec mon étrange bout de zan encapuchonné ?

Tenant mes vêtements au sec dans le creux du bras, je chancelai le long de la fine bande de glace qui entoure le lac de retenue, me tordant les chevilles sur les souches, les éteules, la mousse spongieuse. Une volée de macroules noires s'égailla devant moi ; une ou deux fois, je tombai sur les genoux dans des matières gluantes et pourries, mais toujours en gardant mes vêtements au sec.

Je me trouvai dans un champ non récolté, courant

malaisément, des épis craquant sous mes pieds, aussi aigus et friables que de la poterie. Entre moi et la route, il y avait un petit étang, moins solidement gelé qu'il n'en avait l'air, et je m'y enfonçai jusqu'à la poitrine, soutenu par une clôture immergée dont les piquets, à peine visibles, étaient garnis de barbelés. Mais j'étais trop engourdi pour ressentir les écorchures.

Je pouvais maintenant envisager nos retrouvailles. L'Edsel verte de Lydia était suivie d'une traînée de poussière, comme la queue d'un cerf-volant. Atteignant le bord de la route juste en avant d'elle, je me sentis trop épuisé pour lui faire signe ; je restai immobile, mon paquet de vêtements sous le bras, et regardai Lydia passer devant moi, les seins toujours pointés devant elle comme des phares. Elle ne tourna même pas la tête, et les lumières des freins ne clignotèrent même pas. Stupéfait, je clopinai un moment dans son sillage poussiéreux — une poussière si dense que je sortis de la route et dus retrouver mon chemin à tâtons.

Je boitillais toujours, tandis que la distance croissait entre l'Edsel et moi ; je découvris alors, si proche que je faillis rentrer dedans, une fourgonnette rouge arrêtée sur le bord de la route. Je m'affaissai contre la portière, découvrant du même coup un chasseur qui plumait un canard sur le capot du véhicule. Il avait coincé le cou flasque du palmipède dans la tige du rétroviseur et s'activait du couteau ; des plumes imprégnées de sang et des bouts de chair jonchaient le sol.

En me voyant, il faillit s'entamer le poignet dans un sursaut qui expédia le canard hors de portée. Il cria :

— Bordel de merde, Harry...

Je voulus le détromper, lui dire que je ne m'appelais pas Harry. Mon essoufflement me l'interdit. En revanche, un homme assis sur le siège de la fourgonnette, et que je n'avais pas vu, répliqua, si proche de mon tympan que je sautai en l'air :

— Bordel de merde, Eddy !

Il me fallut encore une minute pour reprendre mon souffle et leur demander fonctionnellement :

— N'iriez-vous pas à Iowa City ?

Ils me regardèrent bouche bée un moment, mais j'étais trop orgueilleux et trop crevé pour me rhabiller tout de suite. Harry finit par me dire :

— Alors, comme ça, tu vas à Iowa City ?

— Ils ne te laisseront pas entrer dans cette tenue, fit Eddy en balançant le canard sanguinolent.

Tout en m'habillant derrière la camionnette, je remarquai que ma capote était toujours en place. Mais si je l'avais ôtée et que ces chasseurs l'avaient vue, ç'aurait été trop. J'enfilai mes fringues par-dessus, comme si elle n'existait pas.

On s'installa dans la camionnette, non sans remue-ménage et discussion pour savoir lequel des deux allait conduire. C'est Eddy qui prit le volant, et me dit :

— Bon Dieu, on a vu passer ta petite amie...

— Si c'était *vraiment* ta petite amie !

Coincé entre eux, je m'abstins de répondre. Je sentais mes pieds se réchauffer et se mettre à saigner dans mes bottes proches des canards morts.

Prudent, Harry avait placé les fusils hors de ma portée, n'accordant qu'une confiance limitée à un nudiste fou perdu en pleine nature.

— Bon Dieu, fit Eddy avec conviction, cette môme filait comme le diable sur cette putain de route...

— Elle a failli te ratatiner, ajouta Harry.

— Ouais, sacré bordel, je la regardais tellement que j'ai même pas pensé à me mettre à l'abri.

Après une pause, il ajouta :

— Par les couilles de Lucifer, elle avait une de ces petites paires de rotoplots ! On aurait cru que c'étaient *eux* qui conduisaient !

— Bordel de merde, moi j'étais là, dans la cabine, et j'ai pu voir *tout* son fourbi ! Merde ! J'avais une vue plongeante sur sa chatte !

Il déglutit et conclut :

— Un joli petit minou plein de poils...

Envieux, Eddy se défendit :

— Eh bien moi, j'ai bien reluqué ses nibards. Je les ai photographiés !

Je faillis alors m'immiscer dans leur conversation ; j'aurais pu leur dire : « J'ai eu moi-même une vue imprenable », mais la vue des canards sanglants, à demi plumés, qui s'agitaient à mes pieds au rythme du véhicule, m'en coupa toute envie. Puis Eddy cria :

— Eh, bon Dieu, la revoilà !

En effet, l'Edsel vert d'eau était arrêtée un peu plus loin sur la route.

— Ralentis ! dit Harry.

Ne ralentis pas trop, pensai-je.

Nous la doublâmes à petite vitesse, trois tronches empotées tournées vers elle. Après l'avoir dépassé, Harry et moi continuâmes d'observer l'Edsel en nous démanchant le cou ; Eddy, lui, utilisait le rétroviseur, murmurant à mi-voix :

— Merde merde merde merde, oh merde...

— Oh merde, fit Harry en écho.

J'étais soulagé ; Lydia Kindle s'était rhabillée, et achevait de se boutonner sous nos regards. Elle avait retrouvé son état normal.

Comme elle avait l'air sain d'esprit ! Ce regard froid, indifférent, ne marquant aucune surprise de me voir dans la camionnette, ou ne me voyant même pas ; ou suffisamment maîtresse d'elle-même pour feindre de n'avoir remarqué aucun de nous.

Cette fois, le viol était accompli ; Lydia Kindle était souillée bien au-delà des fantasmes les plus pervers.

Je frottai mes pieds douloureux, Eddy péta, Harry lui fit écho. Tout contre mes bottes, l'œil visqueux d'un canard se vitrifiait, toute lueur éteinte.

— Nom de Dieu ! fis-je.

— Ouais, c'est la merde ! approuva Eddy.

— Ouais, bordel ! opina Harry.

Unisson de regrets ; nous étions frères dans la déception.

Sur l'*interstate* 80, l'Edsel vert d'eau nous doubla comme le vent. Eddy klaxonna et Harry cria :

— A la revoyure, mon petit trésor !

Moi, je pensai : *Lydia Kindle va probablement changer de section pour se perfectionner en allemand.*

Eddy emprunta la bretelle de Clinton Street, nous
ramenant par City Park. Quand nous traversâmes la
rivière, Harry commença à plumer un canard, attrapant
sauvagement de grandes touffes de plumes, puis les jetant
par le déflecteur. Mais la moitié des plumes refluait à
l'intérieur, et, dans ses mouvements brutaux, il arrachait
des lambeaux de chair. Harry s'en souciait peu ; avec une
sorte d'obstination, il continua son massacre. Une plume
alla se coller sur la bouche d'Eddy ; il la cracha, et
descendit sa vitre, provoquant un courant d'air. En un
instant la cabine ne fut plus qu'un tourbillon de plumes.
Harry protesta, et jeta une poignée de plumes sur Eddy,
qui fit une embardée et flanqua un coup sur le canard
dénudé de Harry-le-Dingue, m'écrasant à moitié et glous-
sant comme un rustaud.

Le long de la promenade, plusieurs badauds transis
virent avec angoisse le passage vertigineux de cet énorme
édredon crevé qui s'enfonçait dans la ville.

Une fois le parc franchi, tous les réverbères s'allumèrent,
et Eddy ralentit, contemplant la rangée de lampadaires
pointillant Clinton Street comme s'il venait d'assister à un
miracle.

— Vous avez vu ça ? s'émerveilla-t-il.

Empêtré dans ses canards, Harry n'avait rien vu du tout,
mais je répliquai :

— Oui, ils se sont tous allumés en même temps.

Tourné vers moi, Eddy s'esclaffa :

— T'as la moustache pleine de plumes !

Comme si Harry n'avait pas entendu, il se pencha au-
dessus de moi et lui pinça le genou :

— Hé, regarde un peu sa moustache !

Sur ses cuisses, le canard n'était plus que pulpe répu-
gnante. Harry me lança un regard hostile, avant de se
rappeler qui j'étais et comment j'étais arrivé là. Ne lui
laissant pas le temps de m'enfoncer, par pure plaisanterie,
une poignée de plumes dans la gorge, me retournant vers
Eddy, je lui demandai d'une voix faible :

— Peux-tu me laisser ici ? Je suis arrivé.

Eddy pesa sur le frein ; cela produisit un violent crissement, et une secousse qui expédia Harry la tête dans le pare-brise.

En jurant, il s'appliqua le canard écorché sur le front en guise de compresse.

— Merci beaucoup, dis-je à Eddy.

J'attendis pour descendre que Harry ait dégagé le siège, et, dans ce bref instant, captai dans le rétroviseur la vision de ma moustache emplumée.

Debout sur le marchepied, Harry me tendit le canard.

— Allez, prends-le, on en a une chiée.

— Te fais pas prier, lança Eddy. Et meilleure chance pour la prochaine fois !

— Sacré bordel ! ponctua Harry.

— Merci. Merci beaucoup.

Ne sachant trop par où saisir le malheureux canard, je le pris avec précaution par son cou caoutchouteux. Harry l'avait plumé presque entièrement. Seuls les bouts d'aile et le crâne restaient emplumés : un adorable canard des bois, avec une tête multicolore. On ne voyait que les traces de trois ou quatre plombs ; sa blessure la plus laide était son orifice naturel. Ses larges palmes pendouillaient comme le cuir d'un vieux fauteuil. Au bout de son bec, il y avait un trou rempli de sang coagulé.

Dans le virage de l'allée longeant la rivière, j'adressai un dernier adieu à ces miséricordieux chasseurs. Juste avant que la portière ne claque, j'entendis Harry :

— Bordel, Eddy, t'as senti cette odeur de chatte qu'il trimbale ?

— Ça, tu peux le dire !

Puis l'engin démarra, m'aspergeant de la gadoue incrustée dans les pneus.

La poussière de leur départ tourbillonne encore dans Clinton Street, dans la lueur des lampadaires, tandis que de l'autre côté de la rivière, sur la rive qui ressemble à un camp militaire — baraquements fabriqués pendant la guerre, aujourd'hui pompeusement qualifiés d'« habitations pour couples étudiants », deux jeunes femmes du voisinage décrochent leurs draps d'une corde à linge.

Reprenant lentement mes esprits, je m'oriente pour retrouver ma maison. Mais sitôt ai-je fait un pas que je pousse un hurlement. Mes pieds. Ils ont dégelé, et chaque entaille du barbelé sous-marin, chaque écharde de maïs se rappelle au bon souvenir de mes plantes de pied. Essayant de rester debout, je sens un objet dur sous la voûte du pied droit ; je soupçonne que c'est un de mes orteils sectionné qui roule librement dans ma botte, baignant dans le sang. Je crie de nouveau, suscitant l'attention muette des deux filles sur la berge d'en face.

Des gens jaillissent des baraquements, comme les rescapés d'un bombardement ; des pères étudiants, portant des livres ou des bébés. Un membre de cette tribu m'interpelle :

— Qu'est-ce qui t'arrive, mon pote ?

Mais je ne peux trouver aucune explication satisfaisante. Qu'ils pensent donc : *Tiens, voilà un type qui s'est fait attaquer par un canard, et qui a fini par gagner après un combat meurtrier.*

— Pourquoi criez-vous ? me lance l'une des Mme Propre, en s'agitant sur la rive comme une corvette secouée par l'orage.

Je cherche dans cet attroupement un bon Samaritain éventuel. C'est alors que j'aperçois, au-delà du groupe, un ami qui évolue sur un vélo de course entre les cahutes. C'est Ralph Packer, qui rend des visites fréquentes et illicites aux territoires déprimants des habitations pour étudiants mariés. Ralph Packer, pédalant en souplesse, qui cherche furtivement une proie parmi les jeunes épouses en manque d'affection.

— Ralph !

A mon appel, je le vois se courber sur son guidon et filer se cacher derrière un bâtiment. Je hurle :

— Ralph Paaaaacker !

Le vélo file comme une flèche ; Ralph exécute un slalom

entre les cordes à linge. Mais cette fois, il regarde de l'autre côté de l'eau, essayant de localiser son éventuel agresseur ; sans aucun doute, il imagine des maris étudiants lancés à sa poursuite avec des pistolets de duel. Et c'est moi qu'il voit ! *Tiens, ce n'est que Bogus Trumper qui promène son canard.*

Ralph traverse les rangs des badauds, pédalant de façon altière jusqu'à la berge...

— Salut ! Qu'est-ce que tu fabriques ?

— Il pousse des cris de loup-garou ! rétorque une lavandière.

— Thump-Thump ?

Tout ce que je peux dire est : « Ralph », et je découvre dans ma voix comme une stupide extase.

Ralph hésite, pédale à l'envers, puis s'élance en avant, cabrant sa monture avec cet ordre :

— Debout, Fang !

Si quelqu'un sait en ce bas monde dresser un vélo de course et le lancer à telle vitesse, c'est bien ce dragueur de Ralph Packer.

Tandis qu'il traverse la rivière pour me rejoindre, les entretoises du pont le découpent en un puzzle de pieds et de pédales. Oh, la cavalerie arrive ! En équilibre instable, je me masse doucement les pieds, mais n'ose plus risquer un pas. Je brandis mon canard.

Regardant l'oiseau déplumé, puis ma moustache duveteuse, Ralph demande :

— C'était un combat régulier ? Vu d'ici, ça m'a l'air d'un match nul.

— Ralph, donne-moi un coup de main, pour mes pieds.

— Tes pieds ?

Il cale son vélo contre le trottoir. Alors qu'il tente de me soutenir, quelqu'un se met à crier sur l'autre rive :

— Mais enfin, qu'est-ce qu'il a, ce gus ?

— Des pieds !

A cette réplique de Ralph, la foule, sous les étendoirs, se met à murmurer.

— Attention, Ralph.

Comme sur des œufs, je me rapproche de son vélo. Il m'avertit :

— C'est un vélo très léger. Fais gaffe à ne pas tordre le cadre.

Je ne vois pas comment éviter de tordre le cadre, s'il a décidé de se tordre, mais je me fais le plus léger possible entre le guidon recourbé et les genoux de Ralph. Quand nous démarrons en direction de Clinton Street, quelques étudiants agitent leurs draps. Ralph me demande :

— Qu'est-ce qui est arrivé à tes pieds ?

— J'ai marché sur des tas de saloperies, dis-je vaguement.

Ralph me recommande de ne pas trop laisser pendouiller mon canard ; il risque de se prendre dans les rayons.

— Ne me ramène pas chez moi, Ralph.

Je pense préférable de me nettoyer d'abord.

— On va chez Benny ? Je t'offrirai une bière.

— Je ne peux pas prendre un bain de pieds chez Benny.

— Ça me paraît difficile, en effet.

Tant bien que mal, nous arrivons en ville. Il fait encore jour, mais plus pour longtemps ; le samedi soir commence de bonne heure ici, parce qu'il se termine trop vite.

Cherchant mon équilibre sur le cadre, je sens se froisser le condom oublié. En essayant de me rajuster, je me coince l'orteil entre le couvre-chaîne et la roue arrière, et voilà la douleur, et le sol qui bascule vers moi. Tartiné sur le pavé devant le salon de coiffure Grafton ; Ralph pousse un long ululement. Plusieurs clients tournent leur visage savonneux vers la rue où je me tortille, comme autant de hiboux découvrant une souris à pied bot.

Ralph m'apporte un soulagement indescriptible en m'arrachant mes bottes ; il sifflote en découvrant la multitude de blessures, estafilades, tuméfactions et meurtrissures encroûtées de boue. Il va s'en occuper. Nous remontons sur la bicyclette, et il tient entre les dents mes bottes lacées ensemble, pendant que je me cramponne au cadre avec mon canard en gardant les pieds suffisamment éloignés des voraces rayons.

— Je ne peux pas rentrer chez moi dans cet état !

— Est-ce que ce canard a des amis ?

Mes lacets coincés entre ses dents l'obligent à parler comme un ventriloque.

Il reprend en tournant dans Iowa Avenue :

— Qu'est-ce qui va se passer si les copains du canard sont à ta poursuite ?

— Ralph, je t'en prie !

Il dit encore :

— Je n'aurais jamais imaginé voir un jour des pieds comme les tiens. Je te ramène chez toi, ma vieille.

Notre horaire est impeccable. Je vois fumer ma vieille bagnole, débouchant du virage ; Biggie rentre de ses courses, et la voiture tente de reprendre son souffle, époumonée et surchauffée par cette virée à trente kilomètres à l'heure.

— Planque-moi dans le sous-sol, Ralph. Il y a un vieil évier, je pourrai au moins me laver la figure...

Je songe à l'odeur attachée à ma peau, que les deux chasseurs avaient trouvée si glorieuse. Et les plumes dans ma moustache ? J'aurai du mal à persuader Biggie que j'ai attrapé ce canard avec les dents.

Nous empruntons l'allée latérale, passons devant mon voisin retraité, M. Fitch, ratissant toujours afin que la neige trouve une belle pelouse pour s'y poser. Étourdiment, je le salue en agitant mon canard, et le vieux dit plaisamment :

— Moi aussi, j'aimais la chasse, mais je me déplace moins qu'autrefois...

Appuyé sur son râteau, on dirait une statue de glace, pas surpris le moins du monde que je n'aie pas de fusil. A son époque, il devait utiliser un javelot.

Ralph me porte jusque dans le sous-sol, et, bien qu'il soit évident que j'aie perdu l'usage de mes jambes, l'idée ne vient pas à Fitch de s'en étonner ; pour lui ça doit faire partie des aléas normaux d'une bonne chasse au canard.

Je me laisse traîner dans la cave comme un sac de charbon, portant mes bottes sur les épaules comme un joug ; puis je retrouve sous mes pieds un sol cimenté et frais. La tête hérissée de Ralph jette un coup d'œil dehors, pour voir si la voie est libre. Puis il referme les abattants de la trappe extérieure.

— Ça va, Thump-Thump ? J'espère que tu me raconteras tout un de ces jours...

— Bien sûr, Ralph.

Puis j'entends la voix de Biggie, depuis la cuisine. Elle appelle Ralph, et je recule dans le coin le plus obscur du sous-sol.

— Salut, Big !

— Qu'est-ce que tu fabriques ?

Il y a du soupçon dans sa voix. C'est bien ma brave Biggie, qui refuse de fraterniser avec des forbans lubriques façon Ralph Packer. Bien que le moment soit bizarrement choisi, je me sens fier d'elle.

— Hum, fait Ralph.

— Qu'est-ce que tu fiches dans notre cave ?

— Eh bien, Biggie, je n'étais pas exactement *dans* la cave.

Je tâtonne à l'aveuglette en direction du vieil évier, sachant que j'ai très peu de temps devant moi et élaborant dans ma tête des romans en plusieurs volumes.

— Tu joues à cache-cache, Ralph ?

Elle prend la chose avec trop de légèreté, et je ne peux m'empêcher de lui lancer des injonctions mentales : *Ne passe pas l'éponge, Biggie ! Sois impitoyable !*

Ralph émet un rire peu convaincant, au moment précis où je pose le pied dans la ratière disposée là en permanence à l'intention de Sourisquetout ; le piège impitoyable, briseur de tendres ossatures. Le ressort s'est abattu précisément sur l'une des estafilades à vif dues au barbelé ; le sous-sol entier semble s'illuminer, et je peux tout voir comme en plein jour. Impossible de ne pas hurler tant que je n'ai pas réalisé ce qui m'avait attaqué de la sorte.

Ma voix atteignit un tel crescendo que sa puissance dut faire exploser le pauvre Fitch en milliers de petits cubes de glace à côté de son râteau.

— Qu'est-ce que c'était ? cria Biggie.

Ralph, ce trouillard, vendit instantanément la mèche :

— C'est Thump-Thump. Il est dans le sous-sol !

Fonçant déjà vers son vélo de sauvetage, sur la pelouse, il ajouta sans nécessité aucune :

— Il s'est esquinté les pieds !

— Bonne chasse ! fit en écho M. Fitch, à des années-lumière de là.

Biggie lança à Fitch :

— Qu'est-ce que vous dites ?

— Bonne chasse !

Je traînai la ratière comme une savate jusqu'à l'évier, débloquai le robinet rouillé et m'aspergeai frénétiquement le visage. J'entendais Biggie marteler le sol de la cuisine juste au-dessus de ma tête.

— Bogus ?

— Salut ! Ce n'est que moi !

La vraie lumière apparut ; je pus distinguer la moitié inférieure de Biggie au sommet de l'escalier ; je pus aussi y voir suffisamment pour me débarrasser du piège à rat.

— Bogus, qu'est-ce que c'est que tout ce potin ?

— J'ai mis le pied dans la souricière.

Biggie s'assit en haut des marches, m'offrant une vue imprenable sur ses jambes. Elle s'enquit :

— Mais qu'est-ce que tu faisais là, au juste ?

Je m'étais préparé à des complications de ce genre. Ma réponse toute prête, je dis :

— Je ne voulais pas t'affoler avec mes pieds, alors j'ai voulu me nettoyer un peu...

Inquiète, elle se pencha en avant. Depuis la dernière marche, je lui montrai la plante d'un pied ; un geste théâtral ; elle hoqueta. Alors je lui montrai le canard.

— J'ai été à la chasse, mais sur mauvais terrain.

Ça lui coupa le sifflet — ça, et la manière spectaculaire dont je gravis les marches sur les genoux. Dans l'entrée, toujours agenouillé, je lui tendis fièrement le canard, qu'elle s'empressa de laisser tomber.

— Je rapporte le dîner.

— On dirait qu'il a déjà été mangé !

— Oh, on n'aura qu'à le laver, Big. Juste un petit shampoing, et ensuite, bien rôti, avec un peu de vin...

— Donne-lui plutôt du cognac. On pourra peut-être le ranimer.

Colm surgit dans l'entrée et se laissa tomber auprès de cette belle surprise à l'étrange plumage. *Puisse-t-il se souvenir de moi comme d'un père offrant des cadeaux extraordinaires !*

Colm protesta quand Biggie le déposa sur sa hanche, et m'aida à clopiner jusqu'à la salle de bains. Je gémis :

— Oh, mes pieds, doucement avec mes pieds !

Biggie m'examina sous toutes les coutures, à la recherche d'une explication logique. Au fond de l'oreille ? Sous ma moustache ?

— Comme ça, tu es allé à la chasse ?

— Oui... Tu sais, la chasse ne m'a jamais beaucoup intéressé...

— C'est ce que je pensais. Pourtant, tu es allé chasser et tu as tué un canard ?

— Non, je n'ai pas de fusil.

— C'est ce que je pensais. (Jusque-là, tout allait bien.) Alors, quelqu'un d'autre a tué ce canard et t'en a fait cadeau ?

— Exactement. Seulement, quel supplice pour mes pieds. Je débusquais dans les marais. Je n'ai pas voulu abîmer mes bottes, mais j'ignorais que dans le fond il y aurait autant de saloperies.

— Les bottes, à quoi ça sert ? demanda Biggie en me faisant couler un bain.

Je m'assis sur le siège des WC, et m'aperçus que j'avais envie.

— Ton pantalon est sec.

— Eh bien, je l'ai enlevé aussi. Nous étions entre hommes, et je n'avais pas envie de tout salir.

En tâtant l'eau, Biggie soupesa ma réponse. Colm se traîna jusqu'à la porte ouverte pour regarder encore, au bout de l'entrée, cet étrange oiseau.

Les pieds douloureusement posés sur le carrelage, j'ouvris ma braguette, me mis en position et commençai d'uriner. Les yeux fixés sur mon outil, Biggie me regardait remplir la capote anglaise.

Conscient d'un silence annonciateur de catastrophe, je baissai les yeux et découvris un ballon gonflé de liquide.

— Avec qui au juste es-tu allé à cette partie de chasse, Bogus ? Rien que toi, Ralph Packer et deux grognasses que vous aviez ramassées ?

— Des ciseaux ! clamai-je. Pour l'amour de Dieu, Big, je t'en supplie ! Ce truc-là peut faire des dégâts terribles...

— Tu n'es qu'une merde ! hurla-t-elle.

Colm fila dans l'entrée, en direction de son ami Canard-Paisible.

J'avais peur que Biggie ne marche sur mes pieds endoloris — dès qu'elle aurait repris tous ses esprits —, aussi me hâtai-je hors de la salle de bains, d'abord sur les talons, puis claudiquant sur les genoux, soutenant de la main la capote gonflée. Colm empoigna le canard, de crainte que son père ballonné ne le lui confisque.

Je n'étais plus qu'à quelques pas de la cuisine quand quelqu'un frappa à la porte d'entrée et cria :

— Distribution spéciale ! Courrier exprès !

— Entrez ! cria Biggie depuis la salle de bains.

Un postier apparut, une lettre à la main. Son intrusion soudaine flanqua la frousse à Colm, qui opéra un mouvement de recul sans lâcher le canard. Au prix de trois glissades désespérées sur mes genoux douloureux, je réussis à gagner l'abri de la cuisine avec mon ballon-sonde.

— Distribution spéciale ! Courrier exprès ! répéta bêtement le préposé, auquel personne n'avait jamais inculqué de phrase de rechange en cas de besoin.

Je glissai un œil hors de la cuisine. Le facteur faisait semblant d'être aveugle. Au fond de l'entrée, Biggie le foudroyait du regard, ayant sans doute oublié qu'elle l'avait prié d'entrer, et l'assimilant peut-être à mes compagnons de débauche.

Que soient bénis les simples d'esprit, le facteur cria une troisième fois :

— Distribution spéciale ! Courrier exprès !

Il lâcha sa lettre, et prit la fuite.

Poussant le canard devant lui, Colm rampa jusqu'à la lettre. Encore une surprise. Biggie, se demandant si je n'avais pas aussi pris la fuite, vociféra :

— Bogus !

— Je suis là, Big. Peux-tu me dire où sont les ciseaux ?

— Dans le placard sous l'évier

Sa réponse avait été machinale. Elle se hâta d'ajouter :

— J'espère que tu vas te couper ce que je pense !

Je n'en fis rien. Tandis que je cisaillais prudemment au-dessus de l'évier, j'aperçus Colm en train de pousser le canard et la lettre sur le sol. Je dis faiblement :

— Biggie, il y a une lettre.

— Distribution spéciale, courrier exprès, marmonnat-elle d'une voix éteinte.

La capote crapoteuse disparut dans la vidange. Dans l'entrée, Colm piailla quand Biggie lui arracha le canard — ou la lettre. J'examinai mon pied le plus meurtri et pensai : *Au moins, ce n'était pas ta nuque, Sourisquetout.* A présent, Colm babillait affectueusement, s'adressant probablement au canard. J'entendis Biggie déchirer l'enveloppe. Sans la moindre intonation, la voix neutre, elle dit :

— C'est de ton père, ce vieux rat...

Oh ! Où es-tu parti, Harry Petz ? Après ta splendide tentative de vol sans ailes, t'ont-ils mis dans un fauteuil cloué au sol ? Ça t'ennuierait, Harry, si je t'empruntais ton fameux siège de course ? Me traiterais-tu de plagiaire si je faisais un tour avec, et allais traverser la baie du quatrième étage pour voir ce qui se passe dans le parking ?

19

Axelruf chez les Greths

Dans *Akthelt et Gunnel,* il y a un passage où sont démontrées les profondeurs subtiles de l'amour maternel. Akthelt a l'intention d'emmener son jeune fils Axelruf dans sa nouvelle campagne contre les belliqueux Greths. L'enfant n'a que six ans à l'époque, et Gunnel est épouvantée par l'inconscience d'un tel projet. « *Da blott patterbarn !* » (Ce n'est qu'un bébé !) s'exclame-t-elle.

Patiemment, Akthelt lui demande ce qui lui fait peur au juste. Qu'Axelruf soit tué par les Greths ? Si oui, elle devrait se rappeler que les Greths sont toujours battus. Ou est-ce que les mœurs et le langage des soldats sont trop grossiers pour le bambin ? Elle devrait au moins faire confiance au bon goût de son époux ; il saura protéger l'enfant de tels excès. « *Dar ok ikke tu frygte !* » (Il n'y a rien à craindre !) insiste Akthelt.

Timidement, Gunnel lui confesse ses angoisses : « Une fois parmi les Greths, tu prendras une autre femme. »

C'est vrai ; quand il est à la guerre, Akthelt prend toujours une autre femme. Mais il ne voit toujours pas où est le problème. « *Nettopp ub utuktig kvinna* », crie-t-il. « *Nettopp tu utukt... sla nek ub moder zu slim* » (Rien qu'une femme pour baiser. Juste pour baiser... pas pour lui servir de mère).

Ce distinguo échappe à Gunnel. Elle craint que le petit Axelruf n'assimile la Greth-à-baiser à sa propre mère — que Gunnel elle-même ne se trouve avilie aux yeux de son fils par une telle association. Avec la baise.

« *Utuk vinnas !* » (Toutes des putes !) lance Akthelt à son vieux père Thak.

« *Utuk kvinnas urt moders !* » (Les femmes *et* les mères !)
renchérit le Vieux Thak.

Là n'est pas la question. La question est que, pour finir,
Akthelt laissa Axelruf à la maison avec sa mère ; c'est
Gunnel qui avait gagné.

Donc, bien qu'il ne partage pas entièrement la théorie de
baisage des femmes greths, y compris les mères, Bogus
Trumper possédait au moins des références littéraires pour
se préparer aux réactions de Biggie concernant Colm —
plus précisément aux réactions de Biggie quant aux relations de son fils avec cette pute greth nommée Tulpen.

Comme il était difficile à Trumper de quitter New York,
et comme les visites à Biggie et Colm rendaient tout le
monde mal à l'aise, particulièrement Bogus, Biggie accorda
à Colm la permission de se rendre à New York — à une
condition :

— Cette fille avec qui tu vis, Cul-Peint — c'est bien
comme ça qu'elle s'appelle ? —, dans cet appartement où
tu entends garder Colm... eh bien, Bogus, je ne veux pas
que tu sois trop... familier avec elle en présence du petit. Il
se rappelle très bien l'époque où tu couchais avec *moi*...

— Seigneur ! dit Trumper au téléphone, il se rappelle
aussi l'époque où *je* couchais avec toi. Alors, que crois-tu
qu'il pense de Couth à présent ? Qu'il m'a remplacé comme
père ?

— Rien ne m'oblige à t'envoyer Colm, tu sais. Essaie de
comprendre ce que je veux dire. C'est avec moi qu'il vit,
désormais. Tu le sais ?

Trumper le savait.

Les préparatifs avaient été épuisants. Le minutieux
synchronisme des horaires ; les vérifications du numéro de
vol ; la possibilité de la compagnie aérienne d'autoriser la
présence à bord d'un enfant de moins de cinq ans non

accompagné — Biggie avait dû mentir, et affirmer qu'il avait six ans —, à condition que son accueil à l'arrivée soit assuré, à condition que le vol ne soit pas surchargé, à condition que ce soit un enfant calme, non sujet aux accès de panique à six mille mètres d'altitude. Et souffrait-il du mal de l'air ?

Trumper attendait nerveusement avec Tulpen sur la terrasse graisseuse de La Guardia Airport. Le temps était précocement printanier, un beau temps en vérité, et probablement une belle journée là où se trouvait Colm, six mille mètres au-dessus de Manhattan. Toutefois, l'air de La Guardia avait l'odeur d'un énorme pet lâché dans une bouteille.

— Le pauvre petit est probablement terrorisé, dit Trumper. Tout seul dans un avion en train de tourner autour de New York... Il n'a encore jamais été dans une grande ville. Bon Dieu, il n'est même jamais monté en avion !

Trumper s'inquiétait en vain. Quand Biggie et Colm avaient quitté l'Iowa, ils avaient pris l'avion, et Colm avait adoré ça.

Toutefois, Trumper se méfiait des avions. Il dit à Tulpen :

— Regarde tous ceux-là qui volent en cercle. Il y en a bien cinquante qui attendent un bout de piste pour atterrir.

Bien que de telles circonstances soient imaginables, et se produisent parfois, rien de semblable ce jour-là ; les avions que désignait Trumper étaient une escadrille de l'armée en exercice.

L'avion de Colm atterrit avec dix minutes d'avance. Heureusement, Tulpen le vit, alors que Trumper continuait à observer l'escadrille ; elle apprit aussi par les haut-parleurs le numéro de la porte de débarquement.

Trumper, comme si l'avion s'était écrasé, portait déjà le deuil de Colm.

— Je n'aurais jamais dû le laisser venir comme ça ! J'aurais dû emprunter une voiture et aller le chercher à sa porte ! gémissait-il.

Faisant descendre Trumper de la terrasse, Tulpen le conduisit à la bonne porte en temps utile. Il balbutiait :

— Je ne me le pardonnerai jamais. J'ai fait ça par pur égoïsme, parce que je n'avais pas envie de conduire sur toute cette distance. Et je ne voulais pas non plus me retrouver avec Biggie...

Tulpen observait le flot des passagers. Il n'y avait qu'un seul enfant, qui tenait une hôtesse par la main. Il lui arrivait à la poitrine et paraissait tout à fait tranquille au milieu de cette foule, il ne tenait la main de l'hôtesse que parce qu'elle avait insisté ; il la tolérait, simplement. C'était un beau petit garçon, avec la jolie peau de sa mère et les traits accusés de son père. Il portait une culotte tyrolienne, de grosses chaussures de marche et un élégant gilet de laine sur une chemise blanche. L'hôtesse lui portait son sac à dos.

Tulpen désigna l'enfant du doigt et attira l'attention de Trumper, mais celui-ci regardait du mauvais côté. Puis l'enfant aperçut Bogus, lâcha la main de l'hôtesse, s'empara de son sac à dos et courut vers son père, qui oscillait sur lui-même, cherchant partout sauf dans la bonne direction. Tulpen fut obligée de l'orienter dans la direction de Colm.

— Colm ! s'écria Bogus.

Fondant sur l'enfant, il le souleva dans ses bras avant de s'apercevoir que Colm avait quelque peu grandi et n'aimait certainement plus qu'on l'embrasse ainsi, surtout en public. A son âge, on serrait la main.

Le reposant, Trumper lui serra la main.

— Ouaouh ! lança Trumper, souriant comme un demeuré.

— Je suis allé dans le poste de pilotage, fit Colm.

— Ouaouh ! fit Trumper un ton en dessous.

Il examinait le costume tyrolien de Colm, regrettant que Biggie, à l'occasion de ce voyage, ait attifé le pauvre gamin comme un mannequin d'affiche touristique. Bogus avait oublié que ce costume, et le sac à dos, c'est lui qui les avait offerts à Colm.

— Vous êtes monsieur Trumper ? demanda l'hôtesse, professionnellement soupçonneuse.

Elle demanda aussi à Colm :

— C'est bien ton père ?

Bogus cessa de respirer, se demandant si Colm n'allait pas le renier.

— Ouaip, fit Colm.

— Ouaip, ouaip, ouaip, répéta Trumper pendant toute la sortie du terminal.

Tulpen, qui portait le sac à dos, les observait tous les deux, frappée par leur démarche identique.

Bogus demanda à Colm ce qu'il avait vu dans la cabine de pilotage.

— Il y avait des tas de trucs électriques.

Dans le taxi, Bogus grommela sur la densité de la circulation. Est-ce que Colm avait déjà vu autant de voitures ? Avait-il déjà respiré un air aussi puant ? Tulpen serrait le sac contre elle et se mordait la lèvre. Elle avait envie de pleurer ; Bogus ne l'avait même pas présentée à Colm.

Cette gêne persista jusque dans l'appartement de Tulpen. Colm se montra fasciné par les poissons et les tortues. Avaient-ils des noms ? Qui les avait attrapés ? Alors Bogus se rappela l'existence de Tulpen, et se rappela du même coup qu'elle avait été aussi anxieuse que lui au sujet de la venue de Colm. Elle avait voulu savoir ce que mangeaient les garçons de cinq ans, à quoi ils aimaient jouer, quelle taille ils avaient, à quelle heure ils se couchaient. Bogus réalisa soudain quelle importance il avait pour elle, ce qui lui donna le frisson. Il voulut que Colm l'aime autant que lui. Ou presque.

— Je suis désolé, lui chuchota-t-il dans la cuisine.

Elle préparait à manger pour les tortues, afin que Colm puisse les nourrir.

— Oh, ça va, tout va bien. C'est un bel enfant, Trumper. N'est-il pas magnifique ?

— Oui, souffla Bogus, qui retourna voir Colm auprès des tortues.

— Elles vivent dans l'eau douce, n'est-ce pas ?

Trumper n'en savait rien.

— Oui, intervint Tulpen. As-tu déjà vu des tortues dans l'océan ?

— Oui, j'en ai une. C'est Couth qui l'a attrapée, une très grosse.

Il écarta les bras, beaucoup trop pour une tortue que Couth aurait prise au large de Georgetown ; mais on pouvait admettre un peu d'exagération de la part de l'enfant.

— Il faut changer son eau tous les jours. De l'eau de mer, tu vois, de l'eau salée. Elle mourrait là-dedans.

Il examinait les aquariums sophistiqués de Tulpen. Il ajouta, fier de sa découverte :

— Et ces tortues-là, elles mourraient dans mon aquarium à la maison, hein ?

— Tout à fait, approuva Tulpen.

Colm s'intéressa ensuite aux poissons.

— J'avais des tritons, mais ils sont tous morts. Alors je n'ai plus de poissons.

Il lui tendait la perche... Elle s'empressa de proposer :

— Tu choisiras celui que tu préfères et, quand tu rentreras chez toi, tu pourras l'emporter. J'ai un petit aquarium de voyage.

— Pour de vrai ?

— Absolument. Comme ils mangent une nourriture spéciale, je t'en donnerai aussi. Une fois chez toi, tu devras lui trouver un aquarium avec un petit tuyau qui envoie de l'air dans l'eau...

Elle lui montrait le dispositif, sur l'un des aquariums, mais il l'interrompit :

— Couth pourra m'en fabriquer un. Il l'a déjà fait pour ma tortue.

— Parfait, dit Tulpen.

Elle observait Trumper qui s'éloignait silencieusement, en direction de la salle de bains.

— Comme ça, tu auras un poisson pour tenir compagnie à la tortue.

— Oh, oui ! dit Colm les yeux brillants. Mais pas dans la même eau ! Le poisson doit avoir de l'eau douce, pas de l'eau salée, c'est bien ça ?

Ce petit garçon était d'un naturel précis.

— Tu as raison, approuva Tulpen.

Dans la salle de bains, Bogus tirait la chaîne sur lui-même.

Ils visitèrent le zoo du Bronx : Colm, Bogus et Tulpen, plus Ralph Packer et Kent, chargés d'environ deux mille dollars de matériel de cinéma. Packer filma Bogus et Colm pendant le trajet en métro jusqu'au Bronx, dans cette sinistre portion souterraine.

Puis Colm put observer le linge séchant aux fenêtres des crasseux immeubles bordant les voies aériennes.

— Mince, ces habits ne se salissent pas ?

— Si, fit Bogus.

Il aurait voulu balancer Ralph Packer, Kent et leurs deux mille dollars de matériel par la portière, à pleine vitesse de préférence. Mais Tulpen se montrait adorable, et, de toute évidence, Colm l'aimait beaucoup. Elle faisait de gros efforts, bien sûr, mais il était plus que naturel qu'elle tente de s'attirer la sympathie du gamin.

Colm n'avait jamais aimé Ralph, en revanche. Même quand il était tout bébé et que Ralph venait à la maison en Iowa, Colm ne pouvait pas le sentir. Chaque fois que la caméra tournait, Colm regardait droit dans l'objectif jusqu'à ce que Ralph interrompe la prise, pose la caméra et regarde ailleurs. Alors Colm faisait semblant d'en avoir assez.

— Colm, chuchota Bogus, penses-tu qu'il faudrait mettre Ralph dans l'eau douce ou dans l'eau de mer ?

Colm pouffa, puis répéta à l'oreille de Tulpen ce qu'avait dit Bogus. Souriant, elle lui murmura quelque chose qu'il répéta à Bogus. La caméra tournait.

— Huile.

— Comment ?

— Il faudrait mettre Ralph dans de l'huile, fit Colm.

— Très juste, approuva Trumper avec un regard complice vers Tulpen.

— Dans l'huile ! cria Colm.

S'avisant que la caméra était braquée sur lui, il se figea devant l'objectif.

— Le petit n'arrête pas de regarder la caméra, observa Kent.

Avec une patience exagérée, Ralph se pencha entre les banquettes et sourit aimablement à Colm :

— Sois sympa, ne regarde pas l'appareil, okay ?

Colm chercha dans le regard de son père s'il devait ou non obéir à Ralph.

— Dans l'huile, chuchota Bogus.

— Dans l'huile, répéta Tulpen comme un refrain.

— Dans l'huile ! chantonna Colm.

Kent parut totalement dépassé par les événements, mais Ralph Packer, plus observateur, rangea sa caméra.

Après le zoo (femelles enceintes, pelages tachetés, tout le petit royaume organisé, du phacochère à la guenon) et après Dieu sait combien de kilomètres de film, consacrés non aux animaux mais au personnage principal, Tulpen, Bogus et Colm semèrent Ralph, Kent et leurs deux mille dollars de matériel.

Ralph n'avait jamais lâché sa caméra. Il la portait dans un lourd étui d'épaule, comme un revolver dans un holster, mais on savait que c'était une arme de gros calibre, et on n'oubliait pas qu'elle était chargée.

Tulpen et Bogus emmenèrent Colm à un spectacle de marionnettes dans le Village. Tulpen savait tout sur le sujet : quels cinémas jouent des films pour enfants, où il y a des ballets, des pièces, des opéras, des concerts et des spectacles de marionnettes. Elle s'en tenait informée car elle préférait ces spectacles à ceux pour adultes ; elle trouvait la plupart de ces derniers exécrables.

Tulpen mit dans le mille à chaque coup. Après les marionnettes, ils allèrent dans une sorte de restaurant, le Cow-Boy Jaune, décoré de vieilles affiches de westerns. Colm adora l'endroit et se goinfra littéralement. Après quoi, il s'endormit dans le taxi. Bogus avait insisté pour rentrer en taxi, voulant éviter à Colm les incidents du métro de nuit. Sur la banquette arrière, Trumper et Tulpen se battirent presque pour savoir sur lequel des deux dormirait Colm. Tulpen céda et laissa Trumper tenir l'enfant, mais elle lui tint la cheville pendant tout le trajet.

— Je suis obligée de m'attacher à lui, dit-elle à Trumper. C'est toi qui l'as fait. Il est un morceau de toi.

Trumper parut embarrassé, mais Tulpen était lancée :

— Je ne savais pas que je t'aimais tellement.

Elle pleurait doucement. Il n'osait plus la regarder.

— Je t'aime aussi, fit-il d'une voix étranglée.

— Si nous faisions un enfant, Trumper ? Un enfant à nous deux ?

— J'en ai déjà un, dit amèrement Trumper.

Puis il fit la grimace, comme s'il ne pouvait endurer son propre apitoiement. Elle ne pouvait le tolérer non plus. Étreignant le pied endormi de Colm, elle lança à Bogus :

— Tu n'es qu'un con d'égoïste.

— Je comprends que tu penses ça, mais je sais bien que je t'aime. Ce serait prendre une telle responsabilité...

— C'est ton problème, Toto.

Ayant parlé, Tulpen lâcha le pied de Colm.

Biggie avait insisté pour que Tulpen et Trumper gardent une certaine réserve en présence de l'enfant, et Tulpen prit cet avertissement plus au sérieux que Trumper. Elle arrangea tout pour que Colm dorme dans son lit, face aux tortues et aux poissons. Bogus dormirait avec lui, à condition qu'il ne se lève pas en pleine nuit et ne bouscule pas l'enfant. Elle dormirait sur le divan.

Trumper écoutait la douce respiration de Colm. Les visages des enfants endormis sont si fragiles !

Colm sortit d'un rêve dans la demi-clarté précédant l'aube, agité, en pleurs, demandant à boire, ordonnant aux poissons de se taire, marmonnant qu'une tortue sauvage l'avait attaqué, puis se rendormant avant que Tulpen ait apporté un verre d'eau. Il lui semblait incroyable qu'un petit garçon puisse être aussi posé dans la journée et aussi terrifié la nuit. Trumper lui dit que c'était naturel ; bien des enfants ont des nuits agitées. Colm avait toujours été un dormeur à éclipses, et passait rarement deux nuits de suite sans une frayeur bruyante, mystérieuse et inexpliquée.

— C'est compréhensible, dit-il à Tulpen, vu ceux avec qui il vit.

— Tu disais toujours que Biggie s'en occupait bien. Et Couth aussi. C'est à Couth que tu t'en prenais ?

— Je m'en prenais à moi, dit Trumper.

Puis il marmonna :

— Au diable Couth ! C'est un type merveilleux...

Ce qui frappait également Tulpen, c'était la faculté des enfants de s'éveiller d'un seul coup le matin. A peine levé, Colm était un moulin à paroles, faisant des projets pour la journée, inspectant la cuisine de Tulpen.

— Qu'est-ce qu'il y a dans ce yaourt ?

— Des fruits.

— Oh, je croyais que c'étaient des grumeaux.

— Des grumeaux ?

— Comme dans les céréales, disait Colm la bouche pleine.

Ah, ah ! pensait Bogus, *comme ça, Biggie ne sait pas préparer les céréales ! Ou peut-être l'hyperbrillant Couth est-il responsable des grumeaux ?*

Mais à présent Colm parlait musées, se demandant s'il en avait dans le Maine. Oui... des musées maritimes, croyait Tulpen. Ici, à New York, il y en avait pour la peinture, la sculpture, l'histoire naturelle...

Ils l'emmenèrent à celui des machines. Celui qu'il voulait. A l'entrée principale se dressait une mécanique géante, un entrelacs d'engrenages, leviers, sirènes à vapeur et tringles coulissantes, haute de trois étages et vaste comme une grange.

— A quoi ça sert ? demanda Colm, pétrifié devant une telle source d'énergie.

L'engin faisait autant de vacarme que s'il se construisait sa propre maison.

— Je ne sais pas, avoua Trumper.
— Je pense que ça ne sert à rien du tout, dit Tulpen.
— C'est juste pour fonctionner, alors ?
— Ouaip, conclut Trumper.

Des machines, il y en avait des centaines. Les unes délicates, d'autres brutales, certaines qu'on pouvait manœuvrer soi-même, certaines qui faisaient un boucan d'enfer, et d'autres qui semblaient se reposer — comme les gros et puissants animaux du zoo, qui sont toujours endormis.

Dans le couloir de sortie, Colm s'arrêta et tâta le mur de la main, absorbant les vibrations de toutes les machines.

— Mince, dit-il, on sent leur cœur battre.

Trumper détestait les machines.

A la Cinémathèque, on passait *The Bank Dick,* avec W.C. Fields ; ils y emmenèrent Colm. Lui et Trumper hurlèrent de rire pendant tout le film, mais Tulpen s'endormit.

— Je parie qu'elle n'aime pas le film, chuchota Trumper.

— Je crois plutôt qu'elle est fatiguée.

Colm ajouta peu après :

— Pourquoi couche-t-elle sur le divan ?

Trumper changea habilement de sujet :

— Elle ne doit pas trouver le film très drôle.

— Pourtant, il est drôle.

— Tu l'as dit.

— Tu sais quoi ? Les femmes n'aiment pas tellement les trucs rigolos.

— Vraiment ?

— Non. Mommy a horreur de ça, et elle... Comment elle s'appelle ?

— Tulpen.

— Tulpen, elle n'aime pas les films comiques non plus.

— Ma foi...

— Mais nous deux, on aime ça, conclut Colm.

Trumper soupira. Il aurait pu écouter le gosse pendant
des siècles.

— Couth aime bien rire aussi, reprenait Colm.

Mais Trumper l'avait quitté. W.C. Fields pilote le voleur
terrorisé jusqu'à l'extrémité du quai surplombant le lac.
Fields dit au voleur : « A partir d'ici, il faudra que vous
preniez un bateau. » Colm fut secoué d'un fou rire si
bruyant qu'il réveilla Tulpen, mais Trumper ne réussit à
produire qu'un sourire approximatif.

Pendant la dernière nuit de Colm à New York, Bogus
Trumper cauchemarda à propos d'avions, et pour une fois
ce fut lui qui réveilla Tulpen et Colm par ses hurlements.

Colm, parfaitement réveillé, posait des questions et
cherchait les tortues susceptibles d'avoir attaqué son père.
Mais Tulpen le rassura ; son père avait simplement fait un
mauvais rêve.

— Ça m'arrive aussi parfois, confessa Colm.

Puis il regarda son père avec une sympathie complice.

Suite à son cauchemar, Bogus décida d'emprunter la
voiture de Kent afin de reconduire Colm dans le Maine.

— C'est stupide, dit Biggie au téléphone.

— Je suis un excellent conducteur.

— Je le sais, mais ça va prendre une éternité ! Par avion,
il sera à Portland en une heure !

— A moins qu'il ne s'abîme dans l'Atlantique.

— Oh, ça va ! grogna Biggie. J'irai l'attendre à Portland,
comme ça tu n'auras pas besoin de faire toute la route
jusqu'à Georgetown.

Tiens, tiens, se dit Trumper. *Qu'y a-t-il donc à George-*
town que je ne doive pas voir ?

— Pourquoi n'irais-je pas à Georgetown ?

— Dieu du ciel ! Tu peux très bien venir si tu y tiens. Je
ne croyais pas que tu en aurais envie. Je me disais

simplement, puisque de toute façon je serais allée attendre l'avion à Portland…

— Eh bien, fais à ton idée.

— Non, fais donc à la tienne. Vous vous êtes bien amusés, à New York ?

Il fit ce que voulait Biggie. Il emprunta la poubelle de Kent et conduisit jusqu'à l'aéroport de Portland. Tulpen leur avait préparé un casse-croûte, et avait acheté un mignon petit aquarium pour le poisson qu'avait choisi Colm, un grand cyprin rouge doté d'une queue en éventail. Tulpen serra Colm dans ses bras, mais il ne put la voir pleurer par-dessus son épaule ; puis elle montra les dents à Trumper quand celui-ci essaya de l'embrasser.

Avant même qu'ils n'aient quitté l'État de New York, Colm découvrit dans la boîte à gants une machine à rouler les cigarettes et quatre joints de marijuana. Épouvanté à l'idée de se faire arrêter — en présence de son fils ! —, Bogus demanda à Colm de vider tout le contenu du tiroir dans un sac-poubelle et attendit le moment où ils étaient seuls sur la route pour balancer toutes ces saletés par la fenêtre.

Quelque part dans le Massachusetts, Bogus réalisa qu'il avait jeté tous les papiers de la voiture, avec le permis de conduire de Kent ; on découvrirait le nécessaire à marie-jeanne avec les nom et adresse de Kent. Il décida de dire à Kent que la voiture avait été cambriolée.

Trumper commença à se détendre dans le New Hampshire. Il emprunta le parcours le plus long, la route côtière du Maine, pour prolonger ses derniers instants avec Colm. Il ruminait bien des pensées concernant Biggie et Couth, et ce que Biggie pouvait avoir dit à son fils sur lui, et sur Tulpen. Ce n'étaient pas de mauvaises pensées, plutôt des pensées tristes, mais dépourvues de malveillance ou de rancœur. Biggie n'avait rien d'une langue de vipère.

— Tu te plais dans le Maine ? demanda-t-il à Colm.

— Oh, oui, beaucoup.

— Même en hiver ? Qu'est-ce qu'on peut faire en hiver, au bord de l'océan ?

— On marche dans la neige sur la plage, et on regarde les tempêtes. Mais quand je serai rentré, on va remettre le bateau à flot...

— Mommy et toi ?

Il posait cette question avec intention.

— Non, moi et Couth. C'est son bateau.

— Tu aimes bien Couth, n'est-ce pas ?

— Et comment !

— Tu t'es bien amusé à New York ? implora Trumper.

— Et comment !

— J'aime bien Mommy et Couth, moi aussi, dit Bogus.

— Tout comme moi. Et toi aussi, je t'aime. Et... comment elle s'appelle ?

— Tulpen.

— Ouais, Tulpen, je l'aime aussi, et toi, et Mommy, et Couth.

Tous dans le même sac, songea Trumper. Il ne pouvait définir ce qu'il ressentait. Colm lui demanda :

— Tu connais Daniel Arbuthnot ?

— Ma foi non.

— Eh bien, je ne peux pas le piffer.

— Qui est-ce ?

— Un gosse de mon école. C'est rien qu'une andouille.

A l'aéroport de Portland, Biggie demanda à Trumper s'il voulait venir à Georgetown ; il n'y avait qu'une heure de voiture en plus, et il pourrait rester pour la nuit ; Couth avait envie de le voir. Mais Trumper sentait que Biggie n'y tenait pas, et il n'y tenait pas plus qu'elle.

— Tu diras à Couth que je regrette, mais je dois rentrer à New York. Ralph est sur les dents avant de commencer son nouveau film.

Biggie fixa le sol, et demanda :

— Qui joue le rôle principal ?

Bogus lui lança un regard signifiant : *Comment es-tu au courant ?* et elle dit :

— Ralph est venu nous voir. Il a passé un week-end et nous a tout raconté. Ça ne me dérange pas, Bogus, mais je n'arrive pas à piger ce que tu pourrais fabriquer dans un film parlant de... de *quoi* au juste ? C'est ça que je voudrais savoir.

— Tu connais Ralph. Il ne sait pas lui-même de quoi parlera le film.

— Sais-tu qu'il a essayé de coucher avec moi ? Tout le temps ?

Les mots avivaient sa colère.

— Seigneur ! Même pendant ce week-end, il a essayé, sous le nez de Couth !

Trumper s'en lavait les mains.

— Cette fille, dit Biggie... Tulpen, c'est bien ça ?

— Oui, Tulpen.

Ils contournèrent la voiture. Colm déballait le petit aquarium, recouvert d'une feuille de papier d'aluminium attachée par un élastique.

— Qu'est-ce qu'elle a fait, Tulpen ? demanda Trumper.

— Eh bien, Ralph la trouve extra. Je veux dire très bien.

— Elle est vraiment très bien.

— Il veut aussi coucher avec elle. Je tenais à te prévenir.

Trumper eut envie de dire à Biggie que Ralph avait couché avec Tulpen depuis longtemps, qu'il était furieux de ne plus pouvoir le faire et que l'incident était clos ; mais il se retint. Biggie se méprit sur son expression :

— Bogus, je t'en prie, ne me dis pas que tu regrettes ce qui s'est passé. Rien que cette fois, ne me le dis pas. Tu le dis tout le temps.

— Mais je *regrette*, Big.

— C'est inutile. Je suis très heureuse, et Colm aussi.

Il la croyait, mais pourquoi ça faisait-il si mal ?

— Et toi ? demanda-t-elle.

— Quoi ?

— Es-tu heureux ?

Il pensait l'être, à peu près, mais éluda :

— On s'est bien amusés avec Colm. On est allés au zoo, aux marionnettes...

— Et au musée ! précisa Colm.

Il avait fini d'ouvrir l'aquarium, et le souleva pour le montrer à Biggie, mais le poisson flottait le ventre en l'air.

— Oh ! qu'il est joli ! fit Biggie.

— Il est crevé, dit Colm sans étonnement.

— Je t'en donnerai un autre, intervint Trumper. Quand tu reviendras...

Il n'osait pas regarder Biggie.

— Ça te ferait plaisir de revenir ?

— Oh, oui.

— Ou c'est ton père qui pourrait venir chez nous, dit Biggie.

— Bien sûr, et j'apporterai un poisson rouge.

— Y en avait un jaune et un bleu, aussi, dit Colm à Biggie, et plein de tortues. Peut-être qu'une tortue ne serait pas morte aussi vite.

Un petit avion décolla à proximité, et Colm le suivit des yeux. Il dit d'un ton plaintif :

— J'aurais préféré rentrer par avion, c'est plus rapide et peut-être que le poisson serait encore vivant...

Trumper-le-Tueur-de-Poisson avait envie de dire : « Peut-être que le génial Couth pourra le ressusciter. » Mais il ne s'en sentait pas capable ; en réalité, d'avoir envisagé ça, il se sentait une ordure.

20

Sa fuite

> Il abandonna sa femme et son fils en Iowa
> et prit un aller simple.
>
> Ralph Packer,
> extrait du commentaire du *Baiseur*.

Planté sur le trottoir sombre, protégé de l'éclairage urbain par un arbuste, il rend ses devoirs à la fenêtre éclairée de Biggie, et au veilleur de nuit, M. Fitch, vigilant gardien des parcs et jardins. Fitch lui adresse un signe, et Bogus entame, les pieds à vif, une marche douloureuse vers le centre ville, à pas prudents sur la bande d'herbe entre trottoir et rue ; dans les zones d'ombre entre deux réverbères, il trébuche dans des tas de feuilles mortes.

— Faut se lever de bonne heure, pour le canard ! lui lance M. Fitch, qui croit tout ce qu'on lui raconte.

— Très juste ! réplique Bogus.

Il clopine jusqu'au bar de Benny, où il trouve Ralph Packer se vautrant dans la bibine. Ralph, toutefois, se dessoûle à l'apparition spectaculaire du martyr.

Packer est suffisamment lucide pour intervenir lorsque Bogus agresse un gros étudiant inoffensif au crâne tondu vêtu d'une robe blanche à la Gandhi ornée d'un emblème taoïste. Bogus le prévient :

— Si tu me dis que tu aimes ton prochain, je vais te couper en morceaux à coups de cendrier !

Ramassant un cendrier de porcelaine, il précise :

— Avec *ce* cendrier.

Un Packer aviné entraîne Bogus dans Clinton Street et le

soutient jusqu'à son vélo de course. Avec la vigueur inconsciente des poivrots invétérés, Ralph pédale vers la rivière, franchit le pont, puis parcourt l'époumonante grimpette menant à l'hôpital universitaire. Là, Trumper est soigné pour des blessures aux pieds, principalement constituées d'ampoules et de plaies suppurantes, et on le laisse partir.

Toute la journée du dimanche, Trumper resta couché sur le ventre, sur le divan de Ralph, ses pieds meurtris sur une pile d'oreillers. Visions fiévreuses dans le deux-pièces nauséabond de Ralph ; puanteur de Retch[1], le roquet de Ralph ; relents de lotion capillaire en provenance du salon de coiffure du dessous.

Une fois, le téléphone sonna, sur la table derrière le divan. Après quelques contorsions, Bogus réussit à décrocher, et entendit une voix furieuse et féminine l'informer qu'il pouvait aller se faire enculer. Il ne reconnut pas la voix, mais, en raison soit de la fièvre, soit d'une intime conviction, il fut convaincu que cet appel lui était destiné.

Quand la nuit tomba, Bogus avait rassemblé plusieurs impulsions émotionnelles et ce qui pouvait vaguement ressembler à un plan. Overturf, qui avait un penchant pour l'art dramatique, aurait appelé ça un scénario.

Trumper tortura sa mémoire pour reconstituer la lettre laconique de son père, laquelle avait été déchirée en petits morceaux et expédiée à Sourisquetout :

> Fils,
>   Après avoir réfléchi très sérieusement à la situation, je dois te dire d'abord que je persiste à désapprouver formellement les différentes manières dont tu t'es conduit, tant dans ta vie personnelle que dans ta carrière.
>   Bien que ce soit totalement contre mes opinions, j'ai décidé de t'accorder un prêt. Comprends-moi bien : il ne

---

1. *Retch* : haut-le-cœur. (*N.d.T.*)

s'agit pas d'un cadeau. Le chèque ci-inclus, d'un montant de 5 000 dollars, devrait amplement suffire à te remettre en selle. Je n'aurai pas la cruauté de te faire payer les intérêts légaux sur cette somme, ni de te fixer une date impérative pour son remboursement. Qu'il me suffise de dire que j'espère que tu te sentiras redevable envers moi pour cet argent, et que tu assumeras cette responsabilité avec tout le sérieux qui t'a fait défaut jusqu'ici.

Papa

Bogus parvint à se rappeler qu'il n'avait pas déchiré le chèque.

Le lendemain matin, Trumper se rendit d'un pas vacillant à la banque. Les opérations du jour se dérouleraient comme suit : un dépôt de cinq mille dollars, provoquant les félicitations personnelles de Shumway, président-directeur de la banque ; vingt-cinq minutes d'attente dans le bureau de nouveau accueillant du président Shumway pendant que ses services établissaient un nouveau chéquier pour Trumper (l'ancien était à la maison avec Biggie) ; un retrait de trois cents dollars en espèces ; et le vol de quatorze pochettes d'allumettes publicitaires dans la petite corbeille à côté de la caisse (« C'est un hold-up ! » avait-il chuchoté au caissier inquiet, en fauchant les allumettes).

Trumper traîna la patte jusqu'au bureau de poste, et expédia des chèques aux adresses suivantes :
— Société pétrolière de combustibles,
— Fuel domestique Sinclair,
— Gaz-Électricité Iowa-Illinois,
— Plomberie Krotz,
— Compagnie du téléphone Bell du Nord-Ouest,
— Milo Kubik (Épicerie fine),
— Sears, Roebuck & Co.,
— Services comptables de l'université d'Iowa,
— Shive & Hupp, organisme de prêt,

— Agence de recouvrement Addison & Halsey,
— Cuthbert Bennett,
— Agence de voyages internationaux Jefferson.

Y manquait un chèque pour les quelques centaines de dollars dus aux prêts pour la Défense nationale — subvention gouvernementale pour l'éducation qu'il supposait émaner du ministère de la Santé et de la Sécurité sociale. A la place, il envoya à cet organisme une lettre dans laquelle il se déclarait « incapable et peu désireux de rembourser cette dette, vu qu'il estimait n'avoir reçu qu'une éducation incomplète ». Il se rendit ensuite chez Benny, avala quatorze consommations, et entama une violente partie de fléchettes, jusqu'à ce que Benny téléphone à Packer de venir le chercher.

De chez Ralph, Bogus envoya un câble par téléphone :

HERRN MERRILL OVERTURF
SCHWINDGASSE 15/2
VIENNE 4, AUTRICHE

MERRILL

J'ARRIVE

BOGGLE

— Qui c'est, Merrill ? demanda Ralph Packer. Qui c'est, Boggle ?

Trumper n'avait eu aucune nouvelle d'Overturf depuis son dernier séjour en Europe avec Biggie, plus de quatre ans auparavant. Si Ralph avait pu soupçonner une chose pareille, il aurait empêché Trumper de partir. Réciproquement, Bogus pensa par la suite que Ralph pourrait avoir certaines idées en sachant Biggie abandonnée.

Le lendemain matin, Trumper reçut chez Ralph un appel des Lufthansa Airlines. On avait cafouillé dans sa réservation pour Vienne, et on l'avait inscrit sur un vol de Chicago à Francfort *via* New York. Pour des raisons mystérieuses, cette formule lui coûterait moins cher, même s'il prenait en plus un avion d'affaires de Francfort à Vienne. *Surtout si je fais du stop depuis Francfort,* songea Trumper.

— Francfort ? s'étonna Ralph Packer. Qu'est-ce que tu vas bien foutre à Francfort ?

Alors, il exposa à Ralph son espèce de plan.

A quatre heures de l'après-midi, Ralph téléphone à Biggie et lui apprend que Bogus est « ivre mort chez Benny, et cherche la bagarre avec de gros durs ». Biggie lui raccroche au nez.

Ralph la rappelle. Il suggère à Biggie de venir tout de suite en voiture avec Colm, de sorte qu'on puisse embarquer Bogus dans le coffre pour lui éviter le pire.

Biggie ayant de nouveau raccroché, Ralph encourage les trois consommateurs silencieux de chez Benny à faire un maximum de boucan en prévision de la prochaine tentative. La sonnerie retentit sans réponse durant presque cinq minutes ; pendant ce temps, Bogus, prêt à abandonner tout espoir, est accroupi derrière un buisson sur la pelouse impeccable de M. Fitch. Enfin, il voit Biggie et Colm sortir...

Ralph retient Biggie devant chez Benny, avec des histoires à dormir debout, de sang partout, de bière, de dents, d'ambulances, de cars de police jusqu'à ce que Biggie flaire la supercherie et pénètre de force dans le bar. Une ivrognesse joue toute seule aux fléchettes ; dans un box près de la porte, deux hommes discutent tranquillement. Biggie demande à Benny s'il y a eu une bagarre.

— Ouais, ça fait environ deux mois...

Se précipitant au-dehors, Biggie s'aperçoit que Ralph Packer a planqué la voiture Dieu sait où et se promène avec Colm. Packer refuse de révéler où il a rangé la voiture, jusqu'à ce qu'elle menace d'appeler les flics.

Quand elle rentre enfin à la maison, Bogus est venu et reparti.

Il avait emporté son magnétophone et toutes les bandes ;

son passeport ; pas sa machine à écrire, mais tout le manuscrit de sa thèse et sa traduction d'*Akthelt et Gunnel*. Allez savoir pourquoi.

Il avait vidé le réfrigérateur, et déposé toute la nourriture dans le sous-sol à l'intention de Sourisquetout. Il avait démoli la ratière.

Auprès de l'oreiller de Colm, il avait laissé un canard-jouet, avec de vraies plumes, fabriqué par les fermiers amish. Il lui avait coûté quinze dollars quatre-vingt-quinze *cents*, plus que Trumper eût jamais dépensé pour un jouet.

Sur le lit de Biggie, il avait posé en évidence le nouveau chéquier, avec un compte créditeur de mille six cent douze dollars quarante-sept *cents*, et un grand soutien-gorge importé de France, de couleur mauve et de la taille adéquate. Il avait fourré dans l'un des bonnets le billet suivant : « Big, sincèrement, il n'y avait rien de plus beau. »

C'est tout ce que trouve Biggie en visitant la maison. Elle ne peut rien savoir, bien sûr, de tout ce qu'il a fait d'autre. Si M. Fitch se souciait d'être observateur, il décrirait à Biggie Bogus fouillant dans les boîtes à ordures, et y récupérant le canard défunt, à présent dans un état de décomposition avancé. Fitch n'avait manifesté aucune surprise en voyant Trumper envelopper le cadavre dans un sac en plastique. Fitch ne décrirait pas davantage comment Trumper, ayant trouvé un carton solide, y avait fourré le canard dans son linceul en y ajoutant cette notice explicative : « Cher Monsieur, voilà votre monnaie. »

Le paquet fut expédié au père de Bogus.

Observant le retour en tempête de Biggie, derrière le buisson de Fitch, Bogus attendit juste assez longtemps pour s'assurer qu'elle ne se jetait pas par la fenêtre. Derrière son rideau observatoire, Fitch, qui surveillait Bogus avec sa femme et avait encore assez de bon sens pour reconnaître un secret quand il en voyait un, se garda d'ouvrir sa porte et de lancer des réflexions inopportunes. Bogus vit du coin de l'œil le vieux couple en train de l'observer. Il les salua de la main ; ils lui rendirent son geste. *Ce bon vieux Fitch ; il a dû s'emmerder toute sa vie au Bureau des statistiques, mais maintenant il laisse aller les choses. A part sa pelouse, c'est un vrai retraité.*

Plus tard, Bogus se rendit à la bibliothèque pour y inventorier son petit périmètre, ne s'attendant pas vraiment à y trouver quoi que ce soit digne d'être emporté. Ce fut le cas. Son voisin de cellule, M. E. Zanther, le surprit « en train de griffonner sur une feuille vierge » comme il le déclara par la suite. Zanther s'en souvenait parfaitement, parce que, lorsque Trumper quitta la bibliothèque, Zanther s'était glissé dans le box abandonné pour y lire ses gribouillis. Zanther ne trouva que l'amorce d'un poème dédié à Harry Petz, un dessin obscène malhabile et, tracée au marqueur en grosses lettres sur toute la surface du bureau, l'inscription : « HÉ, ZANTHER, TU MANQUES DE LECTURE ? »

— J'avais souvent constaté, dit le Dr Wolfram Holster, directeur de thèse de Trumper, qu'un comportement incohérent peut avoir été soigneusement élaboré.

Mais c'était bien plus tard ; sur le coup, il avait été totalement mystifié.

Trumper avait appelé le Dr Holster, lui demandant de l'emmener en voiture jusqu'à l'aéroport le plus proche ayant une ligne à destination de Chicago. En l'occurrence Cedar Rapids, à trois quarts d'heure de route d'Iowa City ; mais le Dr Wolfram Holster n'avait pas pour habitude de fraterniser avec ses étudiants.

— Est-ce un cas d'urgence ? avait-il demandé.

— Il y a un deuil dans la famille.

Ils approchaient de l'aéroport. Trumper n'avait pas soufflé mot, quand Holster lui demanda :

— C'est votre père ?

— Pardon ?

— Le mort dans la famille, c'est votre *père* ?

— Non, c'est moi. C'est *moi* le mort, dans ma famille.

Holster continua de conduire, puis demanda après un silence courtois :

— Quelle est votre destination ?

— Je préfère tomber en pièces à l'étranger ! fut la réponse.

Holster se souvenait de cette réplique ; elle était extraite de la traduction d'*Akthelt et Gunnel*. Pendant la bataille de Plock, on vient avertir Akthelt que son épouse Gunnel et son fils Axelruf ont été ignoblement assassinés, puis démembrés, dans leur château. Thak, le père d'Akthelt, lui suggère alors de repousser leur plan d'invasion de la Finlande, et Akthelt réplique avec superbe : « Je préfère tomber en pièces à l'étranger. »

De sorte que le Dr Holster soupçonna que Trumper lui jouait la comédie.

Mais ce que Holster ne soupçonnait pas était bien plus intéressant. Le passage entier (la bataille de Plock, le massacre de Gunnel et Axelruf et le commentaire d'Akthelt) était totalement bidon. Trumper, ignorant tout de la fin de l'intrigue et ayant besoin d'un manuscrit plus épais pour sa thèse, avait tout inventé. Plus tard, lui était venue l'idée permettant de faire revivre Axelruf et Gunnel : une erreur de personnes.

Donc la réplique de Trumper : « Je préfère tomber en pièces à l'étranger », était bel et bien originale.

Mais c'est surtout la réaction du Dr Holster qui avait secoué Trumper :

— Amusez-vous bien.

Le vol Lufthansa pour Francfort était aux trois quarts vide lors du décollage, à Chicago. Il s'augmenta d'une poignée de passagers à New York, mais demeura quasiment vide. Même avec toutes ces places disponibles, une hôtesse vint s'asseoir à côté de Trumper. *Elle croit peut-être que j'ai envie de vomir,* se dit-il, et il se sentit aussitôt malade.

L'anglais de la jeune femme n'était pas très bon, mais Bogus n'était pas en état de parler allemand pour l'instant. Il le parlerait bien assez tôt. L'hôtesse lui demanda, avec un charmant accent guttural :

— Z'est fotre bremier foyage en afion ?

Les gens ignorent à quel point l'allemand est une belle langue, songea Trumper.

— Il y a longtemps que je n'ai pas volé.

Il souhaitait que son estomac cesse de faire des loopings. Au-dessus de l'Atlantique, l'avion perdit de l'altitude, en reprit, descendit de nouveau. Quand le signal « ATTACHEZ VOS CEINTURES » s'éteignit, l'aimable hôtesse déboucla la sienne, et dit :

— Nous foilà dranguilles.

Mais avant qu'elle ne se lève, Trumper tenta de lui passer devant pour gagner les toilettes, oubliant que sa propre ceinture était toujours attachée. Il fut renvoyé contre elle, l'obligeant à retomber sur son siège. Puis il lui vomit sur la poitrine.

— Oh, je suis désolé, gargouilla-t-il, se rappelant toute la bière ingurgitée pendant les trois derniers jours.

L'hôtesse se leva, soulevant le devant de sa jupe pour en faire une cuvette, puis sourit ou essaya. Elle lui dit gentiment :

— Za ne vait rien, ne fous vaites pas de zouci.

Mais Bogus Trumper ne l'entendait pas. Il sentait l'avion tomber, et espérait qu'il tomberait dans la mer. Il répéta :

— Vraiment, je suis désolé...

L'hôtesse essayait de s'éloigner pour aller vider sa jupe. Mais il lui tenait la main, l'œil fixé sur le hublot, et marmonnant :

— Je suis vraiment tellement désolé. Bordel de putain de merde à cul, je suis désolé...

Stupidement, l'hôtesse tomba à genoux dans l'allée, balançant sa jupe pleine de vomissure.

— Z'il fous blaît... hé, monsieur ! supplia-t-elle.

Mais lui fondit en larmes.

— Che fous en brie, n'y bensez blus !

Elle lui toucha la joue :

— Recartez-moi, che fous en brie... Fous n'allez pas me groire, mais za arrife dout le demps !

21

Cinéma d'amateur

Kent enclencha le projecteur. C'était un contretype fatigué du négatif original, que Tulpen avait hâtivement monté bout à bout, rien que pour avoir une idée première du film.

Trumper brancha le magnétophone. Ses bandes étaient montées aussi grossièrement que le film ; elles n'étaient pas toujours synchrones, il lui fallait sans cesse demander à Kent de ralentir ou d'accélérer la projection, tandis que lui faisait de même avec le son. Dans l'ensemble, ça donnait le résultat le plus amateur que Trumper ait eu le privilège de voir depuis qu'il travaillait avec Ralph. La plupart des plans, filmés caméra à la main, tremblaient comme un reportage télévisé, et une grande partie du film était en muet ; on y ajouterait par la suite les sons enregistrés séparément. Ralph avait pratiquement renoncé à filmer en son synchrone. Le film lui-même était en 16 mm — vitesse accélérée, grain excessif —, et Ralph, réputé magicien de la lumière, avait sur et sous-exposé la moitié du métrage. Ralph était aussi un expert en tirage, pourtant on aurait dit que le film avait été froissé, et développé dans des produits plus généralement réservés au nettoyage des cuivres.

Excellent technicien, Ralph avait agi de propos délibéré ; certaines des rayures sur la pellicule avaient été faites au canif. Comme il n'y avait pas un grain de poussière dans le labo, Ralph avait dû balayer la moitié de New York avec la pelloche pour obtenir un tel résultat. Peut-être que, lorsque le film serait distribué dans les salles, s'il l'était jamais, Ralph exigerait par contrat des projecteurs détraqués.

Lorsque Packer demanda qu'on repasse tout le début, Trumper en eut marre.

— C'est pas mal, dit Ralph. Ça commence à être pas mal.

— Tu veux savoir à quoi ressemble la bande-son ? demanda Trumper. On dirait que ç'a été enregistré dans un atelier d'emboutissage de boîtes de conserve. Et tu sais à quoi ressemble l'image ? On dirait qu'on t'a volé ton trépied et que tu étais fauché au point d'engager ta cellule chez « ma tante » pour pouvoir acheter de la pellicule au rabais fabriquée à Hong Kong !

Tulpen toussota.

— On dirait, poursuivit Trumper, que le vent de sable a traversé ta chambre noire !

Kent lui-même ne dit rien. Il n'aimait pas le film non plus, mais manifestait une confiance aveugle en Ralph. Si Ralph lui avait demandé de charger sa caméra avec du ruban adhésif, il aurait essayé.

— On dirait un putain de film d'amateur, dit Trumper.

— C'est un film d'amateur, Thump-Thump. Peut-on revoir encore une fois la première bobine ?

— Si la bande magnétique tient le coup ! Il faut que j'en fasse une copie. Il y a tellement de collures qu'elle ondule comme un poil de cul.

— Rien qu'une fois, Thump-Thump.

— Si je dois l'arrêter rien qu'une fois, elle tombe en morceaux !

— Bon, alors on passe le tout d'une giclée. D'accord, Kent ?

— Le film risque de se casser aussi, fit Kent.

— On va quand même essayer, dit Ralph d'un ton patient. Rien qu'une petite fois.

— Je vais prier pour toi, dit Bogus.

Tulpen toussota à nouveau. Sans intention particulière ; elle avait pris froid.

— Prêt, Kent ?

Kent remonta le film jusqu'au plan d'ouverture, et Trumper localisa le son adéquat.

— Prêt, Thump-Thump, dit Kent.

— Qu'est-ce que tu viens de dire ?

— Euh, rien.

L'usage du surnom était réservé au seul Ralph ; Trumper détestait que ce con de Kent l'appelle Thump-Thump.

Ralph se leva, et Tulpen posa la main droite sur la poitrine de Trumper, se pencha par-dessus lui, et de sa main gauche appuya sur le bouton AUDITION du magnétophone en disant :

— Vas-y, Kent.

Le film commence par un plan moyen de Trumper dans une delikatessen du Village. C'est une grande épicerie-snack, où l'on peut confectionner soi-même son sandwich en longeant le comptoir. On termine par un gros plan de la caisse enregistreuse. Trumper avance lentement, examinant les pastrami, les cornichons et la langue fumée, faisant oui ou non de la tête aux serveurs derrière le comptoir. Pas de son synchrone.

La voix de Packer sort du magnétophone et commente :

— Il est très circonspect à présent, comme un homme qui, ayant été piqué une fois, se méfierait des guêpes. Vous pigez ?

Trumper examine son sandwich d'un air soupçonneux.

— C'est tout naturel, je pense, mais il refuse d'être impliqué dans quoi que ce soit.

La voix off de Ralph donne de plus amples détails sur le caractère indécis de Trumper, jusqu'à un changement d'angle : Trumper devant les condiments, tartinant de la moutarde et du raifort. Une jolie fille regarde intentionnellement la caméra, puis Trumper ; elle se demande s'il est quelqu'un de connu. Elle veut aussi la moutarde. Trumper lui passe le pot sans la regarder, puis emmène son sandwich hors champ. La fille le suit des yeux, et la voix off de Tulpen dit :

— Je le crois très méfiant envers les femmes. Ce n'est pas une mauvaise chose, tout bien pesé...

Cut : Trumper et Tulpen entrent dans l'appartement,

chargés de sacs d'épicerie. Pas de son synchrone. Voix off de Ralph :

— C'est normal que tu penses ça, puisque tu vis avec lui.

Tulpen et Bogus rangent leurs achats dans la cuisine ; elle monologue ; lui reste muet, jetant alternativement un regard irrité sur elle, puis vers la caméra. La voix off de Tulpen dit :

— Il est toujours très gentil avec moi. Mais il reste conscient du danger, voilà tout...

Marchant vers la caméra, Trumper fait un geste obscène.

Cut : une série de photos fixes, les photos de famille : Trumper, Biggie et Colm. Voix off de Ralph :

— Normal qu'il soit conscient du danger, puisqu'il a été déjà marié...

Tulpen :

— Son enfant lui manque.

Ralph :

— Et sa femme ?

Cut : des écouteurs sur la tête, Bogus travaille sur les bandes magnétiques dans le studio de Ralph. Pas de son synchrone. La bande sonore est un montage de fragments que nous avons déjà entendus par les diverses voix off :

— C'est tout naturel, je pense... Ce n'est pas une mauvaise chose... Tu vis avec lui... Et sa femme ?

On voit Trumper pianoter sur son magnétophone. Puis Tulpen apparaît sur l'écran, dit quelque chose et désigne quelque chose hors du champ.

Angle différent : avec pour fond sonore les petits bouts de voix off, Trumper et Tulpen regardent un flot de bande magnétique s'échapper d'une bobine et s'amonceler en grouillement vermiculaire sur le sol. Trumper presse un bouton : *Clunk*. A ce bruit, l'image se fige sur l'écran.

— Musique ! lance la voix off de Ralph.

Alors ils apparaissent successivement en surimpression sur l'image immobile, Bogus Trumper au ralenti, essayant de remettre de l'ordre dans l'embrouillamini de bandes, et Tulpen qui le regarde.

22

Sur la piste de Merrill Overturf

Il eut la chance d'être pris en stop, de Francfort à Stuttgart, par un représentant allemand en ordinateurs très fier de sa Mercedes de fonction. Trumper ne sut pas très bien si c'était le ronronnement du moteur ou celui du représentant qui le plongea dans le sommeil.

A Stuttgart, il passa la nuit à l'hôtel Fehls Zunder. Si l'on en croyait la rangée de photos dans le hall, Fehls Zunder avait appartenu à l'équipe olympique allemande de plongeon en 1936 ; on le voyait en plein saut de l'ange. La dernière photo le montrait sur la dunette d'un sous-marin, à côté du *Fregattenkapitän* avec cette légende : « FEHLS ZUNDER, HOMME-GRENOUILLE, DISPARU EN MER. »

Il y avait aussi la photo mystérieuse d'un océan sombre et désert, un lointain rivage à l'horizon — la France ? l'Angleterre ? On avait marqué d'une croix blanche la crête d'une énorme vague. La légende indiquait sans ironie : « SON DERNIER PLONGEON. »

Trumper se demanda si Fehls Zunder avait appris à nager à Stuttgart. De sa fenêtre du cinquième étage, Bogus envisagea un double saut de carpe qui l'aurait expédié en plein milieu d'une flaque d'huile juste entre les rails du tramway.

Trumper rêve souvent de ses héros. Généralement, il évoque Merrill Overturf en train de stériliser sa seringue hypodermique dans une saucière, puis faisant bouillir une soupe en sachet pour pisser dedans, afin de tester son taux de sucre. Merrill semble perdu dans une cuisine à la superficie improbable ; la cuisine de Great Boar's Head — où Merrill n'est jamais venu. Le Dr Edmund Trumper lit son journal, et la mère de Bogus prépare du café, pendant que Merrill presse un compte-gouttes d'urine au-dessus d'un tube à essais, lâchant très exactement huit gouttes dans le potage.

— Qu'y a-t-il au déjeuner ? demande Trumper Père.

Merrill surveille le minuteur sur la cuisinière, quand la sonnerie retentit ; l'œuf mollet du Dr Trumper est prêt, ainsi que l'urine de Merrill.

Merrill refroidit sa pisse dans un pot à épices, et le père Trumper tâte la coquille fumante de son œuf. Merrill secoue son éprouvette ; le Dr Edmund poignarde l'œuf d'un coup de bistouri à beurre. Merrill annonce que son taux de sucre est trop élevé :

— D'au moins deux pour cent, dit-il en agitant la mixture d'un rouge sombre, sinon, ce serait bleu clair.

Quelque chose chuinte. Dans la réalité, c'est un gros car Mercedes sous la fenêtre de Trumper à Stuttgart, mais Bogus identifie le bruit de Merrill remplissant sa seringue.

Puis tous les trois sont assis autour de la table du petit déjeuner. Pendant que la mère de Bogus sert le café, Merrill soulève sa chemise, se pince la peau du ventre. Trumper hume un mélange de café et d'alcool médicinal, parce que Merrill se frotte la peau avec un coton imbibé, puis s'enfonce l'aiguille et pousse lentement le piston.

Un nouveau chuintement, plus fort que le précédent, et Bogus se retourne dans son lit, se cognant la tête au mur de l'hôtel Fehls Zunder ; l'espace d'un instant, la cuisine de Great Boar's Head s'agite, bascule et glisse hors du lit. Percevant le choc et un autre chuintement, Trumper se réveille sur le plancher avec la vision fugitive de Merrill qui, à force de pomper sur sa seringue, se gonfle comme un ballon.

A présent, Merrill flotte sous le plafond de l'onirique chambre de Trumper à l'hôtel Fehls Zunder, et, provenant d'il ne sait où, estompé par les chuintements des portes de car qui s'ouvrent et se ferment, Bogus entend son père :

— Voilà un symptôme peu banal de réaction à l'insuline...

— Mon taux de sucre est exorbitant ! hurle Merrill,

évoluant comme un dirigeable sous le plafond, filant vers l'imposte au-dessus de la porte, derrière laquelle Bogus aperçoit le visage juvénile d'une parfaite étrangère.

Puis la vitre se retrouve en morceaux sur le sol de la chambre, et la femme de ménage de l'hôtel, juchée sur son escabeau, dit avec embarras à Trumper qu'elle s'excuse pour le dérangement ; elle était en train de nettoyer les vitres quand un carreau s'est cassé.

Bogus sourit ; il n'a pas très bien compris l'explication en allemand, de sorte que la jeune fille doit tout reprendre du début :

— Le carreau est tombé pendant que je le nettoyais.

Elle ajoute qu'elle va chercher un balai.

Trumper, d'un drap de lit, se confectionne une toge ; ainsi drapé, il va à la fenêtre, soucieux de localiser l'origine du véritable chuintement. L'autocar Mercedes, flambant neuf, constitue une invite à laquelle il ne peut résister.

Il prend un car identique à destination de Munich. Installé à l'impériale, tout somnolent, il se laisse emmener en Bavière, rêvant vaguement d'une sorte d'épopée ayant pour sujet le diabète de Merrill Overturf. Merrill se shootant à l'insuline, observant le niveau de sucre ; Merrill frappé d'une réaction à l'insuline dans un *Strassenbahn* de Vienne, agitant les médailles accrochées autour de son cou jusqu'à ce que le conducteur, qui s'apprête à virer de son tram ce pochard agité, lise les avertissements bilingues gravés sur les médailles :

Ich bin nicht betrunken !
Je ne suis pas ivre !

Ich habe Zuckerkrankheit !
Je suis diabétique !

Was Sie sehen ist eine Insulinreaktion !
Ce que vous voyez est une réaction à l'insuline !

Füttern Sie mir Zucker, schnell !
Faites-moi manger du sucre, vite !

Merrill engloutit du sucre, des caramels, des pastilles de menthe, du jus d'orange et du chocolat, remontant à tel point son niveau de sucre qu'il ne réagit plus à l'insuline, et risque, à l'inverse, acidose et coma diabétique. Ce qui implique une nouvelle prise d'insuline. Ce qui ramène tout le cycle à zéro. Même dans les rêves, Trumper exagère.

En arrivant à Munich, Bogus essaie d'être objectif ; il déballe son magnétophone et, dans le car, enregistre cette déclaration :

— Merrill Overturf et d'autres individus marginaux sont inaptes aux maladies demandant des soins attentifs. Par exemple, le diabète... (Par exemple, le mariage...)

Avant qu'il n'ait le temps d'arrêter l'appareil, son voisin lui demande en allemand ce qu'il fait, redoutant peut-être de se faire interviewer. Voyant son enregistrement bousillé, Trumper laisse tourner la bande et, certain que l'homme ne comprend que l'allemand, lui réplique en anglais :

— Monsieur, qu'avez-vous donc à cacher ?

— Je parle anglais tout à fait très bien, lance le type.

Le voyage se poursuit en silence jusqu'à Munich.

Pour faire la paix, au terminus du car Bogus demande d'un ton léger au voyageur susceptible qui était Fehls Zunder. Mais l'homme n'éprouve que dédain pour une telle question ; il s'enfuit sans répondre, laissant Bogus subir la curiosité muette de quelques oreilles indiscrètes, dont le nom de Fehls Zunder semble avoir écorché les tympans.

Se sentant étranger, Trumper se demande avec une totale surprise : *Qu'est-ce que je fiche ici ?* Il erre stupidement dans une bizarre rue munichoise, subitement incapable de traduire les enseignes des boutiques et les mots prononcés autour de lui, imaginant toutes les horreurs qui pourraient se dérouler en ce moment même en Amérique. Une tornade folle dévastant le Midwest emporte Biggie tel un fétu à tout jamais hors de l'Iowa. Colm est enterré sous une avalanche dans le Vermont. Cuthbert Bennett, buvant un coup dans sa chambre noire, se trompe de verre, ingurgite accidentellement un plein verre de Microdol-X, s'enferme dans les chiottes n° 17, plonge dans la cuvette et tire la chaîne, s'expédiant au sein de l'océan. Tout ça pendant que Trumper s'envoie une bière forte à la gare de Munich après avoir décidé de sauter dans un train pour Vienne. Il est conscient d'avoir attendu ce moment de son périple pour envisager l'aventure du retour.

Ce n'est qu'une fois arrivé, toujours dans les vapes, à Vienne, qu'il comprend que l'aventure est un moment, non un endroit.

Il déambula dans Mariahilferstrasse jusqu'à ce que le poids de son magnétophone et de ses autres affaires dans les poches de son loden l'incite à prendre un *Strassenbahn*.

Il descendit du tram à Esterhazy Park, auprès duquel, il s'en souvenait, se trouvait un grand magasin d'occasions. Là il acheta une machine à écrire pleine d'étranges caractères allemands et d'umlauts. Le commerçant, en échange de ses dollars et de ses marks, lui rendit un copieux paquet de shillings.

Trumper s'offrit aussi un pardessus tombant aux chevilles ; les pattes des épaules avaient été arrachées, et il y avait en plein milieu du dos un trou bien net provoqué par une balle, mais à part ça, il était en très bon état. Il commença à s'équiper comme une sorte d'agent secret, avec un vaste complet-veston très large d'épaules, plusieurs chemises beiges, et une longue écharpe pourpre, qui pouvait se porter de différentes façons et rendait inutile le port d'une cravate. Puis il acheta une valise avec beaucoup plus de courroies, de boucles et de sangles que de contenance. Mais elle allait avec le reste de sa tenue. Il ressemblait à un espion international qui aurait passé sa vie depuis 1950 dans l'Orient-Express entre Istanbul et Vienne. En guise de touche finale, il s'offrit un chapeau comme celui que portait Orson Welles dans *le Troisième Homme*. Il mentionna même le film au fripier, qui lui dit qu'il devait l'avoir manqué, celui-là.

Bogus revendit son loden pour environ deux dollars, et,

ayant rangé dans sa valise d'espion son magnétophone, ses chemises de rechange et sa nouvelle machine à écrire, se promena dans Esterhazy Park, où il s'introduisit au sein d'un massif pour pisser. Le bruit qu'il faisait dans les buissons alarma un couple de promeneurs. Le regard de la femme était horrifié : une fille est en train de se faire violer, ou pire ! La réaction de l'homme, un ricanement : un couple qui n'a pas les moyens de se payer l'hôtel. Trumper émergea du bosquet, seul mais digne, portant la valise qui contenait peut-être un cadavre coupé en morceaux. Ou bien c'était un parachutiste qui venait juste de se mettre en civil, avec une bombe dans sa valise, et se dirigeait selon le plan prévu vers le Parlement autrichien ?

Le couple s'empressa de fuir l'abominable costume, mais Bogus Trumper se sentait parfaitement dans la note. Il était équipé pour une chasse à l'Overturf à travers la ville.

Il prit un autre tramway jusqu'au centre-ville, qui passait devant l'Opéra Ring, et descendit à la Kärntner Strasse, le plus grand quartier nocturne de Vienne. *Si j'étais Merrill Overturf, et si j'étais toujours à Vienne, où pourrais-je bien aller un samedi soir de décembre ?*

Trumper marche rapidement dans les petites rues proches du Neuer Markt, à la recherche du Hawelka, l'ancien *Kaffeehaus* bolchevique, demeuré populaire chez les intellectuels de tous bords, les étudiants et les caissières de l'opéra. La salle du café lui procure le frisson du souvenir : les mêmes garçons maigres à cheveux longs, les mêmes grandes belles filles sensuelles.

Avisant une sorte de prophète à la table près de la porte, Bogus pense : *Il y a des années, il y en avait un autre comme toi, de noir vêtu, mais sa barbe était rousse. Et Overturf le connaissait, j'en suis sûr...*

Trumper demande au type :

— Merrill Overturf ?

La barbe du lascar semble se congeler ; il cligne des yeux, comme s'il tentait de se remémorer les vieux codes secrets.

— Connaissez-vous Merrill Overturf ? demande Bogus à la fille la plus proche de Barbe-Glacée.

Elle hausse les épaules pour indiquer que, si elle l'a

connu, elle ne veut plus le connaître. A la table voisine, une autre fille lance :

— *Ja ;* il bosse dans le cinoche, je crois.

Merrill dans le cinéma ?

— Dans le cinéma ? Il fait du cinéma ici ?

— Tu vois une caméra dans la salle ? demande le barbu.

Au mot magique de *Kamera,* un serveur qui passe courbe servilement l'échine.

— Non, pas dans la salle. A Vienne, je voulais dire.

— J'en sais rien, fait la nana. Du cinoche, c'est tout c'que j'sais.

Trumper lance à la cantonade, cherchant des pôles d'identification :

— Il conduisait une vieille Zorn-Witwer...

— *Ja !* Une Zorn-Witwer, s'écrie un binoclard, une cinquante-trois ou une cinquante-quatre ?

— Une cinquante-quatre ! clame Bogus. Avec un vieux levier de vitesses au tableau de bord, des trous dans le plancher — on pouvait voir défiler la route —, des banquettes défoncées...

Il s'interrompt, voyant plusieurs habitués observer son excitation. Il se tourne vers le type qui connaît les Zorn-Witwer :

— Alors, où est-il ?

— Moi, je me rappelle seulement la bagnole, fait le type.

Bogus alors se retourne vers la fille :

— Vous, vous l'avez vu !

— *Ja,* mais ça fait un bout de temps.

— Quand l'avez-vous vu pour la dernière fois ?

Le compagnon de la demoiselle foudroie Bogus du regard. La fille répond, embêtée :

— Écoutez, j'en sais pas plus sur lui. J'm'en souviens vaguement, voilà tout.

Trumper est désappointé ; il doit avoir l'air malade, à rouler des yeux, à vaciller de la sorte, car une fille à l'abondante crinière, au buste agressif, aux paupières fluorescentes, le saisit par le bras, l'attirant vers sa table.

— Vous avez des problèmes ?

Il tente de s'éloigner, mais elle le retient plus fermement.

— Non, sérieusement, quel est le problème ?

Comme il ne répond toujours pas, elle abandonne l'allemand pour l'anglais, bien qu'il ait parlé l'allemand tout du long.

— Vous avez des troubles, avez-vous ?

Elle roucoule le mot « troubles » de telle manière que Bogus le voit onduler devant ses yeux, comme un mot écrit : trrrrroubblles.

— Besoin d'aide ? reprend-elle en allemand.

Non loin, se tient un garçon de café au regard inquiet. Trumper se rappelle que les garçons du Hawelka s'attendent perpétuellement à des trrrrroubblles. Le garçon s'enquiert :

— Vous êtes malade ?

Il empoigne Trumper par le bras, comme pour l'arracher à l'étreinte de la fille, lui faisant lâcher sa valise. Ça fait un *clank* inattendu, et le garçon recule, s'attendant à une explosion. Les consommateurs regardent la valise comme un objet volé, meurtrier, ou les deux à la fois.

— Dites-moi quelque chose, supplie la fille fluo, vous pouvez tout me dire, je suis discrète.

Mais Bogus récupère sa valoche, détournant son regard de cette impudente femelle, qui ferait une excellente sous-maîtresse dans un Eros Center.

On s'étonne en voyant Trumper vérifier sa braguette. Il vient de se rappeler l'affaire du préservatif...

Il se retrouve dehors, non sans avoir enregistré l'ultime prophétie de l'étrange barbu en noir. « C'est juste après le coin », a-t-il dit avec une conviction intrigante.

Il se dirige vers le Graben, coupant par la Stephansplatz. *Ce n'était pas après ce coin-ci*, se rassure-t-il, pensant que le prophète a dû parler au figuré, comme le font prudemment tous les prophètes.

Il a l'intention d'aller chercher Merrill à la Taverne des Douze Apôtres, mais perd son chemin et aboutit au Hoher Markt, dont tous les éventaires de fruits et de légumes sont bâchés pour la nuit ; il imagine les marchands endormis eux aussi sous les toiles. L'endroit ressemble à une morgue en plein air. Difficile de trouver la Taverne des Douze Apôtres.

Il demande son chemin à un type, mais manifestement ce n'était pas le bon choix ; le type le regarde bêtement et lance « *Kribf?* » ou quelque chose comme ça, puis plonge la main dans sa poche comme pour en sortir des montres de contrebande, des pipes en fausse bruyère, des photos cochonnes ou une arme.

Bogus reflue en courant sur la Stephansplatz, et remonte le Graben. Finalement il s'arrête sous un réverbère pour regarder sa montre ; il est sûrement plus de minuit, mais il n'arrive pas à se rappeler combien de fuseaux horaires il a franchis depuis l'Iowa ni même s'il avait pris la précaution de régler sa montre, qui indique 2 h 15.

Une femme élégamment vêtue, d'âge incertain, vient dans sa direction ; il lui demande l'heure qu'il est.

— Bien sûr, dit-elle en s'arrêtant.

Elle porte un manteau de fourrure de belle qualité et un manchon assorti, ainsi que des bottes à hauts talons sur lesquels elle vacille. Elle regarde Trumper, surpris, et lui tend le coude.

— C'est par là, dit-elle, un peu ennuyée qu'il ne lui ait pas pris le bras.

— L'heure, insiste-t-il. Je vous ai demandé quelle heure il était.

Il comprend alors que c'est une tapineuse. Ils sont sur le Graben, et les prostituées des quartiers chics sillonnent le secteur, la nuit.

— Euh, je suis désolé. Je n'ai pas assez d'argent. Je me demandais seulement si vous aviez une idée de l'heure qu'il est.

— Je n'ai pas de montre.

La prostituée inspecte la rue dans les deux sens ; elle ne tient pas à décourager un éventuel client en stationnant avec Trumper. Mais il n'y a personne en vue, sinon une autre tapineuse.

— Y a-t-il un hôtel par ici ? demande Bogus. Pas trop cher.

— Venez.

Elle le précède jusqu'à l'angle de la Spiegelgasse, lui désigne une enseigne bleue au néon : Pension Taschy. Puis elle s'éloigne en direction de sa collègue.

— Merci, lui crie Bogus.

Elle agite son manchon, dévoilant l'espace d'une seconde une jolie main aux longs doigts couverts de bagues.

Dans le bureau de l'hôtel se tiennent deux autres prostituées qui sont venues se mettre au chaud et frottent leurs mains rougies. Dans la lumière glauque, voyant le manteau, la moustache fatiguée et la valise de Trumper, elles se gardent bien de lui sourire.

De la fenêtre de sa chambre au Taschy, Trumper découvre une partie des mosaïques de la cathédrale Saint-Étienne, et peut aussi observer les putes qui descendent la rue pour aller manger un morceau tardif à l'American Hamburger, non loin de là.

A cette heure non identifiée de la nuit, les filles amènent leurs rares clients au Taschy, où leur sont réservées les chambres du deuxième étage. Trumper peut les entendre guider les hommes dans les couloirs, en dessous de lui, et les voir dans la rue les conduire jusqu'à l'hôtel.

L'un après l'autre, les hommes repartent seuls, alors Trumper entend couler les bidets du deuxième étage. Ce sont ces ruissellements nocturnes qui l'encouragent à demander à Frau Taschy s'il peut prendre un bain. De mauvaise grâce, elle vient ouvrir la salle de bains commune et lui en fait couler un. Elle attend derrière la porte pendant qu'il barbote. *Elle écoute pour s'assurer que je ne gaspille pas l'eau chaude.*

Bogus eut honte en découvrant à quel point son eau était crasseuse, et se hâta de tirer la bonde d'écoulement, mais Frau Taschy entendit depuis le bureau les premiers glou-

glous et cria qu'elle montait nettoyer. Très gêné, il la laissa s'escrimer avec le cercle de crasse, mais nota sa réaction dégoûtée quand elle vit l'état de la baignoire.

Frau Taschy s'était montrée assez aimable quand il avait rempli sa fiche, mais quand il revint, propre et transi, dans sa chambre, il s'aperçut que sa valise avait été ouverte, et son contenu artistiquement disposé sur une étagère, comme si la Frau avait fait un minutieux inventaire en prévision d'un chèque en bois.

Bien que la chambre ne fût pas chauffée, il eut l'idée d'inaugurer sa nouvelle machine à écrire, et d'essayer tous ces petits umlauts rigolos. Il écrivit :

> Ma chambre du Taschy est au troisième étage, à un pâté de maisons du Graben. Les putains du quartier chic utilisent cet hôtel. C'est la crème des putes. Je ne fréquente que ce qu'il y a de mieux.

Alors Frau Taschy vint l'interrompre, lui rappelant l'heure tardive et disant qu'il faisait trop de boucan, mais avant qu'il n'ait pu lui demander l'heure, elle avait disparu. Il attendit qu'elle soit redescendue pour reprendre sa dactylographie :

> Frau Taschy, experte à deviner le destin de ses locataires, peut prédire le malheur imminent en lisant dans la crasse de baignoire.

Puis il tapa trois lignes de diphtongues allemandes, et tenta d'écrire la phrase test : « Portez ce vieux whisky au juge blond qui fume », en n'utilisant que les voyelles à umlaut : « Pörtänt ün pür schnäps äü löürd ävöcät fümänt. »

Surveillant l'éventuel retour de Frau Taschy, il entendit glouglouter un nouveau bidet, ce qui lui rappela les tapineuses. Il écrivit :

> A Vienne, la prostitution n'est pas seulement légale ; elle est soutenue et contrôlée par la loi. Chaque prostituée se voit remettre une sorte de permis d'exercer, renouvelable à

la seule condition d'examens médicaux réguliers. Si vous n'avez pas votre licence de prostituée, vous êtes une hors-la-loi.

Merrill Overturf disait toujours : « Ne paye jamais avant d'avoir vu leurs tampons sanitaires. »

Tout aussi officiellement, les hôtels et pensions borgnes de chaque quartier ont des licences pour tenir le marché. Les prix sont en principe fixés, tant pour les chambres que pour les filles, et les quartiers chics ont l'exclusivité des plus jeunes, des plus jolies et des plus chères. Dès qu'on s'éloigne du centre, les putes deviennent plus vieilles, plus moches et plus économiques. Overturf se plaisait à dire qu'il vivait avec un budget de vieille pute borgne.

Puis Bogus en eut assez d'écrire, et retourna à la fenêtre pour regarder dans la rue. Il avisa juste en bas la fille au manteau de fourrure et au manchon assorti. Il frappa à la vitre, et elle leva les yeux. Il plaça son visage dans la lumière de la table de nuit, de face et de profil afin de se faire reconnaître, comme un exhibitionniste honteux n'osant pas se tenir tranquille.

Mais elle le reconnut et lui sourit. A moins qu'elle ne sourît par habitude, le prenant pour un mâle quelconque qui lui demandait de monter. Elle leva la main et agita les doigts, faisant scintiller ses bagues. Quand elle se dirigea vers la porte d'entrée, Trumper frappa violemment sur la vitre : *Non, non, je ne veux pas que tu viennes, je te disais simplement bonjour*... Mais elle prenait ces coups redoublés pour une manifestation d'impatience. Elle fit un pas, le visage levé vers lui. A cette distance, il ne pouvait distinguer son maquillage ; elle aurait pu être une majorette amoureuse acceptant une balade en voiture après le match de foot.

Il bondit sur le palier, toujours vêtu de sa serviette de bain ; elle remonta sur son ventre quand, se penchant sur la cage d'escalier, il perçut le claquement d'une porte en bas. Il reconnut la main de la fille sur la rampe, glissant en direction du premier étage. Quand il l'interpella, sa tête s'encadra dans la cage et elle éclata de rire comme une fraîche jeune fille, en découvrant sa tenue.

Il cria :
— *Nein !*
Mais elle progressa d'une volée de marches, et il cria :
— *Halt !*
Elle le regarda de nouveau, et il coinça les pans de sa serviette entre ses genoux.
— Je regrette, je ne voulais pas que vous montiez.
Sa bouche s'affaissa d'un côté, ce qui fit apparaître une patte d'oie au coin de l'œil ; à présent, elle paraissait trente ans, peut-être quarante. Mais elle continua de monter.
Trumper resta planté comme une statue, et elle s'arrêta sur la marche inférieure, lui envoyant un souffle parfumé, les joues délicatement rosies, exhalant le froid du dehors.
— Je sais, dit-elle. Vous vouliez seulement me demander l'heure.
— Non. Je vous ai reconnue, et j'ai tapé à la fenêtre pour vous dire bonjour.
— Alors, bonjour.
Elle haletait maintenant d'une façon exagérée, accrochée à la rampe, vieillissant à vue d'œil, *uniquement pour me culpabiliser.*
— Désolé, mais je n'ai rien à vous donner.
Regardant par la fente de la serviette, elle se tapota les commissures. Elle était réellement charmante. Dans les quartiers chics, elles le sont souvent. Presque pas vulgaires ; plus élégantes que voyantes. Un manteau coûteux, les cheveux propres et bien coiffés, les attaches fines.
— Sincèrement, j'aimerais bien, fit Bogus.
Elle lança un regard ironique à la serviette, puis, d'un ton trop tendre, faussement maternel :
— Habille-toi. Tu veux prendre froid ?
Elle s'en alla. Il suivit le trajet de sa belle longue main sur la rampe pendant les trois étages, puis reprit son poste devant sa machine ; il allait ordonner à ses touches de se faire lyriques, d'exprimer une sentence définitive sur la culpabilité, mais il fut interrompu par la cascade d'un bidet, et par un grattement à sa porte de Frau Taschy :
— Plus de machine à écrire, s'il vous plaît ! Il y a des gens qui essaient de dormir !

Il y a surtout des gens qui essaient de baiser, voulait-elle dire. Ses cliquetis troublaient leur rythme ou leur conscience. Il ne frappa plus sur ces drôles de touches étrangères ; elles pouvaient remettre leur lyrisme au lendemain. Dans la Spiegelgasse, il observa la femme qu'il avait abusée par deux fois, partant pour une pause café bras dessus bras dessous avec une autre pute. Il songea à ce que devaient être les années pour ces filles ; arpentant quand elles sont jeunes et fraîches les larges avenues des beaux quartiers, puis s'éloignant, d'année en année, de quartier en quartier, par-delà le luna-park du Prater, le long du Danube bourbeux, malmenées par des ouvriers d'usine et des étudiants d'écoles techniques, pour la moitié du prix d'autrefois. Mais telle était l'image de la vie, peut-être plus vraie, car le bas quartier dans lequel on aboutissait ne constituait pas toujours une chute obligatoire, alors que, dans la vie normale, on n'avait pas toujours des débuts aussi brillants.

Bogus observait la femme au manchon. Sa main soignée soulignait sa conversation avec l'autre fille ; elle frotta quelque chose sur la joue de sa compagne. Une escarbille ? Une larme gelée ? Une souillure laissée par la bouche du dernier client ?

Plein de regret, Trumper envia cette affection authentique.

Il se mit au lit, et demeura rigide jusqu'à ce qu'il ait chauffé sa place. Entendant ruisseler un bidet, il fut convaincu de ne jamais pouvoir s'endormir à cette petite musique de nuit. Nu, il bondit à travers la chambre, saisit son magnétophone et retourna dans le lit. Parmi la réserve de cassettes, il trouva l'adaptateur 110/120, brancha la fiche des écouteurs, qu'il réchauffa un moment sur sa poitrine.

— Reviens, Biggie, soupira-t-il.

REMBOBINAGE.

ÉCOUTE...

23

Une vie, c'est personnel

(*Ouverture à l'iris : plan moyen du hangar à bateaux des Pillsbury, extérieur, et du plan incliné menant à l'océan. Cuthbert Bennett gratte la coque d'une vieille barcasse du genre baleinière, aidé par Colm. Ils discutent avec animation. Vraisemblablement, Couth explique à l'enfant les algues, varechs, coquillages et crustacés incrustés dans la coque, mais il n'y a pas de son synchrone. Les voix off sont celles de Ralph Packer et de Couth.*)

RALPH : Je vais poser la question autrement : vous vivez avec sa femme et son fils. Cela a-t-il mis une certaine tension dans vos rapports amicaux ?

COUTH : Je crois que ce doit être très dur pour lui, mais uniquement par ce qu'il éprouve pour elle. C'est douloureux pour lui de vivre séparé d'elle et du gamin. Mais ça n'a rien à voir avec moi ; je suis certain qu'il m'aime beaucoup.

CUT

(*Dans le studio de Packer, Bogus s'adresse à la caméra. Son synchrone.*)

BOGUS : Je suis on ne peut plus heureux que Couth vive avec elle. C'est un type absolument merveilleux...

CUT

(*Le hangar de nouveau, avec Couth et Colm. Voix off de Ralph Packer et Couth.*)

COUTH : Il est toujours mon meilleur ami...

RALPH : Pourquoi son mariage a-t-il été un échec ?

COUTH : Eh bien, c'est à lui qu'il faut poser la question.

RALPH : Vous devez bien avoir votre opinion !

COUTH : Interrogez Biggie, ou lui…

RETOUR EN ARRIÈRE

(*Dans le studio, Bogus s'adresse à la caméra. Son synchrone.*)

BOGUS : Merde ! C'est à elle qu'il faut demander ça !

CUT

(*Sur le pont, dans le Maine, Biggie lit une histoire à Colm. Pas de son synchrone. Les voix off sont celles de Biggie et de Ralph.*)

BIGGIE : Tu lui as posé la question ?

RALPH : Il m'a renvoyé à toi.

BIGGIE : Eh bien, je ne sais pas trop. Je sais que même si je connaissais les raisons de notre échec, ça ne changerait rien, alors à quoi bon ?

RALPH : Lequel a quitté l'autre ?

BIGGIE : Quelle importance ?

RALPH : Merde, Biggie…

BIGGIE : C'est lui qui est parti.

RETOUR EN ARRIÈRE

(*Bogus dans le studio.*)

BOGUS : A vrai dire, c'est elle qui m'a demandé de partir. Enfin, elle me l'a fait comprendre…

CUT

(*Biggie est assise avec Colm et Couth autour d'une table de jardin protégée d'un parasol, sur l'embarcadère des Pillsbury. C'est une scène délibérément installée, figée, et les trois protagonistes regardent la caméra avec méfiance. Le son est synchrone. C'est Ralph, hors champ, qui pose les questions.*)

BIGGIE : Je n'aurais jamais cru qu'il reste éloigné aussi longtemps...

COUTH : Elle ne savait même pas où il était.

BIGGIE (*regardant dans l'objectif et s'adressant à Ralph avec colère*) : Tu en savais plus que nous, espèce de salaud. Tu savais qu'il allait partir, tu l'as même aidé ! Ne crois pas que j'aie oublié ça...

CUT

(*Ralph Packer, dans la salle de montage, se passe des bouts de film à la Moritone. Accrochés à des baguettes, des rubans de pellicules pendent tout autour de lui. Pas de son synchrone.*)

RALPH (*commentaire*) : C'est exact. Je savais très bien où il allait, et j'ai favorisé sa fuite. Mais c'est *lui* qui voulait partir !

(*Il appuie théâtralement sur le gros levier de la colleuse.*)

CUT

(*La première d'une série de photos fixes. Bogus et Biggie, dans un village alpin, adossés à une étrange vieille voiture, et souriant à l'objectif. Biggie est très séduisante dans sa combinaison de ski moulante.*)

RALPH (*off*) : Il n'a jamais expliqué son départ pour l'Europe, mais il parlait souvent d'un ami là-bas... un nommé Merrill Overturf.

(*Nouvelle photo : un homme à l'aspect bizarre, coiffé d'un affreux chapeau, est assis au volant d'une Zorn-Witwer 54, adressant une grimace à l'appareil par la vitre ouverte.*)

BIGGIE (*off*) : Oui, c'est bien lui. C'est Merrill Overturf !

RETOUR EN ARRIÈRE

(*La table au parasol sur l'embarcadère. En son synchrone, Biggie s'adresse à la caméra.*)

BIGGIE : Merrill Overturf était complètement fou, absolument cinglé.

RETOUR EN ARRIÈRE

(*Bogus au studio. Son synchrone.*)

BOGUS : Jamais de la vie ! Il n'était absolument pas cinglé ! Elle ne l'a jamais connu aussi bien que moi. C'était l'individu le plus sain d'esprit que j'aie jamais rencontré...

RETOUR EN ARRIÈRE

(*Dans la salle de montage, Ralph manipule la Moritone et regarde défiler des images.*)

RALPH (*commentaires*) : Il est extrêmement difficile de lui faire dire des choses concrètes. Il prend tout tellement *à cœur* ! Parfois même, il se braque complètement...

(*Il presse de nouveau le levier de la colleuse.*)

CUT

(*Son synchrone. Une impressionnante batterie de projecteurs est installée devant la salle de bains, chez Tulpen. La porte est fermée. On entend le bruit d'une chasse d'eau. Kent entre dans le champ, et s'embusque près de la porte avec un énorme micro. Bogus ouvre la porte, referme sa braguette, découvre avec surprise la caméra. Furieux, il bouscule Kent et regarde la caméra.*)

BOGUS (*le visage convulsé de fureur*) : Va te faire enculer, Ralph !

24

Jusqu'où peut-on aller avec
une flèche en pleine poitrine ?

Il eut le cœur battant en découvrant qu'Overturf figurait toujours dans l'annuaire, à la même adresse, avec un numéro identique. Mais, quand il essaya de l'appeler, depuis le bureau de la pension Taschy, il entendit un ronflement bizarre dans l'appareil, comme un signal. Frau Taschy l'informa que son numéro n'était plus en service. Il s'aperçut alors que l'annuaire datait de plus de cinq ans, et que son propre nom y figurait, à la même adresse, avec le même téléphone.

Trumper se rendit au 15 Schwindgasse, appartement n° 2. Sur la porte, une plaque de cuivre indiquait : « C. OM-PLOT. »

Ça ressemble bien à Merrill, songea Bogus. Frappant à la porte, il entendit des raclements, peut-être un grognement. Il poussa, et la porte s'ouvrit, retenue par une chaîne. Encore heureux qu'elle ne s'ouvrît pas plus avant, car l'énorme berger allemand l'aurait mangé tout cru. Trumper recula d'un bond, intact, et une femme — blonde, des bigoudis sur la tête, le regard furieux ou inquiet — lui demanda pourquoi diable il tentait de s'introduire chez elle. Se tenant très loin sur le palier, au cas où elle lâcherait son chien, il demanda :

— Merrill Overturf ?

— Vous n'êtes pas Merrill Overturf, répliqua-t-elle.

— Non, non, bien sûr...

Elle fermait la porte. Il cria :

— Une seconde ! Je voulais simplement savoir où il est...

Mais il l'entendit parler à voix basse, sans doute au téléphone, et battit en retraite.

Dans la rue, il regarda en l'air vers ce qui avait jadis été la célèbre jardinière d'Overturf. Merrill y cultivait du cannabis. Mais à présent, la jardinière ne contenait que quelques géraniums morts émergeant d'une couche de neige.

Une fillette juchée sur un tricycle approcha de la porte d'entrée, et mit pied à terre pour l'ouvrir. Bogus lui tint la porte.

— Sais-tu si Merrill Overturf habite dans cette maison ?

On lui avait sans doute appris à ne jamais parler à des étrangers, car elle le regarda d'un air buté.

— Où crois-tu qu'est allé Herr Overturf ?

Il l'aida à transporter son tricycle dans l'entrée. Mais la petite le regardait, toujours muette. Il reprit lentement :

— Herr Overturf ? Tu t'en souviens ? Il avait une drôle de voiture et portait de drôles de chapeaux...

La mouflette ne semblait rien savoir. En haut, le gros chien aboya. Bogus fit une nouvelle tentative :

— Qu'est-il arrivé à Herr Overturf ?

La petite tirait son tricycle hors de portée de Bogus. Elle dit d'une voix incertaine :

— Mort ?

Puis elle s'enfuit, escaladant les marches, l'abandonnant avec une angoisse qui s'accrut quand il entendit une porte s'ouvrir au-dessus, entendit la femme aux bigoudis gronder l'enfant, entendit les grattements des griffes du gros chien qui dévalait l'escalier.

Trumper partit en courant. La petite fille ne savait rien de précis ; c'était évident. Puis, non sans étonnement, il réalisa que le père de la gamine se faisait appeler C. Omplot...

Tenant un cornet de marrons chauds, Bogus se dirige vers la Michaelerplatz, où il se rappelle qu'est érigée une statue grotesque. Un géant semblable à Zeus, mi-homme mi-dieu, se débat contre des monstres marins, des serpents, des oiseaux de proie, des lions et de jeunes nymphes ; tous l'entraînent vers le jet principal d'une fontaine qui lui éclabousse le torse ; sa bouche est grande ouverte dans l'effort — à moins qu'il n'ait soif. Toute cette masse sculptée est tellement surchargée qu'on peut difficilement dire si Zeus contrôle la situation ou si les créatures vautrées sur lui tentent de le jeter à terre ou de le remettre sur pied.

Bogus se souvient d'avoir traversé cette place une nuit, ivre, avec Biggie. Ils venaient de chaparder sur un éventaire des radis noirs aussi étroits que des carottes. Passant devant le monstrueux combat figé pour l'éternité dans cette fontaine, Bogus avait soulevé Biggie, et elle avait enfoncé un « radis noir » dans la bouche béante du demi-dieu. Pour lui redonner des forces, avait-elle dit.

Ayant l'intention d'offrir un marron au lutteur, Trumper a la surprise de trouver la fontaine tarie. Ou plutôt, le jet a gelé en forme de phallus épais, de chandelle rigide, et le torse du faux Zeus est recouvert d'une armure de glace. Bien que la pose soit la même, le combat semble terminé. Il est mort, décide Bogus, et à quoi bon nourrir un mort ? Il déplore la défaite du dieu, finalement maîtrisé par les serpents, les monstres marins, les lions et les nymphettes. Trumper se doute bien que ce sont les nymphettes qui l'ont perdu.

Biggie serait désolée d'apprendre la nouvelle. Désolée, elle l'est déjà.

Biggie, tu auras sans doute du mal à me croire, mais... quand on va chasser le canard, on porte un préservatif. C'est un vieux truc de sportif contre le froid. Tu vois, tous les chasseurs enfilent une capote avant d'aller chercher le gibier dans des eaux glaciales — quand ils n'ont pas de chiens, ce qui était notre cas. Ça fonctionne sur le principe de la combinaison de plongée...

Ou alors — en traversant la place des Héros, autrement dit la cour des Habsbourg : *La raison pour laquelle je portais cette inqualifiable enveloppe caoutchoutée, que j'ai négligé d'enlever, était mon nouveau job à mi-temps comme mannequin de démonstration en classe d'éducation sexuelle.*

J'avais trop honte pour t'en parler. Personne ne m'avait prévenu qu'il y aurait un cours sur la contraception. Toute la classe a été surprise aussi...

Mais Bogus sent posé sur lui le regard froid des cupidons de pierre ; passant devant ces chérubins baroques et les pigeons perchés dessus, il sait que Biggie n'est pas si niaise. *Elle a déjà trop l'habitude de mes explications vaseuses.*

Il regarda les *Strassenbahnen* filer le long du Burg Ring, leurs cloches tintant aux croisements. A l'intérieur, les passagers du tram se réchauffent et embuent les vitres ; les hommes ont l'air de pardessus suspendus côte à côte. Ils oscillent et tressautent au moindre cahot du tram ; leurs mains accrochées aux poignées dépassent le cadre des fenêtres, et Bogus ne peut voir que leurs bras levés, alignés comme des enfants à l'école ou des soldats en revue.

Voulant tuer l'après-midi, Trumper avise un kiosque à journaux et s'établit un programme. *La journée passera plus facilement,* se dit-il, *en allant au cinéma à la séance enfantine.* Il y en a une, par miracle, derrière le Parlement, en haut de la Stadiongasse.

On passe plusieurs documentaires et un western. Trumper visite l'Irlande, envie les heureux paysans. A Java, le guide touristique explique aux spectateurs le sport national : boxer avec les pieds. Mais Bogus et les gamins brûlent d'impatience ; c'est le western qui les intéresse. Le voilà enfin ! James Stewart, doublé en allemand, les lèvres presque synchrones avec la voix. Les Indiens ne voulaient pas du chemin de fer ; tel était le scénario.

Jimmy Stewart tirait à la carabine et était flanqué d'une simili Shelley Winters encore jeune, une flèche plantée dans sa vaste poitrine. Qui qu'elle fût, elle dégringolait de son chariot dans un ravin, et de là dans une rivière où elle se faisait piétiner par des chevaux sauvages — en passant —, puis lubriquement molester par un Indien trop poule mouillée pour attaquer le train. Elle endurait tout ça avec stoïcisme, jusqu'au moment où elle parvenait à saisir le Derringer enfoncé entre ses nichons sanglants, avec lequel elle perçait un grand trou dans la gorge de l'Indien. Ce n'est qu'à ce moment qu'elle se redressait, trempée, au milieu de la rivière, ses vêtements couverts de sang pendouillant autour d'elle, et criait : « *Hilfe !* », en tirant sur la flèche enfoncée dans son sein palpitant.

Après un arrêt buffet pour un verre de vin nouveau et une saucisse graisseuse, Trumper s'installa à l'Augustiner Keller, écoutant un vieux quatuor à cordes, et se disant qu'il aimerait bien rencontrer des cascadeuses de Hollywood, à condition qu'elles n'aient pas trop de poils sur la poitrine.

Alors qu'il rentrait à la pension Taschy, les réverbères s'allumèrent, mais spasmodiquement, sans l'impeccable précision d'Iowa City ; comme si l'électricité à Vienne était d'importation récente, et qu'on n'en ait pas encore maîtrisé le fonctionnement.

Devant un *Kaffeehaus* de la Plankengasse, un homme s'adressa à lui.

— *Grajak ok bretzet !*

Trumper s'arrêta, essayant de situer ce curieux langage.

— *Bretzet, jak ?* reprit l'homme.

Tchèque ? Hongrois ? Serbo-croate ? se demanda Trumper.

— *Gra ! Nucemo paz !*

L'homme semblait furieux contre quelque chose, et agita le poing vers Trumper, qui lui dit à son tour :

— *Ut boethra rast, kelk ?*

Un peu de nordique primitif inférieur n'a jamais fait de mal à personne.

— *Gra ?* fit l'homme soupçonneux. *Grajak, ok !* ajouta-t-il avec conviction. *Nucemo paz tzet !*

Bogus, ennuyé de ne rien y piger, commença :

— *Ijs kik...*

L'homme l'interrompit en souriant :

— *Kik ? Gra, gra, gra ! Kik !*

— *Gra, gra, gra !*

Sur quoi, l'homme saisit la main de Trumper, la secoua avec conviction, puis tourna les talons en émettant encore

quelques *gra, gra* d'adieu. Il se lança à l'aveuglette au
milieu du carrefour, d'une démarche d'ivrogne, les mains
tendues devant lui comme pour amortir une chute éventuelle.

Cette conversation, songea Bogus, *aurait pu se dérouler
avec M. Fitch.* Alors il remarqua sur le trottoir un bout de
papier froissé ; un texte illisible, imprimé dans une sorte
d'alphabet cyrillique dont les lettres évoquaient davantage
une partition musicale que des phrases. Il chercha le petit
homme des yeux, mais n'en trouva plus trace. L'article,
déchiré dans un quelconque journal d'origine inconnue,
paraissait important — phrases soulignées au stylobille,
commentaires emphatiquement gribouillés dans les marges
— aussi empocha-t-il la bizarre coupure.

Trumper sentait flotter son esprit. Une fois à la pension
Taschy, il tenta de se concentrer sur une chose suffisamment familière pour le ramener au présent. Il essaya de
rédiger une critique du western, mais les touches à umlaut
de sa machine le distrayaient, et il s'aperçut qu'il avait
oublié le titre du film. *Jusqu'où peux-tu aller avec une flèche
en pleine poitrine ?* Comme s'ils répondaient à un mot de
passe, les bidets commencèrent leurs inondations nocturnes.

Bogus surprit son reflet dans la haute porte-fenêtre ; lui
et sa machine à écrire n'occupaient que la vitre inférieure.
Dans un effort pour sauver sa petite âme en perdition, il
arracha la feuille entamée et, évitant les umlauts, s'efforça
d'écrire à sa femme.

Hôtel-pension Taschy
Spiegelgasse, 29
Vienne I, Autriche

Chère Biggie,
Je pense à vous, Colm et toi, Biggie — la nuit où ton
nombril s'est dilaté à East Gunnery, Vermont. Tu étais
dans ton huitième mois, Big, quand ton nombril s'est
transformé en protubérance.
Nous avons fait trois heures de voiture depuis Great
Boar's Head, dans la vieille Volkswagen de Couth, avec

son toit ouvrant impossible à fermer. A Portsmouth le ciel était nuageux ; il y avait des nuages aussi sur Manchester, Peterborough et Keene. Et chaque fois, Couth disait : « J'espère qu'il ne va pas pleuvoir. »

J'ai changé de place trois fois avec toi, Big. Tu n'arrivais à trouver aucune position confortable, et tu as dit chaque fois : « Oh, mon Dieu, je suis tellement énorme ! »

« Comme la pleine lune », a dit Couth. « Tu es magnifique ! »

Mais tu ne cessais de te plaindre, Biggie — tu souffrais toujours des mauvaises paroles de mon père à l'égard de notre union « lubrique et irresponsable ».

Couth avait tenté de te réconforter : « Envisage les choses comme ça : réfléchis à la chance du bébé d'avoir des parents presque de son âge ! » Moi, j'avais renchéri : « Et pense à son hérédité, avec tous ces gènes fabuleux ! »

Mais tu avais dit : « J'en ai marre de ne penser qu'à ce bébé ! »

« Il va vous faciliter la vie. Maintenant, vous n'avez plus besoin de prendre de décisions », avait dit Couth.

« De toute façon, jamais aucune décision n'aurait été prise », avais-tu répondu au pauvre Couth, qui ne cherchait qu'à te remonter le moral. « Bogus ne m'aurait jamais épousée si je n'avais pas été enceinte de lui. »

Je me suis contenté de dire : « Eh bien, nous voilà dans le Vermont », en découvrant par le trou du toit les poutrelles rouillées du pont sur le Connecticut.

Mais tu ne voulais pas lâcher ton os, Biggie, même si nous avions eu la même discussion quantité de fois auparavant, et je ne voulais plus y replonger. « Bogus, jamais tu ne m'aurais épousée. Jamais. Je le sais. »

Alors Couth — Dieu le bénisse — avait dit : « Alors, c'est moi qui t'aurais épousé, Biggie, contre vents et marées. Je t'aurais prise pour femme, et je le ferai si jamais Bogus se défile au dernier moment ! Et regarde ce qui t'attend ! » Alors, sans lâcher le volant, il a tourné vers toi son fabuleux sourire et t'a montré comment il pouvait, de la langue, faire tressauter ses quatre fausses dents de devant.

Ce qui a mis, enfin, l'ombre d'un sourire sur ton visage, Biggie. Tu avais davantage de couleurs quand nous sommes arrivés à East Gunnery.

A l'hôtel Taschy, Bogus fut à nouveau distrait par l'évocation d'East Gunnery. Relisant ce qu'il avait écrit, il n'en fut pas content. Le ton de la lettre lui sembla faux, alors il fit un nouvel essai, en recommençant après la phrase : « ... quand ton nombril s'est transformé en protubérance. »

Nous avons planqué Couth et sa Volkswagen dans un champ voisin, et avons remonté le long chemin de terre menant à la ferme de ton père. Le retour de la femme enfant avec un polichinelle dans le tiroir ! Quand je pense que je t'avais accusée de lâcheté pour n'avoir jamais averti tes parents !

Tu m'avais dit : « Je leur ai écrit, Bogus, en parlant de toi. C'est plus que tu n'as jamais fait avec tes parents. — D'accord, mais tu ne les as pas avertis de ton état, Big. Là-dessus, tu es restée muette. »

« Non, je ne leur ai pas parlé de ça », as-tu dit en déboutonnant ton manteau de pluie, essayant de créer l'illusion qu'il n'était aussi ample que parce que tu gardais tes mains dans les poches.

Je regardai vers Couth, qui nous surveillait, un peu inquiet, émergeant du toit ouvrant comme un périscope chevelu.

« Couth peut nous accompagner à la maison, as-tu dit, inutile qu'il reste caché dans ce champ. » Je t'ai répondu que Couth était timide et préférait rester à l'écart. Je pensais qu'en arrivant seuls nous semblerions plus pardonnables, et aussi qu'il était bon que Couth nous attende au-dehors, dans le cas où nous serions obligés de nous enfuir en catastrophe.

Le moment le plus angoissant pour moi a été quand tu as vu la Jeep de ton père et que tu t'es écriée : « Oh, mon père est à la maison ! Mon Dieu ! Mon père, ma mère, tout le monde est là ! »

Je t'ai rappelé que nous étions dimanche. Tu as ajouté : « Alors, la tante Blackstone est là aussi ! Elle est pratiquement sourde... »

Ils étaient en train de déjeuner, et tu as gardé les mains dans tes poches, faisant le tour de la table pour me présenter : « Voilà Bogus, vous savez. Je vous ai parlé de lui dans mes lettres. » Puis ta mère a commencé à t'examiner de plus près, et la tante sourde a dit : « On dirait que Sue a repris du poids », sur quoi ta mère a tiqué. Alors tu as lancé : « Je suis enceinte », et vite ajouté : « mais c'est très bien. »

« Oui, c'est très bien ! » ai-je crié stupidement, tout en surveillant la fourchette de ton père, avec sa bouchée de viande juteuse et son morceau d'oignon, bloquée à quelques centimètres de sa bouche ouverte.

« Tout va bien », as-tu dit en souriant à tout le monde.

« Bien sûr, que ça te va bien », a opiné Tata Blackstone qui n'avait pas tout compris.

« Oui, oui », ai-je murmuré en agitant la tête.

Alors ta tante sourde s'est adressée à moi : « Bien sûr que oui ! Avec cette nourriture allemande trop grasse, rien d'étonnant qu'elle ait repris du poids ! En plus, la pauvre petite n'a pas skié de tout l'été ! » Se tournant ensuite vers ta mère frappée de stupeur, Tata Blackstone lui a dit : « Eh bien, Hilda, c'est comme ça que tu accueilles ta fille ? Toi aussi, il t'est arrivé de prendre du poids, mais tu l'as toujours reperdu... »

A la pension Taschy, deux bidets ruisselèrent à l'unisson. Et Bogus Trumper sentit sa mémoire s'effilocher dans son cerveau. Quelles autres parties du cerveau avait-il aussi perdues ?

25

Silence ! On va tourner

Dans la pénombre poissonneuse et tortuesque de l'appartement de Tulpen, Trumper était assis dans le lit, rigide comme un Indien de bureau de tabac. Il avait depuis peu pris l'habitude de se faire un sang d'encre. Il s'obligeait à demeurer totalement immobile, comme une statue de la vengeance. Cette sorte de yoga finissait par l'épuiser, mais il n'arrivait plus à dormir.

— Détends-toi, Trumper, murmura Tulpen en touchant sa cuisse de bois.

Trumper se concentra sur les poissons. Il y en avait un nouveau qui l'énervait particulièrement, une sorte de poisson-lune de couleur beige dont l'occupation principale consistait à coller sa bouche translucide contre la paroi de l'aquarium et à gober les petites bulles montant le long de la vitre. L'oxygène prisonnier s'amoncelait à l'intérieur du poisson, qui gonflait à vue d'œil. En grossissant, ses yeux rapetissaient, jusqu'à ce que la pression intérieure propulse le poisson vers l'autre bout de l'aquarium, comme un ballon dont on relâche brusquement la valve. Le poisson fendait l'eau à la vitesse d'un hors-bord fou, semant la panique parmi ses congénères. Trumper avait envie de le crever d'un coup d'épingle quand il était gonflé au maximum. Et le poisson venait toujours se placer en face de Trumper quand il commençait à se gonfler. Une manière stupide de défier un ennemi, le poisson aurait dû le savoir.

En ce moment, Trumper haïssait tous les poissons, et son irritation actuelle lui suffisait pour imaginer les modalités d'un génocide. Il se procurerait un terrible poisson cannibale, un omnivore qui nettoierait l'aquarium de toute autre

créature nageante, plongeante, ondulante, et qui englouti-
rait ensuite coquillages, algues, cailloux, jusqu'à la pompe
à air. Ensuite le monstre dévorerait les parois de verre, par
où l'eau s'écoulerait, et mourrait par asphyxie. Mieux
encore : se débattant sur le fond asséché de l'aquarium, il
aurait la bonne idée de se dévorer lui-même. Quel admirable omnivore ! Trumper en voulait un tout de suite.

Le téléphone sonna une fois de plus. Trumper s'abstint
de bouger, et le coup d'œil latéral qu'il darda vers Tulpen
incita celle-ci à ne pas répondre non plus. Quelques
instants plus tôt, il avait décroché le téléphone et cet appel
était en partie responsable de ses impulsions homicides
envers les cyprins, et de son imitation d'Indien en bois
sculpté.

C'était Ralph Packer qui appelait. Bien que Bogus et
Tulpen fussent déjà couchés, Ralph voulait venir tout de
suite avec Kent et leurs X milliers de dollars de matériel
cinéma. Il voulait filmer le coucher de Tulpen et Bogus.

— C'est pas le moment, Ralph !

— Mais si ! La façon dont vous vous mettez au lit. Tu
vois, le truc domestique, la toilette du soir ; on se brosse les
dents, on se déshabille, les petits gestes tendres, tout le
bordel…

— Bonne nuit, Ralph.

— Thump-Thump, ça ne prendra même pas une heure !

Trumper raccrocha et engueula Tulpen :

— Je ne comprends toujours pas comment tu as pu
coucher avec ce mec !

Ce qui déclencha des tas de choses.

— Il était intéressant, dit Tulpen. Je me passionnais
pour ce qu'il faisait.

— Au lit ?

— Laisse tomber, Trumper.

— Pas question ! Je veux savoir ! Ça te plaisait de faire
l'amour avec ce gugusse ?

— J'aime beaucoup mieux le faire avec toi. Ce n'était
pas là-dessus que je jugeais Ralph.

Sa voix devenait glaciale, mais Trumper n'y prit pas
garde.

— Tu as fini par te rendre compte de ton erreur !
proféra-t-il.

— Non. Simplement, je n'en avais plus envie. Ça n'a pas
été une erreur. A l'époque, il n'y avait personne d'autre
dans ma vie, puis...

— Puis tu m'as rencontré.

— J'avais cessé de coucher avec Ralph avant de faire ta
connaissance.

— Et pourquoi avais-tu cessé ?

Elle roula sur elle-même, pour lui tourner le dos.

— Ma chatte s'était rouillée.

Elle s'adressait aux poissons. Trumper eut le souffle
coupé. Là commença sa transe cataleptique. Quelques
minutes plus tard, Tulpen reprit la parole :

— A quoi ça sert, tout ça ? Je n'aimais pas beaucoup
Ralph physiquement. Mais je l'aimais bien, et je l'aime
encore beaucoup, Trumper. Mais pas comme tu l'ima-
gines.

— Tu n'as jamais envie de recoucher avec lui ?

— Non.

— Mais lui, il ne pense qu'à ça.

— Qu'est-ce que tu en sais ?

— Tu vois, ça t'intéresse !

Elle s'éloigna un peu plus de lui. Il se sentit muer en
pierre. Après un très long moment, elle lui demanda :

— Trumper ? Pourquoi détestes-tu Ralph ? C'est à cause
du film ?

Ce n'était pas ça. Après tout, il était libre de refuser,
sous prétexte que ça le touchait trop profondément. Il n'en
avait rien fait, et devait admettre qu'il y prenait de l'intérêt.
Mais pas comme à une thérapie ; cabotin dans l'âme, il
aimait se voir sur l'écran.

— Ce n'est pas que je déteste Ralph...

Se rapprochant de lui, elle caressa sa cuisse de bois,
murmura quelque chose qu'il ne comprit pas. Ensuite... il
projetait d'anéantir les poissons et quand le téléphone avait
resonné, il aurait tué la première personne qui y aurait
touché.

A force de rester en position assise, il eut des crampes

dans le dos, et Tulpen le laissa tranquille un bout de temps avant de tenter un nouvel essai :

— Trumper ? Tu ne me fais pas assez souvent l'amour. Loin de là.

Il réfléchit là-dessus. Puis il se rappela son opération imminente, le Dr Vigneron et sa méthode aqueuse. Il finit par dire :

— C'est à cause de ma queue. Je vais la faire réparer, et elle sera comme neuve.

Mais il adorait faire l'amour avec Tulpen, et fut attristé par ce qu'elle venait de dire. L'idée lui vint de lui faire l'amour séance tenante, mais il dut se lever pour pisser.

Il s'étudia dans la glace de la salle de bains, observant son expression apeurée quand il dut pincer son méat pour qu'il s'entrouvre. Ça devenait de pire en pire. Vigneron avait eu raison une fois de plus ; il fallait parfois attendre plusieurs semaines pour une opération sans gravité.

Il lui semblait urgent de faire l'amour avec Tulpen, mais une image dans le miroir en appelant une autre, il songea à Merrill Overturf et pissa si douloureusement que les larmes lui montèrent aux yeux.

Il s'éternisa dans la salle de bains, jusqu'à ce que Tulpen, ensommeillée, l'appelle :

— Qu'est-ce que tu fais encore là-dedans ?

— Oh, rien, Big...

Ce nom à peine prononcé, il était trop tard pour le reprendre. Quand il la rejoignit au lit, elle pleurait, entortillée dans les draps. Elle l'avait entendu se tromper.

— Tulpen...

— Non, appelle-moi « Biggie ».

— Tulpen, répéta-t-il en essayant de l'embrasser.

Elle le repoussa ; elle était prête à l'estoquer.

— Je vais te dire une chose. Ce brave Ralph Packer ne m'a jamais appelée du nom d'une autre.

Trumper alla s'asseoir au pied du lit. Elle criait :

— Et tu veux savoir autre chose ? C'est ignoble que tu ne me baises plus à cause de ta sale bite vérolée !

Le poisson beige s'installa commodément derrière sa vitre pour reluquer Trumper et se gonfler d'air de nouveau.

Tulpen avait dit vrai, Bogus l'admettait. Ce qui lui faisait le plus mal, c'est que ce déballage n'était pas nouveau. Il l'avait déjà subi maintes fois — avec Biggie ! Alors, assis au pied du lit, il s'essaya à la catatonie et y parvint. Quand le téléphone sonna pour la troisième fois, il ne chercha pas à savoir si c'était Ralph ou un autre. S'il avait été capable de bouger, il serait allé répondre.

Tulpen se sentait probablement tout aussi esseulée, car elle décrocha. Bogus l'entendit prononcer d'une voix lasse :

— D'accord, amène-toi et tourne ton foutu film.

Tétanisé, Trumper se demanda quelle serait la prochaine séquence. Sa présence dans le film de Ralph impliquait qu'il sorte de son propre film, n'est-ce pas !

Tulpen posa la tête sur sa poitrine, les yeux tournés vers son visage. Ce geste rituel — elle en avait bien d'autres — signifiait : D'accord, nous venons au moins de lancer une passerelle au-dessus du fossé qui nous sépare. Il ne nous reste qu'à la franchir, si nous pouvons.

Ils restèrent longtemps dans cette position, comme s'ils se concentraient avant le tournage du film de Ralph. Finalement, Tulpen soupira :

— Trumper... j'adore quand tu me fais l'amour.

— Moi aussi.

26

Gra ! Gra !

Il ignorait combien de temps avait duré sa perte de
conscience, et jusqu'à quel point il l'avait recouvrée, au
moment où il s'aperçut que son texte dactylographié s'était
augmenté de plusieurs lignes. Il les lut, se demandant qui
les avait écrites, se plongeant dedans comme dans une
lettre qu'il aurait reçue, ou même destinée à quelqu'un
d'autre. Puis il distingua la silhouette sombre, accroupie
dans le carreau inférieur de sa fenêtre ; il se fit peur quand
il s'assit droit sur sa chaise en gémissant, et que son propre
reflet en fit autant, tel un gnome terrifiant, qui s'estompa
aussitôt dans le miroir du vitrage.

Outre son propre gémissement, il entendit un brouhaha
croissant dans les profondeurs de l'immeuble, soit dans le
bureau de la pension Taschy, soit plus près du deuxième
étage. Sans se rappeler où il se trouvait, il ouvrit sa porte et
vociféra des bredouillements hystériques à une foule de
gens qui sortaient de toutes les chambres du palier. Lui
rendant terreur pour terreur, ces visages crièrent en écho,
et Trumper tenta d'identifier cet autre bruit, qui émanait
du deuxième étage, montant comme une flamme d'incen-
die.

*Quelle drôle de cassette. Quand donc ai-je été enfermé
dans un asile de fous ?*

Il approcha prudemment de la cage d'escalier ; dans le
couloir, tous restaient sur le pas de leur porte, craignant
peut-être qu'il ne rugisse de nouveau.

La voix de Frau Taschy demandait :

— Est-ce qu'il est mort ?

Non, je ne suis pas mort, répondit mentalement Trumper. Mais on parlait de quelqu'un d'autre.

Il descendit à mi-étage et vit une foule de gens amassés sur le palier du dessous. L'une des prostituées criait :

— Je suis sûre qu'il est mort. C'est la première fois que ça m'arrive !

— Tu n'aurais pas dû le changer de place.

— Il était sur moi, il fallait bien que je me dégage !

Frau Taschy lança un regard dédaigneux à un type qui émergeait d'une chambre, refermant sa braguette, ses souliers sous le bras. La pute qui le suivait demanda avidement :

— Qu'est-ce qu'il se passe ? Y a un malheur ?

— Un mec vient de mourir sur Yolanda, dit une voix, provoquant l'hilarité générale.

— Tu l'as envoyé au septième ciel, ironisa l'une des filles.

Yolanda, uniquement vêtue d'un porte-jarretelles et de bas noirs, larmoya :

— Peut-être qu'il avait simplement trop picolé.

Tout au long du couloir, des hommes jaillissaient de leurs chambres, tête baissée, emmenant leurs vêtements, pressés comme un vol de moineaux.

— Il est trop jeune pour être mort ! dit Frau Taschy.

Ce qui précipita la fuite éperdue des coïteurs interrompus, comme si cette idée ne leur était encore jamais apparue : *Baiser est dangereux. Ça peut même tuer la jeunesse !*

Semblable notion ne risquait pas de surprendre Trumper, qui descendit sans crainte jusqu'au couloir fleurant le sexe, comme si son esprit s'était enfin réajusté à la réalité ; ou comme s'il était endormi. En fait, il n'était pas sûr de ne pas l'être.

— Il est devenu froid d'un seul coup, disait la pute. Mais alors, *glacé* !

Sur le seuil de la chambre du défunt baiseur, Frau Taschy lança :

— Il a bougé ! Je vous jure qu'il a bougé !

Dans le couloir, la foule se divisait en ceux qui s'éloignaient de la chambre fatale et ceux qui s'en approchaient pour mieux voir. Frau Taschy rapporta :

— Il a encore bougé !

— Touchez-le ! cria la fille impliquée dans le drame. Sentez comme il est froid !

— Pas question que je le touche, ça jamais ! Mais toi, viens voir, et dis-moi si tu ne le vois pas bouger !

Trumper s'approcha encore ; par-dessus une épaule tiède et parfumée, il eut la rapide vision d'un postérieur dénudé qui tremblotait sur un lit froissé ; puis des silhouettes s'interposèrent, lui cachant l'image.

— *Polizei !* hurla quelqu'un.

Un homme entièrement nu, ses vêtements hâtivement roulés sur le bras, bondit hors de sa chambre, vit la foule, et se hâta de refluer dans la chambre. Quelqu'un répéta « *Polizei* » à l'apparition dans le couloir de trois hommes marchant côte à côte, le plus large semblant être le chef, et qui ouvraient toutes les portes sur leur passage. L'homme large, qui regardait droit devant lui, brailla :

— Que personne ne sorte !

Là-dessus, Frau Taschy triompha :

— Regardez ! Il est en train de s'asseoir !

Le gradé s'approcha ; il portait de longs gants froissés aux poignets.

— Où est le corps du délit ?

Yolanda répondit :

— Il est tombé raide. Il est devenu tout froid, en plein sur moi.

Mais quand elle voulut s'approcher de l'homme, l'un de ses adjoints la poussa de côté.

— En arrière. Tout le monde en arrière !

— Qu'est-ce qu'il s'est passé ici ?

— Si vous me laissiez parler, je vous le dirais ! s'énerva la pute.

Le policier qui l'avait interrompue lui dit :

— Eh bien, allez-y.

Alors Frau Taschy cria :

— Ça y est ! Il se lève ! Il n'est pas mort ! Il n'a jamais été mort !

Mais au bruit d'une chute et d'un gémissement, Bogus conclut que la résurrection avait été brève.

— Oh ! Seigneur ! murmura Frau Taschy.

Puis la voix s'éleva depuis le plancher de la chambre, une voix fraîchement décongelée, lente et embarrassée, étouffée par des dents serrées :

— *Ich bin nicht betrunken* (Je ne suis pas ivre), disait la voix. *Ich habe Zuckerkrankheit* (Je suis diabétique).

Le gradé fendit la foule jusqu'au seuil et entra brutalement dans la chambre, écrasant au passage la main crispée du blême personnage écroulé sur le sol ; son autre main secouait faiblement un collier de médailles.

— *Was Sie sehen ist eine Insulinreaktion* (Ce que vous voyez est une réaction à l'insuline), psalmodiait la créature.

On aurait dit la voix enregistrée d'un répondeur téléphonique. La voix inhumaine ajouta :

— *Füttern Sie mir Zucker, schnell !* (Donnez-moi du sucre, vite !)

— Du sucre ! ironisa le flic. Je vais lui en donner, des douceurs !

Trumper s'adressa à une fille à côté de lui :

— Il est diabétique !

Là-dessus il se fraya un chemin pour aller prendre la main crispée de Merrill.

— Salut, mon vieux Merrill !

Trumper n'en dit pas plus. L'un des flics adjoints, se méprenant sur le geste en direction d'Overturf, flanqua un coup de coude dans le plexus de Bogus, l'envoyant rebondir contre une jeune dame rebondie à l'odeur de musc, laquelle répondit à cette agression surprise par une violente morsure à la nuque. Souffle coupé, Trumper voulu se rebiffer, s'exprimer par gestes, mais les deux sous-flics le coincèrent contre la rampe, et lui renversèrent la tête dans la cage d'escalier. Sens dessus dessous, Bogus assista à la descente de Merrill, transporté dans le bureau de l'hôtel. Couvrant le grincement de la porte qui s'ouvrait, la voix de Merrill s'éleva, haute et fragile :

— *Ich bin nicht betrunken !*

La porte du bureau enferma ses cris plaintifs. Trumper lutta pour retrouver son souffle et tout expliquer, mais ne réussit qu'à graillonner :

— Il n'est pas soûl. Laissez-moi le rejoindre !

Puis l'un des flics lui pinça les lèvres, les malaxant comme de la pâte à pain. L'une des prostituées dit :

— Il est diabétique.

A quoi le flic riposta, dans l'oreille de Trumper :

— Comme ça, tu veux aller avec lui ? T'as envie de lui faire un massage ?

Secouant la tête, essayant d'expliquer de sa bouche muselée que Merrill était un ami, Trumper entendit la fille répéter :

— Il est diabétique, il me l'a dit. Laissez-le.

Bogus sentait son pouls palpiter derrière ses yeux.

— Diabétique ? répéta un flic.

Alors ils remirent Bogus sur ses pieds, et ôtèrent leurs mains de sa bouche.

— Vous êtes diabétique ?

— Non, répliqua Bogus.

Les deux flics restaient sur leurs gardes, prêts à se défendre. Bogus palpa sa bouche cuisante. Il était sûr qu'ils ne l'avaient pas entendu à cause de sa bouillie dans la bouche. Il dit plus distinctement :

— Non, je ne suis pas diabétique.

Ils l'empoignèrent de nouveau.

— Je savais bien que c'était un simulateur, dit un flic à son collègue.

Tandis qu'ils le traînaient à travers l'escalier, le bureau, jusque dans la rue froide, Bogus perçut les explications emberlificotées de la pute qui les suivait :

— Non, non... oh ! Bon Dieu ! C'est pas *lui* le diabétique. Je voulais juste vous dire qu'il m'a dit que c'était l'autre qui était...

La porte de l'hôtel claqua, étouffant la suite. Bogus se retrouva entre deux policiers qui le traînaient sur le trottoir.

— Où m'emmenez-vous ? Mon passeport est resté dans ma chambre. Au nom du Ciel, vous n'avez aucun droit de me traiter comme ça ! Je n'essayais pas de faire du mal à ce type, c'est mon putain de meilleur ami, et il est diabétique ! Emmenez-moi où il est, je veux le voir...

Ils se contentèrent de le pousser dans une Volkswagen *Polizei* verte, où il se cogna les tibias, et où ils l'installèrent de force sur le siège arrière, l'obligeant à se plier en deux ou trois morceaux. Ils le menottèrent à un anneau métallique rivé dans le plancher, de sorte qu'il avait la tête entre les genoux. Il sentait monter la colère.

— Vous devez être cinglés, vous n'écoutez même pas ce que je dis.

En se disloquant le cou, il put voir le flic qui partageait avec lui la banquette arrière, et lui jeta :

— Vous êtes un anus, et votre copain aussi !

Il donna un coup de tête dans le dossier du conducteur, lui arrachant une exclamation. Son voisin gronda :

— Tu te tiens tranquille, hein ?

— Trou du cul distendu ! lui fit Trumper.

Mais le policier conserva une attitude presque policée, comme s'il n'avait pas vraiment compris.

— Tu es atteint de syphilis mentale !

L'autre haussa les épaules. Le pilote demanda :

— Il ne parle donc plus allemand ? Tout à l'heure, je l'ai entendu parler allemand. Dis-lui de parler allemand !

Un frisson parcourut l'échine de Bogus, qui se communiqua à la chaîne des menottes. *J'étais convaincu de parler allemand !*

Du coup, il les traita de trous du cul dans la langue de Goethe, et vit aussitôt surgir une épaisse matraque de caoutchouc durci dans la main de son voisin. Une voix, dans la radio de bord, disait : « Un ivrogne... » et il s'entendit murmurer « *Ich bin nicht betrunken...* », ce qu'il regretta aussitôt, voyant tournoyer la matraque et entendant le *tchock !* contre ses côtes, mais n'éprouvant aucune douleur avant d'avoir respiré.

— Un ivrogne, transmettait la radio.

Il essaya de ne plus respirer.

— Respirez profondément, ordonna la radio.

Il respira, et sentit le froid l'envahir.

— Il sentit le froid l'envahir, dit la voix d'une pute dans le poste.

— Toi, sale pute enregistrée, mère de tous les flics, émit Trumper.

La matraque dégringola sur ses côtelettes, ses poignets, ses reins et son cerveau.

Il lui fallut très longtemps pour atteindre à la nage l'endroit précis du Danube d'où il pourrait distinguer le tank immergé. Battant l'eau, et gardant comme point de repère la lumière des docks Gelhafts Keller, il vit la tourelle du tank apparaître si près de lui qu'il aurait pu la toucher, canon exactement braqué dans sa direction. Puis la trappe supérieure du tank s'ouvrit, ou sembla s'ouvrir, à moins qu'elle n'ondulât dans l'eau. *Qu'y a-t-il dans la tourelle du tank ? Ça n'intéresse vraiment personne de savoir qui se cache à l'intérieur ?* Puis il pensa : *Je roule en Volkswagen, et, si elle a un trou dans le toit, c'est celle de Couth et je suis en sécurité.*

Alors les bidets se mirent à ruisseler et lui rincèrent l'intellect.

Il ignorait combien de temps avait duré sa perte de conscience, et jusqu'à quel point il l'avait recouvrée, au moment où il s'aperçut que son texte dactylographié s'était augmenté de plusieurs lignes. Il les lut, se demandant qui les avait écrites, se plongeant dedans comme dans une lettre qu'il aurait reçue, ou même destinée à quelqu'un d'autre. Puis il distingua la silhouette sombre, accroupie dans le carreau inférieur de la fenêtre ; il se fit peur quand il s'assit droit sur sa chaise en gémissant, et que son propre reflet en fit autant, tel un gnome terrifiant, qui s'estompa aussitôt dans le miroir de la vitre.

Quand il ouvrit la porte, il se trouva face à un océan de visages — les putes et leurs clients, Frau Taschy et un flic.

— Qu'est-ce qu'il se passe ? dirent-ils en chœur.

— Comment ?

— Que signifie tout ce boucan ? demanda le flic.

— Avec qui vous disputiez-vous ? enchaîna Frau Taschy.

— Il est bourré, suggéra une pute.

Comme un perroquet, Trumper ânonna :

— *Ich bin nicht betrunken.*

— Pourtant, vous gueuliez comme un porc, l'informa Frau Taschy.

Le flic s'avança, regardant au-delà de Bogus dans la chambre.

— Vous écriviez, hein ?

Trumper passa le flic en revue, cherchant la matraque.

— Qu'est-ce que vous regardez ? demanda le flic.

Il n'avait pas de matraque.

Reculant doucement dans la chambre, Bogus ferma la porte. Il se pinça et se fit mal. Il tâta sa nuque à l'endroit où la fille l'avait mordu ; aucune douleur. Ses poignets et ses côtes, là où il avait reçu les coups de matraque, étaient intacts.

Tandis qu'on murmurait derrière sa porte, il fit ses bagages. *Ils vont enfoncer la porte.* Ils n'en firent rien, mais ils étaient toujours là quand il sortit. Il les sentit à deux doigts de lui faire un mauvais parti, aussi dit-il d'un ton aussi digne que possible :

— Je m'en vais. Impossible de travailler ici, avec tout ce bruit.

Il tendit à Frau Taschy une somme qu'il jugeait amplement suffisante, mais elle se lança dans une diatribe de laquelle il ressortait qu'il avait séjourné des mois dans cet hôtel. Ça l'embrouilla, et, en présence du flic, il jugea qu'il valait mieux payer ce qu'elle demandait. Un bout de son passeport dépassait de la poche de son accoutrement d'espion, et, quand le flic demanda à le voir, il lui désigna la poche pour qu'il le prenne.

Puis Bogus fit un dernier contrôle, rien que pour être sûr :

— Quelqu'un connaît Merrill Overturf ? Un diabétique ?

Personne ne réagit ; en fait, la plupart des gens faisaient comme s'il n'existait pas, craignant sans doute que, pris de folie, il n'arrache tous ses vêtements.

Dehors, le flic le suivit pendant un moment, histoire de voir s'il n'allait pas se jeter sous une voiture ou plonger dans une vitrine. Mais Bogus marchait d'un pas assuré, comme s'il savait exactement où aller, et le flic abandonna sa filature. De nouveau seul, Trumper contourna le Graben par les petites rues tranquilles ; il lui fallut un certain temps pour localiser le *Kaffeehaus* Leopold Hawelka ; il hésita avant d'y entrer, comme s'il y connaissait tout le monde, bien que sa recherche de Merrill Overturf n'ait pas vraiment progressé depuis sa première visite.

A l'intérieur, il reconnut le serveur nerveux et lui sourit. Il reconnut la jeune fille qui avait connu Merrill ailleurs à une autre époque. Il reconnut la nana aux paupières fluorescentes, la sous-maîtresse, en train d'évangéliser une tablée de disciples. Le seul qu'il ne s'attendît pas à voir, c'était le prophète à barbe grise, assis à une table presque cachée derrière la porte — embusqué comme les agents du FBI ou les placeurs blasés des cinémas pornos. Quand le prophète prit la parole, il tonna, et Bogus se retourna brusquement pour voir d'où venait ce vacarme.

— Merrill Overturf ! tempêta le prophète. Eh bien, as-tu fini par le trouver ?

Était-ce le volume de la voix, ou le fait qu'elle eût statufié Trumper sur place en posture de discobole, mais tous les clients du Hawelka prirent la question pour eux ; ils se figèrent aussi, penchés sur leur café, plongés dans leur grog, leur bière, leur cognac, toutes déglutitions et mastications suspendues.

— Tu l'as trouvé ou quoi ? reprit le prophète impatienté. Tu cherchais bien Merrill Overturf, n'est-ce pas ? Alors ?

Le Hawelka tout entier attendait une réponse. Bogus se déroba ; il avait l'impression d'être un film rembobiné avant la fin.

— Eh bien, fit doucement la fille fluo, l'as-tu trouvé ?

— Je n'en sais rien.

— Comment, tu n'en sais rien ? tonna le prophète.

La fille fluo, avec une gentillesse écœurante, lui fit signe :

— Hé, viens t'asseoir. Je crois qu'il faut que tu te retires cette idée de la tête. Je sais ce qu'il…

Il se rua vers la porte avec sa lourde valise, qui percuta le serveur dans l'aine, obligeant ce petit homme agile et soigné à lutter pour conserver en équilibre son plateau surchargé de bières et de cafés.

Le prophète tenta d'intercepter Bogus, mais Bogus lui glissa entre les mains. Avant que la porte ne se ferme, il entendit les paroles du prophète :

— Va-t'en donc. Tu reviendras...

Devant le Hawelka, quelqu'un dans l'ombre lui toucha la main avec une sorte de tendresse.

— Merrill ? exhala Bogus.

— *Gra ! Gra !*

Comme un demi de mêlée, l'homme balança un paquet — *whunk !* — dans l'estomac de Trumper. Quand il se redressa, l'homme avait disparu.

Marchant jusqu'à l'angle, il examina le paquet à la lumière ; solidement emballé dans du papier blanc, entouré de ficelle de boucher. Il l'ouvrit. On aurait dit, sous le néon, du chocolat noir et onctueux, légèrement collant au toucher ; cela répandait une odeur de menthe. Un pavé de fondant à la menthe ? Étrange cadeau. Il le porta à son visage, le flaira, y donna un coup de langue. C'était du haschich pur, un rectangle parfait à peine plus grand qu'une brique...

Un ouragan se déchaîna dans sa tête quand il essaya d'en imaginer le prix.

Sur la vitrine embuée du Hawelka, une main nettoya une petite fenêtre. Une voix, à l'intérieur, annonça :

— Il est toujours là.

Très vite, il n'y fut plus. Il n'avait aucune intention de retourner sur les grandes artères, pourtant le sens de sa course le ramena dans le Graben, cette rue pleine de putes. Il enfonça la brique de haschich dans sa valise.

Il n'avait aucune intention de parler à quiconque ; c'est seulement quand il vit la fille au manteau de fourrure et au manchon assorti qu'il remarqua qu'elle avait changé de tenue. Plus de manteau de fourrure, plus de manchon ; elle portait une robe printanière, comme s'il faisait chaud.

Alors il lui demanda l'heure.

27

Comment les événements
s'enchaînent-ils ?

Ralph Packer essayait d'expliquer la structure de son
film, en le comparant à un roman récent, *Télégrammes
importants,* de Helmbart.

— La structure, c'est l'essentiel, dit-il.

Puis il lut une citation du rabat de couverture, disant que
Helmbart avait réussi à franchir le mur du son. « Les
transitions — toutes les associations d'idées — sont syntac-
tiques, rhétoriques, *structurelles ;* c'est plus une histoire de
structures littéraires qu'un banal drame psychologique ;
Helmbart s'intéresse plus aux variations formelles qu'au
sujet. »

Kent approuva vivement, mais Ralph désirait surtout
être compris par Trumper et Tulpen. La comparaison avec
l'ouvrage d'Helmbart était censée jeter une lumière indispensable sur le montage de Tulpen et la prise de son de
Trumper.

— Tu vois ce que je veux dire ? demanda Ralph à
Tulpen.

— As-tu aimé ce livre ?

— Là n'est pas la question, là n'est pas la foutue
question, s'énerva Ralph ; il ne m'intéresse qu'en tant
qu'exemple. Bien sûr, que je ne l'ai pas aimé.

— Je l'ai trouvé lamentable, dit Tulpen.

— Pratiquement illisible, appuya Trumper.

Le livre sous le bras, il se dirigea vers la salle de bains.
En fait, il n'en avait pas lu une ligne. Il s'assit sur la cuvette
entourée de messages collés aux murs. C'était dû au fait
que le téléphone se trouvait dans la salle de bains. Ralph

l'avait installé là, par crainte des nombreux appels longue distance dont personne ne voulait assumer la responsabilité. Il était convaincu que des gens faisaient tout le chemin jusqu'à Christopher Street uniquement pour téléphoner gratis du bureau. Selon sa théorie, les resquilleurs entraient quand lui, Bogus, Tulpen et Kent travaillaient dans d'autres coins du studio. Mais aucun n'aurait l'idée d'aller chercher le téléphone dans les chiottes.

— Et si des resquilleurs venaient pour utiliser les chiottes ? avait demandé Trumper.

Quoi qu'il en soit, c'est là que se trouvait le téléphone. Les murs, le réservoir de la chasse d'eau, la glace et les étagères étaient constellés de pense-bêtes, de numéros d'appel, de messages urgents ; ceux pris par Kent étaient illisibles.

Otant le téléphone du couvercle de la lunette, Trumper ouvrit *Télégrammes importants*. Ralph ayant fait remarquer qu'en raison de sa structure on pouvait ouvrir ce bouquin au hasard et tout comprendre immédiatement, par quelque bout qu'on commence, Trumper l'ouvrit au milieu et lut de bout en bout le chapitre 77.

CHAPITRE 77

Dès l'instant où il la vit, il comprit. Pourtant, il insista.

Nous avons tout de suite su que ce système d'emboîtement bivalve ne convenait pas pour le bidule. Alors, pourquoi forcer ?

Quand la chèvre fut massacrée, nous étions venus pour cela. Prétendre le contraire serait absurde. Pourtant Mary Beth a menti.

Il était complètement dément de se servir d'une clé à pipe pour cet usage. Pourtant, ça aurait pu marcher.

Il n'y avait pourtant rien de drôle dans le cadavre démembré de Charles. Bizarre que nous n'ayons pas protesté quand Holly éclata de rire.

Avec des pieds dans cet état, Eddy ne pouvait conserver beaucoup d'espoir. En le voyant, on aurait pu croire qu'il avait encore des orteils.

« Ne t'approche pas de moi ! » cria Estella en levant les bras.

Nous savions que le concept de sandwich au paon défiait le tiers monde. Mais nous le mangeâmes.

C'était sans aucune logique que le nain avait peur du gros chat d'Harold. Mais si vous avez déjà vécu à genoux, vous devez savoir que, vues d'en bas, les choses paraissent très différentes.

Tel était le chapitre 77. Intéressé par le cadavre démembré de Charles, Trumper relut ce passage. Il apprécia le sandwich au paon. Relisant soigneusement tout le chapitre, il se sentit frustré de ne pas en savoir davantage sur les pieds d'Eddy. Et qui était donc Estella ?

Ralph frappa à la porte ; il avait besoin de téléphoner. A travers le battant, Trumper lui dit :

— Je comprends que le nain ait peur du gros chat d'Harold.

Ralph s'éloigna en jurant.

Trumper avait du mal à comprendre quel rapport existait entre l'œuvre d'Helmbart et le film de Ralph. Puis il en découvrit un : ni le livre ni le film ne voulaient rien dire. Du coup, il apprécia davantage le film. Détendu, il s'approcha de la lunette des cabinets. Mais il était trop détendu : il avait oublié de disposer son méat en position ouverte. Un tuyau au jet bouché est difficile à orienter. Il se pissa sur les chaussures, bondit en arrière et fit tomber le téléphone dans le lavabo. Grimaçant de douleur, il s'ingénia à pisser dans la cuvette, laissant des gouttelettes partout, car, dans cet état, il est aussi douloureux de s'interrompre que de tout lâcher.

Plus question de détente, pensa-t-il. Il se remémora l'un des nombreux épisodes édifiants d'*Akthelt et Gunnel,* l'histoire de Sprog.

Sprog servait à Akthelt de garde du corps, porteur d'armure, valet de chambre, aiguiseur de poignards, rabatteur de gibier, éclaireur, sparring-partner, rabatteur de femmes et homme de confiance. Quand ils visitaient les villes investies, Sprog goûtait avant lui tous les aliments destinés à Akthelt.

C'est le Vieux Thak qui avait donné Sprog à Akthelt

pour son vingt et unième anniversaire. Akthelt avait été
plus ravi de ce cadeau que de tous ses chevaux, chiens et
autres domestiques. Pour l'anniversaire de Sprog, Akthelt
lui fit cadeau d'une femme greth fort appréciée, nommée
Fluvia. Akthelt l'avait eue lui-même comme favorite, ce
qui montre à quel point il estimait Sprog.

Sprog n'était pas greth. Il n'y avait pas de prisonniers
greths mâles ; on ne capturait que les femmes. Les hommes
devaient creuser un grand trou, puis étaient lapidés à mort,
jetés dedans et brûlés.

Un jour, le Vieux Thak revenait de guerre, le long du
rivage de Schwud, quand ses éclaireurs vinrent lui dire que
la crique suivante était bouchée par un grand bateau à
rames, devant lequel se tenait un homme, qui maniait un
énorme tronc d'arbre comme un simple maillet. Le Vieux
Thak piqua des deux avec ses hommes pour contempler ce
phénomène. L'homme ne mesurait que cinq pieds de haut,
mais avait cinq pieds de tour de poitrine. Il n'avait ni cou,
ni poignets, ni chevilles ; il n'était qu'un énorme torse
pourvu de membres sans jointures apparentes, et une face
aussi dénuée d'aspérités qu'une enclume recouverte de
cheveux blonds frisés. Il portait sur l'épaule un tronc flotté,
sans effort apparent.

— Sus à lui ! lança le Vieux Thak à l'un de ses éclaireurs.

Éperonnant sa monture, le soldat chargea l'étrange bloc
trapu qui prétendait barrer la mer avec un bateau à rames.
Le nain géant projeta son tronc d'arbre comme un fétu de
paille sur le poitrail du cheval, qui tomba raide mort, puis
arracha le cavalier à ses étriers et le plia en deux, lui
rompant l'échine avec aisance. Enfin, ramassant son tronc
d'arbre, il reprit sa garde devant son bateau, surveillant la
plage où le Vieux Thak se morfondait avec l'autre éclaireur.

Lequel, pensait Trumper, devait avoir fait dans son froc
entre-temps.

Le Vieux Thak ne poussa pas la prodigalité jusqu'à
sacrifier l'autre éclaireur. Il savait reconnaître un bon garde
du corps quand il en voyait un, et expédia son voltigeur
chercher la légion. Thak voulait la chose vivante.

Il fallut plus de vingt hommes, munis de longues lances et de filets, pour capturer le super-troll qui bloquait le rivage de Schwud. Ce fut un lieutenant qui donna à la créature le nom de Sprog. *Da Sprog* (une traduction approximative serait le Crapaud du Diable), une sorte de batracien géant qui incarnait l'esprit du Mal, et à travers lequel le Diable bondissait tout autour de la terre, ainsi que le prétendait une antique légende.

Mais c'était faux. Sprog fut apprivoisé aussi facilement qu'un faucon, et se montra aussi loyal envers le Vieux Thak que son chien favori, Rotz. Ce fut donc une belle preuve d'amour paternel, quand le Vieux Thak se sépara de Sprog pour en faire don à son fils Akthelt.

Trumper interrompit le déroulement de l'histoire pour se demander si c'était à ce moment de sa vie que Sprog avait commencé à se détendre et à croire qu'il avait réussi. Probablement pas, car Sprog souffrait d'un complexe d'imperfection lors de ses premières années auprès d'Akthelt. Le Vieux Thak était moins exigeant, et Sprog s'était complu dans son rôle confortable de chien de garde. Mais Akthelt, qui était du même âge que Sprog, manifestait une certaine familiarité avec les inférieurs ; en fait, Akthelt aimait bien boire avec Sprog, et Sprog ne sut plus très bien se tenir à sa place. Il se montrait fort loyal avec Akthelt, bien sûr, et aurait fait n'importe quoi pour lui, mais le fait qu'Akthelt le traitât en ami ébranlait ses certitudes. L'égalité est un thème mineur dans *Akthelt et Gunnel,* pourtant il se fait jour dans cet épisode particulier.

Une nuit, Akthelt et Sprog s'enivrèrent de conserve dans le petit village de Thith et, traversant un verger pour rentrer au château, firent un concours à qui déracinerait les plus gros arbres. Sprog gagna, évidemment, ce qui dut irriter Akthelt. Quoi qu'il en soit, alors qu'ils franchissaient le pont-levis bras dessus bras dessous, Akthelt demanda à Sprog si ça ne l'ennuierait pas si lui, Akthelt, couchait avec Fluvia, la jeune épouse de Sprog. Après tout, entre amis...

Peut-être que cette proposition fit l'effet d'un révélateur dans l'esprit de Sprog ; Akthelt aurait très bien pu prendre Fluvia quand il le voulait, et du fait qu'il lui en demandait la permission, Akthelt reconnaissait que Sprog était son égal.

Là-dessus, non seulement il autorisa de grand cœur Akthelt à prendre son plaisir avec Fluvia, mais se précipita dans les appartements royaux pour prendre *son* plaisir avec Gunnel, femme d'Akthelt. Pourtant Akthelt ne l'y avait pas invité. Manifestement, Sprog avait mal analysé la situation.

Trumper pouvait s'imaginer le malheureux Sprog rebondissant dans les corridors labyrinthiques des appartements royaux comme une énorme bille de flipper. C'est à ce moment-là que Sprog avait relâché sa garde.

Ralph revint tambouriner à la porte de la salle de bains, et Trumper se demanda ce qu'il mijotait. Il regarda le livre qu'il tenait, s'attendant à ce que ce soit *Akthelt et Gunnel*, et fut déçu de ne trouver que *Télégrammes importants*, de Helmbart. Quand il ouvrit la porte, Ralph suivit le fil du téléphone jusqu'au lavabo. Aucunement surpris de trouver là le téléphone, il manœuvra le cadran dans le lavabo, écouta le signal occupé dans le lavabo, raccrocha dans le lavabo.

Bon sang, je devrais tenir un journal, songea Trumper.

Il essaya la nuit suivante. Après qu'il eut fait l'amour avec Tulpen, des questions furent soulevées. Des analogies s'établirent dans sa tête. Il évoqua Akthelt, s'affalant dans l'obscurité sur la brune Fluvia, qui attendait son épais Sprog. Fluvia avait eu peur au début, en le prenant pour Sprog. Fluvia et Sprog avaient établi de ne jamais faire l'amour quand Sprog était ivre, car Fluvia craignait qu'il ne lui brisât les reins. Il y avait aussi un adjectif intraduisible se rapportant à l'odeur que répandait Sprog quand il avait picolé.

Mais Fluvia devina vite qui lui faisait l'amour, soit parce que ses reins n'étaient pas brisés, soit à cause de la royale odeur.

— Oh! Akthelt, mon Seigneur, soupira-t-elle.

Trumper pensa encore au pauvre Sprog, frustré, clopinant vers les appartements royaux, plein de désir pour Gunnel... Puis il pensa aux bébés, aux moyens de contraception, et compara ses relations sexuelles avec Biggie à celles avec Tulpen. Son journal restait vierge.

Il se rappela que Biggie oubliait toujours de prendre la pilule. Bogus accrochait la petite plaquette au cordon d'allumage de la lampe, afin que Biggie pense à la contraception chaque fois qu'elle allumait ou éteignait la lumière, mais elle n'avait pas aimé l'idée de ses pilules exposées en public. Sa colère grandissait chaque fois que Ralph venait chez eux.

— T'as pensé à ta pilule, Biggie ? lui demandait-il en sortant de la salle de bains.

Tulpen, au contraire, utilisait un système intra-utérin. Biggie aussi avait eu une sorte de diaphragme jadis en Europe, mais elle l'avait oublié là-bas. Trumper devait admettre qu'un stérilet comportait un petit « plus ». On pouvait le sentir à l'intérieur, comme un organe de rabiot, une main ou un petit doigt de rechange. De temps en temps, il donnait une petite tape amicale. Bogus l'aimait bien. Il ne restait pas toujours à la même place. En pénétrant Tulpen, il ne savait jamais où il entrerait en contact avec le petit cordon chatouilleur. Cette nuit-là précisément, il n'avait rien senti du tout. Ça l'ennuya, et, se souvenant que Biggie avait perdu le sien — ou qu'il s'était dissous —, il posa la question à Tulpen.

— Ton bidule.

— Quel bidule ?

— Celui avec le cordon.

— Oh, comment as-tu trouvé mon cordon cette nuit ?

— Je ne l'ai pas trouvé du tout.

— Il est discret.

— Non, sincèrement, tu es sûre que tout est en ordre ?

Il se faisait souvent du souci à ce sujet. Tulpen demeura un moment immobile sous lui ; elle murmura :

— Tout est en ordre, Trumper.

— Mais je n'ai pas senti le cordon, et je le sens toujours, d'habitude.

Ce qui n'était pas totalement vrai.

— Tout est en ordre, répéta-t-elle en se lovant contre lui.

Il attendit qu'elle fût endormie avant de se lever pour commencer son journal. Au début d'un journal, on doit mettre la date, or il ne savait pas quel jour on était. Et sa tête était si encombrée, de tellement d'événements ! Des millions d'images se bousculaient dans le film de sa mémoire, tant réelles qu'imaginaires. Alors l'énigmatique passage du roman de Helmbart, concernant les pieds d'Eddy, revint le hanter. Il fallait compter avec *Akthelt et Gunnel ;* impossible de se défaire de l'image de Sprog chancelant dans les couloirs du château, son désir au vent.

Il élabora une entrée en matière. Elle ne ressemblait pas à ce qu'on écrit dans un journal ; c'était plutôt l'amorce d'un début. Mais il l'écrivit, presque malgré lui :

« Elle avait parlé de moi à son gynécologue… »

Quelle étrange façon de commencer un journal intime ! Une question le frappa : comment les événements s'enchaînent-ils ? Mais il fallait bien commencer quelque part.

Prenons par exemple… Sprog.

Il regarda Tulpen se recroqueviller sur elle-même ; elle attira l'oreiller de Bogus, le coinça entre ses jambes, puis se rendormit calmement.

Une chose après l'autre. Qu'est-il arrivé à Sprog ?

28

Qu'est-il arrivé au haschich ?

À East Gunnery, ta mère nous installa dans des chambres séparées, bien que ça l'obligeât à dormir avec Tata Blackstone, et ton père sur le divan de l'entrée. Nous avions oublié le pauvre Couth qui se morfondait dans son champ. Il a passé toute la nuit dans sa Volkswagen pleine de trous, et s'est réveillé le matin complètement engourdi en forme de siège.

Mais le dîner n'a pas été tellement déplaisant après la révélation — si ce n'est, bien sûr, la difficulté à expliquer la situation à la tante sourde.

— Enceinte, disais-tu. Je suis enceinte, Tata Blackstone.

— Sainte ? Bien sûr que ta mère est une sainte ! répliquait la tante.

De sorte qu'il fallut gueuler la fatale nouvelle, et, quand Tata Blackstone eut fini par l'assimiler, elle ne comprit pas pourquoi on faisait tant de bruit pour un événement aussi banal.

— Oh ! *Enceinte !* Quelle bonne surprise ! Ça, c'est quelque chose !

Elle t'inspecta, Biggie, s'émerveillant de ton surprenant métabolisme et ravie de constater que les jeunes étaient encore fertiles ; voilà au moins une chose qui n'avait pas changé.

Nous étions pleins de compréhension pour ta mère, qui tenait pour évident que nous dormions dans des chambres séparées ; seul ton père eut la hardiesse de laisser entendre que nous avions déjà dormi ensemble et qu'il n'y avait plus d'apparences à sauver, mais il n'insista pas, voyant comme nous que ta mère avait besoin de se rassurer au moyen de ce formalisme. Elle croyait peut-être que, sa fille ayant été violentée et souillée dans son jeune âge, sa chambre de jeune fille au moins devait rester pure et sans tache. Pourquoi ternir les nounours installés à la tête du lit virginal, ou tous les petits lutins skieurs alignés si innocemment sur la commode ? Il fallait que quelque chose reste immaculé. Elle nous le faisait bien sentir, Biggie.

Et quand le lendemain matin nous nous sommes retrouvés dans la salle de bains, j'ai fait tomber le râtelier de Tata Blackstone dans le lavabo, où il tournoya bruyamment tout autour de la cuvette émaillée ; une mâchoire en vadrouille ! Tu as éclaté de rire, tout en te taillant les ongles des pieds sur le rebord de la baignoire — un avant-goût de ma future vie domestique.

Derrière la porte, ta mère s'énervait. Comme si elle craignait que tu sois enceinte une deuxième fois et que tu donnes le jour à des jumeaux ou davantage, elle cria :

— Il y a une autre salle de bains à l'étage !

Tandis que je me savonnais les aisselles, tu m'as murmuré :

— Bogus, tu te rappelles le jour où tu as essayé de te laver dans le bidet, à Kaprun ?

Mon membre se ratatina à cette évocation glaciale.

Au petit matin, Trumper parla dans son sommeil et dans les cheveux de sa compagne de lit :

— Tu te rappelles ?...

Ne reconnaissant pas le parfum familier, il s'interrompit et recula.

— Che me rap... dit la pute d'une voix endormie.

Elle ne parlait pas anglais.

Après son départ, tout ce qu'il put se rappeler de cette fille, ce furent ses bagues et la façon dont elle s'en servait. Elle avait imaginé un jeu : arroser leurs deux corps de gouttelettes lumineuses captées par les facettes des pierres précieuses.

— Embrasse celle-là, disait-elle en indiquant une tache de lumière tremblante.

A chaque mouvement de ses mains, les reflets lumineux

entraient en danse, petits carrés, petits triangles faisant la course autour de son nombril profond ou le long de ses cuisses tendues.

Elle avait de belles longues mains, et les poignets les plus fins, les plus agiles qu'il ait jamais vus. Elle faisait aussi de l'escrime avec ses bagues.

— Défends-toi!

Elle s'accroupissait en face de lui sur le lit bancal de la pension Taschy, puis feintait, parait, et lui portait des bottes, l'égratignant ici et là avec le bord aigu d'une bague, mais jamais assez fort pour faire perler le sang.

Quand il grimpa sur elle, elle posa les mains sur son dos. Un moment, il surprit des étincelles dans ses yeux : elle observait les reflets brillants sur le plafond, tout en s'arquant et en gémissant sous lui.

Il s'arrêta sur la Josephsplatz, au pied de la fontaine, et se demanda comment il était arrivé là. Il tenta de se rappeler combien il avait donné à la prostituée. Comme il ne lui restait aucun souvenir de la transaction, il examina son portefeuille pour se faire une idée. Vide.

Dans sa valise, l'odeur chocolatée du haschich le fit défaillir. Il s'imagina payant son déjeuner d'une tranche de haschich — ramassant un couteau de table, coupant une lamelle aussi fine que du papier à cigarette et demandant au garçon si c'était assez.

Au bureau de l'American Express, il s'enquit de Merrill Overturf au comptoir des renseignements, derrière lequel un type secoua une tête perplexe, consulta un plan posé devant lui, puis une carte accrochée derrière.

— Oferturf? C'est dans guel goin? Fous connaissez la fille la blus broche?

Après s'être expliqué, Trumper fut aiguillé au bureau du courrier. La jeune employée secoua fermement la tête : aucun Overturf n'avait de casier permanent à l'American Express. Bogus voulut quand même laisser un message.

— Nous pouvons le garder en attente, mais pas plus de huit jours. Au-delà, ce sera une lettre morte.

Une lettre morte? Ainsi, même les mots pouvaient mourir…

Dans le hall, sur un tableau d'affichage, on trouvait des avis de toutes sortes.

ANNA, JE T'EN SUPPLIE, RENTRE À LA MAISON !

ENREGISTREMENT VIDÉO NFL MATCH DE LA SEMAINE
PROJECTION LE DIMANCHE, 2H. ET 4H. P.M.
COMM. ÉNERGIE ATOMIQUE,
KÄRNTNER RING 23, VIENNE
PASSEPORT US INDISPENSABLE.

KARL, JE T'ATTENDS À L'ENDROIT HABITUEL.

PETCHA, APPELLE KLAGENFURT 09-03-79 AVANT MERC.,
SINON PARS POUR GRA AVEC GERIG,
VOIS HOFSTEINER APRÈS 23 H. MARDI/ERNST.

A ces messages, Trumper ajouta le sien :

MERRILL, LAISSE UN MOT POUR MOI/BOGGLE.

Il musardait sur le trottoir du Kärntner Ring, jouissant de la température printanière pour un mois de décembre, quand le type aux joues rondes et à la cravate carrée lui parla pour la première fois. La bouche de cet homme était si dodue et arrondie que sa moustache soignée formait un demi-cercle autour. Trumper ne fut nullement surpris de l'entendre s'exprimer en anglais ; il ressemblait à un pompiste qu'il avait connu en Iowa.

— Dites, vous êtes américain aussi ? demanda l'homme.

Il tendit la main à Bogus.

— Je m'appelle Arnold Mulcahy.

Ce disant, il saisit avec force la main de Bogus, qui cherchait quelque chose de poli à dire, et, d'un bras retourné imparable, arracha Trumper du sol. Pour un bouffi, il bougeait très vite ; il fut derrière Bogus avant que celui-ci n'ait eu le temps de reprendre la verticale, et lui arracha promptement sa valise. Puis il balança à Trumper une double manchette qui le réexpédia au trottoir.

Étourdi suite à la rencontre de sa nuque avec l'asphalte, Trumper pensa avoir affaire à un ancien entraîneur de catch de sa connaissance. Il tentait de retrouver son nom quand il vit s'arrêter la voiture et deux hommes en jaillir. L'un d'eux fourra la tête dans la valise et renifla profondément.

— La came est bien dedans, dit-il.

Les portières étaient ouvertes. *Encore le même cauchemar,* songea Trumper, mais ses épaules semblaient être sorties de leurs articulations, et les deux hommes aidant Arnold Mulcahy à pousser Trumper à l'arrière du véhicule étaient bien réels.

Sur la banquette arrière, ils le fouillèrent très vite, mais si minutieusement qu'ils auraient pu lui dire combien de dents avait son peigne de poche. Arnold Mulcahy s'assit à l'avant pour examiner le passeport de Trumper. Puis il déballa la brique de haschich, la flaira, toucha la résine gluante, la lécha enfin d'un rapide coup de langue.

— C'est du pur, Arnie, dit l'un de ses adjoints avec un pur accent de l'Alabama.

— Ouais.

Arnold Mulcahy enveloppa soigneusement le haschich, le remit dans la valise de Trumper, puis, se penchant sur le dossier du siège, adressa un sourire à Bogus. Arnold Mulcahy, replet et bourré de tics, pouvait avoir quarante ans ; entre autres choses, Trumper pensait que Mulcahy lui avait porté le plus beau bras retourné et les deux meilleures manchettes qu'il ait jamais eu la malchance de recevoir de toute sa carrière de lutteur. Il pensait aussi que tous ses compagnons frisaient aussi la quarantaine, bien qu'ils n'aient ni tics ni bedaine.

— Ne vous inquiétez pas, mon cher ami, lui dit Mulcahy souriant.

Ses intonations nasales évoquaient la voix de W.C. Fields.

— Nous savons tous que vous êtes innocent. Enfin, presque. C'est-à-dire que vous n'avez pas essayé de refourguer la drogue, à notre connaissance.

Il cligna de l'œil à ses hommes, qui encadraient Bogus, et

qui desserrèrent leur prise pour lui permettre de frictionner ses épaules endolories.

— Une simple question, mon petit.

Mulcahy exhiba un petit rectangle de papier ; le message que Bogus avait épinglé sur le panneau de l'American Express.

— Qui est Merrill ?

Voyant que Trumper restait sans réponse, il reprit :

— Ce Merrill ne serait-il pas un acheteur éventuel, mon gars ?

Trumper redoutait de parler. Il pensait que, quels que fussent ces types, ils en savaient plus long que lui, et voulait savoir où ils l'emmenaient.

— Mon cher petit, dit Mulcahy, nous savions que vous n'aviez pas l'intention de garder la camelote, mais nous ne savons pas très bien ce que vous aviez l'intention d'en faire.

Trumper garda le silence. La voiture faisait le tour de la Schwarzenburgplatz, non loin de l'endroit où Bogus s'était fait ramasser. Trumper avait vu trop de films ; il y avait une étonnante ressemblance entre les flics et les truands, et Bogus aurait bien voulu savoir à quelle catégorie appartenaient ceux-ci.

Arnold Mulcahy soupira :

— Vous voyez, j'ai la conviction que nous vous avons empêché de commettre un acte criminel. Votre seul crime jusqu'ici est un mensonge par omission, mais si ce fameux Merrill était un de vos acheteurs potentiels, alors c'est une autre paire de manches !

Il cligna de l'œil, attendant la réponse de Bogus. Bogus retint son souffle.

— Allons, qui est Merrill ?

— Et vous, qui êtes-vous ?

— Je suis Arnold Mulcahy.

Clignant de l'œil, il offrit sa main à Bogus, mais ce dernier se souvint des prises de catch, et hésita avant d'accepter la virile poignée de main de Mulcahy.

— Il ne me reste qu'une seule question à vous poser, monsieur Fred Trumper.

Il cessa de secouer la main de Trumper, redevenant aussi sérieux qu'un gros homme plein de tics puisse l'être :
— Pourquoi avez-vous quitté votre femme ?

29

Qu'est-il arrivé à Sprog ?

Il fut castré à coups de hache de guerre. Puis il fut exilé sur les côtes de sa Schwud natale. Afin qu'il n'oublie jamais sa mutilation, Fluvia, son épouse impudique, fut exilée avec lui. Tel était le châtiment habituel pour qui avait sexuellement agressé un membre de la famille royale.

Quand je voulus savoir pourquoi son gynécologue lui avait conseillé d'ôter son stérilet, elle m'a répondu par ce geste injurieux de la main contre son sein — me signifiant que son stérilet n'est pas mes oignons.

— Quand te l'a-t-il enlevé ?

Elle hausse les épaules, comme si elle ne se souciait pas de le savoir. Mais moi, je me rappelle très bien que ça fait plusieurs fois que je ne sens pas le petit cordon niché à sa place habituelle.

— Pourquoi ne m'as-tu rien dit, bon Dieu ? J'aurais pu mettre une capote.

Elle marmonne que son gynécologue ne lui aurait pas non plus recommandé la capote.

— Qu'est-ce que c'est que ce truc ? D'abord, pourquoi t'a-t-il conseillé d'ôter ton machin ?

— Pour ce que je voulais, élude-t-elle, c'était la première chose à faire.

Je n'y suis toujours pas : je soupçonne la pauvre fille de ne rien comprendre à la reproduction. Puis je réalise que je ne comprends rien à cette fille. Je lui demande avec douceur :

— Tulpen, que voulais-tu donc, qui t'incite à ne plus utiliser de contraception ?

Poser la question, c'est y répondre. Elle me sourit en rougissant.

— Un enfant ! C'est ça ? Tu veux un bébé ?

Elle fait oui de la tête, toujours souriante.

— Tu aurais pu m'en parler, ou du moins me poser la question !

— J'ai déjà essayé, dit-elle avec défi.

Je la sens sur le point de me narguer une fois de plus avec son coup de sein.

— Mais enfin, il me semble que j'ai aussi mon mot à dire, bordel !

— Ce sera mon enfant, Trumper.

— Pas le mien, peut-être ?

— Pas nécessairement, fait-elle en s'agitant comme un de ses maudits poissons.

— Avec qui d'autre as-tu couché ?

— Personne. Simplement, je ne veux pas te forcer à t'occuper d'un enfant, voilà tout.

Devant mon air sceptique, elle ajoute :

— Si on te demande quelque chose, tu diras que tu n'en sais rien, espèce de pauvre con !

Puis elle tourbillonne jusqu'à la salle de bains où elle s'enferme avec un journal et quatre magazines, s'attendant à ce que je fasse... quoi au juste ? Que je m'endorme ? Que je m'en aille ? Que je prie pour avoir des triplés ?

— Tulpen, dis-je à la porte close, tu es peut-être déjà enceinte !

— Tu peux déménager, si tu veux.

— Doux Jésus ! Tulpen !

— Tu n'as pas lieu de te sentir piégé, Trumper. Ce n'est pas à ça que servent les enfants.

Elle reste là-dedans un siècle, et je suis obligé d'aller pisser dans l'évier de la cuisine. Je pense : *Je me fais opérer dans deux jours. Pendant qu'ils y seront, ils pourront peut-être me stériliser...*

Mais quand elle émergea de la salle de bains elle semblait moins agressive, infiniment plus vulnérable, et, quasi instantanément, il voulut être tel qu'elle voulait qu'il soit. Pourtant, il fut désarçonné par la question qu'elle lui posa timidement :

— Au cas où tu voudrais quand même un enfant, tu préférerais un garçon ou une fille ?

Pauvre de lui, il s'en voulut de se rappeler à ce moment la blague atroce que lui avait un jour racontée Ralph. C'est une fille enceinte qui demande à son mec : « Georges, qu'est-ce que tu veux, un garçon ou une fille ? » et Georges lui répond après réflexion : « Un mort-né. »

— Trumper, insista Tulpen. Un garçon ou une fille ? Qu'est-ce que tu préfères ?

— Une fille.

A nouveau, elle était joyeuse, survoltée, séchait ses cheveux dans une grande serviette, s'agitait autour du lit.

— Pourquoi une fille ?

Elle voulait continuer le jeu : elle adorait cette conversation.

— Je ne sais pas, marmonna-t-il.

Il aurait pu mentir, mais élaborer un mensonge demandait trop d'effort. Elle lui prit les mains, s'assit devant lui sur le lit, et laissa la serviette glisser de sa tête.

— Explique ! C'est parce que tu as déjà un garçon ? Ou préfères-tu les filles ?

— Je ne sais pas, dit-il avec irritation.

Elle lâcha ses mains.

— Tu t'en fous. Tu t'en fous complètement, n'est-ce pas ?

Elle ne lui laissait aucune échappatoire.

— Je ne veux pas d'enfant, Tulpen.

Elle se mit à se frictionner la tête avec la serviette, ce qui lui dissimula le visage. Puis, laissant tomber la serviette, elle le regarda droit dans les yeux, plus durement que personne ne l'avait jamais fait, Biggie exceptée.

— Eh bien moi, j'en veux un, Trumper. Alors, je vais en avoir un, que tu sois d'accord ou non. Et ça ne te coûtera pas plus cher que maintenant. Il ne te suffira que de me faire l'amour.

Sur le moment, il avait très envie de lui faire l'amour ; en fait, il aurait mieux fait de le lui faire, tout de suite. Mais quelle bouillie dans sa tête ! Son esprit s'évadait bien loin de là. Il pensait à Sprog...

L'assommeur de chevaux, le lanceur d'arbres, déboulant dans les appartements royaux, écrabouillant le gardien de la chambre royale. Puis dans la somptueuse couche. Sans nul doute, une Gunnel parée et parfumée y attendant son seigneur Akthelt. Arrivée du crapaud, haut de cinq pieds. Avait-il sauté sur elle ?

Quoi qu'il eût fait, il ne le fit pas assez vite. Le texte rapporte que Gunnel fut « presque écrasée par lui ». Presque.

Apparemment, Akthelt entendit les cris de Gunnel jusque dans la canfouine des serviteurs où il se vautrait dans l'étreinte luxurieuse de Fluvia. Il ne lui vint pas à l'esprit que son épouse subissait les assauts de Sprog ; il reconnut simplement la voix de sa femme. Il se retira de Fluvia, bondit dans ses chausses, et vola jusqu'aux appartements royaux. Là, lui et sept hallebardiers capturèrent non sans mal Sprog, le décollant de la malheureuse Lady Gunnel au moyen de plusieurs tisonniers.

Selon la coutume, les castrations avaient toujours lieu la nuit, et le lendemain soir les testicules du pauvre Sprog furent élagués à la hache. Akthelt n'assista pas à l'événement, non plus que le Vieux Thak.

Akthelt porta le deuil de son ami. Il s'écoula plusieurs jours avant qu'il ne demandât à Gunnel si Sprog l'avait... eh bien, s'il l'avait possédée, si elle voyait ce qu'il voulait dire. Elle voyait. C'était non. Là-dessus, Akthelt se sentit encore plus coupable, ce qui mit Gunnel en fureur. Akthelt et le Vieux Thak durent la persuader d'exiger publiquement que Fluvia soit jetée aux ours.

Les ours sauvages étaient dans les fossés du château, pour une raison que Trumper avait été incapable de traduire ; ça n'avait aucun sens. Les fossés étaient censément remplis d'eau, mais peut-être ce fossé-là avait-il une fuite qu'on ne pouvait colmater, aussi, à la place d'eau, y avaient-ils mis des ours féroces, allez savoir. Un exemple entre mille de l'incohérence de cette antique épopée ! Le nordique primitif inférieur n'était pas réputé pour la vraisemblance de ses légendes.

Un autre exemple : l'histoire de Sprog ne rebondit qu'après des pages et des pages, bien longtemps après l'exil de Sprog et Fluvia sur les côtes de Schwud. La légende raconte qu'un jour un voyageur épuisé traverse le royaume de Thak et demande l'hospitalité d'une nuit au château. Akthelt demande à l'étranger de raconter ses aventures — Akthelt aime qu'on lui raconte des histoires —, et l'inconnu raconte cette effroyable histoire :

Il chevauchait sur le sable fin des rivages de Schwud avec son jeune frère ; puis les deux hommes avisèrent une femme noiraude et impudique qu'ils prirent pour une sauvageonne abandonnée par sa tribu et affamée d'amour. Là-dessus, le jeune frère du voyageur, émoustillé par les mimiques explicites de la souillon, se jette sur elle, là, sur la plage, et s'emploie à se satisfaire. Mais ce déduit n'étancha que partiellement les désirs de la femelle, de sorte que l'étranger s'apprêta à chevaucher à son tour cette fille en rut. Il vit alors son frère empoigné par un homme rond, blond, bestial, « dont l'estomac aurait pu contenir l'océan ». Sous les yeux horrifiés du voyageur, son frère fut plié, brisé, cogné, démembré, et en un mot massacré par ce terrible dieu blond « au centre de gravité comme un ballon ».

Ce ballon de plage était Sprog, bien sûr, et la femme sur le sable, qui avait ri, gémi et supplié le voyageur de la prendre vite, Fluvia.

D'un côté, on était content d'apprendre qu'ils étaient toujours ensemble après tout ce temps. Mais le voyageur n'envisagea pas le problème sous cet angle ; il s'enfuit. Il courut vers l'endroit où son frère et lui avaient attaché leurs coursiers.

Les deux animaux étaient morts, éventrés. On aurait dit qu'ils avaient été massacrés par un bélier gigantesque, et il y avait auprès des cadavres un tronc énorme, qu'aucun homme n'aurait pu soulever. Le voyageur ne put que prendre sa course, car Sprog le poursuivait. Par bonheur, l'étranger avait autrefois été messager professionnel et pouvait courir très vite sur une très longue distance. Il courut, à longues foulées régulières, mais, chaque fois qu'il se retournait, Sprog était là, si petit qu'il progressait comme un sanglier, faisant résonner le sol de ses vastes pieds sous ses jambes courtaudes. Mais il tenait la distance.

L'étranger courut toute la nuit, sautant par-dessus les rochers, tombant, se relevant, zigzaguant à l'aveuglette. Mais, chaque fois qu'il s'arrêtait, il pouvait entendre, se rapprochant, la course de Sprog ébranlant la terre comme un éléphant à cinq pattes, et haletant comme un ours essoufflé.

Au petit matin, l'étranger franchit la frontière du Schwud, et aboutit dans la ville de Lesk, en plein royaume de Thak. Il reprit son souffle sur la grand-place, aux aguets, s'attendant à tout instant à ouïr le pas lourd de son poursuivant opiniâtre. Il resta ainsi des heures avant que les accueillants habitants de la ville ne s'occupent de lui, lui donnent à manger et lui disent que jamais les jeunes citadins ne s'aventuraient sur le rivage de Schwud.

— *Da Sprog*, dit une jeune veuve, traçant sur sa poitrine le signe du crapaud.

— *Da kvinna des Sprog* (la *femme* de Sprog), fit un jeune rescapé auquel il manquait un bras.

Voilà ce qu'il était advenu de Sprog.

Et Bogus Trumper ? Qu'était-il advenu de lui ? Il s'était endormi en position assise, le menton posé sur l'étagère supportant l'aquarium aux tortues, l'esprit enfin apaisé par le gargouillis de la pompe à air.

Tulpen, en chien de fusil sur le lit, attendit pendant plus d'une heure qu'il se réveille et lui fasse l'amour. Mais il ne voulait pas s'éveiller, et elle avait perdu toute espérance. Elle l'avait déjà suffisamment attendu, pensa-t-elle, aussi s'allongea-t-elle pour le regarder dormir. Bien qu'elle détestât fumer, elle alluma une cigarette. Puis elle alla vomir dans la salle de bains. Ensuite, elle mangea un yaourt. Elle était toute retournée.

Quand elle se remit au lit, Trumper n'avait pas bougé,
endormi contre les tortues. Avant de se laisser aller au
sommeil, il lui vint une idée ; si elle pouvait se procurer
deux de ces gros klaxons hydrauliques qu'ont les camions
diesels, elle pourrait les actionner dans les oreilles de
Trumper, et lui secouer le cerveau si violemment que ça lui
nettoierait la mémoire. Elle pensait que ce ne serait pas du
luxe.

Elle n'avait probablement pas tort.

Pour la plupart des gens, il serait impossible de dormir le
menton posé sur une étagère ; mais Bogus rêvait de Merrill
Overturf...

30

Qu'est-il arrivé
à Merrill Overturf?

Un jour, Trumper avait lu un article sur l'espionnage. Il se souvenait que le département du Trésor américain supervise le Bureau fédéral des narcotiques et les services secrets, et que la CIA contrôle tous les services d'espionnage du gouvernement. Ça semblait plausible, et ça le rassura.

On l'avait mis dans un petit bureau du consulat américain à Vienne ; il ne craignait plus d'être assassiné, puis jeté dans le Danube — pas tout de suite, du moins. S'il conservait encore quelques doutes sur l'endroit où il se trouvait, ils s'évanouirent lorsque le vice-consul entra avec nervosité.

— Je suis le vice-consul, s'excusa-t-il auprès d'Arnold Mulcahy (qui était apparemment plus important qu'un vice-consul) et je dois vous informer que votre collègue, là dehors... s'il vous plaît...

Arnold Mulcahy alla voir ce qui se passait.

D'après le vice-consul, l'un des gros bras de Mulcahy, un grand type orné d'une cicatrice livide, flanquait la frousse aux gens qui venaient remplir leurs fiches d'immigration. Mulcahy revint deux minutes plus tard ; il se trouvait que l'homme à la cicatrice était venu aussi remplir les formulaires d'immigration, dit-il au vice-consul avec brusquerie.

— Laissez-le entrer dans le pays, lui conseilla-t-il. Une sale gueule, ça peut toujours servir.

Puis il se remit au travail sur Bogus Trumper.

Ils avaient des preuves contre lui, et des arguments : savait-il qu'aux États-Unis on le considérait comme une

« personne disparue » ? Savait-il que sa femme s'inquiétait de son sort ?

— Je ne suis pas parti depuis si longtemps ! protesta Trumper.

Mulcahy lui fit comprendre que, pour sa femme, ça avait assez duré. Trumper lui dit qui était Merrill Overturf. Il affirma n'avoir aucun projet concernant le haschich, mais qu'il l'aurait probablement vendu si quelqu'un avait voulu l'acheter. Il lui dit aussi qu'une prostituée lui avait pris tout son argent, et qu'il était plutôt dans le flou sur bien des points.

Mulcahy hocha la tête ; tout cela, il le savait déjà.

Bogus lui demanda de l'aider à retrouver Merrill Overturf ; c'est alors que Mulcahy lui proposa un marché. Il retrouverait Merrill Overturf, mais il faudrait d'abord que Bogus fasse quelque chose pour Arnold Mulcahy, pour le gouvernement américain et pour tous les pauvres gens du monde.

— Je n'y vois aucun inconvénient, dit Bogus, dans son désir de retrouver Merrill.

— Vous avez intérêt ! grinça Mulcahy. D'autant qu'il vous faudra un billet d'avion pour rentrer au pays.

— Je ne sais pas très bien si j'en ai envie.

— Eh bien, moi, je le sais.

— Je crois que Merrill Overturf est à Vienne, dit Trumper, et je n'irai nulle part tant que je ne l'aurai pas trouvé.

Mulcahy fit appeler le vice-consul et lui ordonna :

— Localisez le nommé Overturf, et vite, qu'on en finisse avec notre truc.

On exposa ensuite le « truc » à Bogus Trumper. C'était enfantin. On remettrait à Trumper plusieurs milliers de dollars américains, en billets de cent. Trumper irait rôder autour du *Kaffeehaus* Leopold Hawelka ; là il attendrait le type qui disait tout le temps « *Gra ! Gra !* » et lui avait refilé le paquet de haschich. Quand ce type se montrerait, Trumper lui donnerait l'argent. Puis on emmènerait Trumper à l'aéroport Schwechat et on le mettrait dans un avion pour New York. Il emporterait avec lui la brique de haschich ; on fouillerait ses bagages à la douane de Kennedy Airport ; on découvrirait le haschich ; Trumper serait arrêté sur place et emmené dans une limousine. La limousine le déposerait où il voudrait à New York, et il serait libre.

Tout ça semblait couler de source. Les mobiles de ce scénario échappaient à Trumper, mais, d'évidence, personne ne lui donnerait la moindre explication.

Il fut ensuite présenté au Herr Doktor Inspektor Wolfgang Denzel, un agent du côté autrichien. L'Inspektor Denzel voulait une description aussi fidèle que possible de l'homme au « *Gra! Gra!* ». Trumper connaissait déjà le Herr Doktor Inspektor Denzel ; c'était lui le pimpant garçon de café dont Trumper avait bousculé le plateau.

Le seul point dans l'affaire qui déplût à Trumper, c'était son retour à New York aussitôt après avoir remis l'argent.

— N'oubliez pas Merrill Overturf, rappela-t-il à Mulcahy.

— Mon cher petit, je vous accompagnerai en taxi jusqu'à l'aéroport, et cet Overturf sera assis entre nous deux.

Si Mulcahy n'était pas exactement le genre d'homme à qui faire toute confiance, il fallait lui reconnaître une belle efficacité.

Bogus se rendit au Hawelka et s'y installa avec son paquet de dollars trois nuits de suite, mais l'homme au « *Gra! Gra!* » ne s'y montra jamais.

— Il viendra ! affirma Arnold Mulcahy.

Sa confiance inébranlable était impressionnante.

Le cinquième soir, l'homme entra au Hawelka, mais ne prêta aucune attention à Bogus ; il s'assit très loin de lui et ne regarda pas une seule fois dans sa direction. Quand il paya le garçon — lequel bien sûr était Herr Doktor Inspektor Denzel —, puis mit son manteau et se dirigea vers la porte, Bogus crut le moment venu d'agir. Marchant droit sur lui comme s'il venait de reconnaître un vieil ami, il lança « *Gra! Gra!* » et secoua la main de l'homme. Mais l'autre sembla pétrifié ; il tentait si fort d'échapper à Bogus qu'il n'émit pas le plus petit « *Gra!* ».

Bogus le poursuivit jusqu'au trottoir, où l'homme se
préparait pour un cent mètres. Bogus lui cria encore
« *Gra!* » et, faisant pivoter l'homme pour qu'il lui fît face,
fourra l'enveloppe pleine d'argent dans sa main tremblante. Mais l'homme, jetant l'enveloppe au loin, partit en
courant de toutes ses forces.

Herr Doktor Inspektor Denzel sortit du Hawelka et
ramassa l'enveloppe dans la rue.

— Vous auriez dû le laisser venir, reprocha-t-il à Trumper. J'ai l'impression que vous lui avez fait peur.

Herr Doktor Inspektor Denzel avait le génie de l'euphé-
misme.

Dans le taxi les emmenant à l'aéroport Schwechat,
Arnold Mulcahy explosa :

— Étron du Diable ! Vous avez tout fait rater !

Merrill Overturf n'était pas dans le taxi.

— Ce n'est pas *ma* faute ! Vous ne m'avez jamais dit
comment je devais lui remettre l'argent !

— Pouvais-je me douter que vous alliez le lui faire
manger de force ?

— Où est Merrill Overturf ? Vous m'aviez promis de
l'amener !

— Il n'est plus à Vienne.

— Alors, où est-il ?

Mulcahy ne voulut pas le lui dire.

— Je vous le ferai savoir à New York.

Ils débarquèrent tard à New York ; leur vol Lufthansa
avait été retardé. A Francfort, leur première escale, les
pistes étaient embouteillées, si bien qu'ils ratèrent leur
correspondance pour New York, un vol TWA, et se
retrouvèrent dans un gros 747 de la Pan Am. Toutefois,
leurs bagages étaient partis plus tôt sur le vol TWA.
Personne ne put expliquer pourquoi, et Mulcahy montra
quelque nervosité.

— Où avez-vous mis la came, Trumper ?

— Dans ma valise, avec mes affaires.

— Quand ils la trouveront à New York, ce serait bien si vous faisiez semblant de vous enfuir, vous voyez ? Pas trop loin, naturellement ; laissez-les vous attraper. Ils ne vous feront pas de mal, ne vous inquiétez pas.

Puis les pistes de l'aéroport Kennedy furent embouteillées, et l'avion tourna au-dessus de New York pendant une heure. Ils atterrirent en fin d'après-midi, et il leur fallut une heure de plus pour récupérer leurs bagages. Mulcahy abandonna Bogus avant d'atteindre le comptoir des douanes.

— Rien à déclarer ?

Le douanier était un grand Noir, doté de mains aussi vastes que des pattes d'ours. Avec un clin d'œil complice, il se mit à trifouiller dans la valise de Bogus.

Derrière lui dans la queue, il y avait une jolie fille à qui Trumper adressa un sourire. *Quelle ne sera pas sa surprise quand ils vont m'arrêter !*

L'homme des douanes avait sorti la machine à écrire, le magnétophone, toutes les cassettes et la moitié des vêtements de Trumper, mais n'avait pas encore trouvé le haschich.

Bogus regardait nerveusement autour de lui, comme il croyait qu'agirait un trafiquant. A présent, le douanier avait entièrement vidé la valise sur le comptoir et revérifiait article par article. Lançant à Bogus un regard ennuyé, il lui souffla :

— Où est le paquet ?

Bogus se mit à tout tripoter avec lui ; ils vérifièrent deux fois encore, avec toute la queue qui protestait, mais sans trouver le moindre haschich.

— Très bien, fit le douanier, qu'est-ce que vous en avez fait ?

— Rien. Je l'ai mis dans la valise, je vous le jure !

— Empêchez-le de partir ! cria soudain le douanier, passant directement à la phase suivante du plan.

Bogus fit ce qu'on lui avait dit de faire, et amorça une fuite spectaculaire. Il franchit les guichets en courant, tandis que le douanier criait derrière lui en le désignant, puis en déclenchant une alarme stridente.

Trumper poursuivit sa course jusque dans la rampe de sortie, puis jusqu'à la station de taxis, avant de se rendre compte qu'il avait échappé aux poursuivants, de sorte qu'il revint sur ses pas. Alors qu'il rejoignait le comptoir des douanes, un policier l'intercepta.

— C'est pas trop tôt ! haleta Trumper.

Le flic sembla surpris, et remit à Bogus l'enveloppe renfermant les milliers de dollars. Trumper ne l'avait pas rendue à Mulcahy, lequel ne la lui avait pas demandée ; elle devait avoir glissé de sa poche pendant sa courette à travers l'aéroport.

— Merci, dit Bogus.

Puis il se remit à courir vers la sortie, où il fut finalement capturé par le douanier noir qui n'avait pas trouvé le haschich.

— Ah ! Enfin, je vous tiens ! hurla cet homme, en ceinturant doucement Bogus.

Dans une bizarre petite pièce aux cloisons recouvertes de Formica, Arnold Mulcahy et cinq autres types étaient malades de rage.

— Étron du Diable ! brailla Mulcahy. Quelqu'un doit avoir piqué la camelote à Francfort.

L'un des hommes intervint :

— La valise a attendu six heures à New York avant que vous n'arriviez. Quelqu'un a très bien pu faucher le paquet ici.

— Trumper, mon garçon, aviez-vous vraiment mis le truc dans votre valoche ?

— Oui, monsieur.

Ils le poussèrent dans une autre pièce, où un homme déguisé en infirmière le fouilla minutieusement, puis le laissa seul. Bien plus tard, on lui apporta des œufs brouillés, des toasts et du café. Encore bien plus tard, Mulcahy réapparut.

— La limousine vous attend. Le chauffeur vous déposera où vous voudrez.

— Monsieur, je suis vraiment désolé…

Mulcahy se contenta de secouer la tête.

— Étron du Diable !

Avant d'arriver à la voiture, Trumper dit :

— Ça m'embête de vous poser la question, mais qu'en est-il de Merrill Overturf ?

Mulcahy feignit de ne rien entendre. Il ouvrit la portière de la limousine, et poussa rapidement Trumper à l'intérieur, disant au chauffeur :

— Emmenez-le où il voudra.

Bogus s'empressa de baisser sa vitre, et saisit la manche de Mulcahy au moment où il s'éloignait.

— Et Merrill Overturf ?

Mulcahy soupira. Il ouvrit la mallette qu'il portait, et en tira la photocopie d'un document officiel orné du tampon du consulat américain.

— Désolé, fit Mulcahy en donnant le document à Trumper, Merrill Overturf est mort.

Puis il frappa le toit de la voiture, intimant au chauffeur de démarrer.

— Où qu'on va ? s'enquit le chauffeur.

Trumper, figé, semblait devenu un élément de la voiture, un accoudoir supplémentaire. Il s'efforçait de lire le document, qui, en langage officiel, était une « nécrologie incontestable » concernant un dénommé Overturf, Merrill, né à Boston, Massachusetts, le 8 septembre 1941, fils de Randolph W. Overturf et d'Ellen Keefe.

Merrill était mort presque deux ans avant que Bogus ne parte le chercher à Vienne. Selon le document, il avait parié avec une Américaine nommée Polly Crenner — rencontrée à l'American Express — qu'il pourrait retrouver un tank immergé au fond du Danube. Il l'avait emmenée sur les docks Gelhafts Keller, surplombant le Danube ; Polly avait attendu sur le quai, et vu Merrill nager dans le fleuve, en tenant au-dessus de sa tête une torche électrique. Quand il aurait localisé le tank, il l'appellerait ; elle lui avait bien précisé qu'elle ne plongerait pas tant qu'il n'aurait pas trouvé l'engin.

Mlle Crenner avait attendu sur le quai environ cinq minutes après avoir vu la lumière disparaître ; elle croyait que Merrill lui faisait une farce. Puis elle s'était précipitée dans la Gelhafts Keller pour demander de l'aide, mais, comme elle ne parlait pas un mot d'allemand, le temps de se faire comprendre, il était trop tard.

Overturf avait peut-être un peu trop bu, avait expliqué par la suite Polly Crenner. De toute évidence, elle ignorait qu'il était diabétique ; le consulat aussi, apparemment, puisque le fait n'était mentionné nulle part. Quoi qu'il en fût, la cause de la mort était qualifiée de noyade. L'identification du corps de Merrill n'était pas certaine à cent pour cent. On avait bien trouvé un corps trois jours plus tard, accroché à une péniche pétrolière à destination de Budapest, mais, comme il avait été déchiqueté par les hélices, un léger doute demeurait...

L'histoire du tank ne fut jamais vérifiée. Polly Crenner affirmait qu'une minute avant de disparaître Merrill lui avait crié qu'il avait trouvé le tank, mais elle ne l'avait pas cru.

— Moi, je t'aurais cru, Merrill, lança à haute voix Bogus Trumper.

— Monsieur ? demanda le chauffeur.

— Hein ? Quoi ?

— Où c'qu'on va, monsieur ?

Ils passaient devant le Shea Stadium. La nuit était délicieusement tiède, et la circulation sauvage.

— Y a du ralentissement, fit le chauffeur sans nécessité. C'est à cause du match. Les Mets contre les Pirates.

Stupéfait, Trumper rumina là-dessus pendant un grand bout de temps. Il était parti en décembre, et ne pouvait avoir été absent plus d'une ou deux semaines. *La saison de baseball a déjà commencé ?* Se penchant en avant, il se regarda dans le rétroviseur de la limousine. Il portait une moustache longue, fournie, et toute sa barbe. Par la vitre toujours ouverte, l'air moite de l'été new-yorkais le caressait.

— Mon Dieu ! soupira-t-il avec effroi.

— Où qu'on va, m'sieur ? répéta le chauffeur.

Son passager lui donnait manifestement des inquiétudes.

Mais Trumper se demandait si Biggie était toujours en Iowa — à condition qu'on soit bien en été. Seigneur Dieu ! Il n'arrivait pas à croire qu'il était parti si longtemps. Il cherchait un journal, quelque chose avec une date.

Il trouva l'enveloppe bourrée de billets. Arnold Mulcahy était plus généreux qu'il n'en avait l'air.

— On va où ? demanda le chauffeur opiniâtre.

— Dans le Maine, dit Trumper.

Il fallait qu'il voie Couth. Il avait besoin de s'éclaircir les idées.

— Dans le Maine ? hoqueta le chauffeur.

Puis il devint méchant.

— Écoute, mon pote. Ch't'emmène pas dans le Maine. Cette bagnole ne sortira pas de Manhattan.

Ouvrant l'enveloppe, Trumper tendit au pilote un rectangle de cent dollars.

— Maine.

— Bien, m'sieur.

Trumper se détendit sur la banquette, respira l'air pollué et sentit la chaleur. Il ne le savait pas encore — ou ne voulait pas le savoir —, mais son absence avait duré presque six mois.

31

Un film sous Penthotal

(159 : Plan moyen de Trumper posant un petit sac de voyage au pied du comptoir de réception d'un hôpital. Il jette autour de lui un regard anxieux ; Tulpen, auprès de lui, lui prend le bras en souriant. Trumper pose une question à l'infirmière des entrées, qui lui donne des formulaires à remplir. Tulpen lui manifeste une chaleureuse attention pendant qu'il se débat avec les paperasses.)

Dr VIGNERON (*commentaire*) : C'est vraiment une opération très bénigne, pourtant elle semble effrayer le patient outre mesure. C'est de la petite chirurgie, cinq agrafes au maximum...

(160 : Gros plan d'une gravure médicale représentant la coupe d'un pénis. Une main, vraisemblablement celle de Vigneron, trace au crayon noir des traits sur le pénis.)

VIGNERON (*comm.*) : On pratique une incision ici, à l'ouverture, simplement pour agrandir l'orifice. Puis une suture la maintient en position ouverte, comme ceci, de manière que le méat ne se bouche plus comme avant. De toute façon, il tentera de revenir en position fermée...

(161 : Plan général d'une infirmière guidant Trumper et Tulpen à travers une aile de l'hôpital. Trumper jette des coups d'œil furtifs dans toutes les chambres, heurtant ses genoux à son sac de voyage pendant qu'il avance.)

VIGNERON (*comm.*) : Vous ne passerez qu'une seule nuit à l'hôpital afin de vous préparer pour l'opération du lendemain. Vous vous reposerez toute la journée, et vous resterez peut-être une nuit ou plus, au cas où vous ne vous sentiriez pas complètement… remis.

(162 : *Plan moyen de Trumper se laissant docilement ensacher dans une chemise d'hôpital ; Tulpen l'aide à en nouer les attaches. Trumper observe le malade avec lequel il partage la chambre, un vieillard d'où émergent divers tuyaux, inerte sur le lit voisin de Trumper. Arrive une infirmière qui tire prestement les rideaux autour du vieil homme pour le mettre hors de vue.*)

VIGNERON (*comm.*) : … autrement dit, il y a quarante-huit heures de souffrances. Ça me semble plutôt raisonnable, n'est-ce pas ?

(163 : *Son synchrone. Plan rapproché de Ralph Packer questionnant le Dr Vigneron dans son cabinet.*)

PACKER : La douleur est essentiellement psychologique, j'imagine… vous voyez, une espèce de peur du pénis ?

VIGNERON : Eh bien, je suppose que certains patients pourraient éprouver… Vous voulez parler d'un complexe de castration ?

(164 : *Un infirmier est en train de raser Trumper, qui reste rigide sur son lit d'hôpital, surveillant le rasoir qui se promène sur son pubis.*)

PACKER (*comm.*) : Ouais, la castration… Oh, il craint surtout qu'on ne lui coupe tout le système. Par erreur, naturellement ! (*Il rit.*)

(165 : *Identique au 163, dans le cabinet de Vigneron.*)

VIGNERON (*riant*) : Eh bien, je peux vous assurer que mon bistouri n'a jamais dérapé dans cette partie du corps !

PACKER (*avec un rire hystérique*) : Bien sûr que non ! Mais je voulais dire que, pour le genre de patient paranoïaque au sujet de sa queue…

(166 : *Son synchrone. Plan moyen de Trumper qui soulève son drap, regarde son propre corps, et laisse Tulpen y jeter aussi un coup d'œil.*)

Trumper : Tu vois ? Lisse comme une peau de bébé !

Tulpen (*regardant avec attention*) : On dirait que tu vas
avoir un bébé...

(*Ils échangent un regard, puis détournent la tête.*)

(167 : *Son synchrone. Identique aux 163 et 165. Dans le
cabinet de Vigneron, Ralph Packer et le Dr Vigneron rient
de façon incontrôlable.*)

(168 : *Plan moyen. Trumper, assis dans son lit, dit au revoir
à Ralph et Tulpen qui s'apprêtent à partir.*)

Vigneron (*commentaire, comme s'il donnait ses instruc-
tions à une infirmière*) : Pas de nourriture solide ce soir, et
rien à boire après 10 heures. Faites-lui les premières
piqûres à 8 heures demain matin ; il doit être en salle
d'opération pour 8 h 30...

(*Tulpen et Ralph sortent du champ ensemble, escortés par
une infirmière. Trumper suit leur départ d'un œil sombre.*)

FONDU

Après quoi, vous pouvez parier vos couilles que je n'ai
pas fondu. Je suis resté seul, à tâter mon ventre rasé de
frais — la gorge d'un agneau préparé pour le sacrifice !

J'ai aussi écouté les gargouillis du type, à côté de moi ; un
homme qu'on alimentait comme un carburateur ; dont les
tubes, l'admission et le refoulement, le simple fonctionnement, semblaient dépendre d'un rythme mécanique.

Je ne m'inquiétais pas vraiment pour mon opération ; je
m'étais préparé à mourir. Ce qui me turlupinait, c'était à
quel point je pouvais prévoir mes propres réactions,
comme si elles avaient été analysées, discutées et criti-
quées, de sorte que j'étais aussi lisible qu'un graphique.
J'aurais tellement voulu les épater, tous ces connards !

Il était presque minuit quand je réussis à convaincre
l'infirmière que je devais absolument appeler Tulpen. Ça
sonna longtemps au bout du fil. Quand Ralph Packer
répondit, je raccrochai.

(169 : *Son synchrone. Ouverture au noir. Face au miroir de la salle de bains, Tulpen se brosse les dents ; ses épaules sont nues, comme vraisemblablement tout le reste du corps.*)

PACKER (*voix off*) : Tu crois que cette opération va le changer ? Je veux dire, pas uniquement sur le plan physique...

TULPEN (*elle crache, regarde le miroir et parle à son interlocuteur invisible*) : Dans quel sens, alors ?

RALPH (*off*) : Je veux dire psychologiquement.

TULPEN (*se rince, se gargarise, crache*) : Il ne croit pas à la psychologie.

RALPH : Et toi ?

TULPEN : Pas en ce qui le concerne...

(170 : *Son synchrone. Plan rapproché de Tulpen dans sa baignoire, se savonnant la poitrine et les aisselles.*)

TULPEN (*regardant de temps en temps la caméra*) : Il est trop simpliste de coller aux gens des étiquettes, d'essayer de badigeonner des personnes complexes et profondes d'une couche de jugements superficiels. Mais il est tout aussi simpliste de croire que tout individu est complexe et profond. Je crois que Trumper ne fonctionne qu'en surface... Peut-être n'est-il qu'une surface, rien qu'une surface...

(*Elle émerge, regarde distraitement la caméra, puis ses seins savonneux, et replonge délibérément dans l'eau.*)

TULPEN (*à la caméra, comme s'il s'agissait de Ralph*) : Allez, ça suffit pour aujourd'hui !

(*Le téléphone sonne hors champ, et Tulpen s'apprête à sortir du bain.*)

RALPH (*off*) : Merde, le téléphone !... Je réponds !

TULPEN (*le suivant des yeux*) : Non, laisse-moi... C'est peut-être Trumper.

RALPH (*off, répondant au téléphone; Tulpen écoutant, figée*) : Ouais, allô ?... Allô ?... Merde, qui est à l'appareil ?...

(*La caméra est secouée ; elle tente maladroitement de reculer quand Tulpen sort du bain. Avec gaucherie, celle-ci s'entoure d'une serviette, tandis que Ralph entre dans le champ. Il dirige sa cellule photo-électrique vers elle, puis vers la surface du bain.*)

RALPH (*irrité, il lui prend le bras et tente de la faire rentrer dans la baignoire*) : Allez ! Il va falloir reprendre toute la scène... putain de téléphone !

TULPEN (*le repoussant*) : Qui téléphonait ? C'était Trumper ?

RALPH : J'en sais rien. On a raccroché. Allez, vite, on n'en a que pour une minute...

(*Mais elle se drape plus étroitement dans sa serviette et s'éloigne de la baignoire.*)

TULPEN (*furieuse*) : Il est tard. Je veux me lever de bonne heure. Je veux être là-bas quand il sortira de l'anesthésie. On tournera ça demain.

(*Elle lance un regard exaspéré à la caméra. Brusquement, Ralph regarde la caméra avec la même expression, comme s'il venait seulement de s'apercevoir qu'elle tournait encore.*)

RALPH (*hurlant à la caméra*) : Coupe ! Coupe ! Coupe ! Nom de Dieu, Kent ! Arrête de gaspiller la pelloche, enculé mondain !

NOIR

De très bonne heure, on vint vider les bocaux, bassins et divers réceptacles appartenant à mon voisin. Mais on ne s'occupa pas de moi ; on ne me donna même rien à manger.

À 8 heures, une infirmière prit ma température et me fit deux piqûres anesthésiantes en haut des cuisses. Quand ils vinrent me chercher pour m'emmener en salle d'opération, je n'étais pas très assuré sur mes jambes. Deux infirmières durent me soutenir pendant que je me vidais la vessie, mais j'avais toujours des *sensations* là en-bas, et je craignis que les piqûres n'aient pas produit l'effet escompté. J'en fis la remarque à l'infirmière, mais elle ne parut pas comprendre ; à vrai dire, ma voix me sembla si étrange que je ne compris pas non plus ce que je disais. J'espérais retrouver ma lucidité pour les empêcher de tout me couper.

Dans la salle d'opération se trouvait une étonnante femme à l'énorme poitrine sanglée dans une blouse verte — comme en portent toutes les équipes de chirurgie — et elle se mit à me pincer les cuisses en souriant. Ce fut elle qui planta dans ma veine l'aiguille reliée à la perfusion de dextrose ; puis elle me plia le bras d'une drôle de façon, y scotcha l'aiguille, et attacha mon bras à la table. Cascadant dans le tube translucide, le dextrose se mit à gargouiller en moi ; je pouvais en suivre le trajet à l'intérieur de ma veine.

J'eus une pensée pour Merrill Overturf ; si c'était lui qu'on opérait, on ne pourrait pas utiliser de dextrose, n'est-ce pas, vu que c'est pratiquement du sucre ? De quoi se servirait-on ?

Avec ma main libre, je tâtonnai, puis pinçai mon pénis. Je sentis la pression, ce qui me flanqua une sainte frousse. Pourquoi donc n'avaient-ils endormi que mes cuisses ?

J'entendis alors la voix de Vigneron, mais sans le voir ; à la place, je vis un nabot, véritable caricature de savant fou, qui devait être l'anesthésiste. Se penchant, il inspecta l'aiguille à dextrose, puis disposa une perfusion de Penthotal à côté de l'autre, en mettant les deux tuyaux bien parallèles. Au lieu de planter dans ma viande l'aiguille du Penthotal, il l'enfonça dans le tube de dextrose, ce que je jugeai fort intelligent.

Le tuyau de Penthotal comportait un collier de serrage, et je vis que le produit ne s'écoulait pas encore. Je surveillai le truc attentivement, vous pouvez parier votre chemise, et quand l'anesthésiste me demanda comment je me sentais, j'articulai d'une voix forte que j'avais encore plein de sensations dans la queue, et que j'espérais qu'ils s'en rendaient tous compte.

Mais tous sourirent, comme s'ils ne m'avaient pas entendu (l'anesthésiste, l'infirmière verte et Vigneron en personne, qui venait d'entrer dans mon champ visuel).

— Comptez jusqu'à douze, me dit l'anesthésiste.

Alors il lâcha le Penthotal en desserrant le tuyau, et je regardai le liquide venir se mélanger goutte à goutte avec le dextrose dans la tubulure principale.

— Un-deux-trois-quatre-cinq-six-sept, dis-je très vite.

Mais ça prit une éternité. Le Penthotal modifia la couleur du dextrose ruisselant dans mon bras. Je le regardai arriver à l'écrou de l'aiguille, et, quand il pénétra en moi, je criai :

— Huit !

Puis passa une seconde d'environ deux heures, et je me réveillai dans la chambre postopératoire — la salle de réveil — dont le plafond était identique à celui de la salle d'opération, aussi crus-je n'avoir pas changé de place. Penchée sur moi, la même grosse infirmière verte, toujours souriante.

— Neuf, lui dis-je, dix, onze, douze...

— Nous voudrions que vous essayiez d'uriner, maintenant, me dit-elle.

— J'en viens.

Mais elle me fit rouler sur un côté, et glissa sous mon corps un bassin vert.

— Essayez seulement, s'il vous plaît.

Elle était horriblement gentille.

Alors, je commençai, malgré ma certitude de n'avoir rien à pisser. Quand la douleur surgit, ce fut comme la conscience de la douleur d'un autre, dans une autre chambre, voire même dans un autre hôpital. C'était une douleur vraiment intense ; j'eus pitié de celui qui l'endurait ; je finis de pisser avant de réaliser que cette douleur était la mienne, et que l'opération était terminée.

— Ça va, ça va, c'est fini, maintenant, dit l'infirmière en essuyant les larmes sur mon visage.

Bien sûr, ils m'avaient épargné la douleur supplémen-

taire d'avoir peur de pisser, cette première fois. Mais je ne
m'en rendais pas compte. Ils m'avaient abusé ; c'était une
traîtrise.

Ensuite, je repartis dans une torpeur comateuse, et,
quand je repris mes esprits, c'était dans ma chambre
d'hôpital, Tulpen assise auprès du lit, me tenant la main.
En ouvrant les yeux, je la vis qui souriait.

Mais je fis semblant d'être encore abruti par les drogues.
Je regardai à travers elle. Il y en a plus d'un qui sait jouer
au plus fin ; je vous en fiche mon billet...

32

Dante furieux : un nouvel enfer

Le chauffeur travaillait depuis trois ans dans l'entreprise de location. Avant les limousines, il conduisait un taxi. Il préférait la location de limousines : personne ne risquait de l'attaquer pour le dévaliser ; c'était plus rémunérateur, et les voitures étaient élégantes. Il avait eu cette Mercedes l'année dernière, et adorait la piloter. Il était rarement sorti de la ville — une fois, pas plus loin que New Haven — et appréciait la sensation de filer sur une grande route. Son idée de « faire de la route » se bornait à New Haven. C'était le plus loin qu'il fût jamais allé hors de New York City. Il avait une femme, trois gosses, et formulait chaque été le projet d'emmener toute sa petite famille en vacances dans l'Ouest. Mais il ne possédait pas de voiture personnelle ; il attendait de pouvoir s'offrir une Mercedes, quand la maison de location en revendrait une vieille pour pas cher.

Aussi, quand il accepta de conduire Bogus dans le Maine, le chauffeur entreprit le voyage comme si on lui avait dit d'aller à San Francisco. *Le Maine !* Il évoquait des hommes qui chassaient la baleine, mangeaient du homard au petit déjeuner et portaient des bottes de caoutchouc à longueur d'année.

Il parla pendant deux heures avant de réaliser que son passager était endormi ou en catalepsie ; alors, il la boucla. Il s'appelait Dante Calicchio, et se rendit compte que, pour la première fois depuis qu'il avait cessé de faire le taxi, il avait peur d'un passager. Il prenait Bogus pour un cinglé, et il planqua le billet de cent dollars dans son caleçon, non loin de son sexe, là où il pourrait le récupérer facilement. *Il m'en donnera peut-être un autre,* pensait-il. *Ou il essaiera de me reprendre celui-là.*

Dante Calicchio était petit et trapu, avec une forêt de cheveux noirs et un nez si souvent cassé qu'il semblait flotter au vent. Il avait fait de la boxe ; il aimait dire qu'il cognait au pifomètre. Il avait aussi fait du catch, d'où ses oreilles en chou-fleur. Une jolie paire, toutes plissées, écrasées et bosselées, comme deux excroissances désassorties, deux boules de mastic collées de chaque côté de la figure. Il mâchait bruyamment du chewing-gum, habitude remontant à l'époque où il avait cessé de fumer.

Dante Calicchio était un honnête garçon, curieux de connaître d'autres endroits et d'autres gens, aussi était-il plutôt content d'emmener l'autre barjot dans le Maine. Ce ne fut qu'après Boston, quand il fit nuit noire, quand la circulation se raréfia avant de disparaître, qu'il éprouva quelque crainte de s'enfoncer dans ces étendues sauvages avec un gus qui n'avait pas ouvert la bouche depuis le Shea Stadium.

L'employé du péage, au New Hampshire Turnpike, regarda l'uniforme du chauffeur, vit Bogus affalé sur le velours à l'arrière, puis, comme il n'y avait aucune autre voiture en vue, demanda à Dante où il allait.

— Dans le Maine, murmura Dante comme si c'était un mot sacré.

— *Où ça,* dans le Maine ? questionna l'employé.

Le Maine en général n'était qu'à vingt minutes de sa vie quotidienne.

— Je ne sais pas où, dit Dante.

Puis, quand l'employé lui eut rendu sa monnaie, il se tourna vers son passager :

— Hé, m'sieur, hé ! Où on va, dans le Maine ?

Georgetown est une île, et même, pour Trumper, une super-île. Cette sorte d'île pourrait bien s'appeler péninsule, car elle est reliée à la terre ferme par un pont ; elle n'a donc aucun des inconvénients d'une île véritable. Trumper pensait au splendide isolement dont jouissait Couth. Mais Couth aurait pu jouir d'un isolement tout pareil en plein milieu de Kennedy Airport.

Bogus étudiait la meilleure façon d'approcher Biggie, se

rendant compte un peu tard à quel point elle lui manquait.
Elle n'avait jamais passé l'été en Iowa. En ce moment, elle
était probablement à East Gunnery, à aider son père à la
ferme, laissant sa mère s'occuper de Colm. Il était même
possible que le départ de Bogus ait suscité une sorte
d'invitation négative (« Je vous l'avais bien dit ») des
parents de Bogus, mais à coup sûr Biggie eût décliné ce
secours tardif.

De toute façon, elle avait certainement écrit à Couth
pour lui demander s'il savait où était Bogus, donc Couth
savait où *elle* était, et quels sentiments elle portait à son
fuyard de mari. Couth l'avait peut-être vue, et pourrait dire
à Bogus si Colm avait changé.

— Hé, m'sieur ?

Quelqu'un lui parlait. C'était le type sur le siège avant,
en uniforme de portier.

— Hé, où on va, dans le Maine ?

Trumper regarda par la portière ; ils se trouvaient sur
l'échangeur désert de Portsmouth Harbor, traversant le
pont qui rejoignait le Maine.

— Georgetown, dit-il. C'est une île. Il vaudrait mieux
vous arrêter et consulter la carte.

Et Dante pensa : *Une île ! Doux Jésus, comment aller
dans une île en voiture ? Frappadingue, ce mec !*

Pourtant Dante déplia la carte, et découvrit qu'un pont
reliait la terre ferme, de Bath à Georgetown Island au-
dessus de l'embouchure de la Kennebec River. Quand la
limousine traversa le pont, peu après minuit, Bogus baissa
la vitre arrière et demanda au chauffeur s'il pouvait sentir
l'air marin.

Ce que Dante respira était trop pur pour venir de la mer.
La mer que Dante connaissait puait comme les docks de
New York et de Newark. Par ici, les marais salants
filtraient toute pollution, de sorte qu'il baissa aussi sa vitre.
Mais la conduite devenait plus hasardeuse. La route
traversant l'île entre des bas-côtés sablonneux était étroite,
tortueuse et dépourvue de bande médiane. Il n'y avait pas
de maisons non plus, rien que des sapins noirs et des
buissons de hautes herbes.

De plus, la nuit était peuplée de bruits. Non de moteurs et de klaxons, ni de crissements de freins, ni de voix humaines ou de sirènes, mais de choses différentes : grenouilles, grillons, oiseaux de mer et cornes de brume.

Cette route désertée, ces bruits insolites lui mirent le trouillomètre à zéro, et Dante Calicchio surveillait Bogus dans le rétroviseur en se disant : *Si ce follingue tente quoi que ce soit, j'essaierai de le démolir avant qu'il ne prévienne ses complices...*

De son côté, Trumper supputait combien de temps il passerait avec Couth, et s'il valait mieux téléphoner à Biggie ou aller la voir quand le moment semblerait propice.

Quand la route se mua en chemin de terre, Dante bloqua les freins, verrouilla les deux portières avant, puis les portières arrière, sans jamais perdre Bogus de l'œil.

— Qu'est-ce que vous foutez ? grommela Trumper.

Dante Calicchio, planté sur le siège avant, gardait un œil sur Trumper dans le rétro, et de l'autre parcourait la carte.

— J'ai l'impression qu'on est perdus, fit Dante.

— Mais non. Nous ne sommes même pas à six kilomètres du but.

— Par quelle route ?

— Vous êtes en plein dessus. Allez, roulez !

Vérifiant sur la carte, Dante constata qu'il était bien sur une route, et conduisit avec prudence, à savoir que la voiture avança au pas jusqu'à ce que l'île fût en vue. Apparurent alors quelques maisons obscures, solennelles comme des bateaux échoués, et Dante découvrit alors l'horizon ouvert de tous côtés ; la mer l'encerclait ; l'air était plus froid ; il sentit du sel sur ses lèvres.

Puis un panneau l'avertit qu'il se trouvait sur une voie privée.

— Continuez, lui dit Trumper.

Dante regretta de n'avoir pas posé la manivelle sur le siège, mais obéit.

Quelques centaines de mètres plus loin, une pancarte indiquait « PILLSBURY ». La route frôlait l'eau de si près que Dante craignait l'arrivée d'une lame de fond. Puis il aperçut la magnifique vieille demeure à colombages

rouges, flanquée de hauts pignons, avec un garage atte-
nant, un hangar à bateaux et un port privé.

La famille Pillsbury... Dante pensa qu'il avait probablement dans sa voiture l'un de ses membres. L'unique
Pillsbury qu'il connût était le concurrent des biscuits Betty.
Plongeant le regard dans le rétro, il se demanda s'il pilotait
l'héritier dégénéré de cette dynastie fondée sur l'amuse-
gueule en boîte.

— Quel mois sommes-nous ? questionna Trumper.

Il voulait savoir si Couth était encore seul dans la
maison, ou si la tribu Pillsbury s'était déjà installée pour
l'été. Ils ne venaient jamais avant la fête nationale du
4 Juillet.

— On est le 1er juin, m'sieur.

Dante Calicchio coupa le moteur là où s'achevait le
chemin, et écouta la nuit bruyante, imaginant des combats
de monstres marins et d'immenses oiseaux de proie, des
ours escaladant des sapins, toute une jungle peuplée
d'insectes féroces et venimeux.

Lorsque Trumper s'engagea sur le dallage de l'allée,
fixant l'unique fenêtre éclairée de la façade, celle de la
chambre des maîtres au premier étage, Dante le suivit sans
y être invité. Il avait grandi dans un quartier mal famé, où
sortir la nuit ne lui avait jamais posé de problème, vu qu'il
était de taille à se défendre contre les gangs de voyous,
mais le calme de cette île lui flanquait la pétoche et il
n'avait pas l'intention de rester seul face aux périls qu'il
entendait siffler, grogner et s'agiter dans les buissons.

— Comment vous appelez-vous ?

— Dante.

— *Dante !* fit Trumper.

Un peu de lumière filtra dans le hall de la maison. Un
lustre s'alluma au rez-de-chaussée, puis la lanterne du
porche.

— Ohé, Couth ! cria Trumper.

S'ils ne sont que deux, songea Dante, *je peux me les faire.*
Pour se porter bonheur, il toucha le billet planqué dans son
entrejambe.

Je reconnus la silhouette de mon vieux Couth à travers la porte vitrée quand il vint nous ouvrir ; ce peignoir de bain trop large, taillé dans un couvre-lit en patchwork ; sa façon de jeter un coup d'œil à travers le vitrage. Ça dut lui faire un choc de voir ce gros chauffeur hirsute flanquant de grands coups de casquette aux moustiques comme si c'étaient des oiseaux carnivores, mais moins que de me voir, *moi*.

Dès que tu nous as fait entrer, Couth, j'aurais pu dire que tu étais en train de folâtrer avec une dame et que nous t'avions interrompu. Tu portais sur toi toutes ses odeurs, comme un peignoir sous ton peignoir ; et, à ta façon de reculer sous la brusque morsure du froid, j'aurais pu dire que tu sortais d'un endroit bougrement chaud.

Mais est-ce que ça compte entre amis, Couth ? Je t'étreignis en te soulevant du sol, sacré vieux baiseur ! Tu sentais vachement bon, Couth.

Trumper entraîna Couth jusque dans la cuisine, en le faisant valser, jusqu'à ce qu'ils se cognent contre une petite voiture en plastique rouge, flambant neuve, rangée non loin de l'évier. Bogus ne se rappelait pas si les Pillsbury avaient de jeunes enfants. Il planta Couth assis sur le billot de boucher, l'embrassa sur les deux joues, et le laissa bouche bée devant ses démonstrations d'amitié :

— Couth, je ne peux pas te dire à quel point je suis content de te voir... Là, tu me sauves la vie une fois de plus... Tu es l'unique étoile fixe dans mon ciel, Couth ! Regarde ! Ma barbe est presque aussi longue que la tienne, Couth !... Comment ça va ? Moi, ç'a été horrible, comme tu le sais probablement...

Couth le regardait, puis regardait Dante Calicchio, ce monstre trapu en uniforme, qui essayait poliment de se faire oublier dans le coin le plus éloigné de la cuisine, tournant sa casquette de chauffeur dans ses grosses mains noueuses. Trumper se mit à déambuler dans la cuisine, ouvrant le réfrigérateur, jetant un œil dans la salle à manger, ouvrant la porte de la buanderie — où il eut le malicieux plaisir de découvrir des sous-vêtements féminins en train de sécher.

Saisissant le soutien-gorge le plus proche, il l'agita vers Couth avec un clin d'œil polisson :

— Qui est cette dame, espèce d'obsédé ?

De nouveau, il ne put résister à l'envie de caresser la longue barbe de son ami.

Pour toute réponse, Couth demanda :

— Et toi, Bogus, où étais-tu ? Que diable as-tu bien pu faire ?

Saisissant la nuance de reproche, Trumper sut que Couth avait été mis au courant par Biggie.

— Tu l'as vue, hein ? Comment va-t-elle, Couth ?

Couth détourna son regard, comme s'il allait se mettre à pleurer, et Trumper, aussitôt inquiet, se hâta d'ajouter :

— Je sais que je me suis plutôt mal conduit...

Il tortillait le soutien-gorge, que Couth lui arracha des mains. Trumper pensa alors : *C'est un soutien-gorge mauve,* et se souvint d'avoir acheté un soutien-gorge tout aussi mauve, tout aussi grand. Il garda le silence ; il regarda Couth se laisser glisser du billot, comme un lent quartier de viande qu'on aurait désossé là ; Couth alla dans le coin-buanderie et raccrocha le soutien-gorge de Biggie sur l'étendoir.

— Tu es resté longtemps parti, Bogus.

— Mais je suis de retour, maintenant.

Ce qui était plutôt superflu.

— Couth ? Je regrette, mais je suis revenu...

On entendait des pieds nus descendre l'escalier, et une voix lançait :

— Ne faites pas tant de bruit, vous allez réveiller Colm !

Les pas se dirigèrent vers la cuisine. Recroquevillé dans son coin sous l'étagère à épices, Dante Calicchio tentait l'impossible : se faire petit et transparent.

— Je suis désolé, Bogus, dit doucement Couth.

Puis Biggie entra, regarda Dante comme s'il faisait partie

d'un commando débarqué d'un sous-marin allemand, puis tourna vers Bogus un visage bizarrement dépourvu de surprise.

— C'est Bogus, lui murmura Couth, comme si elle n'avait pu le reconnaître sous sa barbe.

Il répéta un peu plus fort :

— C'est Bogus. Le soldat rentre chez lui.

— *Chez lui ?* dit Biggie. Ce n'est pas l'expression que j'emploierais.

Je cherchai désespérément une trace d'humour dans ta voix, Biggie ; j'en avais réellement besoin. Mais il n'y en avait pas. Et, puisque toi et Couth sembliez inquiets au sujet de l'immigré balourd se dandinant sous les épices, je ne trouvai rien de mieux à faire que de vous présenter mon chauffeur. Je ne trouvai pas de meilleur préambule.

— Euh, esquiva Trumper, voici Dante. C'est mon chauffeur.

Ni Biggie ni Couth ne se tournèrent vers Dante ; tous deux regardaient obstinément le sol. Et Bogus ne put que remarquer la robe de Biggie — une robe neuve, de sa couleur préférée, l'orangé ; en angora, son tissu favori. Ses cheveux avaient un peu poussé et elle portait des boucles d'oreilles, ce qui était nouveau pour Bogus ; elle semblait un peu chiffonnée, ébouriffée, ce qui lui allait bien. On avait toujours envie de la chahuter, quand elle avait cet air-là.

Alors Dante Calicchio, dans son émotion d'avoir été présenté, tenta de s'extraire du coin où il s'était encastré, démontant d'un coup d'épaule intempestif l'étagère à épices, et l'expédiant avec tout son contenu au milieu de la cuisine ; il tenta un geste pour la rattraper, mais Biggie, Couth et Bogus eurent la même réaction, ce qui fit empirer les choses. Tous les petits pots d'épices s'écrabouillèrent sur le dallage, et l'ultime geste de Dante pour sauver l'étagère vide ne réussit qu'à la fracasser contre le réfrigérateur bourré.

— Oh, bon Dieu, je suis désolé ! gémit Dante.

Biggie poussa du pied un petit pot de pickles, puis regarda Bogus bien en face en disant :

— Tout le monde est désolé.

On entendit Colm crier, en haut.

— Excusez-moi, dit Biggie en sortant de la cuisine.

Trumper la suivit dans l'escalier.

— Colm ? C'est Colm, n'est-ce pas ?

Il la rattrapait presque quand elle se retourna et lui lança un regard qu'il ne lui avait jamais vu auparavant — comme une étrangère qu'il aurait pelotée à la sauvette.

— Je reviens dans une minute, dit-elle fraîchement.

Alors il la laissa monter toute seule. En regagnant la cuisine, il entendit la voix tendre de Biggie qui rassurait l'enfant sur l'avalanche des épices ; dans la cuisine, Couth rassurait de même Dante Calicchio, lui disant que tout n'était pas cassé et qu'il fabriquerait une nouvelle étagère en un rien de temps. Dante Calicchio dit quelque chose en italien, ce qui, pour Trumper, évoqua une prière.

Puis il y eut l'épisode du billard. Couth avait pris en pitié le pauvre Dante, qui ne savait comment se comporter dans cette maison étrangère, et avait trop peur pour se risquer dans les ténèbres extérieures, se demandant s'il devait téléphoner à sa femme, ou prévenir son employeur qu'il serait en retard, à moins qu'il ne rentre le plus vite possible à New York.

— M'sieur ? demanda-t-il à Trumper. Faut-il que je rentre ?

Mais Trumper, attendant le retour de Biggie, ne savait plus où il en était.

— Je n'en sais rien, Dante. A votre avis ?

Biggie revint alors, dédia un sourire courageux à Couth, et fit un signe impératif à Trumper, qui la suivit à l'extérieur, jusque sur l'embarcadère obscur.

Couth demanda à Dante s'il jouait au billard, ce qui tira momentanément le chauffeur de son marasme ; en fait, il se défendait bien au billard. Il se fit battre par Couth huit parties de suite, puis, après avoir élaboré un système dans sa tête, gagna les trois parties suivantes. Pourtant, ils ne jouaient pas d'argent. Vu le comportement des gens dans cette maison, Dante ne songeait même pas à l'argent. Pourtant, quand il plia les jambes pour viser la boule de tir, il sentit dans son caleçon le billet de cent dollars. Toujours convaincu que Bogus se nommait Pillsbury, il demanda à Couth :

— Ce M. Pillsbury, qu'est-ce qu'il fait pour gagner tout ce fric ?

— Il ouvre son courrier une fois par mois, répondit Couth, croyant que Dante parlait du propriétaire de la maison.

Dante sifflota, poussa un discret juron, et expédia la 5 dans une poche latérale, la boule de jeu allant s'arrêter dans la meilleure position. Couth, qui se demandait par quel miracle Bogus pouvait se payer un chauffeur, demanda :

— Ce M. Trumper, Dante, qu'est-ce qu'il fait pour gagner tant d'argent ?

— La 12 dans le coin droit, annonça Dante.

Quand il jouait, il devenait sourd. Couth se méprit ; il pensa que Dante éludait volontairement la question. Regardant par la baie, il distingua Biggie au bout du quai, face à l'océan ; à ses mouvements des mains, il devina qu'elle parlait. Dix pas derrière elle, appuyé contre un pilier d'amarrage, Bogus était aussi immobile et silencieux qu'un mollusque incrusté là.

Dante envoya la boule de jeu ricocher à l'extrémité du billard, et au retour elle poussa la 12 dans le coin droit, avant d'achever sa course auprès de la 14, lui donnant un coup tout tracé pour le coin opposé. Il s'apprêtait à l'annoncer quand Couth s'adressa à la baie vitrée :

— Dis-lui non.

C'était presque un murmure. Dante regarda Couth. *Doux Jésus*, songea-t-il, *l'autre ouvre son putain de courrier une fois par mois, et ils sont tous cinglés ici, avec ces deux zinzins qui en pincent pour cette grosse pute. Garde tes yeux*

grands ouverts, mon vieux, te laisse pas aller sur ce billard...
Mais il se borna à dire :
— C'est à vous.
— Comment ?
— A vous de jouer. J'ai raté mon coup.
Calicchio, c'était sa tactique, avait décidé de mentir.

J'arrachai un escargot au pilier. Il fit *plouf!* dans l'eau, et
je me demandai combien de temps il lui faudrait pour
regagner la terre ferme.
Et tu continuais de parler, Biggie.
Entre autres choses, tu disais :
— Bien sûr, je ne peux pas m'empêcher de penser à toi.
Je t'aime bien, Bogus. Mais Couth, lui, s'intéresse vrai-
ment à moi.
Je balançai trois escargots en rafale : *plouf! plouf!
plouf!* Toi, tu disais :
— Tu es parti si longtemps ! Mais au bout d'un moment,
ce n'était plus ton absence que je regrettais... c'était tout le
temps que j'ai passé avec toi...
Je découvris une grappe de moules, et entrepris de les
émietter entre mes doigts, comme un vieux bout de
fromage. Je dis :
— Je te donnerai du temps, Big. Tout le temps que tu
voudras. Si tu veux rester ici un moment...
— Je reste ici pour de bon.
Je plouffai un autre escargot. Un poisson fouetta l'eau,
une sterne cria, un hibou parla, et, portant très loin sur
l'eau, un chien aboya de l'autre côté de la baie.
— Tu dis que Couth s'occupe bien de toi et de Colm,
mais toi, Big, qu'éprouves-tu pour Couth ?
— C'est difficile à dire.
Me tournant le dos, tu fis face à la baie. Par « difficile »
tu voulais peut-être dire que tu n'avais aucun sentiment
pour Couth, mais tu dis alors :
— Je l'aime beaucoup.
— Sexuellement aussi ?

— Beaucoup. Ça marche très bien de ce côté-là.

Plouf ! plouf !

— Ne me fais pas dire à quel point je l'aime, Bogus. Je n'ai pas envie de te faire mal. Beaucoup de temps a passé, et je t'en veux moins à présent.

J'ignore pourquoi je dis alors :

— Merrill est mort.

Alors tu vins vers moi et m'enlaças par-derrière, me serrant si fort que je fus incapable de me retourner pour te prendre dans mes bras. Mais quand je réussis à me libérer, tu me repoussas.

— C'est pour Merrill que je t'ai pris dans mes bras, mais toi, ne t'avise pas de me toucher !

Je te laissai agir à ta guise. Si tu pensais étreindre Merrill à travers moi, je n'allais pas te détromper. Je demandai :

— Et Colm, qu'est-ce qu'il dit de tout ça ?

— Il aime Couth, et Couth l'aime.

— Tout le monde aime Couth !

Plouf ! plouf ! plouf !

— Couth t'aime énormément, Bogus. Et tu pourras voir Colm aussi souvent que tu le voudras, tu seras toujours le bienvenu ici...

— Trop aimable à toi, Biggie.

Alors tu plouffas à ton tour un escargot.

— Bogus, que comptes-tu faire ?

Et je pensai : *Plouf !* Et je lâchai une rafale : *Plouf ! plouf ! plouf ! plouf ! plouf ! plouf !* Tu te détournas de moi pour regarder les deux silhouettes dans la salle de billard, côte à côte, queue de billard sur l'épaule comme des militaires en parade. Mais elles ne défilaient pas ; elles nous espionnaient, et aucune ne bougea avant que tu ne marches vers la maison. Alors la silhouette longue et mince disparut de la fenêtre pour aller t'accueillir ; la silhouette trapue mania sa queue comme pour remettre l'épée au fourreau, puis disparut à son tour.

La porte d'entrée se referma sur un *plouf !*

Au loin, à l'intérieur des terres, par-delà les marais salants où Couth et moi avions un jour embourbé notre

barque, au milieu des pins, un échassier dit ce qu'il avait à
dire.

Dante gagna trois parties de suite à Biggie avant de
commencer à perdre volontairement, rien que pour voir
bouger son corps autour du billard, avec toutes ces
rondeurs fermes s'agitant sous sa robe collante. Chaque
fois qu'elle frappait une boule, elle mordait sa lèvre
inférieure.

Là-bas, sur l'embarcadère, ses deux jules étaient assis
côte à côte, jambes pendantes, discutant affaires, les mains
pleines d'escargots.

Nom de Dieu, pensa Dante, *j'aimerais bien savoir qui est
qui dans cette baraque !*

Tu as toujours été gentil, Couth, ce qui correspond à ton
apparence. Aussi blond que je suis brun, le teint clair avec
des taches de rousseur, moi noiraud et huileux. Ta haute
taille dissimule le fait que tes hanches sont plus larges que
tes épaules, pourtant tu parais mince ; tes longues jambes
osseuses, tes doigts de pianiste, ton nez intact et aquilin te
confèrent de l'élégance. Tu es le seul blond que j'aie jamais
supporté. Je sais que tu portes la barbe pour cacher tes
éphélides, mais je ne l'ai jamais dit à personne.

Nous nous ressemblons comme un phoque et une girafe.
Tu mesures bien une tête de plus que moi, Couth, et je me
rappelle ce que Biggie pensait des types plus grands qu'elle.
Tiens, j'y pense, elle doit peser plus lourd que toi.

Il en tiendrait deux comme toi dans ses sweaters, Couth.

Ça amusait Biggie d'entourer ma poitrine de ses bras, et
de ne pas pouvoir croiser ses doigts quand je me remplissais
les poumons. Tes poumons, elle pourrait les aplatir d'une
pression. Et, si elle t'entoure de ses jambes, gare à la casse !
En fait, c'est miraculeux qu'elle ne t'ait pas estropié. Tu vis
dangereusement !

Je ne parvins à dire que :

— Tu as l'air en forme, Couth.

— Merci, Bogus.

— Eh bien, tu sais, elle veut rester avec toi.

— Je sais.

Je lançai un escargot le plus loin possible, et tu m'imitas. Mais le tien fut loin d'égaler la distance du mien — avec ta façon nerveuse et ridicule de lancer ! Tu n'as aucune force dans les bras, Couth, et, malgré tout le temps que tu as passé sur les bateaux, tu rames comme un oiseau aux ailes brisées. Dire que tu apprends à nager à Colm !

Je gardai une fois de plus mes pensées pour moi, et dis seulement :

— Il faudra que tu surveilles Colm cet été sur la plage. Il arrive à un âge intrépide.

— Ne te fais pas de bile pour Colm. Il sera sage, et j'espère que tu viendras le voir quand tu voudras. Et nous aussi... Viens nous voir.

— Biggie m'a déjà dit ça.

Plouf !

Tu as si mal lancé ton escargot qu'il n'a même pas atteint l'eau ; il s'est enfoncé dans la vase, *gloup !*

— J'aimerais avoir des tas de photos, Couth. Quand tu en feras de... de Colm, ça me ferait plaisir d'en recevoir un exemplaire.

— J'en ai quelques-unes que je peux te donner tout de suite.

Plouf !

— Merde, Bogus, je suis désolé ! Qui aurait pu penser que ça tournerait comme ça ?

— Moi. J'aurais dû m'en douter.

— Elle t'avait déjà quitté quand elle est arrivée ici, Bogus. Elle avait déjà pris sa décision, tu sais...

Plouf !

Gloup !

— Et les Pillsbury ? ai-je demandé. Que vont-ils penser, en te voyant vivre ici avec une femme et un gosse ?

— C'est à cause de ça que nous nous sommes mariés.

J'ai pensé que j'étais devenu un escargot, que je m'étais

lancé moi-même dans l'océan et que j'avais avalé trop
d'eau pour entendre ce que tu venais de dire.

— Tu veux dire que vous *voulez* vous marier ?

— Non, c'est fait... enfin presque.

J'ai médité là-dessus pendant environ quatre *ploufs*.
Comment était-ce possible ? Comme ça me semblait invraisemblable, je t'ai dit :

— Jusqu'à preuve du contraire, elle et moi sommes
toujours mariés !

— Eh bien, vous l'*étiez*, c'est un fait, et ce... ce truc n'a
pas encore été légalisé, mais, puisque tu... l'avais abandonnée, il était possible d'entamer une procédure... Oh, je n'y
comprends rien moi-même, mais l'avocat des Pillsbury est
en train de tout régler...

J'ai pensé : *Eh bien, tu n'as vraiment pas perdu de temps,
Couth !*

— Nous n'avions aucun moyen de savoir quand tu
reviendrais, ou même si tu reviendrais, Bogus !

Puis tu as voulu me démontrer que toute cette combine
était légalement indispensable, à cause du régime fiscal
réservé aux concubins. *Merci*, ai-je pensé quand tu m'as dit
que, dans ce système, je n'aurais pas de pension alimen-
taire à payer.

— Je te dois quelque chose ? ai-je demandé.

— Parlons pas de ça, Bogus, je m'en fiche.

Mais j'avais déjà sorti mon enveloppe, et poussais neuf
cents dollars dans ta longue main de pianiste.

— Merde, Bogus, où as-tu pris tout ça ?

— J'ai fait fortune, Couth.

J'ai tenté de rempocher l'enveloppe avec naturel, comme
si j'en avais plein d'autres dans toutes les poches. Puis, te
voyant sur le point de refuser l'argent, j'ai commencé à
parler un peu au hasard :

— Puisque je ne peux plus vivre avec eux, Couth, je suis
content qu'ils vivent avec toi. Tu t'occuperas d'eux bien
mieux que je n'ai su le faire, j'en suis sûr, et avec toi je serai
tranquille. C'est un endroit merveilleux pour un gosse, et
tu pourras apprendre la photo à Colm...

— Biggie va me donner un coup de main cet été. Tu

vois, quand les Pillsbury seront là : un peu de ménage, les courses, la cuisine... Ça me laissera davantage de temps pour la photo... J'ai trouvé un job à mi-temps pour l'automne. A trois quarts d'heure d'ici, à Bowdoin. Une classe d'étudiants, une sorte d'atelier de photographie. Au printemps, ils m'ont organisé une exposition, et j'ai même vendu quelques photos.

Ces petits mots pesaient des tonnes et nous écrasaient.

— Formidable, Couth.

Après un long silence, tu m'as demandé :

— Bogus, qu'est-ce que tu comptes faire, maintenant ?

— Oh ! Il faut que je rentre à New York, ai-je menti. Mais je reviendrai quand j'aurai réglé mes affaires.

— C'est presque le matin.

Nous avons regardé un soleil orange sortir de l'océan, balayant le rivage de sa faible lueur.

— Colm se lève de bonne heure. Il pourra te montrer ses animaux. J'ai construit une espèce de zoo dans le hangar à bateaux.

Mais je n'avais pas envie de rester pour savoir si Colm avait grandi, ou s'il m'aimait encore. Comme je dis toujours : laissons pousser l'herbe sur le cimetière ; après, c'est plus joli à voir.

— Il faut que je parle à mon chauffeur.

Quand j'ai voulu me lever, tu m'as attrapé par la ceinture :

— Ton chauffeur ne sait même pas comment tu t'appelles. Qu'est-ce que ça veut dire ?

— Tout va très bien, Couth. Tout est en ordre.

Tu t'es levé en même temps que moi, espèce d'ange à la con, tu m'as pris par la barbe et tu m'as secoué la tête en disant :

— Oh, merde ! Si seulement on pouvait vivre tous les deux avec elle, Bogus ! Moi je serais d'accord, tu le sais, hein ? Je le lui ai même suggéré une fois, Bogus.

— Vraiment ?

Moi aussi, je t'ai pincé la barbe ; j'avais envie de te l'arracher, mais aussi de t'embrasser.

— Et qu'a-t-elle répondu ?

— Elle a dit non, bien sûr. Mais ça ne m'aurait rien fait, Bogus... je crois.

— Ça ne m'aurait rien fait non plus.

Ce qui était sans doute faux.

Comme une bouée émergeant de l'eau, le soleil se montrait en entier, dansant à la surface de l'océan, et, brusquement, il y a eu trop de lumière pour que je te regarde en face, Couth, alors j'ai dit :

— Va me chercher ces photos, tu veux ? Je dois partir.

Nous avons regagné la maison ensemble, franchissant les dalles deux par deux. J'ai senti que tu glissais l'argent dans ma poche-revolver. Et je me suis rappelé ton cul nu, au clair de lune, sur ces mêmes dalles où tu étais tombé à plat ventre, trop soûl pour te tenir debout. Ta copine — l'une des deux que nous avions ramassées au caravaning de West Bath — remettait son maillot de bain, en ayant marre d'essayer de te traîner jusqu'à la chambre. Moi, j'étais bien au chaud avec ma cavalière dans la soupente du hangar.

Je te regardais te débattre dans l'allée, et je me souviens d'avoir pensé : *Moi je ne suis pas trop soûl, je peux baiser ; ce pauvre Couth n'arrivera jamais à se taper une fille.*

Tout le monde peut se tromper.

Quand ils revinrent dans la cuisine, Biggie venait de confectionner un sandwich pour Dante Calicchio. Un sandwich énorme, que Dante dévorait au-dessus d'une assiette en forme d'auge ; Biggie lui avait servi une bière, qu'il engloutissait dans une chope aussi vaste qu'un pot de fleurs.

Dante se demandait à présent qui allait sortir avec qui. *Si c'est à mon tour d'aller sur le quai avec la grosse pute blonde, je ne me ferai pas prier,* pensait-il.

— Tu veux manger un morceau, Bogus ? demanda Biggie.

Mais Couth répliqua :

— Il veut partir avant que Colm ne se lève.

Qui ça ? pensa Dante Calicchio. *Qui diable peut bien* dormir *pendant une nuit pareille ?*

— Eh bien, fit Bogus, j'aimerais beaucoup voir le petit, mais je ne tiens pas à ce qu'il me voie... si ce n'est pas trop demander.

— Dès qu'il est debout, il va nourrir ses bestioles dans le hangar, dit Couth.

— Et il mange son petit déjeuner sur l'embarcadère, ajouta Biggie.

Il a des habitudes, pensa Bogus. *Colm a déjà pris des habitudes. Tous les gosses aiment avoir des habitudes. Est-ce que moi, j'avais réussi à lui créer des habitudes ?* Là-dessus, il demanda :

— Je ne pourrais pas le regarder depuis la salle de billard ?

— Je vais te passer mes jumelles, proposa Couth.

— Mon Dieu, Cuthbert, protesta Biggie.

Couth sembla embarrassé ; elle aussi. Bogus pensa : « *Cuthbert* » *? Depuis quand t'appelle-t-on Cuthbert, Couth ?*

Dans son coin, Dante Calicchio dévorait son sandwich, lampait sa bibine tout en se demandant si son patron était inquiet et si sa femme avait prévenu la police. A moins que ce ne soit le contraire. Bogus lui dit :

— Nous allons partir dans un moment. Allez donc faire un tour, prendre un peu l'air...

La bouche pleine, Dante ne put répondre, mais n'en pensait pas moins : *Oh, bordel de merde, ça veut dire que je vais te remmener ?* Mais il se tint coi, et feignit de ne pas voir Bogus glissant un gros paquet de billets — peut-être mille dollars — dans le panier à pain.

Dante s'assit sur l'escalier humide menant du quai à la rampe à bateaux, et s'émerveilla de la vie miniature grouillant dans les flaques et dans les anfractuosités des rochers. Il n'avait encore jamais vu de boue dans laquelle il eût envie de tremper les pieds ; il se déchaussa, et ayant roulé ses jambes de pantalon au genou, se mit à agiter ses orteils citadins dans cette gadoue avenante. Au-dessus de lui, sur le quai, ses souliers de ville poussiéreux et ses chaussettes noires semblaient si insolites, si exotiques que même les goélands s'en approchèrent avec prudence. Les sternes, plus hardies, descendirent en vol plané, puis s'enfuirent, terrifiées par ces étranges vestiges déposés par la marée.

En face, à l'embouchure de la baie, un pêcheur disposait ses casiers à homards, et Dante se demanda quel effet ça lui ferait de travailler de ses mains de nouveau, et s'il aurait le mal de mer.

Se levant, il marcha prudemment dans la vase, sentant de temps à autre un coquillage lui piquer le pied, attentif aux créatures grouillant tout autour de lui. Il avisa un vieux seau à poisson, au pied d'un pilier d'amarrage ; Dante se dirigea prudemment vers lui, se demandant quels animaux il y trouverait. Or il était défoncé, et ne contenait en guise d'appât qu'une vieille tête de poisson décharnée. Puis une espèce de gros ver se tortilla auprès de son pied ; poussant un cri, il courut maladroitement rejoindre la terre ferme. Levant les yeux pour voir si quelqu'un avait été témoin de sa panique, il vit un beau petit garçon brun qui l'observait. Le gamin, en pyjama, mangeait une banane.

— C'était juste une néréide, dit Colm.
— Ça mord ?
— Ça pince.

Colm sauta du quai et se mit à déambuler pieds nus sur les rochers, comme s'il avait des semelles de corde.

— Je vais t'en attraper une !

Il tendit sa banane à Dante, et courut sur les rochers qui avaient, Dante en était sûr, lacéré ses propres pieds. Se sentant idiot, il résista à la tentation d'examiner les dégâts et regarda l'enfant fouiller dans la vase, agitant ses petits doigts au milieu d'épouvantables choses vivantes que Dante n'aurait même pas voulu toucher avec un bâton.

— Parfois, elles sont difficiles à attraper, dit Colm.

Il creusa un trou dans la vase, y plongea l'avant-bras et ressortit avec un long ver rougeâtre qui s'entortilla autour

de son poignet. Colm l'avait pincé derrière la tête et Dante
put distinguer de petites serres noires s'agitant de toute
part à l'aveuglette.

Petit mariolle de mouflet, si tu t'approches de moi avec ce
bestiau, moi je lâche ta banane dans la gadoue. Mais Dante,
sauvant les apparences, laissa Colm le rejoindre.

— Tu vois les petites pinces ?

— Ouais.

Dante faillit rendre la banane à Colm, mais l'enfant
aurait pu croire qu'il voulait faire un échange. De plus,
Colm était ganté de vase. Dante lui dit :

— Maintenant, tu es trop sale pour manger ton fruit.

— Oh, mais je sais me laver !

Il guida Dante jusqu'à une flaque, dans les rochers un
peu plus haut, et tous deux se nettoyèrent.

— Tu veux voir mes animaux ? demanda Colm.

Dante ne savait pas trop ; il se demandait ce que Colm
avait fait du ver.

— Qu'est-ce que c'est, un chauffeur ? C'est comme un
taxi ?

— Oui-oui.

Aux aguets, craignant une attaque concertée des animal-
cules vaseux, il suivit Colm jusqu'au hangar.

Il y avait là une tortue à la carapace recouverte de
pustules, et un goéland que Colm conseilla de ne pas
approcher, car il avait une aile brisée et donnait des coups
de bec. Il y avait aussi un petit animal à la vivacité
exacerbée qui ressemblait à un rat à rallonges, et que Colm
appelait un furet. Il y avait un baquet en zinc rempli de
harengs, dont la moitié flottaient à la surface le ventre en
l'air ; Colm les attrapa avec une épuisette comme si cette
hécatombe était habituelle et quotidienne.

— Tu vas les donner aux chats ? demanda Dante.

— On n'a pas de chats. Ils tuent plus qu'ils ne mangent.

Quand ils ressortirent du zoo marin, le soleil était assez
fort, et une douce brise s'était levée sur la baie.

— Tu sais quoi, petiot ? T'as une fameuse chance de
vivre ici.

— Je sais.

Puis Dante, levant les yeux vers la maison, aperçut Bogus Trumper qui les observait à la jumelle depuis la fenêtre de la salle de billard. Dante savait que le gosse devait ignorer qu'on le regardait, de sorte que le chauffeur interposa son corps trapu entre l'enfant et la maison.

— Est-ce que tu es aussi soldat ? demanda Colm.

Dante secoua la tête. Il permit à Colm d'essayer sa casquette fantaisie de chauffeur ; le gosse fit des grimaces et marcha au pas sur le quai. *Marrant*, songea Dante. *Quand ils sont petits, les mômes adorent les uniformes, et les détestent une fois qu'ils sont grands.*

Trumper vit Colm s'essayer au salut militaire. Qu'il était bronzé ! Et ses jambes étaient beaucoup plus longues que dans son souvenir.

— Il sera aussi grand que toi, Biggie, murmura-t-il.

Biggie était épuisée ; elle dormait sur le divan de la salle de billard. Bogus, les jumelles aux yeux, avait parlé pour lui-même, mais Couth l'entendit. Sentant sa présence, Bogus lui rendit les grosses jumelles. Couth lui dit :

— Il est en pleine forme, hein ?

— Oui, oui, admit Trumper, qui ajouta, regardant Biggie, je ne veux pas la réveiller, tu lui diras au revoir pour moi.

Mais en silence il s'approcha du divan ; il semblait attendre quelque chose. Couth regarda ostensiblement vers l'océan, mais Trumper n'était toujours pas à l'aise, alors Couth sortit de la pièce. Bogus se pencha alors sur Biggie et lui déposa un baiser rapide sur le front. Avant qu'il ne se soit redressé, elle lui passa une main languide dans les cheveux, en murmurant d'une voix lourde de sommeil :

— Couth, il est parti ?

Il était parti, effectivement. Il avait demandé à Dante de s'arrêter à la station Esso de Bath, et d'y faire remplir la petite glacière de la limousine. A Brunswick, il acheta un flacon de Jack Daniel's, et au Woolworth d'en face, un verre.

De sorte qu'il était fin soûl quand ils franchirent la frontière du Massachusetts. Affalé sur le velours de la banquette, la vitre de séparation bien tirée, il but jusqu'à ce que les vitres teintées s'assombrissent, bien que le jour s'éclaircît. Dans la Mercedes silencieuse, à air conditionné, il gisait comme un empereur défunt dans son cercueil capitonné, en route pour sa dernière demeure.

Pourquoi New York ? se demanda-t-il. Puis il se rappela que c'était la destination de Dante. Voulant compter ce qui restait dans son enveloppe, il parvint au total assez flou de quinze cents ou dix-huit cents dollars, environ, l'un dans l'autre. Il n'obtint jamais deux fois le même chiffre, de sorte qu'après avoir recompté quatre fois, il remit le tout dans sa poche et n'y pensa plus.

Mais Dante l'avait vu faire, et il eut pour la première fois l'impression que ce cinglé n'était pas si rupin que ça. *Si tu prends la peine de compter ton fric, c'est que tu n'en as pas beaucoup.*

Quand ils arrivèrent à New Haven, Trumper était tellement défoncé que Dante n'eut pas à lui demander l'autorisation de faire un petit arrêt. Dante appela New York, et encaissa de son patron une solide engueulade, et de son épouse des reproches sanglotants.

Quand il regagna la voiture, Trumper était trop bourré pour assimiler les propos de Dante. Dante voulait avertir Trumper qu' « ILS » l'attendaient à New York. « Les flics ? » avait demandé Dante à son patron, « Qu'est-ce qu'ils lui veulent ? » Le patron de la maison de location avait dit : « Plus gros que des flics ordinaires... — Ah, oui ? Mais qu'est-ce qu'il a donc fait ? — Ils pensent qu'il est cinglé. — Sans blague ! C'est un crime, maintenant ? »

Dante, à force de tambouriner contre la vitre de séparation, finit par ramener dans l'œil de Bogus une lueur de lucidité. Puis Dante décida de laisser choir, et fit bonjour à Trumper à travers la vitre. Souriant, Trumper lui rendit son salut.

Mais Dante commençait à s'intéresser à ce pauvre fou ; il l'émouvait. Avant même qu'ils n'aient quitté le Maine, il avait changé d'avis sur son passager. Il lui avait demandé un arrêt à une boutique ; il voulait rapporter des souvenirs à sa famille.

Trumper avait acquiescé, et, tandis que Dante fouinait parmi les homards en plastique, les peintures sur bois et les coquetiers personnalisés, Trumper regarda les photographies que lui avait données Couth. Il y en avait toute une série de Colm, format 9 × 12 : Colm dans les marais, Colm en bateau, Colm sur la plage en pleine tempête de neige (donc ils étaient déjà installés avec Couth pendant l'hiver), Colm posant dans les bras de Biggie. Toutes étaient superbes.

Mais la dernière photo causa un choc à Trumper. Peut-être Couth l'avait-il mélangée par distraction aux autres, car elle provenait manifestement d'une série différente. C'était un nu, déformé par un objectif grand angle. On avait fait la mise au point sur le pubis de la femme, allongée dans une prairie dans une posture calculée pour que des touffes d'herbe se mélangent aux poils pubiens ; effet recherché par le photographe. Le grand-angle arrondissait le paysage autour d'elle, son visage demeurant flou et lointain. Mais sa chatte était bien nette.

La Terre nourricière, songea Trumper. Il n'aimait pas cette photo, mais comprenait que — si Couth ne l'avait pas laissée par inadvertance — c'était un message amical et généreux de Couth. Amical et généreux comme Couth, mais aussi de fort mauvais goût. La femme nue, c'était Biggie.

Trumper vit revenir Dante, qui ouvrit la portière arrière pour montrer à Trumper ses emplettes : trois ballons de plage gonflables et trois sweat-shirts avec l'inscription MAINE surmontant un gros homard.

— C'est joli, fit Trumper. Très joli.

Dante avisa les photos de Colm, s'en empara sans demander son avis à Trumper, et les examina une par une.

— Je voulais vous le dire, m'sieur, vous avez un petit gars vraiment super.

Trumper eut un regard distant. Embarrassé, Dante ajouta :

— J'ai tout de suite vu que c'était votre fils, c'est votre portrait craché !

Puis Dante tomba sur la chatte de Biggie et n'en put détacher ses yeux. Il s'obligea à glisser la photo sous les autres, et rendit le tout à Trumper, qui essaya de sourire.

— Très chouette, conclut Dante Calicchio en retenant un sourire égrillard.

J'aurais pu jurer que toute la ville de New York m'attendait. Et avec tout le Jack Daniel's Old Time nº 7, Brand Quality Tennessee vieilli en fût dans lequel flottait mon cerveau et baignait ma langue, ce furent d'étranges retrouvailles.

Je les voyais autour de la voiture, prêts à me sauter dessus. Ils agitaient les poignées de portière, tapaient sur les vitres et criaient à l'adresse de mon brave gros chauffeur :

— Calicchio ! Ouvrez, Calicchio !

Puis ma portière fut ouverte, et le premier qui avança eut droit à un bon coup sur la tronche, de cette jolie bouteille carrée dans laquelle le bon Jack Daniel met son whisky. Les autres ramassèrent leur copain sur le sol, puis s'occupèrent à nouveau de moi.

Tout allait bien tant qu'ils restaient à distance, mais, dès qu'ils s'approchaient, je les voyais flous. Pourtant je distinguais Dante ; ce brave type leur demandait d'avoir des égards pour moi, d'une façon persuasive ; de ses énormes poignes, il les prenait à la gorge jusqu'à ce que, gargouillants, ils s'éloignent de moi.

— Là, là, disait-il. Que personne ne touche un cheveu de sa tête, il n'a rien fait de mal. Je veux lui donner quelque chose, un petit cadeau, et vous allez me laisser faire, s'il vous plaît.

Puis il ajouta, dans une tessiture plus basse, cette phrase approximative :

— Vous préférez garder vos dents à leur place, ou que je vous les enfonce dans le cul, tas de pédés ?

Ils me tiraient d'un côté, Dante me tirait de l'autre. Puis il y eut un moment de silence sépulcral, où je me sentis porté à bonne distance ; puis j'entendis le cri d'un inconnu disant qu'on l'avait tué, et un autre étranger bêler comme un bouc, et je me retrouvai l'espace d'une minute isolé et libre. Ensuite, mon ange gardien, Dante Calicchio, qui fouillait frénétiquement dans son pantalon — dans son caleçon, même ! — extirpait de cet endroit (pourquoi là ?) quelque chose de froissé et me le fourrait dans le devant de la chemise, en disant hors d'haleine :

— Tenez, tenez, tenez, pour l'amour du Ciel... J' crois que vous en aurez l'usage jusqu'au dernier *cent*... Maintenant, filez, si vous êtes malin ! *Courez !*

Puis nous passions de nouveau à l'accéléré, et, assez loin de moi, je vis Dante Calicchio faire joujou avec deux hommes miniatures. Ils ne devaient pas peser plus de cinq kilogrammes chacun, puisque Dante Calicchio balança le premier à travers le pare-brise d'une voiture en stationnement, et, tenant l'autre par les pieds, lui cogna la tête sur l'asphalte comme s'il était une poupée de chiffon. Puis je ne voyais plus rien, plusieurs hommes entourant Dante, sans doute parce qu'ils voulaient jouer avec lui.

Puis ils me reprenaient. Je me retrouvais dans une voiture roulant vitres ouvertes, et ils maintenaient ma tête à l'extérieur. Mais si bourré que je sois, je sentais très bien le bout de papier chiffonné sous ma chemise, et, quand ils me poussaient dans un ascenseur, je le ressortais et l'examinais. Ça ressemblait à un billet de banque — je ne pouvais pas en lire la valeur —, puis l'un des types dans l'ascenseur me l'arrachait.

Je *crois* que nous étions dans un ascenseur ; je *crois* que nous étions dans un hôtel. Mais ma pensée unique et principale du moment était : *Quel drôle d'endroit pour ranger son fric !*

33

Bienvenue dans la confrérie
du Phallus d'or

Pendant toute la visite que me fit Tulpen à l'hôpital, je passai par des alternances de torpeur et de lucidité, ouvrant les yeux avec une feinte terreur, jouant à la perfection l'apathie, bien que j'aie une furieuse envie de pisser.

Ralph vint me voir un peu plus tard, me déclara mort et demanda à Tulpen à quoi ressemblait mon phallus. Sincèrement choquée, elle lui lança :

— Je n'ai pas regardé. Il est bourré de calmants. Il ne sait même pas où il est.

Ralph contourna le lit ; il avait apporté mon courrier et, faisant semblant de chercher un endroit où le poser, il regarda derrière le rideau où gisait mon voisin de chambre — le vieux monsieur hérissé de tubes tous usages.

— Si on demandait à une infirmière ? fit Ralph.

— Lui demander quoi ? fit Tulpen.

— De nous faire voir son zizi. Et si on soulevait le drap, tout simplement ?

Pour l'impressionner, je roulai des yeux blancs et dis quelques mots en allemand.

— Tiens, il est dans sa période nazie, remarqua Ralph.

Je demeurai immobile, comme si on m'avait lobotomisé, guettant s'ils allaient échanger des paroles intimes, voire des attouchements. Mais il n'en fut rien ; ils avaient plutôt l'air de se faire la tête ; peut-être m'avaient-ils percé à jour et sauvaient-ils les apparences ?

Quand ils partirent enfin, j'entendis Tulpen demander à l'infirmière de garde quand viendrait Vigneron, et s'il avait l'intention de me relâcher ce soir. Mais je fus privé de la réponse, mon voisin ayant choisi cet instant pour expulser ou ingérer bruyamment quelque chose, et, quand il cessa ses affreux gargouillis, la conversation avait pris fin.

Il me fallait absolument pisser, mais, à mon premier mouvement, j'accrochai au drap l'une de mes agrafes, et poussai un cri si perçant qu'une volée d'infirmières se répandit dans ma chambre et que le vieux monsieur gargouilla des protestations au milieu de ses tubes et de ses bassins.

Deux infirmières me soutinrent jusqu'aux toilettes ; je tenais ma chemise soulevée devant moi comme un bouclier, pour éviter tout frottement avec ma partie douloureuse.

Avant d'essayer de pisser, je commis l'erreur fatale de regarder mon sexe. L'orifice était invisible, obturé par une croûte, et la disposition des agrafes tout autour lui donnait l'aspect d'un bout de saucisse. Je m'installai sur le trône et demandai à l'infirmière d'aller me chercher mon courrier.

Il y avait une lettre de mon directeur de thèse, le Dᵣ Wolfram Holster. Il y avait adjoint un article du *Bulletin des langues germaniques*, signé de ce vieux mandarin de la littérature comparée, de Princeton, le Dʳ Hagen von Troneg, qui déplorait le manque de travaux sérieux sur les langues primitives d'origine nord-germanique. Selon von Troneg, « … toute approche en profondeur du pessimisme mystique dans les œuvres norvégiennes, suédoises, danoises, islandaises et féroïennes sera impossible tant que personne n'entreprendra de traduire les ouvrages inédits en nordique primitif oriental, nordique primitif occidental et nordique primitif inférieur ». Commentant cet article, le Dʳ Wolfram Holster déclarait le moment « on ne peut plus propice » pour *Akthelt et Gunnel*.

Il exprimait en post-scriptum toute sa sympathie pour ce qu'il avait appris de ma « situation personnelle ». Il argumentait : « Un directeur de thèse a rarement le temps de s'impliquer dans les problèmes émotionnels et affectifs de ses candidats ; toutefois, à la lumière d'un projet aussi nécessaire et opportun, j'ai le sentiment que je me dois, sur un plan plus personnel, d'être aussi constructivement indulgent que constructivement critique. » En conclusion : « Fred, faites-moi vite savoir comment avance *Akthelt et Gunnel.* »

Ce qui, dans ces chiottes d'hôpital, m'obligea à rire, puis à pleurer. Je jetai la lettre dans la cuvette, ce qui me donna le courage de pisser dessus.

Lors de mon errance inconsciente en Europe, j'avais écrit deux fois à Holster. D'abord une longue lettre mensongère où je décrivais mes difficiles recherches sur Brunehilde, la reine tragique d'Islande, et son éventuelle similitude avec la reine de la mer Noire dans *Akthelt et Gunnel.* (Bien sûr, il n'y a pas la moindre reine de la mer Noire dans *Akthelt et Gunnel.*)

Mon second contact avec Holster avait été une carte postale représentant un détail du grand tableau de Breughel *le Massacre des Innocents.* On arrache des bébés aux bras de leurs mères ; les mains de leurs pères tentant de les protéger sont coupées à la hache. J'avais écrit au dos de la carte : « Bonjour ! J'aimerais que vous soyez là ! »

Au bout d'un moment, une infirmière me demanda à travers la porte des toilettes si tout se passait bien. Elle me ramena à mon lit, où je devais attendre que Vigneron me donne mon permis de sortie.

Je regardai le reste de mon courrier. Il y avait une grande enveloppe envoyée par Couth, remplie de documents concernant le divorce, que j'étais censé signer. Un mot de Couth me conseillait de ne pas les lire, car ils comportaient « des mots assez durs » nécessaires pour que le divorce soit pris au sérieux. Je ne voyais pas qui devait prendre ce divorce tellement au sérieux, alors, négligeant son conseil, je lus quand même. On parlait de mon « comportement indécent et dépravé ». On mentionnait également mon « abandon cruel et inhumain de toutes mes responsabilités » et ma « fuite insensible du domicile conjugal, digne d'un dégénéré ».

Ça semblait bien envoyé, et je signai tous les papiers. Une signature, ça n'engage à rien.

Le reste du courrier n'était pas du courrier. C'était bien sous enveloppe, mais ça venait de Ralph, sans cachet de la poste. Un cadeau de relevailles ? Une farce ? Une cochonnerie ?

C'était une sorte de diplôme.

CONFRÉRIE DU PHALLUS D'OR

Félicitations ! Oyez par la Présente
Que

FRED BOGUS TRUMPER

Ayant Fait Preuve de Bravoure Exceptionnelle, de Valeur, Galanterie et Puissance Phallique, Pour Avoir Héroïquement Enduré l'Amélioration Chirurgicale de Son Membrum Virile, et Avoir Brillamment Survécu à Une Épouvantable Urétérectomie Avec Pas Moins de Cinq (5) Points de Suture, Est Par la Présente Solennellement Intronisé Chevalier et Membre Actif

De La Fraternité De L'Ordre Du
Phallus D'Or
Ayant Ainsi Droit À Tous Privilèges Et Fanfaronnades
Concernant
La Chose

C'était signé par Jean-Claude Vigneron, Chirurgien Distingué, et Ralph Packer, Scribe Principal et Tête de Nœud. Mais où était la signature de Tulpen, Maîtresse et Principale Intéressée ?

Trumper était en pleine crise de déprime paranoïaque quand Vigneron vint lui rendre sa liberté.

— Eh bien, tout s'est bien passé ! Vous ne souffrez pas trop en urinant ?

— Je me sens bien.

— Faites attention à ne pas accrocher vos agrafes dans

vos sous-vêtements ou vos draps. En fait, quand vous serez rentré chez vous, vous aurez intérêt à rester tout nu.

— C'était mon intention.

— Les agrafes tomberont d'elles-mêmes, mais je vous examinerai dans une semaine, pour m'assurer que tout va bien.

— Il peut y avoir des raisons pour que ça n'aille pas bien ?

— Bien sûr que non. Mais après une opération, il y a toujours un examen de routine.

— Je ne serai peut-être pas là, dit Trumper.

Vigneron sembla troublé par son manque d'intérêt. Il demanda :

— Vous vous sentez vraiment bien ? Je veux dire sur le plan moral ?

— Très bien, docteur.

Conscient de la gêne de Vigneron, il mentit pour le rassurer :

— Je ne me suis jamais senti mieux. Je suis un homme nouveau, plus un vieux con malade.

— Ça, fit Vigneron, je ne suis pas en mesure de vous le garantir.

Vigneron avait raison, bien sûr. Vigneron avait *toujours* raison. Le contact du moindre vêtement était insupportable.

Trumper se garantit du mieux qu'il put, entourant son pénis d'une épaisseur de gaze vaselinée avant d'enfiler son caleçon. Ce dispositif empêchait les agrafes de s'accrocher au fond de ses vêtements. Marcher était un exploit délicat. Trumper pinça le devant de son pantalon et le tint écarté de lui, puis marcha jambes écartées, comme un soldat qui aurait des grenades dans les poches de son treillis. On le regardait dans la rue.

Il avait emporté son courrier et son diplôme de la sainte-farce. Dans le métro, il avisa un couple austère et solennel dont l'expression disait qu'ils auraient mieux fait de prendre un taxi. *Aimeriez-vous voir mon diplôme ?* pensa-t-il.

Mais, une fois au Village, plus personne ne lui prêta la

moindre attention. Dans ce quartier, les gens marchaient tous de façon bizarre, et il n'avait pas l'air plus con que les autres.

Alors qu'il sortait sa clé, devant la porte de Tulpen, il entendit les clapotements caractéristiques de Tulpen dans son bain. Elle parlait à quelqu'un, et il se figea.

— Il est trop simpliste, disait-elle, de coller aux gens des étiquettes, d'essayer de badigeonner des personnes complexes et profondes d'une couche de jugements superficiels. Mais il est tout aussi simpliste de croire que tout individu est complexe et profond. Je crois que Trumper ne fonctionne qu'en surface... Peut-être n'est-il qu'une surface, rien qu'une surface...

Elle s'agita et Trumper l'entendit agiter l'eau du bain et dire :

— Allez, ça suffit pour aujourd'hui !

Tournant les talons, il boitilla jusqu'à l'ascenseur, et émergea dans la rue animée. *Ça suffit pour aujourd'hui.*

S'il avait attendu, il aurait entendu la fin de la scène, Ralph engueuler Kent, et Tulpen leur demander de partir.

Au lieu de quoi je filai tout droit au studio de Christopher Street, retrouver les appareils sophistiqués de Ralph, et toutes les boucles de pellicule. Je savais ce que je cherchais ; j'avais certaines choses importantes à dire.

Je trouvai les chutes de ce que Ralph appelait le « tissu graisseux ». Des bouts de séquences trop longues ou considérées trop faibles. Tulpen les gardait accrochés dans le placard de la salle de montage.

Je ne voulais rien détruire d'utile ; je voulais utiliser le second choix. J'examinai pas mal de chutes. Certains bouts où l'on me voyait avec Colm et Tulpen dans le métro étaient intéressants. De même, il y avait un long plan de moi, seul, sortant d'une boutique d'animaux du Village, un aquarium sous chaque bras — des cadeaux pour Tulpen un jour faste. Le patron de la boutique, qui me dit au revoir sur le seuil, ressemble à un berger allemand en chemise de sport hawaiienne. Il continue d'agiter la main bien après que je suis sorti de l'image.

Je procédai à un montage hâtif ; je savais n'avoir guère de temps, et je tenais à synchroniser une bande-son à ce métrage muet.

Mon pénis me faisait si mal que j'ôtai pantalon et caleçon et déambulai le cul à l'air, évitant les coins de table et les dossiers de chaise. J'enlevai aussi ma chemise, car elle me frottait, particulièrement en position assise. De sorte que j'étais à poil, sauf mes chaussettes, car le sol était froid.

La bobine était courte. J'y collai une étiquette adhésive : « LA FIN DU FILM. » Puis je préparai le projecteur, fis avancer le film au départ, et réglai l'objectif ; tout ce qu'ils auraient à faire était de presser un bouton, et ils verraient ceci :

Bogus Trumper et son fils Colm dans le métro en marche. La jolie fille aux beaux seins, celle qui sait faire rire Colm et laisse Trumper la caresser, s'appelle Tulpen. Tous partagent un secret, mais on n'entend aucun son. Puis ma voix off prononce :

— Tulpen, je suis désolé, mais je ne veux pas d'enfant.

Bogus Trumper sort de la boutique, aquariums sous les bras, et le berger allemand en chemisette hawaiienne lui adresse un geste d'au revoir. Trumper ne regarde pas en arrière, mais sa voix off dit :

— Adieu, Ralph, je ne veux plus être dans ton film.

La bobine était vraiment courte. Ils n'auraient pas le temps de s'endormir.

Je cherchais mes vêtements, quand Kent s'introduisit dans le studio. Une nana l'accompagnait ; Kent amenait toujours des filles au studio quand il n'y avait personne. Il leur faisait visiter les installations comme si elles lui appartenaient ou s'il en était le seul vrai responsable.

Il fut joliment surpris de me voir. Il dut remarquer mes chaussettes vertes. Et je ne crois pas que la fille ait déjà vu beaucoup de biroutes comme la mienne.

— Salut, Kent, dis-je. Tu n'as pas vu mes fringues ?

Ils parlèrent de l'opération, Kent essayant de rassurer sa copine, et Trumper à l'agonie réajustant pansement et caleçon. Puis Bogus intima à Kent de ne regarder sous aucun prétexte le petit film en attente sur le projecteur ; il était réservé à Ralph et Tulpen, et que Kent ait l'amabilité, s'il vous plaît, de ne toucher à *rien* avant qu'ils ne soient là pour le visionner ensemble.

Kent lut l'étiquette sur la bobine.

— La fin du film ?

— Un peu, mon neveu ! fit Trumper.

Puis il sortit, tirant devant lui sa braguette.

Il aurait dû attendre. Kent aurait pu lui expliquer la séquence de la baignoire. S'il avait attendu un peu plus, il aurait pu constater que Ralph et Tulpen n'arrivaient pas ensemble au studio.

Mais il n'attendit pas. Par la suite, il se reprocha cette détestable habitude de partir trop tôt. Encore plus tard, après que Tulpen eut réussi à le convaincre qu'il n'y avait plus rien entre elle et Ralph, il avait été obligé d'avouer qu'il n'avait jamais eu la moindre RAISON VALABLE pour s'enfuir tout de bon. Ainsi que Tulpen le lui fit remarquer, il avait déjà pris la décision de filer, et saisi le premier prétexte. Il n'en disconvint pas.

Mais pour lors, avec son phallus flambant neuf, il attendit que Tulpen fût partie travailler au studio pour s'introduire chez elle. Il y prit certaines affaires à lui, et quelques autres trucs ; il vola un bocal ayant contenu du café soluble, et un poisson rouge pour Colm.

Le voyage en car jusqu'au Maine fut long et épuisant. Il y eut nombre d'arrêts interminables, et, dans le Massachusetts, on découvrit un mort à l'arrière du car ; un passager victime d'une crise cardiaque, pensèrent les autres passagers. L'homme avait pris un billet pour Providence, Rhode Island.

Comme personne n'avait envie de toucher au cadavre, Bogus se porta volontaire pour le sortir du car, et faillit y laisser son nouveau zizi. Les voyageurs avaient sans doute peur d'attraper quelque microbe, mais Bogus fut surtout frappé par le fait que l'homme voyageât en solitaire. Le conducteur examina les papiers du mort, et découvrit qu'il habitait Providence. La réaction unanime fut qu'il était plus ennuyeux pour lui d'avoir dépassé sa destination que d'être mort.

Dans le New Hampshire, Trumper fut tenté de se présenter à quelqu'un et entama la conversation avec une grand-mère qui rentrait chez elle après une visite à sa fille et à son gendre.

— Je n'arrive pas à comprendre leur façon de vivre, dit-elle à Bogus.

Elle était en pleine confusion, aussi lui dit-il de ne pas s'en faire.

Il lui montra le poisson qu'il destinait à Colm. Il avait renouvelé l'eau du bocal à chaque station. Il semblait que le poisson supporterait le voyage. Ensuite, il s'endormit, et le chauffeur du car dut le réveiller.

— On est à Bath.

Trumper se savait dans les limbes. Et le pire, songeait-il, c'est que j'y ai déjà été souvent...

Que cette fuite ait un motif différent de la précédente n'était pas un signe d'amélioration. Pourtant, ç'avait été plus facile cette fois, et pourtant il n'avait pas vraiment eu l'envie de quitter Tulpen. Il savait seulement qu'il n'avait jamais rien fini, et éprouvait le besoin vital d'apporter une conclusion à quelque chose.

Ce qui lui rappela la lettre du Dr Wolfram Holster, balancée dans les chiottes de l'hôpital avec un flot d'urine sanglante ; c'est là qu'il décida d'achever *Akthelt et Gunnel*.

Cette décision avait un côté exaltant, mais il n'arrivait pas à en voir l'aspect positif. Il était dans la situation d'un homme que sa famille a poussé pendant des années à faire quelque chose et qui, un soir, s'installe pour lire un roman ; un vacarme dans la cuisine l'interrompt dans sa lecture, des rires, des disputes ; l'homme se jette sur les siens, cogne, brise les meubles, insulte tout le monde jusqu'à ce que tous se retrouvent, esquintés, blottis sous la table. L'homme se tourne alors vers sa femme transie de peur et lui di˙

benoîtement : « Maintenant, j'ai l'intention de finir ma lecture. »

Un membre amoché de la famille aurait alors pu dire : « C'est bien la peine ! »

Le fait d'avoir pris une décision suffit à donner à Trumper quelque courage. Il osa téléphoner à Couth et Biggie pour leur demander de venir le chercher à la gare routière.

C'est Colm qui décrocha, et en entendant sa voix, Trumper eut aussi mal que s'il pissait une série de noyaux de pêche. Il réussit quand même à dire :

— J'ai quelque chose pour toi, Colm.

— Un autre poisson ?

— Vivant, cette fois.

Il regarda le poisson pour s'en assurer. Il allait bien, peut-être un peu barbouillé à cause de l'agitation du voyage ; tout petit et fragile qu'il fût, il nageait toujours, le ciel soit loué.

— Colm, peux-tu me passer Couth ou Mommy ? Il faut qu'on vienne me chercher à l'arrêt du car.

— Est-ce que la dame est venue avec toi ? fit Colm. Comment elle s'appelle, déjà ?

— Tulpen, dit Trumper, sentant une nouvelle rafale de noyaux de pêche traverser son sexe.

— Oui, c'est ça, *Tulpen !*

Colm aïmait manifestement Tulpen.

— Non, elle n'est pas venue. Pas cette fois-ci.

34

Retour à la vie de bohème !
On entrevoit un tank
au fond du Danube

Sale con de Merrill ! Tu étais toujours en train de rôder autour de l'American Express, en quête de jeunes filles seules. Tu as fini par en trouver une, et c'est elle qui t'a perdu.

Arnold Mulcahy m'a dit que c'était arrivé en automne. Une période de pointe, hein, Merrill ? Toujours ce besoin de trouver quelqu'un pour passer l'hiver.

Je sais comment ça a dû se produire ; je connaissais ta façon de draguer à l'American Express. Je te rendrai cette justice, Merrill : tu savais endosser des personnalités extraordinaires. Il y avait l'ancien pilote de guerre ; l'ex-coureur automobile ayant perdu ses réflexes, et aussi sa femme ; le romancier à succès victime d'un blocage ; l'artiste peintre à court d'inspiration. Moi-même, je n'ai jamais su exactement ce que tu étais. Un acteur sans emploi ? Mais tu avais une classe folle, l'aura d'un ancien héros, d'un *ex-quelque chose*. Biggie avait raison : toutes les femmes avaient envie de te sauver.

Je me rappelle les autocars des voyages organisés en provenance d'Italie qui se vidaient devant l'American Express, et la bande de badauds ironiques qui évaluaient les touristes, et leur argent. Les vieilles dames caquetant en anglais, s'attendant à se faire escroquer, et se moquant d'avoir l'air étrangères ou stupides. Et les plus jeunes, soucieuses de ne pas se mélanger aux premières. Celles-là tentaient de faire bande à part et de montrer qu'elles maîtrisaient plusieurs langues. Elles témoignaient un froid dédain pour leurs compagnes de voyage. Toi, Merrill, tu draguais toujours la plus mignonne. Cette fois-là, elle s'appelait Polly Crenner.

Je peux visualiser la scène. La fille au bureau des renseignements, avec peut-être un exemplaire de *l'Europe pour 5 dollars par jour,* y cherchant une pension dans ses prix. Tu te serais approché du comptoir et te serais adressé en allemand à l'employé — une question sans importance : avait-on laissé un message pour toi ? Mais ton allemand aurait impressionné Polly Crenner ; elle t'aurait au moins jeté un coup d'œil, puis aurait fait semblant de replonger dans son livre quand tu lui aurais rendu son regard.

Puis, avec naturel, tu lui aurais dit en anglais — lui faisant prendre conscience que tout un chacun la sait américaine : « Essayez la Pension Dobler, une bonne petite maison dans la Plankengasse. Ou le Weisser Huf, dans l'Engelstrasse ; la patronne parle anglais. Vous pouvez y aller à pied. Avez-vous beaucoup de bagages ? »

Prenant ça pour une drague, elle t'aurait juste montré du geste sa valise, prête à refuser ton offre galante de la lui porter.

Mais tu ne proposais jamais ça, n'est-ce pas, Merrill ? Tu aurais dit : « Oh, vous voyagez léger », puis remercié l'employé, dans ton allemand raffiné, quand il t'aurait informé qu'il n'y avait pas de message pour toi. « *Auf Wiedersehen* », aurais-tu dit, puis tu serais parti — si elle t'avait laissé partir. Polly Crenner ne t'avait pas laissé partir, Merrill.

Quoi d'autre ? Ta fameuse « visite guidée humoristique » de la vieille ville ?

— Qu'est-ce qui vous intéresse, Polly ? L'époque romaine ou la période nazie ?

Un peu d'histoire bidon, Merrill ?

— Vous voyez cette fenêtre, la troisième à gauche au quatrième étage ?

— Oui.

— Eh bien, c'est là qu'il se cachait quand tout le monde le recherchait.

— Qui ça ?

— Le fameux Weber !

— Oh...

— Chaque nuit, il se risquait à traverser la place. Des amis lui déposaient des vivres dans cette fontaine.

Alors Polly Crenner aurait senti passer le frisson de l'angoisse romanesque.

Le fameux Weber ? Qui cela pouvait-il être ?

— L'assassin a pris une chambre dans l'immeuble d'en face... juste ici.

— L'assassin ?

— Dietrich, l'ignoble salopard !

Tu aurais défié du regard la fenêtre du criminel, Merrill, comme un poète vengeur.

— Une seule balle de fusil, et toute l'Europe mise en péril...

Polly Crenner aurait regardé avec respect la fontaine dans laquelle on planquait de la bouffe pour le fameux Weber. Mais qui était donc le fameux Weber ?

Entourée des lumières mystérieuses de la vieille ville, Polly Crenner t'aurait demandé :

— Que faites-vous à Vienne ?

Quel stratagème aurais-tu essayé sur elle, Merrill ?

— Je suis ici pour la musique. Vous savez, autrefois j'étais musicien...

Ou, plus énigmatique :

— Eh bien, Polly, il fallait que je disparaisse...

Plus audacieux :

— Quand ma pauvre femme est morte, j'ai voulu rompre avec l'opéra. Mais je n'ai pas été capable d'oublier totalement la musique...

Quoi encore, Merrill ? Peut-être ta visite guidée de l'art érotique ? Et, si le temps le permettait, tu aurais imman-quablement emmené Polly Crenner au zoo. Une longue promenade dans les jardins de Schönbrunn. Tu ne cessais de me dire, Merrill, que les fauves provoquaient des émois sexuels. Un verre de vin sur la terrasse, en observant les girafes en rut ? Puis retour au petit jeu du vrai ou faux :

— Tout a été détruit par les bombardements...

— Le zoo ?

— Oui, pendant la guerre.

— C'est terrible pour les animaux !

— Oh, non. On les avait presque tous mangés avant le bombardement...

— Des gens les avaient mangés ?

— Les gens affamés par les restrictions, oui...

Ici, tu aurais exprimé toute la tristesse du monde, sans cesser de donner des cacahuètes aux éléphants.

— Eh bien, c'est dans l'ordre des choses. Quand nous avions faim, nous les mangions. Aujourd'hui, nous les nourrissons.

Je suis sûr, Merrill, que tu aurais donné un sens profond à cette phrase.

Et ensuite ?

Il y avait peut-être une lettre urgente chez toi, cela ennuierait-il Polly de t'accompagner une minute à ton appartement ? Ça ne l'ennuyait pas.

Dans la foulée, il serait question d'aller se baigner, pour profiter de la douceur des nuits — d'où la nécessité de monter chez toi prendre ton maillot de bain, puis de passer chez elle pour qu'elle y prenne le sien. Oh, tu étais mariolle, Merrill !

Mais tu en as trop fait ! Il t'a fallu ramener ta science au sujet du tank dans le Danube, pas vrai ? Vraie ou fausse, il fallait que tu racontes ton histoire...

— *Die blutige Danau*, aurais-tu dit. *Le Danube sanglant*. Vous l'avez lu ?

— C'est un livre ?

— Oui, de Goldschmied. Mais, c'est vrai, il n'a pas été traduit.

Puis tu l'aurais emmenée jusqu'après le Prater.

— Comment appelez-vous cette voiture ?

— Une Zorn-Witwer 54. Une pièce de collection.

En traversant le vieux canal, tu aurais monté en épingle les angoissants mystères du livre de Goldschmied.

— Combien de cadavres reposent dans le fond du Danube ? Combien d'armures, de boucliers, de chevaux ? Combien de tonnes de fer, d'acier, de vestiges de milliers d'années de guerres ? « Lisez dans le fleuve », écrit Goldschmied, « C'est votre histoire ! Lisez le fleuve ! »

Qui est ce Goldschmied ? se serait demandé Polly. Ah ! jolie Polly, mais qui était le fameux Weber ? Tu aurais déclaré alors :

— Je connais un endroit du fleuve qui est une vraie page d'histoire. Vous avez entendu parler de la IXe Panzerdivision ?

Sans attendre sa réponse, tu aurais enchaîné :

— La IXe Panzer avait lancé deux chars en éclaireurs à Florisdorf, la nuit du 31 décembre 1939. Les nazis voulaient envoyer une division blindée en Tchécoslovaquie, et l'armée longeait le Danube. Il y avait eu des îlots de résistance à Florisdorf, et les tanks éclaireurs devaient faire diversion à la grande attaque des chars. Eh bien, les chars éclaireurs eurent toute la diversion qu'ils cherchaient. Le premier sauta sur une mine devant une usine de lait en poudre. L'équipage du second tank paniqua, se perdit dans l'uniformité de la zone industrielle et finit par se retrouver sur la rive du Danube, juste à l'endroit où nous venons de passer, vous avez vu ?

— Oui, oui, aurait répondu Polly Crenner, en pleine déroute historique.

Tu aurais alors immobilisé la Zorn-Witwer devant la Gelhafts Keller, Merrill.

Tu aurais ouvert la portière de Polly Crenner, et elle aurait balbutié :

— Alors, que s'est-il passé ?

— Pour qui ?

— Pour le tank.

— Ah ! le tank... Eh bien, il s'était perdu...

— Oui, oui !

— C'était la nuit du jour de l'an, rappelez-vous. Il faisait très froid. Et ce noyau de résistants pourchassait le tank...

— Comment peut-on pourchasser un tank ?

— Avec énormément d'audace. Ils se cachaient dans les bâtiments, et essayaient de le détruire à la grenade. Bien sûr, le canonnier du tank ripostait ; il avait démoli la moitié de l'agglomération. Mais les résistants ne lâchaient pas pied, et finirent par encercler le tank sur la rive du vieux canal. Bloqué. Mais l'eau du fleuve était gelée, vous voyez ? Alors ceux du tank ont aventuré leur engin sur la glace ; c'était leur seule chance de s'en tirer... Alors, quand le tank a atteint le milieu du fleuve, les autres ont fait rouler des grenades sur la glace... Il a sombré, bien sûr.

Ici, Polly Crenner aurait fait : « *Gloup !* », angoissée tant par l'histoire que par les murailles sinistres des entrepôts entre lesquels tu la promenais en direction des docks.

— Là ! lui aurais-tu dit en désignant un point du vieux Danube, où dansaient les barques illuminées des fêtards et des amoureux.

— Quoi, là ?

— Là ! C'est là que le tank a traversé la couche de glace. C'est là qu'ils l'ont coulé !

Afin de mieux lui faire repérer l'endroit, tu aurais rapproché ta tête de la sienne, le bras tendu. Puis tu lui aurais chuchoté :

— C'est là exactement qu'il s'est englouti. Et il y est encore...

— Je ne vous crois pas.

— Mais si !

Alors, Merrill, elle t'aurait demandé pourquoi tu avais apporté cette torche électrique.

Sale con de Merrill...

Ainsi parlait Trumper au moment où les agents fédéraux — vrais ou faux — l'emmenaient par l'ascenseur au dixième étage du Warwick Hotel, à New York City.

Un couple élégant, qui attendait l'ascenseur, regarda les Feds entraîner Trumper dans le couloir. L'un des Feds leur lança :

— Bonsoir.

— Bonsoir, répondit prudemment le couple.

— Sale con de Merrill ! ajouta Trumper.

Ils le firent entrer au 1028, une suite d'angle qui dominait l'avenue des Amériques, donnant sur le parc. Vue du dixième étage, New York semblait une ville avenante.

— Espèce de trou du cul, dit Trumper à Arnold Mulcahy.

— Foutez-le sous la douche, les gars, dit Mulcahy. Une douche glacée.

Ses hommes obéirent. Ils ramenèrent Trumper enveloppé de serviettes, frissonnant, claquant des dents, et le jetèrent comme un colis dans un fauteuil. L'un des types avait suspendu le costume d'espion de Trumper, et l'autre en avait extrait l'enveloppe aux dollars, qu'il vint remettre à Mulcahy. Ce dernier renvoya ses adjoints.

Mulcahy était avec sa femme, tous deux habillés pour sortir. Mulcahy portait une chemise à plastron avec une cravate noire, et son épouse, femme maternelle à l'expression chagrine, une robe du soir qu'elle semblait avoir achetée en solde. Elle examina le complet de Trumper comme s'il dissimulait quelque animal puant et lui demanda poliment s'il désirait boire ou manger quelque chose. Mais Trumper claquait si fort des dents qu'il ne pouvait parler. Il secoua la tête, et Mulcahy lui versa d'autorité une tasse de café.

Puis Mulcahy compta ce qui restait de l'argent, sifflota et dit :

— Mon garçon, je ne vous confierais pas mes économies !

— Laisse-le tranquille, Arnold, dit sa femme.

Il lui intima le silence d'un regard appuyé, mais elle ne se sentit pas pour autant exclue de la conversation. Souriant à Bogus, elle lui dit :

— Je m'intéresse autant aux garçons d'Arnold que s'ils étaient mes propres enfants.

Trumper ne répondit pas, mais il n'avait pas l'impression de faire partie des « garçons » d'Arnold Mulcahy. Du moins volontairement.

— Eh bien, Trumper, fit Mulcahy, on ne peut pas se débarrasser de vous.

— Je regrette, monsieur.

— Je vous avais pourtant donné un bon départ.

Il recompta les billets, et secoua la tête.

— Je vous avais ramené au pays, et je vous avais donné un joli viatique, alors que rien ne m'y obligeait, n'est-ce pas mon garçon ?

— Oui, monsieur.

— Vous êtes allé voir votre femme.

— Oui, monsieur.

— Il ne fallait pas. J'aurais peut-être dû vous prévenir.

— Vous *saviez*, pour Couth ?

— Bien sûr. Nous étions bien obligés de prendre des renseignements sur vous.

Il prit un épais dossier sur la commode, et le feuilleta.

— Vous n'avez rien à reprocher à votre femme.

— Non, monsieur.

— Et vous revoilà ! C'est très embêtant. Je vous ai pris sous ma responsabilité, et vous kidnappez un chauffeur ! Et vous rentrez dans un état lamentable... On ne peut pas vous laisser seul cinq minutes !

— Je regrette, monsieur.

Il regrettait sincèrement. Il éprouvait de la sympathie pour Mulcahy.

— Vous avez coûté son emploi à ce malheureux chauffeur !

Trumper tenta de se rappeler Dante ; il se souvint vaguement de quelques exploits héroïques et bizarres.

Mulcahy ôta environ cinq cents dollars de l'enveloppe, et rendit le reste à Trumper.

— Cette somme sera pour le chauffeur, c'est le moins que vous puissiez faire.

— Oui, monsieur.

Il compta sommairement ce qu'il lui restait ; onze cents dollars, ou neuf cents.

— Ça vous suffira pour rentrer en Iowa. Du moins, si c'est là que vous allez...

— Je ne sais pas... Pour l'Iowa, je ne suis pas fixé.

— Eh bien, je ne m'y connais pas beaucoup en thèses, mais j'ai l'impression qu'on ne fait pas fortune dans ce business.

Mme Mulcahy, qui accrochait une broche à sa robe, dit :

— Arnold, nous allons être en retard pour le gala.

Mulcahy se leva et examina sa veste de smoking avant de l'enfiler, comme s'il ne savait pas s'en servir.

— Le ballet, vous savez. J'adore un bon spectacle de ballet.

Mme Mulcahy toucha affectueusement le bras de Trumper :

— A Washington, nous ne sortons jamais. Uniquement quand Arnold est à New York.

— C'est une bonne chose, dit Trumper.

— Vous vous y connaissez en ballet? demanda Mulcahy.

— Non, monsieur.

— Tous ces gens qui voltigent sur les pointes! le réprimanda Mme Mulcahy.

Mulcahy ferma avec difficulté sa veste de smoking. Il fallait vraiment être fou de ballet pour enfiler un truc comme ça. Bogus avait gardé de lui l'image d'une sorte d'ambassadeur, mais, en voyant Mulcahy vêtu en pingouin, il rectifia son opinion première. Les vêtements tombaient mal sur lui; on aurait dit qu'ils lui avaient été jetés dessus tout mouillés et avaient séché chacun à son idée.

— Qu'allez-vous faire maintenant, mon garçon?

— Je ne sais pas, monsieur.

Mme Mulcahy intervint :

— Eh bien, mon cher, pour commencer, vous devriez vous acheter un complet neuf.

Se penchant sur le costume d'espion, elle en arracha une peluche, comme si elle s'attendait à le voir tomber en morceaux.

— Eh bien, on s'en va, fit Mulcahy. Le moment est venu de vous rhabiller.

Bogus rassembla ses vêtements et se rendit d'un pas prudent dans la salle de bains; il se sentait la tête lourde et douloureuse; ses yeux étaient si desséchés que battre des paupières était une torture.

Quand il ressortit, l'un des agents fédéraux avait rejoint les Mulcahy.

— Wilson, vous allez conduire M. Trumper là où il veut aller, dans les limites toutefois de l'île de Manhattan !

— Bien, monsieur.

Wilson avait une tête de tueur à gages.

— Où voulez-vous aller, mon cher ? s'enquit Mme Mulcahy.

— Je ne sais pas, madame.

Mulcahy feuilleta de nouveau son dossier de renseignements. Trumper surprit au passage une photo de lui et une de Biggie.

— Écoutez, mon garçon, dit Mulcahy, pourquoi n'iriez-vous pas voir ce Ralph Packer ?

Il avait tiré du dossier la photo dudit, agrafée à des coupures de journaux.

— Il est en Iowa, monsieur.

Il imaginait difficilement qu'un nullard comme Ralph puisse figurer dans un quelconque dossier.

— Mon œil, qu'il est en Iowa ! Il est ici même, à New York, et il se débrouille très bien, si vous voulez savoir. Le Bureau des personnes disparues a passé au crible la vie de votre ami Packer. Il était le seul à savoir où vous étiez parti.

Bogus tenta de visualiser un bureau constitué de personnes disparues. C'étaient des hommes invisibles, se matérialisant dans des lampadaires ou des poignées de porte, et vous posant des questions pendant votre sommeil.

Les coupures étaient des critiques du premier film de Ralph, primé au festival national du film étudiant, *Thérapie de groupe,* dont Bogus avait assuré la bande sonore. On avait projeté le film dans des ciné-clubs ici et là ; Ralph possédait actuellement son propre studio à Greenwich Village et venait de signer la distribution de ses deux autres films. L'une des critiques mentionnait même la qualité de la bande-son. « Les techniques sonores astucieuses de Bogus Trumper sont fort efficaces, et particulièrement adaptées à ce genre de film à petit budget. » Trumper en fut impressionné.

— Si vous voulez mon avis, dit Mulcahy, vous avez davantage d'avenir dans ce job que dans les thèses littéraires.

— Oui, monsieur, répliqua obligeamment Trumper.

Mais il n'imaginait pas comment Ralph pouvait faire du fric avec ses films. Mulcahy donna au tueur à gages — nommé Wilson — l'adresse du studio de Packer, mais l'homme, qui avait un œil au beurre noir et des agrafes dans le sourcil, semblait avoir un problème.

— Pourquoi faites-vous cette tête-là, Wilson ?

— Ce chauffeur... ce Dante Calicchio... Eh bien la police veut savoir ce qu'il faut en faire.

— Je leur ai déjà dit de le laisser partir !

— Je sais, monsieur, mais ils voudraient que vous le leur confirmiez personnellement.

— Pourquoi diable ?

— C'est que, monsieur, ce type a causé pas mal de dégâts ; il était dans une fureur noire, et il a envoyé plusieurs de nos hommes à l'hôpital. Vous connaissez Cowles ?

— Évidemment.

— Eh bien, il a le nez en compote et plusieurs côtes fracturées. Et vous connaissez Detweiller, monsieur ?

— De quoi souffre-t-il ?

— Deux clavicules cassées, dit Wilson. Le type était un ancien champion de lutte...

Mulcahy eut une lueur d'intérêt dans le regard :

— Un ancien lutteur, hein ?

— Oui, et boxeur aussi. Vous connaissez Leary ?

— Oh, bien sûr, lança Mulcahy excédé. Qu'est-ce qu'il lui est arrivé, à Leary ?

— Il a le menton en miettes. Un crochet du droit. L'autre était spécialiste du corps à corps, mais il avait aussi un bon punch...

Wilson fit une caresse douillette à son arcade sourcilière, et sourit un peu niaisement. Arnold Mulcahy souriait aussi, mais différemment.

— Et ce pauvre Cohen, monsieur ! Il a balancé Cohen à travers un pare-brise. Cohen souffre de lacérations et contusions multiples...

— Vraiment, fit Mulcahy, qui semblait enchanté.

— C'est pour ça que les flics aimeraient bien garder

cette brute sous les verrous. Ce métèque est un danger public, monsieur.

— Wilson, dit Mulcahy, faites-le libérer *ce soir même*, et amenez-le-moi ici après les ballets.

— Comme vous voudrez, monsieur. Vous avez envie de l'engueuler un peu, je comprends ça.

— Non. Je veux le prendre dans mon équipe.

Wilson opina à regret, puis apostropha Trumper sans aménité :

— Eh bien, mon pote, ça me souffle qu'un mec ait envie de se bagarrer pour te défendre !

— Ça me souffle aussi, fit Bogus.

Il serra la main de Mulcahy et sourit à sa femme.

— Achetez-vous un costume, lui chuchota-t-elle.

— Oui, madame.

— Et oubliez votre femme, lui souffla Mulcahy. C'est ce que vous avez de mieux à faire.

— Oui, monsieur.

Le patibulaire Wilson prit la valise cosmopolite de Trumper, non par politesse, mais comme pour impliquer que Trumper n'avait pas la force de la porter.

C'était d'ailleurs le cas.

— Au revoir, dit Mme Mulcahy.

— Adieu, répliqua Trumper.

— J'espère bien ! souffla Mulcahy.

Bogus suivit Wilson hors de l'hôtel, jusque dans une voiture cabossée. Wilson jeta violemment la valise sur les genoux de Bogus. Pendant le trajet jusqu'à Greenwich Village, Bogus resta silencieux, mais Wilson ne cessa de rouscailler et d'adresser des gestes obscènes à tous les individus bizarres et drôlement vêtus qui sillonnaient les trottoirs. Il finit par dire à Trumper :

— Ici, tu seras dans ton élément, espèce d'épouvantail !

Il manqua renverser une grande fille noire qui promenait deux chiens de race, et lui cria :

— Viens me sucer la queue !

Bogus essaya de se contenir encore un peu. Vision de Ralph Packer en sauveur ; un rôle à contre-emploi pour

Ralph, mais il se souvint de lui, traversant à bicyclette l'Iowa River...

— Ah, nous y sommes, punk de mes fesses! dit Wilson.

Il y avait de la lumière au 109 Christopher Street, comme s'il restait un espoir dans ce bas monde. La rue était tranquille, avec quelques boutiques, un petit restaurant, une épicerie, un tailleur. Elle servait de passage entre des artères plus fréquentées; les gens y circulaient sans s'arrêter.

— T'as rien oublié? demanda Wilson.

Bogus avait bien son enveloppe, et sa valise sur les genoux. Wilson lui montrait une petite boule de papier, celle que Dante Calicchio avait tirée de sa braguette. Bogus se souvint que c'était un billet de cent.

— Je parie que t'avais perdu ça dans l'ascenseur.

Wilson n'avait pas l'intention de rendre l'argent. Trumper se savait inapte à la bagarre; de toute façon, il ne se serait jamais attaqué à Wilson. Pourtant il se sentait belliqueux; il n'avait pas encore tout à fait repris ses esprits. Il dit:

— Je le dirai à Mulcahy.

— Mulcahy ne veut plus entendre parler de toi. Essaie seulement de le retrouver!

Il empocha le billet froissé avec un sourire mauvais. Dans le fond, Trumper s'en foutait, mais ce Wilson lui tapait sur le système. Il ouvrit sa portière, posa sa valise sur le trottoir et, un pied dehors, menaça:

— J'en dirai deux mots à Dante Calicchio.

Il désigna en souriant l'œil au beurre noir et l'arcade fendue. Il crut que Wilson allait lui taper dessus. Trumper continua à le défier, tout en pensant qu'il était fou. Vraiment cinglé. Ce gros bras va me mettre en miettes.

Alors un jeune type en saharienne jaune sortit des FILMS RALPH PACKER. C'était Kent, mais Bogus ne le connaissait pas encore. Kent, s'approchant de la voiture, se pencha et regarda à l'intérieur en disant:

— Le stationnement est interdit.

Wilson cherchait un exutoire, et l'aspect de Kent ne lui plut pas:

— Déblaye, tête de con !

Kent déblaya ; il entra dans le studio, comme s'il allait chercher un fusil, songea Bogus.

— Déblaye aussi, dit Wilson à Bogus.

Mais Trumper avait dépassé toute prudence ; il n'était pas téméraire, mais fataliste ; il se foutait de ce qui pourrait arriver. Il dit lentement :

— Wilson, quand vous sortirez des pattes de Dante Calicchio, même le chat ne voudra plus de vous !

On entendait jurer derrière la porte des Films Ralph Packer. Wilson jeta le billet froissé sur le trottoir, et laissa à peine le temps à Bogus de sortir de la voiture avant de démarrer comme un fou. La poignée de la portière se prit dans la poche de Trumper, qui se retrouva les quatre fers en l'air.

Trumper ramassa les cent dollars avant de se ramasser lui-même ; il s'était couronné les genoux, et s'assit sur sa valise pour examiner ses blessures. Il entendit des gens sortir du studio, et pensa que, à peine sorti des griffes de Wilson, il allait se faire massacrer par les hommes de main de Ralph. Mais il n'y avait que deux personnes, le jeunot en saharienne jaune, et, reconnaissable à son pas traînant, Ralph Packer lui-même, toujours hirsute.

— Salut, Ralph.

Se remettant sur ses pieds, il fourra les cent dollars dans la main de Ralph et lui désigna sa valise :

— Chasseur, prenez mes bagages. Je crois qu'on a besoin d'un ingénieur du son par ici ?

— Thump-Thump ! s'exclama Ralph.

— Non, c'est l'autre le méchant, dit Kent, celui qui conduisait la voiture...

— Prends la valise, Kent.

Il prit Bogus par les épaules et l'examina, attentif à ses blessures.

— Sacré nom, Thump-Thump ! T'as pas vraiment l'air d'avoir trouvé le Saint-Graal !

Il déplia le billet de cent, que Trumper récupéra aussitôt.

— Il n'y avait ni saint ni Graal, Ralph, dit-il en essayant de marcher droit.

— Tu es retourné à la chasse au canard, ma parole ! Et les canards ont encore gagné !

Bogus feignit de sourire à cette plaisanterie. Sur le seuil, il perdit l'équilibre, et Ralph dut le soutenir jusqu'à l'intérieur. *Me revoilà en pleine vie d'artiste.* Ce n'était pas vraiment une vie pour lui, mais, là où il en était, n'importe quelle vie ferait l'affaire.

— Qui c'est, ce gars ? demanda Kent.

Il faisait fonction d'ingénieur du son et n'avait pas apprécié la réflexion de Bogus ; aucune envie que ce rigolo lui prenne sa place.

— Qui c'est ? plaisanta Ralph. Je n'en sais rien, et peut-être que lui non plus. Qui es-tu vraiment, Thump-Thump ?

Trumper était étourdi de soulagement, secoué d'un rire convulsif. C'est étonnant de baisser ainsi sa garde avec des amis.

— Je suis le Grand Chasseur Blanc. Le Grand Chasseur de Canards Blancs...

Incapable de jouer plus avant sur les mots, il s'abandonna, la tête sur l'épaule de Ralph. Ralph voulut lui faire visiter les installations :

— Ici, c'est la salle de montage...

Bogus manqua s'endormir debout. Dans le laboratoire, l'odeur des réactifs chimiques fut trop violente pour lui : les réactifs + le vieux bourbon + le café de Mulcahy + la chambre noire évoquant Couth... Son coude s'enfonça dans une bassine de fixateur, il renversa du révélateur sur lui, et vomit dans un bac à développement.

Ralph l'aida à se déshabiller, le nettoya sur l'évier de la chambre noire et chercha des vêtements propres dans la valise, en vain. Mais il avait dans un placard quelques vieilles fringues, et en habilla Trumper. Un pantalon de velours rouge ; les pieds de Trumper arrivèrent aux genoux. Une chemise pastel à manches bouffantes et jabot ; les mains de Trumper atteignaient les coudes. Des bottes western vertes ; les orteils de Trumper flottaient à mi-pied. Un nain déguisé en Blanche-Neige.

— Grand Chasseur de Canards Blancs pas se sentir bien ? demanda Ralph.

— Je crois que je pourrais dormir quatre jours, admit Trumper. Ensuite, je veux faire des films, des tas de films. Gagner des tas d'argent. M'acheter des tas de vêtements... Et un bateau pour Colm, balbutia-t-il.

— Pauvre Thump-Thump. Je connais un endroit où tu pourras te reposer.

Il remonta les jambes du pantalon pour que Trumper puisse à peu près marcher, puis appela un taxi par téléphone.

— Alors c'est lui le fameux Thump-Thump ? fit Kent, qui en avait souvent entendu parler.

Il se planta dans un coin de la salle de vision, tenant une bobine de film dans la position du discobole. Il aurait aimé la flanquer à la tronche de Bogus, car il voyait sa carrière d'ingénieur du son compromise par le retour de ce clown nommé Thump-Thump, qui avait l'air d'une marionnette élisabéthaine, dans les vêtements trop vastes de Ralph.

— Prends la valoche, Kent, dit Ralph.

— Où vas-tu l'emmener ?

Oui, où vas-tu m'emmener ? pensa Trumper.

— Chez Tulpen, dit Ralph.

C'était de l'allemand, et ça voulait dire « tulipes ». Et Trumper pensa que dormir sur des tulipes, c'était pas désagréable.

35

Défaite du Vieux Thak!
Biggie reprend du poids!

Biggie et Couth furent aux petits soins pour lui. Sans questions superflues, ils installèrent le lit de secours dans la chambre de Colm. Colm se couchait vers 8 heures, et Trumper, de son lit, lui racontait des histoires jusqu'à ce que l'enfant s'endorme.

Il lui racontait sa version personnelle de *Moby Dick,* ce qui semblait approprié dans cette maison sur l'océan. Colm adorait les baleines, aussi Trumper avait-il pris la baleine pour héroïne, Moby Dick, la reine invincible.

— Elle est grosse comment? demandait Colm.

— Eh bien, si tu flottais dans la mer et si elle te donnait un coup de queue, tu serais plus petit qu'un moucheron frappé par une bêche.

Long silence de Colm. Dans le bocal au-dessus de son lit, il observait le fragile poisson rouge new-yorkais, rescapé de l'autocar.

— Et alors? disait Colm.

Trumper continuait son récit :

— Tout individu sensé aurait laissé Moby Dick tranquille. Tous les baleiniers se seraient contentés de poursuivre les autres baleines. Mais pas le Capitaine Achab.

— C'est vrai, disait Colm.

— Plusieurs hommes de l'équipage avaient perdu un bras ou une jambe en chassant la baleine, mais aucun n'en voulait aux baleines, sauf...

— Sauf le Capitaine Achab! criait Colm.

L'erreur d'Achab devenait manifeste.

— Raconte tous les trucs plantés dans Moby Dick!

— Les vieux harpons ?

— Oui.

— Eh bien, il y avait des tas de vieux harpons, avec des bouts de corde qui pendaient après. Des petits, des gros, des poignards aussi, et tout un tas d'autres objets pointus que les marins lui avaient lancés...

— Quoi d'autre ?

— Des éclats de bois, hasardait Trumper. Bien sûr, chaque fois qu'elle démolissait un bateau, elle récoltait des échardes avec de grands clous. Et sur sa peau, il y avait aussi des coquillages, à force ; des algues et du varech. On aurait dit une île flottante, avec toutes ces choses accrochées à elle. Ça, elle n'était pas nette, la baleine blanche !

— Et rien ne pouvait la tuer, hein ?

— Affirmatif. Ils auraient dû la laisser tranquille.

— C'est ce que j'aurais fait, moi ! J'aurais même pas essayé de la caresser !

— Bien, mon fils ! C'est un signe de sagesse. Tous les baleiniers étaient prudents...

Il attendait le leitmotiv :

— Sauf le Capitaine Achab !

Il faudrait toujours raconter les histoires, pensait Trumper, *de façon que l'auditoire soit toujours un peu en avance sur le conteur, et se sente intelligent.*

— Raconte le nid-de-pie !

— En haut du grand mât, de la plate-forme de vigie qu'ils appellent le nid-de-pie, le guetteur apercevait au loin deux baleines...

— Ismaël ! Il s'appelait Ismaël ! corrigeait Colm.

— Oui, Ismaël. Seulement, il n'y avait pas deux baleines, il n'y en avait qu'une...

— Énorme.

— Et quand la baleine fit jaillir son jet d'eau, Ismaël se mit à crier...

— Là-bas, elle souffle ! hurla Colm qui ne paraissait guère assoupi.

— Alors Ismaël remarqua une étrange particularité de cette baleine...

— Elle était toute blanche !

— Exact. Et elle était hérissée de toutes sortes de choses...

— Des harpons !

— Et des coquillages, et des algues, et des oiseaux, fit Trumper sur sa lancée.

— Des oiseaux ? s'étonna Colm.

— Laisse tomber. C'était la plus grosse baleine qu'Ismaël eût jamais vue, et comme elle était blanche, il sut qui elle était.

— Moby Dick ! hurlait Colm.

— Chut, pas si fort.

Ils attendirent d'être calmés ; dehors, ils entendaient les vagues gifler les rochers, ébranler la jetée, heurter les bateaux contre leurs amarrages.

— Écoute, chuchota Trumper. Tu entends l'océan ?

— Oui, chuchota Colm.

— C'est comme ça que l'entendaient les chasseurs de baleines, *slap, slap,* contre la coque. La nuit, pendant leur sommeil... C'est alors que les baleines viennent rôder autour du bateau...

— Elles font ça ?

— Tout le temps, affirma Trumper. Parfois même elles se frottent contre le bateau, ou lui donnent des coups de tête.

— Les matelots savent ce que c'est ?

— Les plus malins s'en doutent.

— Sauf le Capitaine Achab !

— J'imagine que non.

Ils écoutaient la rumeur de l'océan, attendant qu'une baleine vienne heurter la maison. Puis la jetée craqua, et Bogus murmura :

— En voilà une !

— Je sais, fit Colm d'une voix rauque.

— Une baleine ne te fera aucun mal si tu la laisses tranquille.

— Je sais. Il ne faut jamais agacer une baleine, n'est-ce pas ?

— Jamais.

Alors ils écoutèrent le bruit des vagues jusqu'à ce que

Colm fût endormi. La seule agitation dans la chambre était celle du petit poisson rouge venu de New York, maintenu en vie par des soins attentifs.

Trumper embrassa son fils endormi et murmura :

— La prochaine fois, je t'apporterai une baleine.

C'est parce que Colm adorait ce fragile poisson que Trumper rêvait de lui faire un cadeau plus durable. Colm avait écrit avec l'aide de Biggie une lettre de remerciements à Tulpen, façon détournée pour Trumper de s'excuser pour le larcin.

— Chère Tulpen, avait dicté Biggie.

Puis, lettre après lettre, elle avait montré à l'enfant comment s'écrivait chaque mot. Avec une furieuse concentration, le crayon bien serré dans son poing, l'enfant avait formé toutes les lettres.

Bogus jouait au billard avec Couth.

— Merci pour le petit poisson rouge, dictait Biggie.

— Merci *beaucoup* ? avait suggéré Colm.

— M, E, R, C... épelait Biggie.

Bogus avait raté tous ses coups. Couth, plus détendu, remporta sa victoire habituelle.

— J'espère que tu viendras me voir de temps en temps dans le Maine, dictait Biggie.

— Ça, c'est bien, fit Colm.

Mais Biggie était au courant. Une fois Colm endormi, elle dit à Bogus :

— Tu l'as quittée, n'est-ce pas ?

— Je pense que je retournerai avec elle, un jour...

— Tu penses toujours ça, fit Biggie.

— Pourquoi l'as-tu quittée ? demanda Couth.

— Je n'en sais rien.

— Tu n'en sais jamais rien, conclut Biggie.

C'était sans acrimonie. Ensuite, ils parlèrent tranquillement de Colm. Couth était favorable à l'idée que Bogus finisse sa thèse, mais Biggie voyait les choses autrement :

— Tu détestais l'université d'Iowa, et ton travail ne te passionnait pas, alors pourquoi t'y remettre ?

Bogus manquait d'arguments pour répondre. Il s'imaginait que vivre seul en Iowa serait tout différent du souvenir qu'il gardait de sa vie avec Biggie et Colm. Biggie ne le poussa pas dans ses retranchements ; elle devait avoir compris.

— De toute façon, il faudra bien que tu travailles, dit Couth.

Ça sembla mettre tout le monde d'accord. Bogus dit dans un petit rire :

— Il est important d'avoir une bonne image de soi-même.

Il avait un peu forcé sur le cognac de Couth.

— Je crois qu'on doit commencer avec une étiquette précise et superficielle, comme Licencié ès Lettres ou Traducteur, quelque chose de bien net. Mais ensuite, on peut espérer élargir le champ d'action, non ?

— Je ne me rappelle plus comment j'ai débuté, dit Couth. Je me suis seulement dit : « Je veux vivre à ma guise. » Ça, c'était le départ. Par la suite, je suis devenu Photographe, mais je continue à me voir simplement comme un Être vivant.

— Peut-être, mais tu es totalement différent de Bogus, intervint Biggie.

On fit silence, pour saluer son autorité en la matière.

— Eh bien, dit Bogus, quand je me suis considéré comme un Homme de cinéma ou un Ingénieur du son, ça n'a pas marché. Je n'y croyais pas moi-même.

Dans sa tête, il ajouta, comme Mari non plus. Mais comme Père... là, il y avait comme le début d'une sensation nouvelle. Mais rien de vraiment net.

Couth fit une réflexion sur le symbolisme évident du brouillard entourant la maison, ce qui amusa Bogus. Biggie dit que les hommes étaient si étroitement repliés sur eux-mêmes que les choses les plus simples leur échappaient.

Avec tout le cognac qu'ils avaient bu, le sujet sembla trop profond à Couth et Bogus, qui décidèrent d'aller au lit.

Quand Couth et Biggie commencèrent de faire l'amour dans la chambre d'en face, Bogus ne dormait pas encore. Bien qu'ils fussent très discrets, Bogus ne put se méprendre sur cette tension silencieuse, qui lui était familière. Avec surprise, il s'aperçut qu'il était content pour eux. Les savoir si heureux, et Colm aussi, l'emplit d'une paix inconnue.

Plus tard, Biggie utilisa la salle de bains, puis vint silencieusement dans la chambre remonter les couvertures de Colm. Elle faillit remonter aussi les couvertures de Bogus, mais il lui murmura :

— Bonne nuit, Biggie.

Elle ne s'approcha pas davantage ; malgré la pénombre, il crut la voir sourire.

— Bonne nuit, Bogus.

Si elle avait fait un pas de plus, il l'aurait enlacée, et Biggie sentait toujours ces choses-là.

Impossible de dormir. Après trois nuits chez eux, il était conscient de s'imposer. Il descendit dans la cuisine avec *Akthelt et Gunnel;* envie d'un peu de nordique primitif inférieur et d'un grand verre d'eau glacée. Il aimait savoir la maisonnée endormie, avec lui comme sentinelle, prenant le quart de nuit.

Il récita avec émotion un peu de nordique primitif inférieur, et relut l'épisode de la mort du Vieux Thak. Trahi dans le fjord de Lopphavet ! Poignardé par le félon Hrothrund et sa bande de lâches archers ! Le Vieux Thak est attiré dans le fjord par un fallacieux message : du haut des falaises surplombant Lopphavet, il pourra découvrir la flotte victorieuse d'Akthelt, revenant de la bataille navale de Slint. Dressé à la proue de son navire, Thak glisse le long des falaises, mais, au moment où il s'apprête à sauter sur le rivage, Hrothrund et ses archers embusqués dans les bois lui décochent des volées de flèches. Grimstad, l'homme de barre de Thak, conduit le bateau hors d'atteinte, mais le Vieux Thak, criblé de flèches, ne s'affaisse même pas ; transpercé de part en part, il est cloué au grand foc, tel un porc-épic ou une pelote à épingles.

— Rejoins la flotte, Grimstad, ordonne Thak.

Mais il sait qu'il est trop tard. Le loyal Grimstad tente de l'allonger sur le pont, mais le corps du vieux roi ne comporte plus aucune surface plane ; impossible de l'étendre.

— Laisse-moi m'allonger dans la mer. Avec tout ce bois en moi, je vais flotter.

De sorte que Grimstad attache Thak à un filin et le laisse glisser par-dessus bord ; il noue la corde au plat-bord du navire, et traîne ainsi le Vieux Thak hors du fjord de Lopphavet. Flottant à la suite de son navire, le Vieux Thak rebondit sur la mer comme une bouée bardée d'épines.

Grimstad navigue à la rencontre de la flotte d'Akthelt, revenant éclopée et joyeuse de sa grande victoire navale de Slint. Akthelt vient placer son navire à côté de celui de son père, et s'écrie :

— Victoire, Grimstad !

Mais Grimstad n'ose rien lui dire au sujet du Vieux Thak. Le navire d'Akthelt s'approche encore ; il remarque le filin attaché au plat-bord, et le suit du regard jusqu'à l'étrange ancre marine ; les empennages des flèches lui font redouter la vérité.

— Las, Grimstad ! s'écrie-t-il. Que traînes-tu à l'arrière ?

— C'est votre père. Hrothrund le félon et ses maudits archers nous ont trahis, mon Seigneur !

Tout en se frappant la poitrine, Akthelt comprend alors le dessein diabolique de Hrothrund : il voulait tuer Thak et s'emparer de son navire ; puis il serait allé à la rencontre de la flotte portant l'étendard du Vieux Thak ; alors il aurait aussi attaqué Akthelt par traîtrise. Ensuite, à la tête de la flotte, Hrothrund serait revenu s'emparer du royaume de Thak, aurait investi le château d'Akthelt et violé Gunnel, sa tendre épouse.

Toutes ces idées bouillonnent dans la tête d'Akthelt tandis qu'il remonte le filin, pour ramener à bord le cadavre de son père. Il pense à tous les instruments longs et

pointus que Hrothrund lui réservait, et à l'instrument épais
et émoussé qu'il réservait à Gunnel !

Akthelt s'enduit le corps du sang de son père, puis
ordonne à l'équipage de l'attacher au grand mât et de le
fouetter avec les flèches meurtrières jusqu'à ce que son
propre sang se mêle à celui de son père.

— Vous vous sentez bien, mon Seigneur ? lui demande
Grimstad.

— Bientôt nous serons rentrés au château ! réplique
énigmatiquement Akthelt.

Mais il lui est venu une étrange pensée ; il se demande si
Gunnel aurait joui avec Hrothrund.

De bon matin, Colm trouva Bogus endormi sur la table
de la cuisine.

— Si tu m'accompagnes sur le quai, dit Colm, alors je
pourrai y aller.

Alors, ils y allèrent, Trumper éprouvant de réelles
difficultés à marcher.

C'était marée haute ; au loin, dans le tourbillon, les
mouettes encerclaient une grande masse d'algues et une
épave — tout ce qui restait apparemment d'une barque
naufragée. Trumper évoqua le Vieux Thak, mais en
regardant son fils il sut à quoi pensait Colm.

— Moby Dick est toujours vivante ? demanda l'enfant.

Trumper pensa : *Et pourquoi pas ? Je ne peux assurer à
ce petit un Dieu ou un père convenable, et, si une chose vaut
qu'on y croie, autant que ce soit une grosse baleine.*

— Elle doit être drôlement vieille, non ?

— Elle est vivante, affirma Trumper.

Ensemble, ils contemplaient l'océan.

Trumper aurait voulu pouvoir montrer Moby Dick à
Colm. S'il avait eu la possibilité de faire un miracle, c'est ça
qu'il aurait choisi : faire se gonfler et rouler les vagues,
composer une symphonie de mouettes tourbillonnantes,
faire surgir la Grande Baleine Blanche des profondeurs et
la faire bondir comme une truite géante ; se laisser asperger

tous les deux par les embruns, sur le dock, tandis que Moby Dick, lourdement, majestueusement, s'approcherait d'eux pour leur montrer ses cicatrices et ses harpons (épargnant toutefois à Colm la vision d'un Achab décomposé, ligoté à jamais sur son flanc massif) ; puis regarder la baleine faire demi-tour et, crachant l'eau par ses évents, regagner le large en les laissant éblouis par ce souvenir.

— Elle est vraiment vivante ? demanda Colm.

— Oui, et tout le monde la laisse tranquille.

— Je sais.

— Mais personne ne la voit jamais.

— Je sais.

Mais quelque part dans l'esprit de Trumper chantonnait une petite voix : *Montre-toi, vieille Moby ! Sors un peu qu'on te voie, Dick !* Un tel miracle, il le savait, eût été un cadeau pour lui autant que pour Colm.

Il était temps de partir. Devant la voiture, il tenta même de plaisanter avec Biggie et Couth, leur disant combien ç'avait été chouette de les voir, mais qu'il était conscient de les avoir encombrés. Il parla allemand pour rire avec Biggie, et fit semblant de boxer avec Couth. Puis, pour partir sur une note humoristique, il embrassa Biggie et lui tapota les fesses en feignant de la gronder :

— Il me semble que tu as pris un peu de poids, Biggie.

Hésitante, elle regarda Couth. Celui-ci lui fit un signe d'approbation, et elle dit :

— C'est parce que je suis enceinte.

— Enceinte ! répéta joyeusement Colm. Yeah ! Elle va avoir un bébé, alors moi je vais avoir un petit frère ou une petite sœur...

— Peut-être les deux, ajouta Couth, et tout le monde sourit.

Bogus ne savait que faire de ses mains ; il en tendit une à Couth.

— Félicitations, mon cochon ! dit-il d'une voix d'outre-tombe.

Couth frotta ses pieds sur le sol et dit qu'il allait faire démarrer la voiture. Trumper étreignit Colm une dernière fois, et Biggie, souriante, les yeux dans le vague, dit :

— Sois prudent.

A qui s'adressait-elle ? A Couth ? A Bogus ? A tous les deux ?

— Je suis toujours heureux quand je vous vois, dit Trumper à la cantonade.

Et il partit.

36

Akthelt saisi par le doute !
Trumper à mi-chemin

C'est en Iowa que ses vieilles agrafes tombèrent. Son pénis s'ornait d'un grand méat tout neuf. Il se demanda si Vigneron avait prévu une aussi vaste ouverture. Comparée à la précédente, c'était une bonde de baignoire.

Il alla voir un docteur, n'importe quel toubib généraliste ; sa sécurité sociale d'étudiant ne remboursait pas les spécialistes. Il redoutait le diagnostic. C'était peut-être un ancien vétérinaire ?

— Vous dites qu'on vous a fait ça à New York ?

Mais le docteur était un jeune Sud-Américain ; à l'école de médecine, c'est aux étrangers qu'on confiait les cas les plus bénins. Ce jeune toubib se montra très impressionné.

— C'est une méatoplastie magnifique, dit-il à Bogus. Je n'en ai jamais vu d'aussi réussie.

— Mais le trou est tellement grand...

— Pas du tout, il est absolument normal.

Il en fut secoué ; il était donc tellement anormal, avant !

Cette visite médicale constitua son unique distraction durant son séjour en Iowa. Il passait sa vie dans sa cellule à la bibliothèque en compagnie d'*Akthelt et Gunnel*, et dormait dans le sous-sol aménagé du Dr Holster. De son propre choix, il entrait et sortait par la porte de la cave, bien qu'Holster lui ait accordé l'usage de la grande porte. Le dimanche, il dînait en famille chez Holster. Ses autres repas consistaient en pizzas, bière, pâté de viande et café.

Dans l'habitacle contigu, une étudiante s'acharnait aussi sur une traduction. Du flamand : « Un roman à thème religieux, situé à Bruges. » De temps en temps ils se prêtaient leurs dictionnaires, et un jour elle l'invita à dîner chez elle.

— Croyez-le ou non, je suis une excellente cuisinière.

— Je vous crois, mais j'ai arrêté de manger.

Il ne savait même pas si la fille était belle ou non, mais par dictionnaires interposés ils restèrent copains. Il n'avait aucune autre occasion de se faire des amis. Il n'allait même plus boire sa bière chez Benny, car Benny essayait toujours de ramener la conversation sur le quasi mythique « bon vieux temps ». Il allait donc boire quelques bières, le soir, dans un bar moderne fréquenté par les résidus des fraternités estudiantines. Une fois, l'un de ces dinosaures demanda à Bogus s'il avait l'intention de prendre une douche prochainement.

— Si tu veux te battre, lui dit Trumper, tape le premier.

Huit jours plus tard, le même type vint le provoquer :

— Maintenant, je vais te casser la gueule !

Trumper, qui ne se souvenait même pas de lui, exécuta une parfaite prise de jambes, flanqua le type par terre, puis, le prenant par les pieds, l'expédia dans le juke-box. Les copains du gars sortirent Trumper au comble de la rage :

— Quel con ! Il avait la prétention de me dérouiller ! Moi !

Mais ce n'étaient pas les bars qui manquaient à Iowa City, et de toute façon Trumper buvait très peu.

Il travaillait à sa traduction avec une énergie acharnée. Il alla d'une seule traite jusqu'à la fin, puis se rappela que, dans le milieu, il restait quantité de strophes non traduites, et d'autres totalement inventées par lui. Il lui revint aussi que la plupart de ses notes explicatives étaient bidon, de même qu'une grande partie du glossaire. Comme un reproche résonnait dans sa conscience, il sut qu'il émanait de Tulpen, cette fille si imbue de faits réels, d'exactitude. Alors il recommença tout du début, et réécrivit la traduction en totalité. Il chercha tous les mots qu'il ignorait, et consulta Holster et la fille qui parlait flamand au sujet des mots douteux. Pour chaque liberté qu'il prit, il mit une note honnête en bas de page, et écrivit une introduction expliquant pourquoi il n'avait pas essayé de traduire l'épopée en vers. « Les vers originaux sont exécrables et les miens auraient été pires. »

Tout cela impressionna énormément Holster. Leur unique désaccord eut pour origine l'insistance de Holster pour que Trumper « replace *Akthelt et Gunnel* dans la perspective générale de la littérature nord-germanique ».

— Qui ça intéresse-t-il ? demanda Trumper.

— C'est *moi* que ça intéresse ! cria Holster.

Donc, il le fit, et sans chercher à mentir. Il mentionna toutes les autres œuvres apparentées qu'il connût, et avoua qu'il ignorait absolument tout de la littérature en féroïen : « Il m'est impossible de prétendre que cette œuvre ait le moindre rapport avec la littérature féroïenne de cette époque. »

Holster lui dit :

— Pourquoi ne pas écrire simplement : « Je préfère réserver mon opinion, car je n'ai pas étudié à fond la littérature féroïenne » ?

— Parce que je ne l'ai pas étudiée du tout !

D'ordinaire, Holster aurait insisté sur ce point, ou ordonné à Trumper de combler cette lacune, mais le stoïcisme laborieux de Trumper l'avait si fort impressionné que le vieux directeur de thèse baissa les bras. Au fond, ce n'était pas le mauvais cheval. Lors d'un dîner dominical, il supputa :

— Fred, je soupçonne que tout ce travail est une sorte de thérapie pour vous.

— Tout travail n'est-il pas une thérapie ?

Holster essayait parfois de l'en distraire. Ça le gênait de savoir Trumper enfoui dans son sous-sol comme une taupe obstinée, et il lui arrivait de l'appeler pour qu'il monte boire un verre.

— Si vous en prenez un, répliquait Trumper.

A l'exception de sa thèse, Trumper n'écrivit que quelques rares lettres à Biggie et Couth, et encore plus rarement à Tulpen. Couth lui répondait et lui adressait des photos de Colm ; Biggie lui envoyait chaque mois un colis contenant des chaussettes, des tricots de corps et des dessins de Colm.

Il n'eut aucune nouvelle de Tulpen. Dans ses lettres, il lui parlait essentiellement de son mode de vie monacal. Mais il les terminait toujours par cette phrase embarrassée : « J'ai vraiment envie de te voir. »

Il eut finalement de ses nouvelles. Une carte postale représentant le zoo du Bronx au dos de laquelle elle avait écrit : « Des mots, des mots, des mots… » sur toute la surface, ne laissant qu'une toute petite place dans le bas pour ajouter : « Si tu veux me voir, tu sais où me trouver. »

Il n'en fit rien et se plongea dans la fin d'*Akthelt et Gunnel*. Une seule fois il s'interrompit — quand il entendit sangloter la flamingante à travers la cloison et s'abstint d'aller la consoler — pour se demander si *Akthelt et Gunnel* constituait une bonne thérapie. Il semblait que non.

Akthelt et Gunnel se termine plutôt mal. Tout ça à cause de l'humeur massacrante qui saisit Akthelt alors que, lié au mât, peinturluré du sang paternel, il se fait flageller à coups de flèches homicides. Quand sa flotte regagne enfin le royaume de Thak, Akthelt découvre que l'infâme Hrothrund est venu au château en son absence, a tenté de séduire Dame Gunnel, n'y est pas parvenu (ou a changé d'avis), puis est reparti.

Akthelt fouille tout le royaume, recherchant le meurtrier paternel et violeur intentionnel sans succès. Puis il rentre au château, se demandant pourquoi Hrothrund a échoué à séduire Dame Gunnel (ou y a renoncé). A-t-il seulement essayé ? Et si oui, jusqu'à quel point ?

— Je ne l'ai même pas vu ! proteste Gunnel.

Elle se trouvait dans le parc quand Hrothrund était venu avec de mauvaises intentions. Peut-être n'a-t-il simplement pas pu la trouver ; c'était un très grand château, après tout. De plus, ceux qui avaient vu Hrothrund ignoraient encore l'assassinat de Thak ; sa visite n'avait étonné personne, avant qu'on apprenne l'affreuse nouvelle. C'est *après* que les braves gens avaient dit : « Quelle horreur ! Ce félon de Hrothrund a osé venir au château ! »

Akthelt est en pleine confusion mentale. Et si Hrothrund était venu sur invite de Gunnel ? Quelqu'un lui remémore que, lors de la dernière fête de Saint-Odda, toute la cour avait vu Gunnel danser avec Hrothrund !

— Mais je danse toujours avec tout le monde pour la Saint-Odda ! objecte Gunnel.

Le comportement d'Akthelt devient bizarre. Il ordonne une perquisition dans toutes les buanderies du château, et récupère une tunique tachée de sang, des jambières de cuir et un gigantesque protège-roustons. Brandissant ces dépouilles crasseuses, il interroge Gunnel et tente de lui arracher des aveux au vu de ces preuves.

— Quelles preuves ? sanglote-t-elle.

Hrothrund demeure introuvable dans le royaume de Thak. Les rumeurs affirment que Hrothrund est en mer, qu'il se cache dans les fjords du Nord, détruit et pille les petites villes côtières sans défense. L'ignoble pirate ! Les rapports insinuent également que Hrothrund est moins intéressé par le pillage que par le *sport*. (En nordique primitif inférieur, *sport* signifie viol.)

Akthelt s'enfonce dangereusement en lui-même.

— Qu'est-ce que c'est que ce bleu ? demande-t-il à Gunnel, désignant une marque sur le haut de sa cuisse duveteuse.

— J'ai dû me faire ça à cheval, répond doucement Gunnel.

Sur quoi, Akthelt la frappe au visage.

Elle ne supporte plus ces soupçons injustes et demande à son époux l'autorisation de la laisser capturer elle-même le félon Hrothrund par la ruse, et ainsi de prouver publiquement son innocence. Mais Akthelt craint qu'elle ne lui joue la comédie, et repousse sa requête. Mais elle insiste. (Cette intrigue ridicule constitue l'épisode le plus fastidieux de tout le texte.)

Finalement, après vingt-deux strophes de bla-bla sans

intérêt, Gunnel remplit un navire de riches marchandises, de servantes accortes et d'elle-même, avec l'intention de cingler vers le nord, constituant un appât de choix pour la convoitise de Hrothrund. Mais, lorsque Akthelt découvre son dessein, il croit que c'est un piège à lui destiné ; fou de rage, il lance le vaisseau à la dérive avec son chargement, les accortes servantes et Gunnel à bord. Sans équipage pour manœuvrer, sans armes pour se défendre, le bateau rempli de femelles épouvantées et impuissantes dérive vers le nord, en direction du fjord et de Hrothrund, et, malgré les supplications de ses sujets, Akthelt refuse de lui faire escorte.

Ce qui doit arriver arrive ; Hrothrund s'empare du navire. Le pressentiment d'Akthelt va se réaliser et le hanter jusqu'au trépas ! Sa femme lui était fidèle, mais, à force de soupçons, il l'oblige à l'infidélité ! Que peut donc faire Gunnel quand ses accortes servantes sont submergées par une horde d'archers hirsutes et qu'elle-même se retrouve face à Hrothrund, ce bouc impitoyable ?

Dans la circonstance, ce que fait Gunnel est foutrement astucieux.

— Bien joué, Hrothrund ! le félicite-t-elle. Depuis des mois, on nous a vanté ta fière insolence. Fais de moi ta Reine, et notre Seigneur Akthelt sera vaincu !

Hrothrund tomba dans le panneau, mais ce fut dur pour elle. Des jours et des nuits durant, dans la cabine du félon décorée de peaux de bêtes, Gunnel abandonna son corps à ses étreintes bestiales et visqueuses, jusqu'à ce qu'enfin elle gagne sa confiance. Désormais, il déposait sa hache et son coutelas avant de se jeter sur elle, prenant sa jouissance comme un animal en rut, puis l'abandonnait pantelante. Il était assez con pour s'imaginer la faire haleter de plaisir.

C'est là qu'elle l'attendait. Un jour, elle lui parla d'une petite anse tranquille où jeter l'ancre pour la nuit ; là les attendaient des amis sûrs, qui projetaient de renverser Akthelt. Alors Hrothrund pénétra dans la baie indiquée, que surveillaient en permanence les guetteurs de la flotte d'Akthelt. C'est vers eux que Gunnel conduisit le confiant Hrothrund. Puis, pendant cette longue nuit, Gunnel se donna à lui avec une ardeur telle qu'elle le laissa complètement épuisé, vidé de toute substance. Bien qu'à peine capable de se mouvoir elle-même, elle avait caressé cet instant depuis si longtemps qu'elle retrouva son énergie. Quittant la couche souillée et puante, elle prit la hache d'abordage et lui sectionna son horrible tête.

Puis, toute parfumée des capiteux effluves de son sexe, Gunnel demanda à la sentinelle de lui apporter un baquet d'anguilles vivantes.

— Pour mon Seigneur, dit-elle en dévoilant ses épaules.

Le lourdaud s'empressa d'aller quérir les anguilles.

Au lever du jour, la flotte d'Akthelt se jeta sur les bateaux de Hrothrund et massacra tout ce qui bougeait, y compris les accortes servantes, depuis longtemps soumises par les pervers archers. Alors marcha le hardi, le juste, le vengeur Akthelt jusqu'à la porte de la cabine de Hrothrund, qu'il fit voler en éclats à coups d'estramaçon, s'attendant à trouver la traîtresse dans les bras de l'odieux criminel.

Mais Gunnel l'attendait, parée de ses plus beaux atours, et, devant elle, sur la table de nuit était la tête coupée de Hrothrund, farcie d'anguilles vivantes ! (Au royaume de Thak, une légende affirmait qu'un tel traitement ne laissait jamais en repos l'âme d'un mort.)

Tombant à genoux devant elle, Akthelt gémit des excuses, et implora son pardon pour le fardeau qu'il l'avait obligée à porter.

— Je porte un autre fardeau, dit froidement Gunnel. J'ai dans mes entrailles la progéniture de Hrothrund ! Et ce fardeau, tu devras le porter avec moi !

Sur le moment, Akthelt aurait accepté n'importe quoi ; il accepta avec abjection.

— Maintenant, dit-elle, ramène ta fidèle épouse à la maison.

Ce que fit Akthelt, qui supporta assez bien son fardeau jusqu'à la naissance de l'enfant de Hrothrund. Mais il ne put supporter l'affection de la mère pour l'enfant, qui évoquait pour lui l'âme du meurtrier et du violeur d'épouse, si bien qu'il tua le bébé et le jeta dans le fossé aux ours sauvages. C'était une fille.

— J'aurais pu tout te pardonner, mais point cela, lui dit Gunnel.

— Il faudra bien, rétorqua-t-il.

Mais il n'en était pas tellement sûr. Il fit chambre à part, et connut l'insomnie tandis que Gunnel arpentait les interminables corridors du château comme une prostituée aux tarifs trop élevés pour les clients de passage.

Puis une nuit elle vint dans son lit et lui fit l'amour avec violence, lui disant qu'elle lui avait enfin pardonné. Mais, le jour venu, elle demanda à la femme de chambre d'aller lui quérir des anguilles...

Après cet événement, le royaume de Thak partit à vau-l'eau, comme tous les pays privés de chef. Gunnel, bien entendu, était devenue complètement zinzin. Elle annonça elle-même le trépas d'Akthelt à la réunion matinale du Conseil des Sages. Elle avait apporté la tête d'Akthelt, fourrée d'anguilles, et la déposa en plein milieu de la grande table, devant les Sages. Comme elle leur servait depuis des années des mets exotiques lors de leurs réunions, ils n'eurent aucune méfiance.

— Akthelt est mort, proclama-t-elle en déposant le plat.

L'un des Sages était si vieux qu'il n'y voyait presque plus. Il tâta de la main, comme il en avait l'habitude, l'étrange nourriture apportée par Gunnel et s'exclama :

— Des anguilles vivantes !

Les Sages en perdirent leur bel appétit.

Le successeur désigné du trône était le jeune Axelruf, fils unique d'Akthelt et de Gunnel, qui dirigeait actuellement l'occupation du pays de Flan. Le Conseil des Sages lui dépêcha un messager pour l'informer que son père était mort de la main de sa mère, et que le royaume de Thak se trouvait au bord de la division, sans un gouvernement à poigne. Mais Axelruf s'amusait comme un petit fou parmi les Flandrins, une peuplade belle, civilisée et hédoniste, avec qui il faisait bon vivre, et Axelruf n'avait jamais eu d'ambitions politiques. C'était une raison. Il répondit au messager :

— Dis à ma mère que je suis désolé.

Entre-temps, une partie des Sages conspiraient pour

placer l'un des leurs sur le trône, et assassiner Axelruf s'il lui prenait l'idée de venir faire valoir ses droits. C'était l'autre raison pour laquelle Axelruf avait refusé la succession. Il n'était pas fou.

Alors ce qui devait arriver arriva. Puisque aucun chef indiscutable n'émergeait, le royaume de Thak explosa en révolutions chaotiques et inefficaces. Au château, Gunnel se livrait à de folles débauches, et accumulait les paniers d'anguilles. Elle finit par prendre un amant plus résistant que les autres, et ce fut lui qui lui coupa la tête. Mais il n'alla pas jusqu'aux anguilles.

Ainsi le royaume de Thak cessa d'être un royaume, et devint un territoire anarchique rempli de petits fiefs belliqueux, et ce qui devait arriver arriva.

Le jeune Axelruf revint de Flan. En fait, il aimait tant les Flandrins qu'il en amena toute une armée au royaume de Thak et prit en main tout ce gâchis avec la plus grande facilité. Il rétablit la paix dans le royaume en exécutant tous les chefs de clan. Ainsi Thak devint une sorte de Flan, et Axelruf épousa une jolie Flandrine nommée Gronigen.

Dans la dernière strophe d'*Akthelt et Gunnel,* l'auteur anonyme laisse malicieusement entendre que l'histoire d'Axelruf et Gronigen est à peu près similaire à celle d'Akthelt et Gunnel. Alors, à quoi bon continuer?

Bogus Trumper partageait à cent pour cent ce point de vue. Quand il eut mis le mot « fin » aux quatre cent vingt et une strophes, il eut l'impression d'avoir travaillé sur du vent. Il avait été un traducteur si fidèle qu'il ne restait rien de lui dans la totalité de l'ouvrage. Aussi ajouta-t-il quelque chose de son cru.

Vous vous rappelez le passage où Gunnel sectionne la tête de Hrothrund? Et ensuite celle d'Akthelt? Eh bien, Trumper y sous-entendit que Gunnel leur avait coupé un peu plus que la tête. Ça collait très bien, après tout. Ça convenait à l'histoire, ça convenait au personnage de Gunnel, et par-dessus tout, ça convenait à Bogus. Il était sincèrement convaincu que Gunnel aurait dû leur couper aussi autre chose, et que, en raison des convenances régissant la littérature de l'époque, l'auteur avait été obligé de glisser discrètement sur certains détails. Quoi qu'il en soit, cela soulagea Trumper et donna un cachet personnel à sa traduction.

Le D' Holster se montra enchanté à la lecture d'*Akthelt et Gunnel*.

— Un ouvrage d'une telle *richesse*! D'un pessimisme tellement fondamental!

Le vieillard agitait les bras comme s'il conduisait un orchestre symphonique.

— Quelle histoire brutale! Quels personnages barbares! Même le sexe y est un sport violent!

Cette dernière notion n'étonna pas Trumper. Toutefois, il se sentait un peu gêné de voir Holster monter en épingle ses ajouts, et, quand le vieillard lui suggéra d'ajouter une note pour mettre en valeur la cruauté morbide d'un tel acte, Bogus refusa en disant qu'il ne tenait pas à trop attirer l'attention là-dessus.

— Et ce passage sur les anguilles! s'esbaudissait Holster. Réfléchissez-y un peu! Elle les a châtrés! Quelle perfection... Je n'aurais jamais imaginé ça!

— Moi, si, répliqua Fred Bogus Trumper, Bachelor of Arts, Philosophy's Doctor, et Master of Arts.

Il avait enfin réussi à *accomplir* quelque chose. Il classa et relut son courrier. Désœuvré, il lui semblait que son pouls avait ralenti, que son sang s'était refroidi comme celui d'un reptile.

Il n'avait plus reçu aucune nouvelle de Tulpen. Sa mère lui avait écrit que son père avait un ulcère. Bogus se sentit un peu coupable, et envisagea d'envoyer un cadeau. Après mûre réflexion, il se rendit dans une boutique d'aliments naturels et expédia à son père un jambon à l'os provenant de chez les Amish. Cela fait, il se demanda si le jambon était bien indiqué pour un ulcère, et s'empressa d'envoyer une lettre d'excuses.

Il eut des nouvelles de Couth. Biggie avait donné le jour à une petite fille de neuf livres baptisée Anna Bennett. Une

Anna de plus. Essayant de s'imaginer le bébé, Trumper s'aperçut qu'il pesait exactement le poids du jambon envoyé à son père. Mais il se sentait si heureux pour Couth et Biggie qu'il leur envoya aussi un jambon.

Et il eut des nouvelles de Ralph. Une lettre typique, c'est-à-dire sibylline. Pas un mot reprochant à Trumper d'avoir abandonné sa carrière cinématographique en laissant les Films Ralph Packer dans la merde. En revanche, Ralph conseillait à Trumper d'aller au moins voir Tulpen. De façon étonnante, Ralph décrivait avec un luxe de détails la femme avec laquelle il vivait à présent, une certaine Matje (« comme le hareng, tu vois ? »). Cette fille n'était pas « vraiment voluptueuse, mais éclatante », et Ralph ajoutait que « même Tulpen » l'adorait.

Trumper aurait eu besoin d'un dessin pour comprendre le plan, mais il comprenait vaguement le but final de la lettre : Ralph voulait l'autorisation de Bogus pour sortir le film. *Le Baiseur* était achevé, l'informait Ralph.

Bogus laissa la lettre en suspens pendant quelques semaines. Puis, quand, sa thèse achevée, il se sentit particulièrement désœuvré, il alla au cinéma. Le film racontait la vie d'un chef pilote homosexuel qui a peur de la pluie. Suite à un quiproquo, il couche avec une sympathique hôtesse qui le débarrasse à la fois de son homosexualité honteuse et de sa phobie météo. Il n'avait peur de la pluie que parce qu'il était homosexuel. Le film était d'une nullité agressive, pensa Trumper ; après quoi, il expédia un télégramme à Ralph : « Tu as mon autorisation, signé Thump-Thump. »

Le surlendemain, Trumper fit ses adieux au Dr Holster, qui lui lança joyeusement :

— *Gaf throgs ! Gaf throgs !*

Allusion malicieuse à *Akthelt et Gunnel*. Quand les sujets du royaume de Thak voulaient féliciter quelqu'un pour un travail bien fait, une guerre bien gagnée ou un coït bien réussi, ils lui disaient « *Gaf throgs !* » (Bien joué !) Ils avaient même leur journée d'actions de grâces, qu'ils appelaient Throgsgafen Day.

C'est par un week-end de septembre idéal pour le football que Trumper traîna sa valise, et l'exemplaire relié de sa thèse, jusqu'à la gare routière d'Iowa City. Il avait son doctorat en philosophie, et ses souvenirs de vendeur de badges et de fanions. Il supposait le moment venu de chercher du travail. Sans ça, à quoi aurait servi son diplôme ? Mais ce n'était pas le bon moment pour chercher un emploi d'enseignant ; l'année académique venait de commencer. Trop tard pour cette année, et trop tôt pour l'année prochaine.

Il se sentait des envies de Maine, pour voir le nouveau bébé et rester avec Colm. Il savait qu'on le recevrait volontiers, mais il ne pourrait faire sa vie là-bas. Il avait des envies de New York, aussi, surtout pour voir Tulpen, mais se demandait comment se présenter à elle. Il savait bien qu'il aimerait un retour triomphal, comme un cancéreux guéri. Mais quelle maladie pouvait-il alléguer pour s'être enfui ? Et était-il guéri ?

Il étudia longtemps la carte routière Greyhound des États-Unis avant d'acheter un billet pour Boston. Pourquoi pas Boston ? Il y avait autant de chances qu'ailleurs de trouver un boulot d'enseignant, compte tenu de la morose conjoncture ; de plus, il n'avait jamais visité la ville natale de Merrill Overturf.

En outre, sur la carte Greyhound, Boston se situait *grosso modo* à mi-chemin du Maine et de New York…

Et devant la carte, Trumper songea : *C'est à peu près là que je suis. A mi-chemin.*

37

Énorme succès public et critiques délirantes pour « le Baiseur »

On lisait dans *Variety* : « Le dernier film de Ralph Packer est de manière évidente la meilleure chose qui soit sortie cette année du soi-disant courant underground. Cette formule pourrait bien sûr être appliquée à toute œuvre possédant un peu de style et un minimum d'idées. Mais le film de Packer se distingue par sa subtilité. L'auteur a enfin adapté sa vision documentaire à une situation individuelle ; il s'intéresse davantage aux individus qu'à des collectivités, et sur le plan technique il s'est sensiblement amélioré. Reconnaissons que très peu de spectateurs pourront s'identifier au personnage central, foncièrement égocentrique et apathique, mais... »

Le New York Times disait : « S'il est vrai qu'une ère de films commerciaux à petit budget commence, essayons au moins d'implanter dans notre pays le vivace style documentaire dans lequel les Canadiens sont passés maîtres. Et si de petits producteurs indépendants parviennent à une large audience dans les grands circuits de distribution, alors la dextérité imaginative — que Ralph Packer a réussi à dispenser dans *le B...r* — a de fortes chances de faire école. Je ne suis pas certain que ce style soit encore parfait, mais Packer a bien affûté son travail. C'est le *thème* de Packer qui m'échappe. D'ailleurs, il ne développe pas vraiment de thème ; il se contente de l'exposer... »

Newsweek écrivait : « Un film soigneusement travaillé, poli et repoli, habile et persifleur, qui prend pour prétexte une quête : explorer la psychologie du personnage principal par le truchement d'un montage haché de fausses interviews de son ex-femme, de sa maîtresse actuelle, de ses prétendus amis, le tout entrecoupé d'interventions agaçantes de l'intéressé, qui feint habilement de ne pas vouloir participer au film. Si c'était le cas, il serait particulièrement bien avisé. Car non seulement le film ne parvient jamais à découvrir les motivations profondes qui font fonctionner le héros, mais il cesse de fonctionner bien avant la fin. »

Time, fidèle à sa tradition d'être toujours en désaccord avec *Newsweek*, embouchait les trompettes de la renommée : « *Le B…r*, de Ralph Packer, est un film magnifiquement concentré — elliptique, tout en demi-teintes. Bogus Trumper, également responsable de la splendide bande sonore, donne une interprétation grandiose de ce personnage de raté solitaire et distant, se débattant entre l'échec d'un ancien mariage et une émouvante liaison actuelle ; un paranoïaque absolu victime du regard qu'il porte sur lui-même. Il est le héros malgré lui, vu sous le microscope impitoyable et délicat de Ralph Packer ; le film adopte la forme d'un documentaire à l'état brut, très bien construit, entremêlé d'interviews spontanées, de commentaires à brûle-pourpoint, et de scènes exquisément simples dans lesquelles Trumper exécute à merveille les gestes de la vie quotidienne. C'est un film sur le tournage d'un film sur un homme qui travaille sur le film, mais Trumper se révèle peu à peu une sorte de héros quand il rejette tous ses amis — et même le film ! Avec subtilité, Packer fait justice de la théorie selon laquelle on peut explorer à leur insu la psyché des êtres en étudiant leurs motivations… »

Trumper lut toutes ces critiques dans le fumoir de son père à Great Boar's Head.

— C'est la critique du *Time* que tu lis ? fit sa mère. C'est celle que je préfère.

Sa mère avait découpé et conservé tous les articles, et, si elle préférait celui du *Time*, c'est parce qu'on y mentionnait le nom de Trumper. Elle n'avait pas vu le film et ne semblait pas réaliser qu'il racontait la vie, triste et douloureuse, de son fils. Tout comme les critiques.

Le père dit :

— Je pense que nous ne verrons jamais le film, ici.

— Les films que nous aurions envie de voir ne viennent jamais jusqu'ici, ajouta la mère.

Le film n'était encore donné qu'à New York, bien qu'il fût annoncé à Boston, San Francisco, et dans les cinémas d'art et d'essai de plusieurs grandes villes. Il serait aussi projeté dans les circuits universitaires, mais n'atteindrait vraisemblablement jamais Portsmouth, New Hampshire — Dieu soit loué. Trumper lui-même n'avait pas encore vu le film.

Il venait de passer un mois à rencontrer des employeurs éventuels à Boston et aux alentours, et séjournait parfois le week-end chez ses parents, pour compatir à l'ulcère paternel et se montrer reconnaissant — il l'était vraiment — pour la Volkswagen neuve que son père lui avait offerte en guise, pensait-il, de récompense pour son diplôme.

Il devenait de plus en plus évident qu'il devrait attendre le printemps pour trouver un emploi ; il avait découvert que son doctorat tout frais ne lui ouvrait pas plus de débouchés qu'une paire de chaussures bien cirées. A cette époque de l'année, les seules opportunités étaient dans les écoles publiques, et son diplôme de littérature comparée, joint à sa thèse sur le nordique primitif inférieur, ne semblait guère adéquat pour enseigner la grammaire et l'histoire à des gamins de seize ans.

Son père se prépara un autre verre de lait au miel, et servit un autre bourbon à Bogus ; à son expression, on voyait qu'il aurait volontiers échangé son estomac contre celui de son fils.

Bogus lut quelques autres critiques.

Le *New Yorker* disait qu'il était « rare et rafraîchissant de voir un film américain traitant avec légèreté d'un sujet grave. Ce que Packer réussit à obtenir d'acteurs non professionnels devrait remplir d'angoisse certaines de nos superstars — ou les faire changer de scénaristes. L'acteur vedette, Fred Trumper (dont le travail sur le son est un rien trop sophistiqué), est remarquablement efficace dans son interprétation d'un homme introverti qui se protège du monde extérieur et ne parvient pas à communiquer avec les femmes de façon satisfaisante… ».

« Les femmes sont magnifiques ! proclamait *The Village Voice*. Mais il manque toutefois au film de Packer l'indice permettant de comprendre pourquoi deux femmes aussi généreuses et intelligentes s'intéresseraient à un homme aussi veule, faible et inabouti… »

Playboy qualifiait le film de « mélancolique et complexe, dans lequel la vitalité sexuelle des protagonistes, à peine dissimulée, donne l'impression d'un corps voluptueux sous une robe de soie… ».

Bien qu'il ait apprécié « le rythme vigoureux du film », *Esquire* trouvait qu'il finissait « par un coup de théâtre par trop simpliste. La scène de la femme enceinte est un truc particulièrement rebattu qui s'adresse à la sensiblerie du spectateur ».

Quelle femme enceinte ? se demanda Bogus.

D'un autre côté, *The Saturday Review* considérait la fin comme « du pur Packer, au sommet de sa forme. La désinvolture avec laquelle est présentée la femme enceinte explicite que toutes ses hautes spéculations intellectuelles n'étaient rien en comparaison de l'amour sincère qu'elle lui porte… ».

Pourquoi ? pense Trumper. Qui l'aimait ? Par qui était-il aimé ? Ralph dépeignait-il l'amour de Biggie pour l'enfant que lui avait fait Couth ? Mais comment avait-il réussi à l'incorporer au film ?

Life tournait autour du pot : « L'approche, par accumulation de petits éléments superficiels, demandait presque une fin non finie ; une progression dramatique qui évite d'aller au fond des choses, mais choisit au contraire de les survoler — n'en montrant que les facettes en surface — aurait quelque prétention à s'achever par une fin dramatique axée sur un événement inévitable. *Le B…r* se garde de tomber dans le piège. Au contraire, dans cette ultime et brutale image de la grossesse — brève et prosaïque — Packer parvient magnifiquement à ne *rien exprimer*. »

A quoi ? s'effara Bogus. Du coup, il résolut d'aller voir ce putain de film.

Mais son mobile principal n'avait rien à voir avec les critiques. Il désirait revoir Tulpen, mais ne pouvait affronter qu'elle *le* voie. Trumper assisterait au film en voyeur concerné.

Il avait une entrevue pour un poste au collège d'arts libéraux de Torrington, Connecticut, ce qui était à peu près sur la route de New York. Après son rendez-vous, il pourrait faire un saut en ville et voir enfin *le Baiseur*.

L'emploi proposé se révéla être un mi-temps de littérature anglaise et d'initiation à l'écriture dans une classe de première année. Le recteur se montra très intéressé par les références de Trumper, et particulièrement par le nordique primitif.

— Seigneur ! Nous n'avons même pas de classe de langues étrangères chez nous !

Bouillonnant de fureur, Trumper arriva au Village à temps pour la séance de 9 heures du *Baiseur*. Il ne put s'empêcher d'être impressionné en voyant son nom au générique. La version définitive du film était beaucoup plus fluide que dans son souvenir ; il se trouva en train de le regarder comme un vieil album de photos rempli d'anciens amis bizarrement vêtus, et plus minces qu'aujourd'hui. Mais tout le récit lui était familier ; il se souvenait des moindres détails ; sauf à la toute fin quand il découvrit la scène où Tulpen, dans son bain, dit à Ralph et à Kent de s'en aller.

Puis il vit les scènes de sa propre vie qu'il avait montées lui-même. Ralph les avait interverties. On voyait Trumper sortir de la boutique d'animaux, et on l'entendait dire : « Adieu, Ralph, je ne veux plus être dans ton film. » On voyait Trumper, Tulpen et Colm dans le métro roulant vers le zoo du Bronx, avec la voix off de Trumper : « Tulpen, je regrette, mais je ne veux pas d'enfant. »

Il y eut ensuite deux séquences inconnues.

Tulpen, en collant de gymnastique, en train d'exécuter les exercices préparatoires à un accouchement naturel : respiration profonde, accroupissements bizarres, tout le cirque habituel. Là-dessus, la voix de Ralph : « Il l'a quittée. »

Puis un plan de Tulpen au travail dans la salle de montage. La caméra la filme de dos ; assise, on ne la reconnaît que lorsqu'elle tourne la tête de profil. Elle prend conscience de la présence de la caméra, regarde dans l'objectif, puis se détourne. Elle se fout éperdument d'être filmée. Hors champ, Ralph lui demande :

— Es-tu heureuse ?

Tulpen semble embarrassée. Elle se lève avec un mouvement étrange, agitant le coude comme un moineau son aile. Trumper a compris : elle soulève l'un de ses jolis seins.

Elle présente son profil à la caméra ; on voit alors qu'elle est enceinte.

— Tu attends un enfant, harcèle Ralph.

Tulpen adresse à l'appareil un regard indifférent. Ses mains lissent la robe de grossesse sur son abdomen.

— De qui est le bébé ? insiste Ralph.

Sans la moindre hésitation, mais sans regarder la caméra, Tulpen répond :

— Il est de lui.

L'image s'immobilise, et le générique commence à défiler.

Quand la salle se ralluma, il se retrouva entouré par plusieurs cinéphiles de Greenwich Village. Il restait assis, comme anesthésié, puis se rendit compte qu'il empêchait ses voisins de passer ; il se leva alors et se mêla aux spectateurs gagnant la sortie.

Dans la lumière malingre du hall empestant le désinfectant, des jeunes gens allumaient des cigarettes ; coincé dans la foule piétinante, Trumper surprit des bribes de conversations.

— Quelle merde ! lança une fille.

— Je ne sais que penser, se plaignit quelqu'un. Packer devient de plus en plus égocentrique, tu vois ?

— Eh bien, moi, j'ai aimé, fit une voix pensive.

— Les acteurs étaient vraiment super, tu vois ?

— C'est pas vraiment des acteurs...

— Ouais, bon, enfin les gens...

— Ça, oui, extra.

— Prises de vues super aussi.

— Ouais, mais au service de quoi, j'te le demande ?

— Tu sais ce que je dis quand je vois un film comme ça ? Je dis : « Et après ? » C'est ça que je dis, moi, personnellement.

— Où t'as mis les clés de voiture, Ducon ?

— Ces films d'art et d'essai commencent à me les briser...

— Tout est relatif.

— C'est toujours la même chose.

— Pardon, excusez-moi...

Bogus eut envie de mordre la nuque de la grande fille qui le précédait, puis faillit se retourner pour casser la gueule à une bande d'apprentis philosophes qui parlaient du « profond nihilisme » du film.

Juste avant la porte, il vit qu'on l'avait reconnu. Une fille au teint de droguée et aux yeux en soucoupes sales le dévisagea, puis donna un coup de coude à son compagnon. Ils faisaient partie d'une bande, et instantanément, tous se mirent à fixer Trumper, qui tentait de se dégager de la foule. C'était une double porte, mais un seul battant était ouvert. Quand un malin ouvrit l'autre, tout le monde applaudit, et Trumper eut, une seconde, l'illusion que cette ovation s'adressait à lui. Puis un jeune type en uniforme, à la barbe bien taillée et aux dents jaunes lui barra le passage :

— Excusez-moi, dit Trumper.

— Hé, c'est *vous* ! fit le troufion.

Puis il interpella ses copains :

— Je vous l'avais bien dit ! C'est le mec du film !

Une douzaine de personnes vinrent le regarder sous le nez comme une célébrité.

— Je le croyais plus grand, fit une nana.

Les plus jeunes spectateurs — des mômes qui riaient bêtement — l'accompagnèrent jusqu'à sa voiture. Une fille le taquina :

— Oh, venez à la maison que je vous présente à ma mère !

Montant dans sa voiture, il démarra.

— Vise la Volkswagen ! lança un moqueur. Pour une voiture de star...

Trumper s'éloigna du cinéma et se perdit ; il n'avait encore jamais conduit à New York. Il finit par garer sa voiture et prit un taxi pour se faire emmener chez Tulpen. Il avait toujours la clé de l'appartement. Il était plus de minuit, mais il pensait à tout le temps passé. Aux longs mois qu'avait duré son absence ; à la grossesse avancée de Tulpen à la fin du tournage ; au temps qui s'était écoulé avant que le film ne sorte. Pourtant il s'était fabriqué une image de Tulpen telle qu'il s'attendait à la voir maintenant à peine un peu plus grosse que dans le film.

Il essaya d'entrer, mais elle avait fixé la chaîne de protection. Il l'entendit s'éveiller en sursaut, et il soupira :

— C'est moi.

Un bon moment s'écoula avant qu'elle n'ouvre ; elle portait un court peignoir de bain, étroitement serré à la taille ; son ventre était aussi plat qu'autrefois ; elle avait même maigri. Dans la cuisine, il se heurta à une caisse de couches cellulosiques, et écrasa du pied une sucette de bébé en plastique. Dans sa tête, un démon pervers chuchotait des blagues obscènes à son cerveau. Il tenta de sourire :

— Fille ou garçon ?

— Garçon.

Sous son air ensommeillé, elle était en éveil.

— Pourquoi ne m'as-tu rien dit, Tulpen ?

— Je connaissais ton point de vue. De toute façon, c'est *mon* fils.

— Le mien aussi. C'est toi-même qui l'as dit dans le film...

— Dans le film de Ralph, corrigea-t-elle. C'est lui qui a écrit le scénario...

— Mais il est bien de moi, n'est-ce pas ? Entièrement ?

— Biologiquement, il est de toi, fit-elle d'une voix tranchante.

— Est-ce que je peux le voir ?

Bien qu'elle fût très tendue, elle feignit l'indifférence et le laissa contourner le lit jusqu'à un petit renfoncement entre les rayonnages et les aquariums.

L'enfant dormait dans un vaste panier, des tas de jouets

autour de lui. Il ressemblait à Colm quand il avait son âge,
à peine quelques semaines ; il ressemblait aussi à la nouvelle petite fille de Biggie, qui devait avoir un mois de plus.

Bogus contempla le bébé, ce qui lui était plus facile que
de regarder Tulpen ; bien qu'il n'y ait pas grand-chose à
voir dans un enfant si jeune, Trumper mit longtemps à le
détailler.

Tulpen s'agitait derrière son dos. Dans la commode, elle
prit des draps, des couvertures et un oreiller ; elle préparait
manifestement un lit pour Bogus.

— Tu veux que je m'en aille ? demanda-t-il.

— Pourquoi es-tu venu ? Parce que tu viens juste de voir
le film ?

— Je voulais venir depuis longtemps, tu sais.

Comme elle continuait de lui installer son lit, il dit
stupidement :

— J'ai eu mon diplôme.

Elle lui lança un bref regard, puis se remit à border la
couverture. Il ajouta :

— J'ai cherché du travail.

— Tu en as trouvé ?

— Non.

Elle lui fit signe de laisser dormir le bébé. Dans la
cuisine, elle lui ouvrit une bière et s'en versa un peu.

— C'est bon pour les seins, lui dit-elle en levant son
verre. Ça fait venir le lait.

— Je suis au courant.

— C'est vrai, tu as l'habitude !

Jouant avec la ceinture de son peignoir, elle lui
demanda :

— Que veux-tu au juste, Trumper ?

Son esprit trop lent ne trouva aucune réponse. Elle
reprit :

— Tu te sens encore coupable ? Tu sais, je n'ai pas
besoin de ça. Tu ne me dois rien, Trumper, rien d'autre
qu'un comportement sincère... si tu en es capable.

— De quoi vis-tu ? Tu ne peux pas travailler, avec...

Il s'interrompit. L'argent n'était pas une solution. Son
comportement sincère et honnête gisait depuis longtemps

dans des abîmes si insondables qu'il lui semblait impossible de le renflouer.

— Je suis *capable* de travailler, fit-elle mécaniquement. Et c'est ce que je fais. Enfin, je vais m'y mettre. Quand le bébé sera un peu plus grand, je prendrai un boulot à mi-temps, et je le donnerai à garder à Matje. Elle veut aussi avoir un enfant dès que possible...

— C'est la nouvelle nana de Ralph ?

— Sa femme. Ralph l'a épousée.

Trumper réalisa alors qu'il ne savait absolument rien sur personne.

— Ralph, *marié* ?

— Il t'a envoyé un faire-part, mais tu avais déjà quitté l'Iowa.

Il commençait à pouvoir évaluer la véritable durée de son absence, mais Tulpen était lasse de ses longs monologues intérieurs, et il sentit qu'elle ne se contenterait plus de ses longs silences. Depuis le living, il la regarda se mettre au lit ; elle retira son peignoir sous les couvertures, et le jeta sur le sol.

— Puisque tu t'y connais en bébés, dit-elle, tu ne seras pas surpris qu'il y ait une tétée à deux heures, alors je dois dormir. Bonne nuit.

Dans la salle de bains, il pissa en laissant la porte ouverte. Il avait toujours laissé la porte ouverte, une de ses sales habitudes dont il se promettait toujours de se défaire chaque fois qu'il les pratiquait. Quand il ressortit, Tulpen lui demanda :

— Comment est ton nouveau zizi ?

C'est de l'humour ? se demanda-t-il sans chercher de réponse. Il se contenta de :

— Parfaitement normal.

— Alors, bonne nuit.

En se glissant jusqu'à son lit de fortune, il fut tenté de jeter ses chaussures contre le mur afin de réveiller le bébé et d'entendre ses cris perçants remplir cet espace trop calme.

Allongé, il s'écoutait respirer ; il surveillait aussi le souffle de Tulpen et du bébé. Seul le bébé dormait.

— Je t'aime, Tulpen.

Dans l'aquarium voisin, une tortue sembla avoir entendu, et se camoufla sous le sable.

— Je suis venu parce que j'ai envie de toi...

Plus un poisson ne bougea.

— J'ai besoin de toi. Je sais que tu n'as pas besoin de moi, mais j'ai besoin de toi.

— Ce n'est pas si simple, murmura-t-elle de façon à peine audible.

Il s'assit sur le divan.

— Tulpen, veux-tu m'épouser ?

— Non, dit-elle sans hésitation.

— Je t'en prie...

Cette fois-ci, elle attendit un peu avant de répondre :

— Non, je ne veux pas.

Il remit ses chaussures et se leva. Pas moyen de partir sans passer devant l'alcôve aux aquariums entourant le grand lit, et, quand il y parvint, elle s'était assise et le regardait avec colère.

— Bon Dieu ! Tu vas encore tailler la route ?

— Qu'est-ce que tu veux donc que je fasse ?

— Bon Dieu, tu ne sais pas ? Eh bien, je vais te le dire, Trumper, puisque tu m'y obliges. Je ne veux pas me marier avec toi *pour l'instant,* mais si tu consens à vivre ici un moment, alors je pourrai réfléchir et prendre une décision ! Si tu as *envie* de rester, il *faut* que tu restes, Trumper !

— Okay.

Il se demanda s'il devait se déshabiller ou non.

— Bon Dieu, Trumper, déshabille-toi.

Ce qu'il fit, puis il se glissa auprès d'elle dans le grand lit. Elle lui tourna le dos en s'écartant de lui. Il resta immobile, sans la toucher, jusqu'à ce qu'elle change de position, lui saisisse une main et la pose sur sa poitrine.

— Je ne veux pas qu'on fasse l'amour, mais tu peux me toucher... si tu en as envie.

— J'en meurs d'envie. Je t'aime, Tulpen.

— Peut-être bien que oui.

— Toi, est-ce que tu m'aimes ?

— Oui, à la fin ! Et merde ! lança-t-elle, amèrement.

Lentement, il sentit le désir monter en lui ; il la caressa sur tout le corps. Il sentit l'endroit où on l'avait rasée. C'était encore rêche au toucher. Quand le bébé s'éveilla pour sa tétée de deux heures, Trumper bondit du lit avant Tulpen, et lui déposa le bébé sur un sein.

— Non, pas celui-là, dit-elle. Lequel des deux est le plus dur ?

— Celui-ci.

— Je ne me rappelle jamais...

Pendant qu'elle nourrissait l'enfant, elle pleura un peu. Trumper avait des souvenirs très nets, et disposa une serviette sur son sein libre, sachant qu'il coulerait un peu pendant que le bébé sucerait l'autre.

— Quelquefois, ça gicle vraiment, lui dit-elle.

— Je sais. Surtout si tu es en train de faire l'amour...

— Je n'y tiens pas.

— Je sais. C'était une réflexion comme ça...

— Tu devras te montrer patient. J'ai encore envie de te dire tes quatre vérités. J'en ai gros sur le cœur.

— Okay, ça marche.

— Il faudra que tu te contentes d'encaisser jusqu'à ce que je ne t'en veuille plus.

— J'encaisserai, promis. Je *veux* encaisser.

— Finalement, je ne suis plus certaine d'en avoir envie.

— Je ne te le reprocherai pas, dit-il.

Ce qui eut le don de la remettre en rogne.

— C'est pas tes oignons ! lança-t-elle.

— D'accord, d'accord.

Puis elle lui dit tendrement :

— Dans ton propre intérêt, ne parle pas trop, hein ?

— Okay.

Quand le bébé eut réintégré son panier, Tulpen revint se serrer contre Trumper.

— Tu ne veux vraiment pas savoir comment il s'appelle ?

— Oh ! Le bébé ! Bien sûr que si. Comment l'as-tu appelé ?

— Merrill.

Ce disant, elle lui flanqua un bon coup dans le dos, qui lui résonna jusque dans la nuque.

— Il faut que je t'aime, chuchota-t-elle. Je l'ai baptisé Merrill parce que je crois que c'est ton prénom préféré.

— C'est vrai.

— Tu vois que j'ai pensé à toi.

Il la sentait se braquer de nouveau, et se hâta de dire :

— Je sais.

— Tu m'as fait très mal, Trumper, est-ce que tu t'en rends compte ?

— Oui.

Il lui caressa tendrement le pubis.

— N'oublie jamais le mal que tu m'as fait, Trumper.

Il promit, ils s'endormirent enlacés et il eut ses deux cauchemars favoris, variations sur un thème aqueux, comme il disait parfois.

L'un avait pour protagoniste son fils Colm, pris dans une catastrophe ayant invariablement un rapport avec l'eau, haute mer ou marécages. Comme toujours, il était si abominable qu'il n'en conservait qu'un vague souvenir.

L'autre impliquait Merrill Overturf. Lui aussi était dans l'eau ; il ouvrait la tourelle d'un tank ; ça lui prenait toujours trop longtemps...

A six heures, les pleurs de Merrill Junior le réveillèrent. Les seins de Tulpen avaient mouillé le torse de Bogus, et tout le lit sentait le lait aigre. Elle se couvrit d'une serviette. Il dit :

— Tu as vu comme ils suintent ? Tu es sûrement excitée.

— C'est parce que le bébé pleure, allégua-t-elle.

Alors il se leva pour aller lui chercher l'enfant. Trumper avait son érection matinale, qu'il ne chercha pas à dissimuler.

— As-tu vu mon nouvel engin ? plaisanta-t-il. Il est encore puceau, tu sais ?

— Le bébé pleure ! Apporte le bébé !

Mais elle souriait.

— Merrill ! appela doucement Trumper.

C'était bon de pouvoir prononcer ce nom à voix haute ! Il redit : « Merrill, Merrill, Merrill », en berçant l'enfant. Il y eut une gentille discussion pour savoir quel sein devait servir ; Trumper s'y reprit à plusieurs fois pour déterminer lequel était le plus gonflé.

Tulpen nourrissait encore le bébé quand le téléphone sonna. C'était une heure bien matinale pour un coup de fil, mais elle ne manifesta aucune surprise ; surveillant Trumper, elle lui fit signe de décrocher. Il sentit qu'elle le testait, et décrocha l'appareil, mais sans parler.

— Salut à toi, jeune mère nourricière ! lança la voix de Ralph Packer. Comment va le bébé d'amour ? Comment fonctionnent tes mamelles ?

Trumper avala sa salive ; Tulpen arborait un sourire serein.

— Matje et moi sommes en route, poursuivait Ralph. Tu n'as besoin de rien ?

— Des yaourts, souffla Tulpen à Bogus.

— Des yaourts, dit Trumper dans l'appareil.

— Thump-Thump ! s'exclama Ralph.

— Salut, Ralph. J'ai vu ton film...

— Dégueulasse, non ? Mais toi, comment vas-tu, Thump-Thump ?

— Ça va bien, répondit Trumper.

Otant la serviette de son sein libre, Tulpen en offrit le bout à Trumper.

— J'ai fini par avoir mon diplôme, marmonna celui-ci.

— Comment va l'enfant ?

— Merrill va bien, dit Bogus.

Le lait de Tulpen lui coulait sur la jambe.

— Je regrette d'avoir raté ton mariage, Ralph. Félicitations.

— Félicitations à toi ! répliqua Ralph.

— A un de ces quatre, fit Trumper avant de raccrocher.

Tulpen lui demanda :

— Tu te sens en forme, Trumper ?

Elle l'évaluait. Un œil dur, un œil tendre.

— En pleine forme, dit-il en refermant la main sur son sein humide. Et toi ?

— Moi, ça va mieux.

Il lui caressa le pubis, en regardant sa propre main comme s'il retrouvait un vieil ami. Tous deux étaient nus, à part une chaussette au pied droit de Bogus. Merrill Junior tétait furieusement, mais Tulpen ne regardait pas le bébé. Elle examinait attentivement, mi-gaie mi-sérieuse, le nouveau pénis de Bogus.

Il en fut agréablement gêné. Peut-être, suggéra-t-il, feraient-ils mieux de s'habiller avant que Ralph ne se pointe avec comment-s'appelait-elle-donc Matje. Puis il embrassa doucement le sexe de Tulpen. Elle parut sur le point de… mais refusa de prolonger ce timide préliminaire. Elle l'embrassa dans le cou.

D'accord, pensa Bogus Trumper. *Le tissu cicatriciel a besoin de rodage, mais j'ai tout mon temps.*

38

Retrouvailles de vieux amis pour la fête de Throgsgafen

Au royaume de Thak, on s'y entendait pour fêter dignement Throgsgafen. Un mois avant le grand jour, on mettait des ours sauvages en marinade et on suspendait aux arbres des élans afin qu'ils s'y faisandent. On fumait des anguilles par tonneaux entiers ; à pleins chaudrons, des lapins oints de sel et de jus de pomme mijotaient dans la graisse d'oie ; un caribou — d'une espèce aujourd'hui disparue — était bouilli, entier, dans une cuve avec du gruau. Les fruits d'automne, surtout le divin raisin, étaient récoltés, pressés, fermentés, aromatisés ; les foudres renfermant la récolte passée étaient roulés hors des caves, mis en perce et goûtés, distillés et goûtés encore, et encore. (La boisson courante, au royaume de Thak, était une petite bière trouble, au goût acide d'urine, un peu semblable à notre bière américaine quand elle est coupée de vinaigre de cidre. Le breuvage de fête était un cognac à base de prunes et de légumes à tubercules qui ressemblait à un mélange de slivovitz et d'antigel.)

On s'en doute, le jour de Throgsgafen durait bien plus d'un jour. Il y avait la veille de Throgsgafen, où tout le monde devait goûter à tout, et le soir d'avant Throgsgafen, où chacun devait se préparer à s'amuser. Le matin de Throgsgafen, on se réunissait par petits groupes pour comparer les gueules de bois, ce qui menait directement au sein de la réjouissance principale — un banquet durant au moins six heures sans interruption. Puis on recommandait de vigoureux exploits physiques aux hommes, dont le besoin d'exercice devait s'épancher. Cela consistait en joutes sportives ou sexuelles. Les femmes prenaient une part active à ces dernières ; elles dansaient aussi, à en ébranler les murailles du château.

La nuit de Throgsgafen, les gentils seigneurs et gentes dames allaient jeter dans les villages d'alentour les reliefs du festin aux chétifs enfants des serfs. C'était le moment sobre de la soirée, mais les convives regagnaient le château à minuit pour porter des toasts à tous les ancêtres défunts ; cela durait jusqu'à l'aube, où se réunissait traditionnellement le Conseil des Sages en session spéciale, afin d'y juger tous les meurtres, viols et autres délits mineurs commis en abondance au cours de ces éprouvantes festivités.

La version américaine de Throgsgafen, autour d'une malheureuse dinde, n'est qu'un substitut assez vague, nommé Thanksgiving, aussi Bogus Trumper et ses vieux amis décidèrent-ils d'injecter dans cette affaire l'esprit de *Akthelt et Gunnel*. Une audacieuse réunion fut mise sur pied. Malgré les douteuses conditions météorologiques du Maine en novembre, il fut décidé que Couth et Biggie possédaient le seul château digne d'abriter semblable raout.

La présence de gros chiens conférerait à l'excursion un authentique parfum de Throgsgafen. L'un des chiens appartenait à Ralph. Il l'avait offert à Matje en cadeau de grossesse, et aussi pour la protéger dans les rues de New York. Sans race définissable, ce bestiau nommé Loom rendit le voyage de New York au Maine assez hasardeux. Trumper pilotait sa Volkswagen, Tulpen à son côté portant Merrill Junior sur ses genoux ; serrés sur la banquette arrière, Ralph et Matje enceinte se bagarraient avec Loom. Sur la galerie s'amoncelaient le berceau de Merrill, les vêtements chauds, des paniers de vins, d'alcools, de nourritures recherchées telles que viandes séchées et fromages que Biggie et Couth ne pouvaient se procurer dans le Maine. Biggie assurait les plats principaux.

L'autre chien — cadeau d'anniversaire de Trumper à son fils — était déjà sur place. Un chien de chasse de Chesapeake Bay dont le pelage évoquait un vieux paillasson — Couth l'appelait Grumeau.

Seuls Trumper et Tulpen n'avaient pas de chien.

— Un gosse, quarante poissons et dix tortues, ça suffit, disait Bogus.

— Mais tu devrais avoir un chien, Thump-Thump, disait Ralph. Une famille sans chien n'est pas une famille.

— Toi, tu devrais avoir une voiture, rétorquait Trumper. Une grande grosse voiture.

Loom, le fauve de la banquette arrière, lui bavait dans le cou tandis qu'il pilotait la Volkswagen bondée à travers la montagne.

— Tu devrais t'offrir un minibus, Ralph, dit Tulpen.

Aux environs de Boston, il ne restait plus de place dans la boîte à gants pour les couches sales de Merrill, et Matje dut faire huit arrêts-pipi sous prétexte qu'elle était enceinte. Trumper conduisait avec acharnement, l'œil rivé sur le paysage lointain ; il voulait ignorer les pleurs de Merrill et les interminables récriminations de Ralph concernant la place pour les jambes ou les flots de bave du chien. *Pourquoi ai-je eu cette idée ?* se reprochait Bogus. Il lui parut miraculeux d'arriver enfin devant la grande maison noyée de brume et scintillante de neige fondue.

Grumeau et Loom furent tout de suite copains ; ils se lancèrent dans un festival de bave et de bains de boue, et Colm devint presque fou en essayant de calmer les deux fauves.

Cette veille de Throgsgafen était une journée d'intérieur ; les hommes organisèrent un tournoi de billard et se disputèrent au sujet de qui avait apporté quoi.

— Où est le bourbon ? demanda Bogus.

— Où est l'herbe ? dit Ralph.

— On n'a plus de beurre, dit Biggie à Couth.

— Où est le pipi-room ? s'enquit Matje.

Biggie et Tulpen argumentèrent sur la faible amplitude du ventre de Matje. C'était une petite nature, et sa grossesse, presque à terme, atteignait à peine la taille d'un melon.

— J'étais beaucoup plus grosse, dit Biggie.

— Et tu es toujours beaucoup plus grosse, fit Bogus.

— Toi aussi, tu étais plus grosse, dit Ralph à Tulpen.

Celle-ci regarda Bogus et le sentit frustré de ne pas avoir assisté à la grossesse de sa seconde femme attendans son second fils. Elle lui ébouriffa gentiment les cheveux.

Puis tous les hommes entourèrent Matje et lui tâtèrent le ventre, sous prétexte de déterminer le sexe du futur enfant.

— Ça m'ennuie de te dire ça, Ralph, fit Bogus, mais je crois que Matje va accoucher d'une puce.

Les femmes installèrent bébé Anna et bébé Merrill côte à côte dans le vaste tiroir de la table. Anna était plus âgée, mais tous deux en étaient encore au stade où ils n'ont besoin que de dormir, se nourrir et se vider.

En raison du mauvais temps, la vue était limitée aux jeunes mères donnant le sein et au ventre rond de Matje, aussi les promenades furent-elles remplacées par du mauvais billard et de bonnes libations. Ralph fut le premier à en ressentir les effets. Il dit d'un ton solennel à Couth et Bogus :

— Je dois vous l'avouer : j'aime toutes nos femmes.

Au-dehors, dans le brouillard givrant et les flocons de neige, Grumeau et l'indéfinissable Loom se roulaient dans la gadoue.

Seul Colm était de mauvaise humeur. Tout d'abord, il n'avait pas l'habitude de voir autant de monde ; ensuite les bébés étaient des personnages inertes, ennuyeux : impossible de jouer avec ; quant aux chiens, excités comme ils l'étaient, ils semblaient dangereux.

De plus, chaque fois que Colm voyait son père, celui-ci lui accordait son entière attention. Aujourd'hui, tous ces idiots d'adultes discutaient ensemble. Il faisait mauvais dehors, mais mieux valait être dehors que dedans ; aussi, pour affirmer son mécontentement, Colm ramenait des paquets de boue dans la maison, et laissait s'y faufiler les chiens fous dans l'espoir qu'ils casseraient quelque précieux bibelot des Pillsbury.

Les adultes finirent par se rendre compte du problème de Colm et se relayèrent pour des balades avec lui dans la tempête glaciale. Colm les ramenait, transis, l'un après l'autre, et demandait :

— A qui le tour de se promener avec moi ?

Finalement, le moment vint de faire quelque chose, comme préparer la petite fête du soir — rien de comparable bien sûr au colossal événement du lendemain.

Tulpen avait ramené de la viande de New York.

— Ah ! La viande de New York ! cria Ralph en pinçant les fesses de Tulpen.

Matje fit mine de l'éborgner avec un tire-bouchon.

Après dîner vint un moment de paix. Les bébés étaient au lit, les hommes repus et pompettes. Or, Colm, très énervé, refusait de monter se coucher. Biggie tenta de l'avoir aux cajoleries, mais il refusa de quitter la table. Alors Bogus lui proposa de le prendre dans ses bras, puisqu'il se disait tellement fatigué.

— Je ne suis pas fatigué ! rouspéta Colm.

— Que penserais-tu d'une giclée de *Moby Dick* ? lui demanda Bogus. Allez, viens.

— Je veux que ce soit Couth qui me couche !

Il faisait un caprice, de toute évidence, aussi Couth le prit-il dans ses bras et se dirigea vers l'escalier en lui disant :

— Je vais te mettre au lit si tu veux, mais je ne connais pas *Moby Dick,* et je ne raconte pas les histoires aussi bien que Bogus...

Mais Colm dormait déjà.

Assis entre Biggie et Tulpen, Bogus sentit la main de Biggie qui, sous la table, se posait sur son genou ; presque simultanément, Tulpen caressa son autre genou. Toutes deux pensaient qu'il pouvait avoir du chagrin. Il dit d'un ton rassurant :

— Colm a piqué sa crise. La journée n'a pas été idéale pour lui.

De l'autre côté de la table jonchée de cadavres, Ralph gardait la main sur le ventre de Matje.

— Tu sais, Thump-Thump, dit-il, nous pourrions tourner le film ici, dans le Maine. Après tout, cette baraque ressemble à un château...

Il parlait de son prochain film : *Akthelt et Gunnel*. Tout était déjà en route. Dès que Trumper aurait achevé le scénario, ils partiraient pour l'Europe ; une firme de Munich était prête à le produire. Ils emmèneraient leurs femmes et leurs enfants, mais Trumper avait conseillé à Ralph de laisser Loom à New York. Ils avaient même songé embaucher Couth comme opérateur, ce que Couth avait décliné : « Je suis un photographe de l'immobile, et je continuerai à vivre dans le Maine. »

Fugitivement, Trumper eut la pensée mesquine que Couth refusait le film à cause de Biggie. Bogus sentait confusément que Biggie lui en voulait toujours, mais quand il s'en était ouvert à Tulpen, sa réponse l'avait stupéfié :

— Sincèrement, je suis contente que Couth et Biggie ne viennent pas avec nous.

— Tu n'aimes donc pas Biggie ?

— Ça n'a rien à voir. Bien sûr que j'aime bien Biggie.

C'est ce malaise qui remontait en ce moment, comme un rot d'ivrogne.

Il était temps de dormir. Les hôtes un peu ivres firent connaissance avec les couloirs de l'immense propriété Pillsbury, se perdant dans les ailes, et faisant irruption dans les chambres les uns des autres.

— Où est-ce que je dors ? ne cessait de demander Ralph. Ah ! Finissons-en, laissez-moi ici !

— Et dire que ce n'est que la veille de Throgsgafen ! se plaignit Couth.

Biggie faisait tranquillement pipi dans sa salle de bains quand Bogus y pénétra, laissant comme d'habitude la porte ouverte.

— Qu'est-ce que tu viens fiche ici, Bogus ? lui lança-t-elle en essayant de se couvrir.

— Ben, je viens seulement me laver les dents, Big.

Il semblait croire qu'ils étaient toujours mariés ensemble.

Couth jeta un coup d'œil perplexe par la porte ouverte.

— Qu'est-ce qu'il fabrique ? demanda-t-il à sa femme.

— J'ai l'impression qu'il se lave les dents. Pour l'amour du Ciel, ferme au moins la porte !

Au moment où tout le monde semblait bien installé dans les chambres respectives, Ralph Packer déboucha dans le couloir, entièrement nu. Derrière lui dans la chambre, on entendait Matje lui demander ses intentions.

— T'inquiète pas, je ne vais pas pisser par la fenêtre ! Il y a des chiottes partout dans ce putain de château, je vais bien finir par en trouver une de libre !

Aimablement, Biggie accompagna le nudiste à l'endroit approprié. Matje surgit, portant le pantalon de Ralph.

— Je suis désolée, Biggie.

— *Es ist mir Wurst,* dit Biggie en caressant le ventre de Matje.

Si Trumper s'était trouvé là, il aurait compris le dialecte autrichien de Biggie. Ça signifiait : « Ça n'a pas d'importance », mais la traduction littérale était : « Pour moi, c'est de la saucisse »...

Trumper ne risquait pas de l'avoir entendue. Il se laissait délicieusement faire l'amour par Tulpen ; il était trop bourré pour apprécier vraiment, mais la chose eut sur lui un curieux effet secondaire : il se retrouva complètement dessoûlé et lucide. Tulpen dormait à poings fermés auprès de lui, mais elle sourit dans son sommeil quand il lui embrassa les pieds avec reconnaissance.

Impossible de se rendormir. Il couvrit Tulpen de baisers, mais sans parvenir à l'exciter.

Totalement réveillé, Trumper se leva et s'habilla chaudement ; il aurait voulu que la nuit s'achève maintenant. Il alla en catimini dans la chambre de Colm, l'embrassa et le borda avec soin. Il alla voir les bébés, puis écouta les adultes ronfler, mais ça ne lui suffit pas. S'introduisant dans la chambre de Biggie et Couth, il les regarda dormir étroitement enlacés. Couth s'éveilla :

— La prochaine porte à droite, dit-il, croyant que Bogus cherchait une salle de bains.

Dans sa déambulation, Trumper localisa la chambre de

Ralph et Matje, et les contempla aussi. Ralph dormait sur le ventre, bras et jambes écartés sur toute la largeur du lit. Sur son vaste dos poilu, la fluette Matje dormait, telle une fleur sur un lit de fumier.

En bas, Bogus ouvrit les portes-fenêtres de la salle de billard et laissa pénétrer l'air. Il était glacial, et les nappes de brouillard s'éloignaient sur la baie. Trumper savait qu'il y avait en plein milieu de l'eau un îlot rocheux, pour l'instant à demi caché par un nuage de brume irisée. Mais, en regardant fixement, l'îlot sembla se mettre à onduler, à plonger, à émerger, et, en regardant encore plus fixement, il put distinguer une large queue plate s'élever et gifler l'eau avec une telle violence que les chiens gémirent dans leur sommeil.

— Bienvenue, Moby Dick, murmura Trumper.

Grumeau gronda ; Loom dressa les oreilles, puis se rendormit.

Bogus trouva du papier dans la cuisine, et s'assit pour écrire. Sa première phrase, il l'avait déjà écrite, ailleurs, à une autre époque : « Elle avait parlé de moi à son gynécologue. » D'autres mots suivirent, qui formèrent un paragraphe : « Ô ironie : le meilleur urologue de New York est français. " Dr Jean-Claude Vigneron, uniquement sur rendez-vous. " J'avais pris rendez-vous. »

Qu'est-ce que je viens de commencer ? se demanda-t-il. Il n'en savait rien. Il fourra cet étrange début dans sa poche, pour le retrouver le jour où il voudrait poursuivre.

Il aurait voulu comprendre ce qui l'empêchait de dormir. Puis il prit conscience d'être en paix avec lui-même pour la première fois de sa vie. Il se rappela à quel point il avait espéré être un jour bien dans sa peau, mais le résultat était tout différent de ce qu'il avait imaginé. Il avait toujours pensé que la tranquillité d'esprit devait s'acquérir ; or la paix qu'il éprouvait lui était tombée dessus comme par magie. *Mon Dieu, pourquoi ma tranquillité d'esprit me déprime-t-elle ?* songea-t-il. Mais il n'était pas exactement déprimé. Rien n'était exact.

Il enduisait de craie sa queue de billard, dans l'intention de fracasser toutes les boules, quand il se rendit compte qu'il n'était pas le seul debout dans le château endormi. Sans se retourner, il demanda doucement :

— C'est toi, Biggie ? (Par la suite, il passerait des nuits entières à se demander comment il l'avait deviné.)

Biggie se montra prudente ; elle ne fit qu'aborder son sujet par la bande — la phase que traversait Colm ; il arrivait à l'âge où les enfants se rapprochent normalement plus de leur père que de leur mère.

— Bogus, je sais que ça va te faire de la peine, mais Colm s'attache de plus en plus à Couth. Depuis que tu es ici, je me rends compte que l'enfant est en plein désarroi…

— Je pars bientôt pour l'Europe, dit Trumper avec amertume. Colm n'aura plus l'occasion de me voir pendant très longtemps.

— Je regrette. Je suis vraiment heureuse de te voir. Mais quand tu es là, moi aussi j'éprouve des sentiments contradictoires, et je n'aime pas ça.

Trumper se sentit envahi d'une basse mesquinerie ; il voulait dire à Biggie que ce qui le choquait, lui, c'était l'image de son bonheur avec Tulpen. Mais c'était stupide ; on ne dit pas ces choses-là.

— Moi aussi, je suis tout embrouillé.

Elle approuva de la tête, avec une telle force qu'il en fut ébranlé. Puis elle le laissa seul, montant l'escalier avec une telle vitesse qu'il pensa qu'elle voulait lui cacher ses larmes. Ou son rire…

L'un dans l'autre, il était d'accord avec Biggie ; il aimait la voir, et détestait son attitude envers elle. Puis il crut l'entendre redescendre.

Mais c'était Tulpen, et il comprit en la regardant qu'elle venait de croiser Biggie.

— Et puis merde ! dit-il. Tout est parfois tellement compliqué !

Il la prit vivement dans ses bras, tant elle semblait quêter un réconfort.

— Je veux partir demain, dit Tulpen.

— Mais c'est Throgsgafen !

— Après le repas, alors. Je ne pourrai passer une nuit de plus ici.

— D'accord, d'accord, je sais, je sais.

Il disait n'importe quoi, mais d'une voix rassurante. Il savait qu'une fois à New York il lui faudrait une semaine pour tenter de démêler l'écheveau, mais rien ne servait d'y réfléchir trop à l'avance.

Vivre avec quelqu'un, c'était un travail solitaire.

Survivre à une relation avec tout autre être humain lui paraissait presque impossible. Et alors ?

— Je t'aime, chuchota-t-il à Tulpen.

— Je sais.

Il la ramena au lit, et, juste avant de s'endormir, elle lui demanda confusément :

— Pourquoi ne t'endors-tu pas simplement après l'amour ? Qu'est-ce qui te tient éveillé ? Moi, ça me fait dormir, et toi ça te réveille. Ce n'est pas juste, parce que quand je me réveille à mon tour le lit est vide, et je te retrouve en train de regarder les poissons ou le bébé... ou en train de jouer au billard avec ton ancienne femme...

Il resta sans dormir jusqu'à l'aube, essayant de mettre un peu d'ordre dans tout ça... Tulpen dormait sans bruit, et ne réagit pas quand Colm apparut au pied du lit, en survêtement, avec des bottes et un chapeau de pluie.

— Je sais, je sais, chuchota Trumper. Si je sors sur le quai, alors tu pourras sortir.

Il faisait un froid vif, mais ils étaient chaudement vêtus ; la boue s'était changée en glace, et ils dévalèrent sur le derrière le chemin de dalles pentu. Le soleil était noyé de brume, mais le ciel était clair à l'intérieur des terres, autour de la baie. Au large, un brouillard dense progressait avec lenteur, mais il ne les rejoindrait pas avant longtemps ; il leur restait la plus grande partie de la journée rien qu'à eux.

Ils partagèrent une pomme. Ils entendirent les bébés se réveiller dans la maison : des cris vite apaisés par l'offrande des seins maternels. Colm et Bogus tombèrent d'accord sur l'état végétatif des bébés.

— Cette nuit, j'ai vu Moby Dick, préluda Bogus.

Colm se montra dubitatif. Trumper confessa alors :

— C'était peut-être seulement l'île. Mais j'ai entendu un grand *slap*, comme si sa queue avait frappé l'eau.

— C'est toi qui l'inventes. C'est pas réel.

— Pas *réel* ?

Trumper n'avait jamais entendu ce mot dans la bouche de Colm. Mais l'attention de l'enfant était dissipée — il trouvait son père ennuyeux —, et Bogus tenta désespérément d'établir un lien avec son fils.

— Quels sont les livres que tu préfères ?

Dieu ! pensa-t-il, *me voilà réduit à chercher un sujet de conversation avec mon propre fils !*

— Eh bien, j'aime toujours *Moby Dick*, dit Colm.

Essayait-il de se montrer poli ? (« Sois gentil avec ton père », avait dû lui recommander Couth avant leur arrivée.)

— J'aime bien l'histoire, poursuivait Colm. Mais ce n'est qu'une histoire.

Sur l'embarcadère, derrière son fils, Trumper luttait contre une envie de pleurer.

Auprès d'eux, toute une maisonnée de chair et d'os allait bientôt se réveiller, comme un organisme géant, ferait ses ablutions, prendrait sa nourriture, essaierait d'être avenante et sociable. Dans cette aimable confusion, on oublierait le véritable sens des choses, mais à présent, sur le quai, en regardant le brouillard gagner sur le soleil, Trumper se sentait intelligent et lucide. Le brouillard recouvrait maintenant l'échancrure de la baie, prenant son élan pour se jeter sur eux, si épais qu'il calfeutrait l'horizon. Mais, dans cette ultime fraction de clarté, Trumper eut la sensation de voir l'intérieur de son cerveau.

On entendit le bruit d'une chasse d'eau, puis Ralph cria dans la maison :

— Oh, la vache de chien !

Une fenêtre s'ouvrit dans la façade ; Biggie s'y encadrait, Anna dans les bras.

— Bonjour ! leur lança-t-elle.

— Joyeux Throgsgafen Day ! cria Bogus, et Colm reprit en écho.

Par une autre fenêtre ouverte, Matje passa la tête,

comme une perruche sortant de sa cage. En bas, Tulpen ouvrit les portes-fenêtres et souleva Merrill au-dessus de sa tête. Couth fit son apparition à la fenêtre de Biggie. Tout le monde s'empressait de profiter du grand air avant que le brouillard n'envahisse tout.

La porte de la cuisine s'ouvrit violemment, éjectant Grumeau, Loom et Ralph qui braillait :

— Ces salauds de chiens ont dégueulé dans la buanderie !

— C'était *ton* chien, Ralph ! cria Couth depuis sa fenêtre. Mon chien ne dégueule jamais !

— C'était *Trumper* ! lança Biggie de la salle de billard. Il est resté debout toute la nuit ! Il mijotait un mauvais coup ! C'est Trumper qui a gerbé dans la buanderie !

Bien que Bogus protestât de son innocence, tout le monde l'accabla. Colm semblait ravi par les clowneries des adultes. Les chiens commencèrent la journée par des galopades, des glissades, des chutes sur la glace. Bogus prit son fils par la main, et ils regagnèrent la maison d'un pas prudent.

On instaura un sens giratoire très strict dans la cuisine. Les chiens se battaient férocement derrière la porte, et Colm, pour parachever le chaos, les excitait à coups de sifflet stridents. Ralph annonça aux populations que la puce de Matje avait grossi pendant la nuit. Les femmes exigèrent que les hommes jeûnent au lieu de s'empiffrer avec les enfants, afin de se réserver pour le festin de midi. Biggie et Tulpen faisaient un numéro symétrique, avec chacune un bébé accroché à un sein. Matje prépara le petit déjeuner pour Colm, et rabroua Ralph pour ne pas avoir nettoyé la buanderie.

Ralph, Couth et Bogus traînassaient, ni rasés ni lavés, encore imprégnés des odeurs de la nuit ; Matje, Biggie et Tulpen, mal peignées, négligées dans leurs peignoirs, mais dégageant une chaude sensualité animale.

Bogus se demandait ce qui pouvait bien encore lui manquer. Mais la cuisine était beaucoup trop tumultueuse pour y réfléchir ; des corps s'agitaient en tous sens. Alors qu'est-ce que ça pouvait bien faire si du vomi de chien

décorait la buanderie ! Entouré de ceux qu'on aime, on n'a
rien à craindre.

Conscient de ses cicatrices et de ses vieux harpons,
Bogus Trumper regarda toutes ces chaudes présences
autour de lui, et esquissa un sourire circonspect.

Table

IMPRIMERIE BUSSIÈRE À SAINT-AMAND (7-90)
DÉPÔT LÉGAL FÉVRIER 1990. Nº 11528-3 (2155)

Collection Points

SÉRIE ROMAN

Collection Points